文春文庫

追撃の森

ジェフリー・ディーヴァー
土屋晃訳

文藝春秋

ロビー・バロウズに

森羅万象に達するすぐれて見通しの利く道とは、
森林の自然へと分け入ることである。
——ジョン・ミューア

目次

追撃の森

主な登場人物

ブリン・マッケンジー……………ウィスコンシン州ケネシャ郡保安官補
トム・ダール……………………ウィスコンシン州ケネシャ郡保安官
エリック・マンス………………同保安官補
ハウィ・プレスコット…………同右
ピート・ギブズ…………………同右
トッド・ジャクソン……………同右
エマ・フェルドマン……………弁護士
スティーヴン・フェルドマン…ミルウォーキー社会福祉局職員　エマの夫
ミシェル…………………………フェルドマン夫妻の別荘から逃げ出した女
ハート……………………………フェルドマン夫妻を襲撃した男
コンプトン・ルイス……………ハートの相棒
グレアム・ボイド………………ブリン・マッケンジーの夫　造園師
アンナ……………………………ブリンの母
ジョーイ…………………………ブリンの息子
キース……………………………ブリンの前夫
スタンレー・マンキウィッツ…ミルウォーキーの労働組合のボス
ジェイムズ・ジェイソンズ……マンキウィッツの部下　弁護士
チャールズ・ギャンディ………州立公園内のキャンピングカーに寝泊まりする男
エイミー…………………………ギャンディの義理の娘　九歳

I 四月

静寂。

モンダック湖周辺の森はひっそりと静まりかえり、夫妻が週日をすごす、喧噪うずまく街とは別世界だった。

その静寂を破るのは、ときおり遠くで騒ぐ鳥の気配と、空《うつ》ろな蛙の声ばかりである。

そしていま、ちがう音。

葉が鳴り、枝か小枝がこらえきれず折れる音が二度。

足音？

そんなはずはなかった。四月の寒い金曜日の午後、湖畔の別荘にはどこも人の姿がない。

エマ・フェルドマンは三十代前半、夫と差し向かいで座るキッチンテーブルにマティーニを置いた。そしてカーリーな黒髪を耳の後ろにまとめると、煤《すす》けたキッチンの窓辺に寄った。目にはいるのはヒマラヤスギ、ネズ、クロトウヒが鬱然《うつぜん》と枝を伸ばす険しい丘で、そこに露出する岩はひびの入った黄色の骨に似ている。

夫が眉を上げた。「何だった？」

エマは肩をすぼめて椅子にもどった。「わからない。なにも見えなかった」

外はふたたび静寂。

別荘の窓から散見できるシラカバのように細身のエマは、青いジャケットを脱いだ。着ているのは揃いのスカートに白のブラウス。弁護士の服装。束ねた髪。弁護士の髪形。ストッキングを穿いただけの足。

バーのほうに注意が向いていたスティーヴンは、すでに上着と皺《しわ》の寄ったストライプのタイを脱ぎ捨てている。三十六歳で頭にはもじゃもじゃの髪、ブルーのシャツの腹は無情にも紺のスラックスに通したベルトの前にせり出していた。エマは気にしなかった。夫のことはこれまでもこの先も変わらず最高だと思っている。

「見てくれよ」夫は上階の客室に顎をしゃくると、オーガニックのどろっとした野菜ジュースの大壜を袋から出した。この週末に泊まっていくシカゴの友人が、最近になって液体ダイエットに凝りだし、胸の悪くなるような代物を飲んでいた。

エマはその原料を読んで鼻に小皺を寄せた。「どうせあの人専用だし。私はあくまでウォッカ一筋よ」

「きみのそういうところが好きなんだ」

家鳴りはよくあることだった。なにせ築七十年の物件である。材木が豊富に使われ、鉄や石は不足している。ふたりがいる角張ったキッチンには、艶《つや》の出たパイン松の鏡板がはまる。床は波打っている。コロニアル風の建物は、この私道沿いの十エーカーごとに建つ三軒のうちの一軒だった。そこが湖畔の土地と呼ばれるのは、玄関から二百ヤード離れた岩がちの湖岸に波が寄せるからにすぎない。

家の建つ東に面した地所はかなりの高地にあった。中西部の慎み深さが、ウィスコンシンのこうした丘に〝山〟というレッテルを貼らせずにきたのだが、標高は優に七百ないし八百フィートはある。いま、その大きな家が暮色につつまれている。

エマはさざ波立つモンダック湖を見つめた。丘との距離もあって、湖面に夕陽が映えている。この早春の時季、周囲の景色はみすぼらしく、濡れた番犬が背中に立てる逆毛を思わせる。ふつうなら手も出そうにない家屋は抵当流れの物件を買ったもので、ひと目見た瞬間、これは別荘として完璧だと確信したのだ。

静寂……

しかもコロニアル風の家には、それなりの起伏に満ちた由緒があった。

建てられたのは第二次世界大戦以前、施主はシカゴの大手精肉会社のオーナーだった。後にその男の財産の大半は、軍の兵士に栄養を行きわたらせる目的で国内の食料を統制していた配給システムの裏をかき、闇で食肉を売りさばいて得たものと判明する。一九五六年、湖上に浮いた男の死体が発見された。その悪事を知った帰還兵のしわざといわれ、犯人たちは男を殺したあと、不正に隠された現金を見つけようと家捜しをしている。

男の死をめぐる諸説に幽霊が登場してくることはなかったが、エマとスティーヴンは話に尾ひれをつける誘惑に抗しきれなかった。客が泊まっていくときには、話を聞かせたあとに誰がバスルームの明かりを点けっぱなしにして、誰が暗がりでも平気だったかを嬉々として記録するような始末なのだ。

またも弾けるような音が二度。そして三度め。

エマは眉根を寄せた。「聞いた？　またあの音。外よ」

スティーヴンは窓の外を見やった。ときに、かすかな風が舞っている。彼は途中だったカクテルづくりを終えた。

エマの視線がブリーフケースのほうへ行った。

「見たぞ」夫がたしなめるように言った。

「なにを？」

「そいつをあけようなんて思うな」

エマはおかしくもないのに笑った。

「仕事抜きの週末。約束したじゃないか」と夫は言った。

「じゃあ、そっちの中身は？」アタッシェケースの代わりに持ってきたバックパックを顎で指す。エマはカクテルオリーブの瓶をあけようとしていた。

「関連するのは二点だけです、裁判長。ル・カレの小説と、仕事先で手に入れたあのメルローのボトル。よければ後者を証拠に……」声がとぎれた。スティーヴンが目をやった窓から見えたのは、伸びた雑草に木立に枝、そして恐竜の骨の色をした岩。

エマも外に視線を投げた。

「聞こえた」とスティーヴンは言うと、妻のマティーニを注ぎなおした。エマはふたりのグラスにオリーブを落とした。

「何だった？」

「あのクマを憶えてるかい？」

「クマは家まで来なかったわ」ふたりはグラスを重ね、透きとおった酒を口にふくんだ。

「なんか浮かない顔して。どうした？　組合の件で？」

ある企業買収を調査するなかで、ミルウォーキーの湖岸《レイクフロント》の労働組合内部で不正がおこなわれている可能性が出てきた。そこに政府も絡んで、その買収が一時的に見送られるという、誰にとっても芳《かんば》しくない状況になりつつあった。

だがエマは言った。「それとは別の話。うちのクライアントの自動車部品メーカーがね」

「ああ。ケノーシャ・オートね。ほら、ちゃんと聞いてるよ」

エマは夫に驚きの目を向けた。「それで、そこのCEOがね、とんでもないやつだってことがわかったの」彼女はハイブリッドカーのエンジン部品にまつわる不法死亡事件について語った。車に乗った人間が感電死する不自然な事故が起きたのだ。「研究開発部門のトップが……そう、技術関係の書類を返せって要求してきたの。考えてみてよ」

スティーヴンは鼻に皺を寄せて言った。「ぼくは別の事件のほうが好きだな——例の州議会議員の遺言状……セックス絡みの」

「シーッ」エマは顔をこわばらせた。「いい、私はその件についてひと言も口にしてないから」

「口にチャックをしとくよ」

エマは刺したオリーブを口にはこんだ。「じゃあ、あなたのほうの一日は？」

スティーヴンは笑った。「たのむよ……まだ閉店後に仕事の話をするほどこなれちゃいないんだ」フェルドマン夫妻はブラインドデートが困難を乗り越え、実を結んだ輝かしい一例だった。エマはウィスコンシン大学のロースクールの総代、ミルウォーキー／シカゴの資産家の娘。

スティーヴンはビール工場地区《ブルーライン》の労働者の家に生まれ、地域社会に役立とうと市立大学を卒業した文学士。もって六カ月と言われながら、ふたりが初めてのデートをしてからちょうど八カ月後、ドア郡でおこなわれた結婚式に友人全員が招待された。

スティーヴンは買物袋から三角形のブリーチーズを出した。そしてクラッカーの封を切った。

「ああ、いいわね。すこしだけ」

ガサッ、ガサッ……

夫が訝《いぶか》しげな顔をした。エマは言った。「ねえ、ちょっと怖くなってきた。いまのは足音だわ」

ここの三軒の別荘は、最寄りの店やガソリンスタンドから八ないし九マイル離れているし、郡のハイウェイまでは道路とも呼べないような未舗装路を経由して一マイルあまりの距離がある。周辺の土地は、ウィスコンシン管内で最大のマーケット州立公園にほぼ呑みこまれ、モンダック湖と三軒が孤立した私有地として存在する。

それこそ人目につかず。

そして人気《ひとけ》もなく。

スティーヴンはユーティリティ・ルームへ行くと、だらりと下がるベージュのカーテンをあけ、枝を切ったサルスベリごしに側庭を見通した。「なにもない。たぶんこっちが――」

エマが悲鳴をあげた。

「おいおい！」と夫は叫んだ。

裏窓から覗きこむ顔。男は頭からストッキングをかぶっていたが、ブロンドがかったクルーカットの髪、首の派手なタトゥーは見てとれた。その目には人と鉢合わせして、なかば驚いたような表情がある。着ているのは濃いオリーブ色の戦闘服。男は片手でガラスをノックした。反対の手には銃口を掲げたショットガン。不気味な笑いを浮かべていた。

「ああ、神様」とエマは声を洩らした。

スティーヴンは取り出した携帯電話を開き、番号を押しながら妻に言った。「あいつはぼくが相手する。玄関の鍵をかけろ」

エマは廊下へ走りながらグラスを取り落とした。跳ねかえる破片のなかを、オリーブが転がって埃にまみれた。キッチンのドアが破られる音に、エマは悲鳴をあげた。後ろを振りかえると、ショットガンを手にした侵入者が夫から電話を取りあげ、壁際に押しやるところだった。古いセピア色の風景写真が床に落ちた。

玄関のドアも開いた。侵入してきたのは、やはりストッキングをかぶったふたりめの男だった。長い黒髪がナイロンにべったり貼りついていた。最初の男より丈《たけ》があり、身体もごつい。握った黒い拳銃が、並はずれて大きな手に小さく見えた。エマを急《せ》きたててキッチンまで来た男に、もうひとりが携帯電話を投げてきた。大男は身を硬くしたが、片手でそれをキャッチした。そして物を放ってよこすという子どもじみたやり方に苛立ちを隠さず、携帯をポケットにすべりこませた。

スティーヴンが言った。「待ってくれ……きみたちは……?」声がふるえている。

エマはすぐに目をそむけた。見ないようにすれば、それだけ生き残るチャンスが増すと考えていたのだ。

「たのむ、お願いだ。欲しいものはなんでも持っていけばいい。ただし命は助けてくれ。たのむ」

エマは長身の男の手に握られた黒っぽい銃を見つめた。男は黒革のジャケットにブーツを履いていた。どことなく借り物めいた、兵士がしそうな恰好である。

男たちは夫妻から気をそらしはじめていた。彼らは家のなかを見まわした。

エマの夫がつづけた。「ほら、欲しいものはなんでも持っていっていい。外にメルセデスが駐《と》めてある。キーを取ってくる。だから――」

「いいから黙ってろ」長身の男が銃を振って言った。

「金ならある。クレジットカードも。デビットカードも。暗証番号を教える」

「何が目的なの？」とエマは叫んだ。

「シーッ」

家のどこか、古《いにしえ》の奥底でまた軋《きし》む音がした。

†

「どうした？」

「切れたみたいです」

「通報が？」

「ええ。電話してきた誰かさんが、『こちら――』と言ったきり切れました」

「なんて言ったって？」

『こちら』」ひと言。「『こちら』」

「こ・ち・ら？」とトム・ダール保安官は訊いた。ダールは五十三歳、その肌は青二才のように滑らかで、そばかすが散っている。赤毛。褐色の制服のシャツは、妻が買ってくれた二年まえよりぴったり合っていた。

「そうです」トッド・ジャクソンがまぶたを掻きながら答えた。「そのあと切れました」

「切れたのか、むこうが切ったのか？　大きな違いだぞ」

「わかりません。あっ、おっしゃることは理解してますが」

四月十七日金曜日、午後五時二十二分。ウィスコンシン州ケネシャ郡の一日でも、わりと平穏な時刻だった。人は自殺するときも仲間の市民を殺すときも、故意にせよ事故にせよ、一日のもっと早くか遅くかを選ぶ傾向にある。ダールの頭には、そんな一覧が刷りこまれているといっていい。十四年も法執行機関にいて自分の管轄の特徴もつかめないようでは、この仕事をする資格はない。

裁判所、郡庁舎と隣りあう保安官事務所には、八名の保安官補が勤務していた。事務所は古い建物に新しい部分が建て増しされている。古いほうが出来たのが一八七〇年代、新築部分はちょうどその一世紀後に造られた。ダールたちが働くのは主にオープンプランの一画で、小部屋とデスクで埋まっていた。新しいほうの建物である。勤務につく警官――男性六名に女性二名――が着ている制服は、シフトが代わる時刻だったこともあり、木のように糊がきいたものから使い古したシーツまで様子がまちまちだった。

「いま確認中です」とジャクソンが言った。彼もまた幼児なみの肌をしていたが、年齢が保安官の半分であることを思えば驚くほどでもない。

「こちら」ダールは考えこんだ。「鑑識から報告は？」

「ああ、ウィルキンズの件ですか？」ジャクソンは襟をつまんだ。「メスは出てません。シロでした」

人口わずか三万四千二十一というここケネシャ郡でも、〝メス〟――覚醒剤《メタンフエタミン》――は深刻な社会問題だった。使用者、中毒者は無残に頭をやられ、薬を手にすることばかり考えるようになり、薬をつくるほうもその莫大な儲けにまったく同じ思いをいだく。メタンフェタミンによる殺人は、コカイン、ヘロイン、マリファナ、アルコールを原因とした事件を合わせた数より多い。また薬絡みの殺しばかりか、火傷や火事、オーバードースなどでの事故死もほぼ同数にのぼる。キッチンに立っている最中に母親が失神、トレーラーに住む四人家族が焼死した事件があった。その母親はレンジで出来あがったばかりの品を試すうち、オーバードースにおちいったのでは、とダールは見立てている。

保安官はぐっと口もとを引き緊《し》めた。「ああ、まったく。胸くそ悪い。やつはやってる。やってるのはみんながわかってる。おれたちはおちょくられてるんだ。で、どこからだ、その緊急通報は？　固定電話か？」

「いや、携帯です。それでちょっと時間がかかって」

ケネシャ郡が長く採用しているE911システムは、緊急通報者の位置を通信係に知らせてくる。Eは緊急《エマージェンシー》ではなく、改良型《エンハンスト》の略である。システムは携帯電話にも対応しているのだが、その追跡は若干複雑になり、ウィスコンシンのこの付近の丘陵地帯ではまったく機能しないこともあった。

〝こちら……〟

雑然とした空間に女性の声がひびいた。「トッド、通信センターから」

保安官補は自分のブースへ向かった。ダールは逮捕報告書に目をもどすと、刑事手続および文章上の訂正をおこなっていった。

トッド・ジャクソンがもどってきた。彼はオフィスに置かれた二脚の椅子のどちらにも座らず、よくやるようにその場でためらっていた。「いいですか、保安官。緊急通報の件ですが。発信されたのはモンダック湖周辺です」

ダールは不気味なものを感じた。どうにも好きになれない。この湖が中央を占めるマーケット州立公園も、やはり不気味だった。ダールはそこで起きた二件の強姦と二件の殺人を担当しているが、このまえ捜査した殺人事件では、犠牲者の遺体の半分も発見できなかった。彼は壁の地図を見あげた。最寄りの町はクローセン、湖から六、七マイル離れている。クローセンのことは詳しくないが、おそらくウィスコンシンに数多《あまた》ある町と変わり映えしないはずだ。ガソリンスタンド、ビールもミルクも同じように売る食料品店、メスをつくる人間よりも探し出すのが難しいレストラン。「あそこに家があるのか?」

「湖の周辺に?　あると思います」

ダールは地図上に青い玉石のように示されたモンダック湖を見つめた。周囲に小さな私有地があって、それを巨大なマーケット公園が呑みこんでいる。

〝こちら……〟

ジャクソンが言った。「それとキャンプ場は五月まで閉鎖されてます」

「電話の主は？」

「返事待ちです」若い保安官補は髪を逆立てている。流行なのだ。ダールは人生の九割がたをクルーカットで通している。

保安官はもはや日常の報告書に関心が失せ、一時間後に〈イーグルトン・タップ〉で開かれる予定で、さっきまでたのしみにしていた古参の保安官補の誕生日を祝うビアパーティにも興味をなくしていた。彼の頭にあったのは去年のことである。ある男——登録性犯罪者で、しかも間抜け——が小学生のジョニー・ラルストンを車に乗せたのだが、この変態からどんな映画が好きかと訊かれながら、当の少年は落ち着いて携帯電話の〈リダイアル〉ボタンを押してそのままポケットに入れていた。ふたりを発見するのに要した時間は八分だった。

現代エレクトロニクスの奇蹟。エジソンに祝福あれ。マルコーニに。あるいはスプリントに。

ダールが伸ばしてさすった脚は、銃弾が貫通したあたりが鞣《なめ》し革のようになっている。この時季にあまり疼くことはないのだが、傷は最近の記憶ではただ一度だけあった銀行強盗犯との銃撃戦で、部下の撃った弾が当たったものらしい。「どう思う、トッド？　番号案内の411に向かって、『こちらが知りたい番号です』とは言わないだろう。『こちら、緊急です』だと思うぞ、911には」

「そして気を失った」

「または撃たれたか、刺されたか。そこで回線が切れたんだな？」

「で、ペギーがかけなおしてみたんです。ところが留守番電話になっていて。いきなり。呼出音もなく」

「メッセージか？」

「いきなり、『こちら、スティーヴン。電話に出られません』。苗字もなし。ペギーが折りかえしてくれとメッセージを残したんですが」

「湖でボートに乗っていて？」とダールは推測を口にした。「何かあった？」

「この季節に？」ウィスコンシンの四月はひどく冷えこむ。今夜の気温は五度以下になるという予報が出ていた。

ダールは肩をすくめた。「おれの息子たちは、シロクマそこのけの勢いで飛び込んだがな。それにボート好きはゴルフ好きに通じる」

「私はゴルフはやりません」

別の保安官補が声をあげた。「名前がわかったぞ、トッド」

若い男はペンとノートを手にしていた。ダールには、それがどこから出てきたのかわからなかった。「つづけろ」

「スティーヴン・フェルドマン。電話料金の請求先はミルウォーキー、メルボルン２１９３」

「するとモンダック湖は別荘か。弁護士か医者、貧乏人じゃない。追跡しろ」と保安官は命じた。「それで、電話番号は？」

ダールは、自分の小部屋に帰ったジャクソンから番号を聞いた。ジャクソンがあたった連邦と州のデータベースは、ＮＣＩＣ（犯罪情報センター）、ＶｉＣＡＰ（暴力犯罪者逮捕プログラム〉、ウィスコンシンの犯罪記録、グーグルと、いずれも重要な情報源である。

窓外に見える四月の空が、娘の着るパーティドレスのように華やかなブルーをまとっていた。ダールはウィスコンシンでもこのあたりの空気が好きだった。ケネシャで最大の町ハンボルトには、広い地域にわずか七千の車輌しか走っていない。セメント工場が煙を吐き出してはいるが、これが郡でただひとつの大きな産業ということもあって、文句を言うのは環境保護庁の人間ぐらい、しかも声高にはならない。遠くまで見晴らすことができる。

時刻は六時十五分まえ。

「こちら、か」ダールは思いに耽《ふけ》った。

ジャクソンがまたもどってきた。「あの、いいですか、保安官。フェルドマンは市の職員です。年齢三十六歳。妻のエマは弁護士。事務所が〈ハーティガン、リード、ソームズ&カーソン〉。三十四歳」

「ほう、弁護士か。当たりだ」

「夫妻とも、令状その他は出ていません。車を二台所有。メルセデスにチェロキー。あっちに家を持ってます」

「どこに？」

「モンダック湖です。権利証があって、抵当権の設定はなし」

「所有して借金なしか？　さて」ダールは五度めの〈リダイアル〉を押した。またもや直接応答メッセージにつながった。「はい、こちら、スティーヴン。電話に出られません――」

ダールは新たなメッセージを残さなかった。電話を切ると、しばらくフックを押したままにしていた親指を離した。番号案内のリストに、モンダックのフェルドマンは存在していなかった。ダールは電話会社の地元支局にいる法務の人間と連絡をとった。

「ジェリー。帰るまえに捕まったな。トム・ダールだ」

「いま出ようとしてたところだ。令状は？　捜してるのはテロリストかな？」

「まあ、ちょっと、モンダック湖の家に固定電話があるかどうか教えてもらえるか？」

「どのあたり？」

「ここから約二十マイル北、二十五マイルか。家はレイク・ヴューの3」

「町なのか？　モンダック湖は？」

「たぶん郡にはいってない場所だ」

しばらくして、「いや、電話は引いてないな。うちからもよそからも。最近はどこも携帯なんだよ」

「ベルのお母さんの感想は？」

「誰だって？」

電話を切ってから、ダールはジャクソンがよこしたメモを見た。そしてスティーヴン・フェルドマンの勤務先であるミルウォーキー社会福祉局に電話をかけたが、録音のテープが回っていた。ダールは電話を置いた。「妻のほうをあたろう。法律事務所は眠らない。名前が四つも付いた事務所ならとくにだ」

アシスタントだか秘書だかの若い女性が出ると、ダールは身分を明かした。「ミセス・フェルドマンと連絡をとりたいんですが」

いつもの間があってから、「なにかよくないことでも？」

「いや。通常の連絡です。こちらも、モンダック湖の別荘に行かれてることは承知してるんですがね」

「そうなんです。エマとご主人とシカゴからの友人で、仕事が終わってから車で出かけました。週末に滞在する予定で。あの、よくないことでもあったんですか？　事故とか？」

トム・ダールは、死亡事故や出産の無事を伝える口調で言った。「われわれの知るかぎり、悪い事態にはなっていません。とにかく連絡をとりたい。夫人の携帯の番号を教えてもらえませんか？」

話がとぎれた。

「こうしましょうか。あなたは私のことを知らない。ケネシャ郡庁舎の代表番号にかけて、保安官につなぐように言ってください。それで安心できるようなら」

「そうですね」

話を終えて一分後に電話が鳴った。

「半信半疑だったんだが」と、ダールはジャクソンに言いながら受話器を手にした。

エマ・フェルドマンの携帯の番号をアシスタントから聞き出したダールは、さらに同行している友人の氏名と電話番号を訊ねた。

「以前、エマが仕事をした女性です。名前は存じません」

ダールはアシスタントに、もしエマから電話がはいったら保安官事務所に連絡させるように頼んだ。ふたりの話は終わった。

エマの携帯もいきなり留守番電話につながった。

ダールは「こちら、ね」と、七年四カ月まえまで吸っていた煙草の煙を吐き出すように言った。彼は心を決めた。「念のためだ……。あっちのほうに出かけてるやつは？」

「いちばん近いのはエリックです。未遂に終わったホーバートの自動車窃盗を調べていたので。そうか、ああいったことは最初に奥さんにあたるべきでした」

「エリックか」

「連絡がはいったのが五分まえです。ボスウィッチ・フォールズに飯を食いにいきました」

「エリックね」

「二十マイル圏内にほかにはいません。あのあたりにはめったに、なにしろ一年のこの時季は公園も閉鎖されているので」

ダールは部下たちのブース越しに、室内窓に目をやった。あしたが誕生日というジミー・バーンズ保安官補が同僚ふたりのかたわらに立ち、三人で大笑いしている。そのジョークはかなり面白いはずで、晩に何度もくりかえされるのは請け合いだった。

保安官の目が空いているデスクに留まった。彼は傷めた太腿を揉みながら顔をしかめた。

†

「どう？」

「ジョーイなら大丈夫。大丈夫だから」

ブリンは、キッチンでふたつの腕前をふるう夫のグレアムを見つめた。いまパスタをつくっている夫は、タイルも新しく貼りかえてくれていた。キッチンの床が約二十平方フィートにわたって、警察の黄色のテープで立入規制されている。

「ハイ、グレアム」と少年が声をかけてきた。

「よお、少年。いまの気分は？」

カーゴパンツにウィンドブレーカー、黒いニット帽をかぶった痩せっぽちの十二歳が片手を挙げた。「最高だよ」少年は母親とほぼ同じ五フィート五インチの身長、そばかすだらけの丸顔はブリン譲りではなかったが、栗色の直毛は母子でそっくりだった。いま息子の髪は防寒用の帽子の下に覗いている。

「三角巾は？　それでどうやって女の子の同情を惹くんだ？」

「あはは」グレアムの継子は、異性に関するコメントにたいして鼻に皺を寄せた。痩せた少年は冷蔵庫からジュースの容器を出すと、ストローを挿《さ》して中身を空にした。

「今夜はスパゲッティだ」

「やった！」少年はすでにスケートボードで怪我したことも、女子の同級生のことも忘れていた。階段に向かって走ると、いずれ片づけるつもりで下の段に積んであった本を避けていく。

「帽子！」とグレアムが叫んだ。「家のなかだぞ……」

少年は帽子をむしり取ると、そのまま跳ねるように上がっていった。

「あわてるな」とグレアムは叫んだ。「その腕――」

「大丈夫よ」とブリンはくりかえしながら、ダークグリーンの上着をクローゼットに掛けてキッチンにもどった。中西部の美人。その高い頬骨がどことなくネイティヴ・アメリカンを思わせるのだが、彼女の出自はもっぱらノルウェー系‐アイルランド系で、それはクリステン・ブリン・マッケンジーという名前からもおおよその見当がつく。肩まである髪を引っつめた容姿のせいで、引退して後悔なくサイズ8の生活にはいったバレエダンサーに間違われたりすることもあるけれど、実際のブリンは学校やクラブ以外で踊ったことはない。

ひとつ気にしてこだわっているのが、あまりめだたないようにと抜いて脱色している眉毛だった。より長期におよぶ作戦も計画中だが、いまのところは実践していない。どこか欠点があるとすれば顎で、正面から見るとわずかに曲がっていた。グレアムに言わせるとそこがチャーミングでセクシーなのだが、ブリンはそれを厭《いや》がっている。

グレアムが訊ねた。「あいつの腕——折れてないのか?」

「ええ。擦りむいた程度。すぐ治る、あの齢だもの」ブリンは鍋を見た。グレアムはおいしいパスタをつくるのだ。

「ならよかった」キッチンは暑く、身長六フィート三インチのグレアム・ボイドは袖をまくって、たくましい腕とふたつの小さな傷をさらした。腕時計はほとんど金メッキがはがれている。装身具といえば、傷だらけでくすんだ結婚指輪のみ。それとよく似たブリンの指輪は、ちょうど一カ月長くはめている婚約指輪とならんでいた。

グレアムはトマト缶をあけていった。彼の大きな手の下で、〈オクソー〉の丸刃の缶切りがきれいに蓋を切り取っていく。グレアムは火を弱めた。タマネギがジュージュー音をさせている。「疲れた?」

かったのである。

ブリンが家を出たのは五時三十分。日勤がはじまるまでずいぶん時間はあったが、前日の午後、家庭内で騒ぎが持ちあがったトレーラーパークの様子を見ておこうと思ったのだ。逮捕者は出なかったし、当のカップルも最後には歩み寄り、涙を流して抱きあった。けれども、ブリンとしては女性の厚化粧の下に、警察に見せたくない痣《あざ》が隠されていないかを確かめておきたかったのである。

で、午前六時には事実が判明した。女性はマックスファクターの塗りすぎだった。

夜明けまえから動いたので、本人としては早めの――五時に帰宅するつもりでいたところ、緊急医療サービスに携わる友人から電話があった。その第一声が「ブリン、彼は無事よ」

十分後、ブリンはジョーイと病院にいたのだった。

ブリンは、保安官事務所の制服である褐色のブラウスに息を吹きかけた。「汗くさい」

グレアムは四十冊ほどの料理本をまとめた三段の棚に目を走らせた。その大半は、病を得たアンナが引っ越してくる際に持ち込んだものなのだが、最近は家事を受け持つグレアムが利用している。義母はまだ料理をするほど回復していないし、ブリンはというと、料理の才能は持ちあわせていないらしい。

「おっと。チーズを忘れた」グレアムは食品庫《パントリー》を空しく引っかきまわした。「信じられない」

彼は鍋の前にもどり、親指と人差し指でオレガノを挽きつぶした。

「そっちはどうだった？」とブリンは訊いた。

グレアムは灌漑《かんがい》システムがイカレて四月一日に早々と作動してしまい、凍結して十数カ所にひびが生じ、驚いたのはオーナーばかり、家に帰ったら裏庭がハリケーン・カトリーナに襲われたような惨状になっていたという話をした。

「進んでるわね」ブリンはタイルを顎で指した。

「じきに完成だ。それで、罰は罪に見合うのかい？」

ブリンは怪訝《けげん》な顔をした。

「ジョーイ。スケートボード」

「ああ、三日は乗るなって言っといた」

グレアムは無言でソースに集中していた。それでは手ぬるいと思っているのだろうか。ブリンは言った。「でも、もっとかな。様子しだいってことにしといたけど」

「ああいうのは禁止すべきじゃないのか。手すりを滑り降りてジャンプする？　狂ってるね」

「あの子は校庭にいたのよ。あそこには階段がある。駐車場に向かって降りる階段が三つ。みんなやってるって話」

「ヘルメットをかぶらせないと。ここにずっと置きっぱなしだ」

「そうね。そうさせる。それも言って聞かせたから」

グレアムの目が、少年の部屋へつづく経路を追った。「一度話し合わなきゃいけないな。男どうしで」

「私はそんなに心配してない。あの子を追いつめたくないし。本人もわかってる」

ブリンはビールを出して半分飲んだ。〈ウィート・シンズ〉をひとつまみ食べた。「で、今晩はポーカーに行くの？」

「そのつもりさ」

大きな手でミートボールをころがす夫を見ながら、ブリンはうなずいた。

「ハニー」と声がした。「どうした、うちの子は？」

「あら、ママ」

戸口に立っているアンナは七十四歳、いつものように服をきちんと着ていた。きょうの装いは黒のパンツスーツにゴールドシェル。ショートの髪形は、きのう美容師にカットしてもらったばかりだ。木曜日は〈スタイル・カッツ〉へ行くのが習慣になっている。

「擦り傷と打ち身だけよ」

グレアムが言った。「スケートボードで階段を滑り降りたんですって」

「まあ」

「一、二段よ」ブリンは即座に訂正するとビールを口にした。「なんでもないのよ。あの子はもうやらない。深刻になるようなことじゃないから。みんな、やってきたことだわ」

グレアムがアンナに糺《ただ》した。「彼女が子どものころはどうでした？」そして妻に向かってうなずいてみせる。

「それはもう、いろいろよ」だがアンナはそれ以上語らなかった。

「ペイントボールにでも連れていこうか。あのエネルギーを発散させるのに」

「いいかもしれない」

グレアムはレタスを手で割いていった。「スパゲッティはどうです、アンナ？」

「あなたがこしらえるものは、なんでもおいしいから」アンナは義理の息子が注いだシャルドネのグラスを取った。

ブリンは食器棚から皿を出そうとする夫を見つめた。「それ、埃かぶってない？　タイル貼りして？」

「ビニールで養生しておいたんだ。終わってからはずした」

グレアムはためらいながらも皿をすすいだ。

「今晩、誰かリタのところへ連れていってくれないかしら？」とアンナが言った。「ミーガンは息子を迎えにいくんですって。一時間半かそこらですむから。バスルームの仕事を代わるって約束するわ」

「彼女、どうなの？」とブリン。

「よくないわね」アンナと彼女の親友リタは、ほぼ時を同じくして病気を患った。アンナの治療は順調にいき、リタはそうはいかなかった。

「行ってあげる」とブリンは母親に言った。「ね。何時？」

「七時ごろ」アンナが引きかえした先は、ハンボルト郊外に建つブリンの小さな家の中心を占める居間である。夜のニュースが流れていた。「あら。また爆弾。あの人たち」

電話が鳴った。グレアムが出た。「どうも、トム。調子は？」

ブリンはビールを置いた。大きな手に受話器を握る夫に目をやった。「ああ、見たよ。いいゲームだった。ブリンに用があるんだろう……。待って。ここにいる」

「ボスから」とささやいて受話器を差し出すと、グレアムは夕食の支度にもどった。

「トム？」

保安官はジョーイのことを訊ねてきた。ブリンはスケートボードについて講釈を聞かされるのかと覚悟したが、そうではなかった。保安官が説明したのはモンダック湖の状況だった。ブリンはうなずきながら耳をかたむけた。

「誰かが確認する必要がある。きみがいちばん近くにいるんだ、ブリン」

「エリックは？」

グレアムが〈ケンモア〉のレンジに点火した。青い炎が上がった。

「あいつじゃないほうがいい。きみも知ってのとおりだ」

グレアムが鍋を攪拌《かくはん》した。ほとんど缶の中身そのままなのだが、自分で切った食材をブレンドするかのようにかきまぜている。居間では、男性の声がケイティ・クーリックに代わった。するとアンナが「そうよ。ニュースはこれでなくちゃ」

ブリンは議論をつづけていた。やがて言った。「半日の貸しよ、トム。住所を教えて」

グレアムが顔を上げた。

ダールから電話をつながれた保安官補のトッド・ジャクソンが場所を説明した。ブリンはメモをとった。

電話が終わった。「モンダック湖でちょっとあったみたい」ブリンはビールを見た。もう飲まなかった。

「なんだよ」とグレアム。

「ごめんね。気が咎《とが》めちゃって。ジョーイのことで早く上がったから」

「でも、トムはそんなことは言ってなかった」

ブリンは言葉に詰まった。「そう、言ってない。私がいちばん近くにいるからって」

「エリックの名前が出てたじゃないか」

「彼には問題あるの。まえにも話したけど」

エリック・マンスはミリタリー雑誌《ソルジャー・オブ・フォーチュン》の愛読者で、自分がデトロイトのダウンタウンにでもいるつもりなのか、足首に二挺めの拳銃を忍ばせ、アルコール検知器で飲酒運転を取り締まったり、午後十時までに青少年を帰宅させるための声かけをすべきときに、覚醒剤《メス》の製造所を探しまわろうとするようなところがあった。

アンナが戸口から言った。「リタに電話しようかしら？」

「ぼくが送ることになると思うので」とグレアムが言った。

ブリンはビールの壜に栓をした。「あなた、ポーカーは？」

夫は考えこんだすえに笑顔を見せた。「またにする。なにしろジョーイも怪我してるんだし、家にいて見張っといたほうがいい」

「男ふたりで食事して。お皿はそのままでね。帰ったら私が洗う。せいぜい一時間半だから」

「わかった」とグレアムは答えた。どのみち、彼が片づけをすることは全員がわかっていた。

ブリンは保安官事務所のパーカよりも軽い、自前の革のジャケットを着こんだ。「現場に着いたら電話する。もどる時間を知らせるわ。ポーカーのこと、ごめん、グレアム」

「じゃあ」夫は振り向くことなく言うと、沸騰した鍋にスパゲッティの藁《わら》人形を入れた。

ハンボルトの北で景色は不意に変わり、でこぼこした長方形の牧草地が安全柵や、ときに石塀、生け垣に仕切られてつづいた。西の丘陵の頂きに接した太陽が土地を照らし、乳牛や羊を大きな屋外装飾のように輝かせる。数百ヤードごとに現われる看板が、自家製チーズケーキ、ナッツロールにヌガー、シロップ、ソフトドリンク、パイン家具を餌に観光客をあちらこちらに誘っていた。葡萄《ぶどう》園には見学ツアーがあった。ワイン好きで、ウィスコンシンを離れず生きてきたブリン・マッケンジーだが、これまで地元産をためしたことはない。

†

やがて町から八マイル離れると、そんな童話色も消え去った。道路脇に密集するマツとナラが、道幅を四車線から二車線に狭めていた。丘が近づいたと思うと風景は森一色になった。ふくらんだ蕾《つぼみ》がちらほら見えるものの、落葉樹はおおむね灰色と黒がまとわりついたままだった。松はほぼ美しい緑をたたえていたが、なかには酸性雨や病気などのせいで立ち枯れている場所もある。

ブリンに見分けられるのはモミ、ネズ、イチイ、トウヒ、ヒッコリー、幹の曲がったヤナギ、そして主だったところでナラ、カエデ、カバ。木々の下にはスゲ、アザミ、ブタクサ、クロイチゴが群生している。カンゾウとクロッカスは、グレアムの顧客の庭を台無しにした雪解けにつられて目を覚ましていた。

造園師と結婚しているのに、ブリンは地元の植物相を夫から教わったわけではない。任務のなかで身につけたのだ。覚醒剤《メス》の製造がアメリカ国内でもやたら人里離れた辺鄙《へんぴ》な場所でおこなわれるようになると、それまでせいぜい酒酔い運転の摘発ぐらいしかやらなかった警察官にも、僻地《へきち》でのガサ入れが求められるようになった。

ブリンは毎年マディソン郊外で開かれる州警察の戦術訓練再教育コースを受講する、事務所内でも数少ない保安官補だった。この講習には格闘術および逮捕術のテクニックがふくまれ、植物についても何が危険で何が身をひそめるのに適しているか、じっさいに命を救ってくれるものは何か（広葉樹なら若木でも、至近距離から発射された銃弾を止めてくれることがある）といった知識を提供していた。

運転中も、ブリンの腰にはグロックの九ミリ口径がおさまっている。装備用のスペースにゆとりがある保安官事務所のクラウン・ヴィクトリアとちがって、いま乗っているホンダのバケットシートとシートベルトの配置では、銃の四角い遊底が腰骨に押しつけられる。翌朝には痣になっているだろう。ブリンはまた身体を動かし、ラジオを点けた。ＮＰＲ（ナショナル・パブリック・ラジオ）、それからカントリー、おしゃべり、天気。結局消した。

対向車はトラックにピックアップ。だが、しだいにその数も減り、まもなく道路はブリンが独り占めするようになった。登り坂の正面に宵の明星が見えた。ごつごつとして岩がちの丘の頂上まで来ると、湖が近い証拠のキャットテール、ミツガシワ、クサヨシが現われた。湿地に一羽の鷺《さぎ》がたたずみ、嘴《くちばし》と目をまっすぐ向けてくる。

身顫《みぶる》いが出た。外気は十度を超えていたが、風景は荒寥《こうりよう》として寒々しい。

ブリンはホンダのヘッドライトを点灯した。携帯が鳴った。「ハイ、トム」

「こいつを引き受けてくれて、あらためて礼を言う、ブリン」

「ええ」

「トッドに調べさせたんだが」トム・ダールはいまだ夫妻のいずれの携帯ともつながらないままであると説明した。あきらかになっている範囲で、別荘にいるのはスティーヴンとエマのフェルドマン夫妻、それに以前エマと仕事をしたシカゴ出身の女性。彼女は夫妻の車に同乗していた。

「その三人だけ？」

「そう聞いてる。で、フェルドマンに怪しいところはない。市の職員だ。しかし妻のエマは……いいか。ミルウォーキーの大手法律事務所の弁護士でね。どうやら担当してた事件だか契約だかで、大きな詐欺《さぎ》を暴いたらしいんだ」

「どんな？」

「詳しくはわからない。ミルウォーキー市警の友人が教えてくれたのはそこまででね」

「すると、彼女は目撃者か密告者かもしれないわけ？」

「そうなる」

「それで電話、緊急通報だけど——正確にはなんて？」

「『こちら』だ」

ブリンは待った。「聞きそこねた。なに？」

くすくす笑う声。「まるでコメディのネタだな。だから、夫は『こちら』って言ったのさ。こ・ち・ら」

「それだけ？」

「ああ」そしてダールは事情を告げると、「だがこいつは大事かもしれない。トッドがミルウォーキーのFBIと連絡をとってる」

「連邦が噛んでるの？　そう。彼女、脅されてるって？」

「そんな話は聞いてないな。ただ、おれの親父がいつも言ってたんだが、脅す連中っていうのは、しょっちゅうはやらない。しょっちゅうやってたら脅しにならない」

ブリンの胃が跳ねた——当然不安はあったものの、一方では刺激を感じていた。過去数カ月で車が絡まない重罪といえば、精神的に動揺した十代の若者が野球のバットを持ち歩いて〈サウスランド・モール〉の窓ガラスを壊し、買物客を怯えさせるという事件が起きた。これは大惨事になる可能性もあったのだけれど、ブリンが相手の狂った目を見て頰笑《ほほえ》むことで事態はおさまったし、そのときの心臓の鼓動は普段より若干増した程度だった。

「気をつけろ、ブリン。家から距離をおいて確認しろ。拙速は禁物だぞ。ちょっとでも腑に落ちないことがあったら、連絡を入れて待機するんだ」

「わかった」心のなかでは、どうしようもなかったらと考えていた。ブリンは閉じた電話をカップホルダーに置いた。

それで喉が渇いていることを意識した。しかも空腹。だがブリンはそんな思いを脇へやった。この十分間に通り過ぎた道路沿いのレストランは四軒とも閉まっていた。モンダック湖の状況を確かめたら、帰ってグレアムのスパゲッティにありつくのだ。

なぜかブリンはキースとの夕食を思いだしていた。最初の夫もやはり料理が上手だった。２

直にならないかぎり、夜の料理はほとんどつくってくれた。

ブリンはアクセルをすこし踏みこんでみて、クラウン・ヴィクトリアとホンダの反応《レスポンス》の違いは、採りたてのアイダホのジャガイモとインスタントの箱入りマッシュトポテトぐらいはっきりしていると思った。

やはり食べ物のことを考えている。

†

「なんだよ、あんたが撃たれちまったのか」

フェルドマン邸の階下にあるシェードが引かれた寝室で、ハートは茶色のネルシャツの左袖を見つめていた。血のせいで、もともと暗めの色が手首と肘の間でよけいに黒ずんでいる。革のコートが床に放り出してあった。ハートは客用のベッドに座りこんだ。

「ああ、見ろよ」瘦せこけたルイスが緑のピアスを引っぱりながら、言わずもがなの、しかも癇《かん》に障る見立てを口にすると、ハートの袖を慎重にまくりあげていった。

男ふたりはすでにストッキングの覆面と手袋を脱いでいる。

「気をつけてさわれよ」ハートは相手の素手に顎をしゃくった。

ルイスはその発言をあからさまに無視した。「あれには驚いたね、ハート。女には気づかなかった。まるっきり見えなかったもんな。で、誰なんだい、あれ？」

「おれは知らないね、ルイス」袖がカーテンみたいに持ちあげられていく腕を見ながら、ハートは根気強く言った。「知るわけないだろう」

〝簡単だ、ハート。ちょろいもんさ。ほかの家は無人だぜ。あそこのふたりだけだって。公園に警備隊員は出てないし、警官も近くにはいないし〟

〝武器を持ってるんじゃないか？〟

〝まさか。やつら、都会の人間だぞ。女は弁護士で、男はソーシャルワーカー〟

ハートは四十代前半でかなりの面長《おもなが》、覆面を取ると髪が側頭部に寄った耳の下までかかっていた。黒い髪を後ろに撫でつけても、うまくはおさまらない。帽子が好きで集めているのだが、帽子には人目につかないようにする役目もある。肌が荒れているのは若さゆえのあばた面ではなく、まえからそうだった。昔からずっと。

ハートが見おろす腕には黒い穴があき、周囲が紫と黄色に変色して血がにじみ出ている。弾は筋肉を貫通していた。左に一インチずれていれば完全にはずれていたし、右だったら骨を砕いている。運がよかったのか、悪かったのか。

ルイスばかりか自分にも言い聞かせるように、ハートはその出血について「噴き出してない。太い血管じゃないってことだ」と口にすると、「アルコールに石鹼に、包帯代わりの布を持ってきてくれないか」

「わかった」

ルイスがゆっくり歩いていくと、ハートはあらためて、首に赤と青でケルトの十字架のタトゥーを入れる人間の了見がわからないと思った。

バスルームでルイスが叫んだ。「アルコールはないね。バーにウィスキーがあったけど」

「ウォッカだ。ウィスキーは臭いがきつい。バレちまう。手袋を忘れるなよ」

苛立ちまじりの溜息が聞こえた気がする。

やがてルイスがウォッカのボトルを手にもどってきた。たしかに、透明の液体はウィスキーほど臭わなかったが、ハートにはルイスがそれをひと口呷《あお》ってきたことがわかった。ハートは手袋をはめた手でボトルをかたむけ、傷口に液体を注いだ。すさまじい痛みが走る。「うっ」思わず喘いで前のめりになった。目が壁の絵に据えられる。ハートはそれを眺めた。跳びはねる魚、その口には虫。あんな絵を買うやつがいるのか。

「ふう……」

「気を失うんじゃないだろうな、えっ？」と訊ねるルイスも、こんな迷惑は願い下げといわんばかりだ。

「大丈夫、なんでもない……」頭を下げると視界が黒く縮んだが、深呼吸すると元にもどった。ハートはアイヴォリー石鹼で傷口をこすった。

「なにしてんだよ？」

「焼灼《しょうしゃく》だ。血を止めるんだ」

「へえ」

ハートは腕を動かしてみた。多少の上げ下げならさほどの痛みもなくできる。拳をつくると、握力は弱っているものの動きはまともだった。

「クソ女め」とルイスがつぶやいた。

ハートはむだに怒ったりはしない。とにかくほっとしていた。腕を撃たれたということは、頭を撃たれてもおかしくなかった。

思えばキッチンに立ってストッキングの上から顔を掻いていたとき、正面に動きが見えたのだ。が、それは銃を構えて背後から忍び寄る若い女の影だった。

ハートは女が発砲すると同時に、撃たれたとも気づかず脇へ飛びのいて振り向いた。そしてグロックで数発撃ちかえすと、女はドアから外へ逃げていった。ハートの隣りにいて、死とも隣りあわせだったルイスも、冷蔵庫からくすねてきたスナックの袋を落として後ろを向いた。するとと表からつづけざまに銃声が聞こえてきて、ハートは、女が追跡されないようにフォードとメルセデスのタイヤを撃ち抜いたのだと察した。

「あれは不注意だった」ハートは険をふくんだ声で言った。

ルイスは咎め立てされたような目を向けてきた。だいたい、こいつはあのときキッチンではなく、居間にいるはずだった。だがハートはそれ以上言わなかった。

「あんたの弾は当たってるかな？」とルイスが訊いた。

「いや」ハートはグロックの銃身を額に押しつけた。その冷たさに気分が落ち着いた。

「誰なんだ、あれ？」とルイスはくりかえした。

その答えは居間で見つけたバッグにあった。なかには化粧道具、現金、クレジットカードなどの小物がはいっていた。

「ミシェル」ハートはヴィザカードを見ながら言うと顔を上げた。「女の名前はミシェルだ」

ミシェルという女に撃たれたのだ。

ハートは顔を歪めながら、茶褐色の擦り切れた敷物の上を歩いて居間の照明を消した。ドアから注意深く前庭の様子をうかがった。女の気配はなかった。ルイスがキッチンに向かった。

「あっちの明かりを消してくる」

「いや、あっちはいい。放っとけよ。窓は多いしカーテンもない。むこうに丸見えだ」

「なんだ、意気地がねえな。女はもう行っちまったよ」

ハートが険しい表情で腕に視線を落としたのには、危ない橋を渡りたいのかという詰問がこめられていた。ルイスは納得した。ふたりはもう一度正面の窓から外を確かめたが、そこから見えるのは木立だけで、黄昏《たそがれ》に動く光も人影もなかった。聞こえるのは蛙の声と、澄んだ空を不規則に飛ぶ二頭のコウモリの羽音だけだった。

ルイスがしゃべっていた。「おれもあの石鹸の技を知ってりゃな。あれはすごい。兄貴とふたり、グリーンベイにいたことがあるんだよ。といって何するわけじゃなく、ただぶらぶらしてただけさ。で、線路脇で小便しようとしてたら、野郎に飛びかかってこられてね。カッター持って。後ろから。ホームレスだよ……。ぐさっとやられて。刺された豚みたいに血が出やがった」

ハートは考えていた。こいつは何を言いたいんだ？　話を聞き流すことにした。

「そりゃ、おれもそいつに殴りかかったさ、ハート。血が出てようが関係ねえ。むこうも思い知っただろうね。さんざん叩きのめしてやったから」

ハートは傷口をつまんでいたが、ふと痛みから気をそらした。痛みはあるにはあったけれど、知覚の裏に埋もれていた。彼は黒い銃を握りしめると、表に出てうずくまった。銃撃はなく、茂みを擦る音もしない。ルイスが背後についた。「言ったろ、女は行っちまったって。もうハイウェイまで半分ってとこだね」

ハートは車に目をやると顔をしかめた。「あれを見ろ」フェルドマンのメルセデスとハートがその日盗んできたフォード、その両方のタイヤが二個ずつパンクしていた。それぞれサイズがちがっていて、スペアタイヤに互換性はない。

ルイスが言った。「ちっ。だったらハイキングをはじめたほうがいいんじゃねえか？」

ハートは、もう闇に沈んでいる周囲の深い森に視線を走らせた。これほど隠れるのに都合のいい場所はないのだ。あいにく。「あの穴をふさげるか」彼はフォードの撃ち抜かれたタイヤに顎をやった。

ルイスは鼻で笑った。「おれは整備工じゃねえよ」

「できればおれがやってる」ハートは我慢強く言った。「でも、こいつがちょっと不自由でね」と顎で自分の腕を指した。

緑の石のピアスを引っぱりながら、細身のルイスはいらいらを隠さず車に向かった。「どうするつもりなんだよ？」

やつは何を考えてる？　ハートはグロックを手にミシェルの逃げた方向へ進みだした。

†

モンダック湖まで八マイルになると、風景は冷淡から敵意へと変わった。このあたりに農場はなく、起伏の激しい森林地帯には、ひび割れた岩の露出する断崖が目につく。

ブリン・マッケンジーは、締めてガソリンスタンド数軒――三軒のうち二軒がノーブランド、店舗数軒――日用雑貨、酒屋、自動車部品――それに廃品置き場というクローセンを抜けた。〈サブウェイ〉の看板が出ていたが、三・二マイルの距離があった。もうひとつ、〈クイック・マート〉のウィンドウに温かいソーセージの看板を見つけた。気を惹かれたけれど店は閉まっていた。ハイウェイのむこうに建つチューダー式の建物は、窓がすべて割られ、屋根が落ちている。そこに地元のティーンエージャーが飛びつきそうな景品があるのだが、〈スタッフ全員女性〉の看板は位置が高すぎるか、しっかり固定されているかで盗まれず残っていた。

この文明の息吹も消えると、あとはひたすら木と岩だらけの自然で、それをさえぎるとすれば汚い空き地だった。数少ない住居は道路からそこそこ離れたトレーラーやバンガローで、空に向けて灰色の煙を立ち昇らせている。窓には寝ぼけ眼のような仄暗《ほのぐら》い灯がともる。畑をやるには荒れた土地で、ほんのわずかな住人たちは、錆だらけのピックアップやダットサン時代の輸入車を運転してよそへ働きにいく。働きにいくとすればの話だが。

もう何マイルも、出会ったのは対向車ばかり――車三台、トラック一台。ブリンの走る車線には、前後に誰もいなかった。

六時四十分、マーケット州立公園キャンプ場はこの先十マイルという標識を過ぎた。五月二十日オープン。ということは、モンダック湖はもう近い。

そしてブリンが目にしたのは――

レイク・ヴュー・ドライブ

私道につき
通行禁止
湖への立入禁止
違反者は罰せられます

ずいぶんなご挨拶……

道を折れたとたん、砂利と泥ではずみだしたホンダのスピードを落としながら、ブリンはグレアムのピックアップに乗ってくればよかったと後悔した。トッド・ジャクソンの指示によれば、郡道からフェルドマンの別荘が建つレイク・ヴュー3までは一・二マイル。さらにドライブウェイは「フットボールのフィールドを二個つなげた長さがある」という話だった。

ブリンは木立のトンネル、落葉のブランケットのなかを低速で進んだ。その大部分は枝や幹がむき出しの風景である。

そのうち道が若干ひろがったと思うと、右手にあるヤナギ、バンクスマツ、ツガがまばらになって湖がはっきり見えてきた。ブリンは水辺で時をすごすという経験があまりなく、それを望んだこともなかった。なぜか陸地のほうがしっくりくる。キースとよくミシシッピの海岸に出かけたのは、ほとんどむこうの好みだった。行けばブリンは読書をするか、ジョーイをアミューズメントパークやビーチに連れていって時間をつぶした。キースはカジノに入り浸った。ブリンとしては好きな場所ではなかったけれど、海岸線に寄せるベージュ色の水は、少なくとも地元の人たちに似ておおらかで温かかった。この付近の湖はというと、底なしで背筋が寒くなる感じがあって、岩のごつごつした湖岸と溟《くら》い水がいきなり現われると寄る辺ない気分に襲われるし、蛇や蛭《ひる》の恰好の餌食となりそうだった。

ブリンは、やはり州警察を通して受けていた水難救助セミナーのことを思った。ことと同じような湖で開かれた講習では、沈んだボートから〝溺れた〟ダミーを泳いで救出する訓練もおこなったのだが、これがどうにも好きになれなかった。

彼女は周囲に目をくばり、ボートがトラブルに見舞われていないか、車の事故、火事はないかを確かめた。

侵入者の有無も。

先を行くのにまだ充分な明るさが残っていたので、存在に気づかれないようヘッドライトを消した。そして路面を嚙むタイヤの音を最小限に抑えるため、さらに速度を落として前進した。私道沿いにある最初の二軒を過ぎた。どちらの家も暗く、木々の間を曲がりくねる長いドライブウェイの突き当たりに建っている。寝室が四、五室ある大きな建物からは、古い造りの重苦しさがただよってくる。敷地全体に殺風景な印象があった。板を打ちつけられた屋敷、そこから幸せな日々が回想されていくという、家庭ドラマの冒頭シーンに使われるセットを思わせた。

結婚して住んだ家をキースが買い取ったのち、ブリンが購入したいまのバンガローなら、そこにすっぽり収まってなお半分の空きが出そうだ。

ホンダが這うように進んでいくうち、モミ、トウヒ、ツガの雑木林に生じた小さな切れ目から、前方左に3番の家——フェルドマン邸——の一部が見えてきた。同様のスタイルの建物だが、過ぎてきた二軒よりも大きい。煙突からは煙がたなびいている。窓は大方暗かったけれども、奥のほうの部屋と二階でシェードかカーテン越しの灯が見えた。

車を近づけていくと、家は大きなマツの木立に隠れて視界から消えた。ブリンの手がグロックの銃把を確かめるように叩いたのは、なにも迷信からくる動作ではない。武器をすばやく抜くには、その正確な位置を確認しておかねばならないと大昔に学んでいた。そういえば、箱型の黒い銃に新しく弾を装塡したのは先週のこと――十三発、これも迷信ではなく、ケネシャ郡で遭遇するような事件にはあり余るほどなのだ。それに艶やかな鉛の弾丸をクリップに押しこむには、親指の力があれば事足りる。

トム・ダールは部下たちに月一回、射撃訓練をするように求めていたが、ブリンは二週間に一度は射撃場に通った。めったに必要にならなくても大切な技能と考え、一週おきの火曜日にレミントンの弾薬を二箱は撃っていた。これまで何度か経験した銃撃戦では、たいがい酔っ払いや自棄《やけ》になって銃を振りまわす者が相手だったが、ブリンは他人と銃弾のやりとりをする瞬間は混沌として騒々しく、身の竦《すく》むものであって、すこしでも自分が優位に立つことが肝心だと思い知らされている。そんな場面で大事なのは、銃を抜き発砲する過程を本能でこなすことだった。

先週の訓練は、ジョーイがまた別の問題――学校での喧嘩――を起こしたせいでキャンセルせざるを得なかったのだが、翌朝の午前六時に射撃場で、息子のことで心を乱しながら五十発を二箱撃った。その日は一日、撃ちすぎのせいで手首が痛んだ。

ブリンがフェルドマン邸のドライブウェイから五十ヤードの付近でスピードを落とし、車を路肩に寄せると、驚いたライチョウの群れが飛び立った。車を停めたのは、あとは歩いていくつもりだったのである。

犯罪現場へ近づくまえに、着信音をオフにしようと手を伸ばした携帯がカップホルダーのなかで鳴った。発信者を見ると〈トム〉。

「あのな、ブリン……」

「いい話じゃないみたい。なに？　話して」

トム・ダールが溜息をついた。ブリンには焦《じ》らす相手がもどかしかったけれども、それ以上にいまから聞かされるニュースが気になってしかたなかった。

「すまん、ブリン。ああ、くそっ。無駄足だ」

ああ、もう……。「話して」

「フェルドマンが折り返してきた。亭主だ」

「電話を？」

「通信センターから連絡があった。フェルドマンは９１１を短縮ダイアルでかけたそうだ。押しまちがえてな。気がついてすぐに切った。つながってないと思っていた」

「なんだ、トム」ブリンは顔をしかめ、ノユリのそばの地面をついばむツグミを眺めた。

「わかってる、わかってるって」

「もう着いてるし。家も見える」

「急ぎすぎだ」

「だって、緊急通報だったじゃない」

「一日休暇をやろう」

はたして、そんな時間はあるだろうか。ブリンは長い吐息を洩らした。「最低でも今晩の食事はごちそうしてもらうから。〈バーガーキング〉はだめ。〈チリズ〉か〈ベニガンズ〉がいい」

「一片の問題もない。たのしんでくれ」

「おやすみ、トム」

ブリンはグレアムに電話をしたが留守番電話につながった。呼出音が四回で切り換わった。通報は誤報だったとメッセージを残して電話を切った。もう一度かけてみた。今度はいきなり留守電に接続した。新たに伝言は入れなかった。出かけたのだろうか。

〝あなた、ポーカーは？〟

〝またにする……〟

だが誤報を思うと、さほど腹も立たなかった。来週、家庭内暴力に対処する交渉術の上級課程を受ける予定になっていたので、夕食の休憩は届いたばかりのマニュアルの予習にあててもいい。家にいたらベッドにはいるまで本を開くこともできない。

それに正直言うと、母のアンナとすごす晩からわずかでも解放されるのは悪くない。リタの家へ行く予定があるならなおさらだった。おたがい長く好き勝手にやってきたすえに、ふたたび同居することには違和感が付きまとった。積年の感情が表に出てきてしまう。たとえば何週間かまえの晩、保安官事務所の勤務が明けて遅く帰宅したブリンに、母が冷たい視線を向けてきた。そのときの窮屈な感じといったら、ブリンが少女のころ、障害飛越に夢中になって帰りが遅くなったときとまるっきり同じだった。喧嘩もなければ小言もない。ただ落ち着きはらった笑みの下に、詰《なじ》るような表情が覗いている。

揉めたことは一度もない。アンナは短気でも気分屋でもない。おばあちゃんとして申し分のない存在であって、それはブリンにとっても重要なことだった。でも母娘の間では打ち解けたことがなかったし、ブリンが最初の結婚生活を送っていたころのアンナは影が薄く、ジョーイが生まれてようやく姿を見せるようになった。

離婚して、どうやらアンナも認めている男と暮らすようになって、ふたりの関係はふたたびつながった。一年まえには、ブリンはこれから母と娘は親しくなるだろうかと考えたりもした。だがそんなことは起きなかった。しょせんは二十年まえと同じ人間なのだし、それにブリンはほかのきょうだいとちがって、母と通じる部分があまりなかった。ブリンは住んでいたオークレアの外にある何かを求め、突っ張りながら走りつづけてきた。アンナは地道な仕事——不動産屋の店長として、一日ほぼ四時間——をこなしながら、三人の子を育てあげた。夜はいつでも編み物、おしゃべり、テレビ。

別々に暮らすことで、ふたりの関係は良好だった。そんなとき、手術後の母が越してくることになり、ブリンは若いころに連れもどされたような気になった。

そう、いまは夜の時間をひとりですごすのがたのしみなのだ。

しかも〈ベニガンズ〉で無料のディナー。グラスワインも注文してやる。

ブリンは車のライトを点灯すると、方向変換するつもりでギアをリバースに入れた。そこでためらった。最寄りのガソリンスタンドがあるクローセンまで二十分はかかる。

この騒ぎの原因は、もとを正せばフェルドマン夫妻にあった。バスルームを借りても罰《ばち》はあたるまい。ブリンはギアを入れなおすと、フットボールのフィールド二個というヤフー！の言い分をたのしみにしながら、別荘のドライブウェイへ車を進めていった。

†

ミルウォーキーからここまで乗ってきた盗難車のフォードの脇にしゃがみこんだルイスが、タイヤのパンクを修理しようとしてボディで引っかけた拳の血を吸った。そして傷を確かめながら唾を吐いた。

いいぞ、とハートは思った。指紋ばかりかＤＮＡまで。

しかも今晩、ここにこいつを連れてきたのはおれだ。

「それで女の尻尾は？」痩せっぽちのルイスはそう問いかけると、タイヤのそばにうずくまった。

ハートは落葉を踏み鳴らして敷地の巡回からもどった。ミシェルを捜すあいだは、自分が標的にされているという不快感が拭えず、なるべく音をたてないようにしていた。たぶんもういない。もう逃げたんだろう。

「地面が相当ぬかるんでる。見つけた足跡はたぶん女のものだが、はじめは郡道に向かって、途中であっちに曲がったらしい」ハートは別荘の裏手にあたる森と険しい丘の斜面を指さした。

「あそこのどこかに隠れてるはずだ。なんか聞こえるか？」

「いいや。でもそう言われるとビビるね。背中に気をつけないと。ま、むこうに勝ち目はないけどな。帰ったら、あのクソ女、とことん追いこんでやる。誰だろうと、どこに住んでようと関係ねえ。むこうの負けさ。手を出した相手が悪い」

撃たれたのはこっちだ、とハートは無言でルイスに釘を刺した。彼はふたたび森を見やった。

「あぶないとこだったよ」

ルイスが皮肉っぽい言い方で、「そうかい？」

「男の電話を調べたんだ」

「男……？」

「亭主のだ」と家のほうに顎をしゃくった。「憶えてるだろ？　おまえがあの男から取りあげたやつだ」

ルイスは早くも守勢にまわっている。それも当然だ。「911にかけてたのさ。そいつがつながってた」とハートは言った。

「つながったってせいぜい一秒だ」

「三秒。だが、それで充分だった」

「くそっ」ルイスは立ちあがって伸びをした。

「たぶん大丈夫だ。こっちからかけなおして本人だと名乗っといた。電話をかけまちがえたって断わってね。保安官の話だと、様子を見に車を派遣したそうだ。引きかえすように指令を出すらしいが」

「そいつはかなりヤバいぜ。連中、あんたを信じたのか？」

「と思うね」

「思うだけかい？」今度は攻めにまわった。

ハートはその質問を無視すると、フォードを顎で指した。「直りそうか？」

「いや」と、すかさず返事が来る。

ハートは男のことを眺めた。その嘲《あざけ》るような笑顔、うぬぼれに満ちた態度を。ハートはこの仕事を引き受けてからパートナー探しをはじめた。ミルウォーキーの伝手《つて》をいくつかあたってルイスの名を知った。会ってみるとその若い男は問題なく、犯罪歴をチェックしても、ドラッグと窃盗でつまらない前科《マエ》が二つ、三つある程度で埃は出てこなかった。でかいピアス、首に赤と青で飾りを刺した男は、本来ありきたりのこの仕事にはうってつけだった。ところが話は悪いほうへ転がった。ハートは怪我をして移動の足もないうえに、近くの森には銃を持つ敵がひそんでいる。コンプトン・ルイスの癖、性質、それに腕を知ることがぜん重要になってきた。

その評価はかんばしいとはいえない。

事を慎重に運ぶ必要がある。まずは先手を打つことにして、ハートはできるだけさりげない声で「手袋をはずしてるのか」と言った。

ルイスはまた血を舐めた。「レンチを握れなかったんだよ。デトロイトの出来そこないのせいで」

「よく拭き取っといてもらいたいな」と、タイヤレバーに顎をやる。

するとルイスが、「おい、芝生って青いんだぜ」と言われたみたいに笑いだした。

つまりはこんな調子なのだ。

なんて夜だ……

「あのな、相棒」ルイスがぼそりと言った。「タイヤのサイドウォールに銃で穴をあけられちまったら、〈フィックス・ア・フラット〉なんてクソの役にも立たねえよ」

ハートは怒った様子のルイスが放り出したタイヤ補修剤の缶を見やった。そこにも男の指紋がついたわけだ。

ハートは痛みで涙のにじむ目をしばたたいた。銃がものを言う商売に身をおいて十四年、これまで撃たれた経験は一度もなく、また自分で撃つということも、むろんそのために雇われた場合は別にしてめったになかった。

「よその家は？　道を行ったとこの。調べてみりゃいい。車があるかもしれないぜ」

ハートは答えた。「こんなとこに車を置くわけがないだろう。それに、近ごろの車を直結するならコンピュータがいる」

「やったことあるぜ。簡単さ」ルイスは鼻で笑った。「知らないのか？」

ハートは黙って茂みに目を走らせていた。

「ほかに案は？」

「全米自動車協会《AAA》を呼ぶ」とハートは言った。

「はっ。ＡＡＡか。そいつはいいや。ハイキングをするほうがましだ。郡道まで二マイルもない。フォードのなかを片づけたら行こうぜ」

ハートはガレージへ行き、ペーパータオルのロールとガラスクリーナーを持ってもどってきた。

「どうすんだよ、それ？」とルイス。そして例の厭味《いやみ》たっぷりの高笑い。

「指紋は脂《あぶら》だ。溶かしてやらないと。こするだけで形も変わる。警察で復元するにしたって時間がかかる」

「くだらねえ。そんなの聞いたことないぜ」

「嘘じゃないぞ、ルイス。勉強したんだ」

「勉強？」またしても嘲笑。

ハートはルイスがさわった部分に端からクリーナーをスプレーしていった。ハート本人はここに来てから、自分の腕以外は素手でふれていない。

「おっと。あんた、洗濯もするのか？」

ハートはタオルでこすりながら、一方で聞き耳を立てて敷地をぐるりと見まわした。「まだ帰るわけにはいかないぞ」

「なんだと？」

「女を見つけるんだ」

「でも……」ルイスは苦笑いを浮かべながらのひと言で、そんなのは無駄な努力とすっかり反論をしたつもりらしい。

「しょうがない」ハートは拭く作業を終えると、地図を出して眺めた。現在地は緑と茶色の巨大なシチューの真ん中だ。ハートは周囲に目をくばり、さらに見直した地図をたたんだ。

そこでまた忍び笑い。「なあ、ハート、舐めた真似されて、女にやりかえしたい気持ちはわかるけど。そいつは後まわしにしようや」

「これは復讐じゃない。復讐は無意味だ」

「それには賛成できない。復讐はたのしいぜ。カッター持ってた、あの間抜けの話はしたよな。野郎を痛めつけるのは、ブルワーズの試合を観るよりたのしかった……誰が投げるかにもよるけどね」

ハートは溜息が出そうになるのを懸命にこらえた。「こいつは復讐とは関係ない。やらなきゃならないことなんだ」

「ちぇっ」とルイスが口走った。

「どうした？」ハートは驚いてルイスを見た。

ルイスは耳を引っぱった。「キャッチをなくした」と、地面に目を落とした。

「キャッチ？」

「ピアスの」ルイスはエメラルドだか何かを、ジーンズのフロントの小ポケットにそっとしまった。

なんてこった……

ハートはフォードのトランクから懐中電灯と予備の銃弾を取り出した。ルイスが手袋をはめなおすのを待って、九ミリの弾薬を一箱と一二番径のショットガン用の装弾一箱を手渡した。

「あと三十分で完全に陽が暮れる。暗闇のなかを追跡するのは骨が折れる。行くぞ」

ルイスは動こうとしなかった。ハートの背後に視線をやりながら、銃弾のはいった派手な色の箱をルービックキューブのようにもてあそんでいた。ハートは本気で頭突きでもしてくる気かと疑った。だが若い相棒はほかに気をとられていただけだった。ルイスはカートンをポケットに入れ、手にしたショットガンの安全装置をはずすと、ドライブウェイを顎でしめした。

「お客さんだ、ハート」

†

ブリン・マッケンジーはフェルドマン邸に近づきながら、象牙色のカーテン越しに灯は見えても、その不気味さが半端ではないと感じていた。通り過ぎてきた二軒が家庭ドラマのセットだとすると、ここはそのむかし、彼女と最初の夫キースがはまっていたスティーヴン・キングの映画に出てきそうな場所だ。

ブリンは三階建ての家を見あげた。ケネシャ郡では、このスタイルやサイズをあまり見かけない。佳《よ》き時代を想起させる白い下見板に側面まで回りこんだポーチ。ブリンの好きなポーチだった。子ども時代に住んでいたオークレアの家もそこが自慢で、夜になるとブリンはブランコに座り、兄はぼろぼろのギターをかき鳴らして歌い、妹は新しいボーイフレンドといちゃついて、両親はひたすらおしゃべり……ブリンがキースと暮らした家にも、それはすてきなポーチがあった。だがいまの家となると、ポーチの付く場所があるかどうか。

しだいに目にはいってきたフェルドマン邸の庭に、ブリンは心を奪われた。なんとも贅沢な景色なのだ。敷地をかこむように、効果を考えて配されたハナミズキ、イボタ、そしてかなりまえに枝を切られたサルスベリがある。この剪定作業について、夫が客にしていた助言を思いだす（「サルスベリには乱暴してはいけませんよ」）。

円形の砂利道に車を駐めたところで、ブリンは正面のカーテンに影が動くのを認めた。外に出ると空気は冷たく、花の香りに薪を燃やした煙までが瑞々しい。蛙の声や、ガンやカモの啼き声にほっとしながら、ブリンは砂利道を歩き、ポーチにつづくステップを三段上がった。ふとジョーイのことが頭にうかび、スケートボードでこの高さから学校の駐車場に降りようとした息子の姿を想像してみる。

そう、彼には言って聞かせたのだ。

〝大丈夫よ……〟

靴としてはこれ以上履き心地がよく、流行遅れのものはない支給品の黒のオックスフォードで板を踏みしめていくと、玄関のベルを鳴らした。

音は鳴ったが応答がない。

ブリンはもう一度ボタンを押した。ドアは頑丈なものだったが、脇がレースのカーテンを架けた狭い窓になっていて、居間を見通すことができる。動くものも、人影も確認できなかった。暖炉で燃えさかる炎だけ。

ブリンはドアを叩いた。ガラスが振動するくらい激しく。

さっきと同じように影が動く。これは暖炉のオレンジの炎が揺れるせいだった。横の部屋に電気が点いているとはいえ、この階は総じて暗く、階段上のランプが骨のような手すりの影を玄関の床に映していた。

たぶん、奥のダイニングルームに集まっているのだろう。だとすれば、家の大きさからドアベルの音を聞き逃すことがあるかもしれない。

頭上でしわがれた声がした。ブリンは顔を上げた。薄暮の空を鳥類、哺乳類が分けあっていた。マガモは湖に向けて最終進入中で、シルバーコウモリは狩りを目的にひらひら飛んでいる。そんな光景に頬笑みながら、あらためて家の内部に目をもどしてみると、ある不自然な点に気づいた。茶色の重厚な肘掛け椅子の後ろに、ブリーフケースとバックパックが口を開いたまま置かれ、その中身のファイル、本、ペンがまるで金目のものを漁ったあとのように床に投げ出されていた。

胃が締めつけられるなかで頭にひらめいたのは、９１１通報が途中でさえぎられたという状況だった。強盗は被害者が通報した事実を知って電話をかけなおし、あれは誤報でしたと告げる。

ブリン・マッケンジーは銃を抜いた。

背後を振りかえった。声も足音も聞こえない。邸内に不審なものを見つけて、ブリンは携帯を取りに車にもどろうとした。

あれは？

ブリンの目がキッチンに敷かれたラグの縁に留まった。てらてらと輝いている。ラグが光るということは？

血だ。血溜まりが見える。

わかってる。考えて。どうする？

動悸をおぼえながらノブを試してみた。錠は破られていた。

車の携帯？　それとも家のなかへ？

血は流れてまもない。屋内には三人。侵入者の気配なし。生存者が負傷している可能性。携帯はあとだ。

ブリンはドアを押しあけると左右に視線をやった。口を閉じたまま名乗ることをしなかった。眩暈《めまい》がしてきそうなほど、そこらじゅうに目を凝らした。

明かりの点いた左手の寝室を覗くと、深呼吸をひとつして足を踏み入れた。銃を体側につけたのは敵につかまれないための用心で、これはキースと出会った戦術行動のクラスで彼から教わったことである。

部屋は無人だったがベッドは乱れ、床に応急手当の道具が落ちている。ブリンは曲がった顎をふるわせながら、火のはぜる居間にもどった。音をたてないように絨毯の上をそっと歩き、空のブリーフケースとバックパックを観察した。床に散乱していたファイルフォルダーのラベルは、被害女性の職業生活を知る手がかりになる――〈ハバーストロム株式会社　買収〉〈ギボンズ対ケノーシャ自動車テクノロジーズ〉〈パスコー株式会社〉〈財務整理〉〈公聴会――国土再編〉。

ブリンはそのままキッチンへ歩いた。

そしてすぐに足を止めた。若い夫婦の死体を見おろしながら。ふたりの着ていた仕事着のシャツとブラウスが血で染まっていた。ともに頭部を撃たれ、妻のほうは首にも銃創があり――それが血溜まりの原因だった。夫はパニックに駆られて走り、すべって転倒している。その靴先から血の絨毯まで、赤いスリップ痕が残されていた。妻は背を向けて逃げようとして死んだ。

腹這いに倒れた彼女の右手が、腰のかゆみに手を伸ばそうとしていたかのように無理な体勢でねじくれている。

　このふたりの友人はどこ？　逃げた？　それとも上階で手にかけられたか。ブリンは二階に灯がともっていたことを思いだした。

　侵入者は去ったのだろうか。

　その疑問にたいする答えはすぐ直後に出た。

　表でささやく声が、「ハート？　キーは車にない。女が持ってる」

　それは家の正面から聞こえてきたのだが、場所ははっきりしない。

　ブリンは壁に貼りついた。右の手のひらを左肩で拭い、銃をしっかりと握った。

　すると別の――たぶんハートの――声が、相棒ではなくブリンに向けてよどみなく、「なあ、家のなかにいるあんた。キーをこっちに持ってきてくれ。こっちは車が欲しいだけだ。あんたには手を出さない」

　銃口を掲げた。市民の安全を守る地位に就いて十五年、ブリン・マッケンジーが人に発砲したことは四度ある。多くはないが、大半の保安官補がそのキャリア全体において経験する数より四度も多い。これは飲酒検問をしたり、暴力をふるわれた妻たちを慰めたりするのと同じ任務の一部で、ブリンはいま緊張と恐怖、それと充実感をないまぜにした気分で満たされていた。

「ほんとだ」とハートが叫んだ。「心配ない。なんだったら、玄関から放り投げてくれてもいい、こっちを信用できないなら。でなきゃこっちから取りにいくか。信じてくれ、おれたちは逃げたいだけだ。ここから出たいだけなんだ」

ブリンはキッチンの照明を消した。残るは燃えさかる暖炉と寝室からこぼれる光だけになった。

出所が不明のささやき。つまり、相手のふたりは合流した。

でも、どこで？

それに、ふたりだけなのか。ほかには？　気がつけば夫妻の死体を見つめていた。

すると友だちは？

ハートがふたたび落ち着きはらった声で切り出した。「なかのその連中を見たよな。あんただって、そんなふうにはなりたくないはずだ。キーをこっちに投げろよ。ばかな真似はするなってことさ。たのむから」

むろん、姿を見せた瞬間に殺されるはずだ。

保安官補と名乗るべきなのだろうか。しかも仲間が急行中であると？

いや、正体は明かさない。

ブリンはパントリーの扉に背を押しつけ、裏窓に目を流した。そこで息を詰めたのは、居間を映し出すそちら側の窓に、玄関から忍びこむ男の様子が見えたからだった。用心深い動きをする男は、長身でがっちりした体格に黒っぽいジャケット。長髪、ブーツ。拳銃を握っているのは――左右が反転しているので一瞬混乱したが――右手。逆の腕をだらりと垂らし、その感じからすると怪我しているらしい。と、男の姿がふっつり消えた。居間のどこかに。

ブリンはあわてて銃を構えた。窓に反射する家の正面を見つめた。

撃つのよ、と彼女は自分に命じた。こっちが優位に立つには意表をつくしかない。先手を打って。男は居間にいる。距離はたった二十フィート。戸口に立つ。三発撃ったら身を隠す。あなたの腕なら命中する。

やるのよ。

さあ。

唾を呑むと壁から離れ、居間に向かおうとしたそのとき、背後のダイニングルームで「おい、こっちの言うとおりにしろよ！」と声があがり、ブリンはぎょっとした。戦闘服姿で明るい色の髪は短く、首にタトゥーを入れた卑しい目の痩せ男がフレンチドアから侵入してきていた。肩にショットガンを担いでいる。

ブリンは男のほうに振り向いた。

撃つのは同時だった。ブリンの弾は男の鹿撃ち弾《バックショット》よりきわどく——男は身をかがめ、彼女は動かなかった——男のすぐ脇のクッションがある食堂の椅子に穴を穿《うが》ち、男の散弾はというと天井を破砕した。照明器具が雨のように降ってきた。

男は這うようにフレンチドアを出ていった。「ハート！　銃だ！　銃を持ってやがる」

とはいえ、それが男の口にした言葉そのままかどうかはわからない。雷鳴さながらの銃声に、ブリンの耳は聞こえなくなっている。

ブリンは居間を見やった。ハートの気配はない。彼女は裏手のキッチンのドアへ向かいかけて立ちどまった。フェルドマンの友人がまだここにいるとすれば、ただ逃げるというわけにはいかない。

「こちら、保安官事務所の者です」とブリンは叫んだ。「もしもし！　誰か家にいますか？

上ですか？」

沈黙。

ブリンは必死で窓を見渡すと身をふるわせた。陰に隠れる自分を、たしかに誰かが狙っている。「もしもし？」

応答はない。

「誰かいますか？」

人生でもっとも長い二十秒。

外に出なさい。助けを呼んで。死んだら元も子もない。

ブリンは裏のドアから飛び出すと、恐怖とともに走ったことで息を乱した。左手にキーを握りしめて前庭へ移動した。人の姿は見えなかった。

陽はすっかり沈み、闇が急速に増してきていた。空にはまだ明るさが残っていて、侵入者のひとりが藪へ向かって走る後ろ姿をかろうじて見分けることができた。怪我を負っているハートのほうだった。銃で狙おうとしたが、男はクマコケモモとシャクナゲの茂みにまぎれた。

ブリンは前庭を眺めわたした。もうひとりの、ショットガンを持つ細い顔の男が見えない。

車に向けて駆けだしたブリンは、背後の茂みが揺れる音を聞いて地面に身を投げた。ショットガンが火を噴く。かすめた散弾がフォードのボディを叩いた。ブリンは標的を定めずに撃つべからずという第一則を破り、藪に二発を放った。痩せた男が背をかがめ、家の裏手に駆けこんだ。

そこで彼女は立って車のドアをあけた。だが車内に飛び込むでもなく、その場に残って標的なおして。

を定め、黒いグロックでハートの逃げこんだ藪に狙いをつけた。呼吸を鎮めながら。銃を握り

さあ、早く……こっちが待てるのは一秒か二秒……

ハートが藪からすっと立ちあがった。待ちかまえていたブリンに驚き、目を白黒させるのが見えるほど近い。ブリンのほうも虚をつかれた。ハートがそこまで右に寄っているとは思いもよらず、狙いを修正して三発撃ったときにはもう相手は姿を隠していた。命中したかもしれない、とブリンは思った。

でも、いまは逃げなくては。

車に飛び乗ると周囲には目もくれず、キーをイグニションに挿《さ》すことに集中した。エンジンがかかるとギアをリバースに叩きこみ、緩いアクセルを床まで踏んだ。車は後輪駆動の恰好で左右にブレながら、砂利道を走っていった。ブリンの目に、ドライブウェイにそろった男たちが全力疾走で追いかけてくる姿が見えた。それで疑問がひとつ解けた——ハートには弾が命中していなかった。

痩せた男が足を止め、ショットガンを撃った。散弾ははずれた。

「愛する救い主よ、われらを見守りたまえ」ブリンは毎晩、感謝の祈りとして何気なく唱えている文句をつぶやいた。

ブリンは州警察の追跡および回避運転教習を何度も受けている。そこで学んだ技術は、スピード違反や逃走車を高速で追跡する際に役立っていた。しかし今度は立場が逆だった。まさか自分が襲撃を回避する立場になろうとは思いもしなかった。それでも教習の感覚がもどってき

た。左手をステアリングに置き、助手席にまわした右手で銃を握る。フットボールのフィールド二面をつなげた長さ……ドライブウェイの端にさしかかり、ブリンはレイク・ヴューから郡道まで方向転換して前進で行くか、このままバックするかで迷った。方向変換に要する五秒が破滅をまねく可能性もある。

男たちは走りつづけていた。

ブリンは決断した。このままバックで行く。男たちとの距離をあける。

レイク・ヴュー・ドライブまで来て、その判断がまちがっていないことを知った。男たちは思った以上に距離を詰めている。ショットガンの銃声は聞こえなかったのに、散弾が星をちりばめたようにフロントグラスにめりこんだ。ブリンは私道に出るとスピードを上げ、汚れたリアウィンドウを凝視しながら車を操っていった。前後に激しく揺れる車は右にそれたら岩か木に衝突するし、反対へ行くと土手を湖に向けて転落する。

だが、どうにかコントロールはできていた。

ブリンはわずかにアクセルをゆるめたが、時速三十マイルは保つようにした。トランスミッションが抗議の声をあげている。郡道に達するまえにギアが分解してしまうかもしれない。そろそろ方向を変えなくては。私道は狭すぎるので、２番の家のドライブウェイを使うことにした。近くはない——蛇行する私道をさらに三、四百ヤード行った先だ——が、ほかに選択の余地はない。

ひねっていた首が痛む。カップホルダーに目をやった。「ああもうっ」鍵を探った男に携帯を奪われていた。見れば右手にある銃の引き金に指が掛かったままだった。グロックは引き金がとても軽い。ブリンは銃をシートに置いた。

すばやく後ろに――つまりフロントグラスのむこうに視線を投げる。男たちの姿は見えない。またリアに目をもどすと、車を左のほうへ寄せていった。レイク・ヴュー2の家まであと二百ヤードほど。

ドライブウェイが近づいてくる。すこしアクセルをゆるめると、ギアの咆哮《ほうこう》がおさまった。

ブリンは頭のなかで思い描いていた。速度を落とさず、ギアをドライブに入れて――

車の運転席側にバックショットがまともに命中して、細かな氷片と化した窓ガラスが降りそそいだ。球弾が右頰を貫通して臼歯を砕き、ブリンは取れた歯と血で喉を詰まらせた。涙があふれて道が見えなくなった。

ブリンは目をこすりながら喉につかえた歯を吐き出し、激しく咳きこんでステアリングを血で濡らした。すべるステアリングから手が離れて、カーブを曲がりそこねた車は時速三十五マイルの速度で路肩を飛び出し、湖に向かって岩だらけの急斜面を下りはじめた。

シートから浮きあがったブリンの足もとにもはやブレーキはなく、ホンダは崖を六フィート落ちたあたりでトランクから石灰岩の岩棚にぶつかり、ボンネットが中空を指した。銃がブリンの耳にあたった。

ホンダはつかの間、フロントの二席の背もたれにブリンを押しつけた状態でバランスを保った。やがてたっぷり時間をかけて傾《かし》いでいくと、天地逆さまに湖水を打った。黒い水が流れこんだ車体はたちどころに沈みはじめた。ブリンはステアリングに引っかかって身動きがとれずにいた。

凍えるほどの水に洗われると、ブリンは手をばたつかせながら悲鳴をあげた。「ジョーイ、ジョーイ」と呼びかけた。

それから吸った息は空気から水になった。

†

「まったく、冗談じゃねえ」とルイスが言った。「おい。警官だぞ」

「うろたえるな」

「なに寝ぼけたこと言ってんだよ？　警官だぞ、ハート。わかってんのか？　連中、森にうようよしてるかもしれねえ。逃げようぜ、相棒。さっさと！」

走って息を切らした男たちはすでに歩調をゆるめ、深い森のなかを、ルイスが運転席側に一発見舞った車の行方を追って歩いていた。ふたりは斥候兵《せっこうへい》よろしく気をくばっている。女が事故で使い物にならなくなっているか、それとも待ち伏せているかの判断がつかなかったのだ。

ミシェルのことも忘れてはいない。この騒ぎに乗じて、むこうから姿を現わしてくるかもしれない。

「パトカーに乗ってなかった。制服も着てなかった」

ルイスは怪しむように顔をしかめた。「おれは女が何を着てたか見てないんだ。ちょっと忙しかったし」またも皮肉っぽく。「それに、おれはうろたえてないから」

「非番の警官が、あの緊急通報で様子を見にきたってとこだな。まちがい電話だっていう伝言を受けそこねて」

ルイスがくすくす笑った。「あんたは非番だって言うけどさ、相棒。あんたの頭をぶっ飛ばそうとするぐらい本気だったんだ」と、議論に勝ったといわんばかりの口ぶり。

おまえの頭もな、とハートは無言で誤りを指摘した。「警官は銃を携帯してるものなのさ。いつでも。規則でね」

「知ってるよ」ルイスは湖を眺めた。「音はしたよな。ぶつかったみたいな。けど、水がはねる音はどうかな」

「水に突っ込む音は聞こえなかった」ハートはウィンチェスターを顎で指し、耳をさわってみせた。「うるさくて。おれはふだんショットガンは使わない」

「ま、あんたも勉強するんだね。選び抜いた一挺だぜ。散弾銃にまさるものなしだって。みんな、腰を抜かすもんな」

〝選び抜いた一挺〟

ふたりは腰をかがめてゆっくり歩きつづけた。高低の木々が絡みあうこの湿地で、しだいにハートの方向感覚が狂いはじめた。道は見えても、車が落ちた場所の見当がつかなくなっていた。一歩進むごとに、眺めが変化しているような気がする。

ルイスが足を止めて首をさすった。

ハートは男のことをまじまじと見た。「撃たれたのか？」

「いや。絶好調さ。ばっちり避《よ》けたからね。おれには弾の飛んでくるタイミングがわかるんだよ。『マトリックス』みたいにさ。あれは名作だったね。全部そろえて持ってる。見たかい？」

ハートには相手の話が理解できなかった。「いいや」

「なんだ。あんた、あんまり外に出ないんだろう」

近くの藪がざわめいた。

ルイスが音のしたほうにショットガンを向ける。

付近の草むらを、丈の低い生き物がすばやく動いていく。アナグマかコヨーテか。犬かもしれない。ルイスはそれを狙って安全装置をはずした。

「おい、やめろ……こっちの居場所がばれる」

それに必要がないものは撃たない……人間でも動物でも。この男、いったいどういうつもりなのか。

ルイスがつぶやいた。「相手がなんだろうとやっちまうのさ。そうすりゃ、もう驚かされずにすむんだ」

おまえは驚いたのか。おれはちがう。ハートは近くの石を拾って投げた。判然としない動物の影が動いて消えた。

だが、その動きは鈍かった。男たちのことなど気にならないとばかりに。しゃがんだハートは泥に獣の足跡を見つけた。もともと迷信深い性質《たち》ではないが、その窪みが何かの警告と思わずにはいられなかった。これまで馴れ親しんできた場所とは別の宇宙に足を踏み入れるのだと。

ここは私の世界だ、と足跡を残した生き物が語っている。おまえたちは他所者《よそもの》なのだ。いずれそっちにないものを目にするし、すぐ背後に迫ってくるものにも気づくまい。

その夜、別荘で撃たれたことをふくめて、ハートが真の恐怖を味わうのはこれが初めてだった。

「狼男め」ルイスはそう言って湖岸を振りかえった。「女は死んだな。まちがいない。だったら、このままここを出ちまおうぜ。どうせ——」フェルドマン邸のほうに顎をやった。「——計画倒れなんだし。こんなに話がこじれちまってさ。郡道で車を手に入れて。運転手を始末して。二時間ほどで街に帰れる」と、芝居がかって指を鳴らした。

ハートは返事をしなかった。道のほうを手でしめした。「おれは女が泳ぎにいったかどうかを確かめたい」

ルイスはティーンエージャーのようにもどかしそうな溜息をついた。それでもハートのあとを追った。ふたりは忍ばせた足をちょくちょく止めながら、岩場の湖岸まで黙って歩いた。

若いほうの男が湖を見渡した。いまや夕闇にすっぽり覆われて、微風の渡る湖面にクロヘビの鱗《うろこ》みたいなさざ波が立っている。「この湖、どうも好きになれないな。ゾッとするよ」

声もでかけりゃ足音もうるさいと腹立たしく思いながら、ハートは、ここはある程度主導権を握らなくてはと考えた。微妙な線ではあるが必要なことだった。彼はささやいた。「なあ、ルイス、あそこで口を開いてもらいたくなかった。キーのことでね。こっちは女の後ろから近づけたんだ」

「だって、教えてやったんじゃねえか。それもみんなおれのせいか」

「だからおたがい、もっと注意を払おうと言ってるんだ。それにダイニングでも女に話しかけたよな。黙って撃てばよかった」

ルイスはその目に、弁解と不服の表情を同時に浮かべるのが得意だった。「相手が警官だなんて知らなかったんだよ。そんなのわかるわけないだろう？　こっちだって持ち場を守って、もうちょっとで鉛をもらうとこだったんだ」

鉛をもらう？　ハートは訝しんだ。〝鉛をもらう〟なんて言い方は聞いたことがない。

「こんな場所は嫌いだね」とルイスはつぶやき、硬い頭髪を撫でつけた。ピアスをはめていた耳たぶをさわって眉をひそめたが、すぐに自分ではずしたことを思いだした。「いい考えがあるぜ、ハート。その、郡道までは一マイルほどだろ？」

「だいたいな」

「フォードのタイヤを前に付け換えて郡道まで行くんだ、後ろは引きずって。おれの言ってることがわかるかい？　あれは前輪駆動なんだからさ。問題ない。郡道までなら。そしたら誰かが停まってくれる。こっちで手を振って、むこうが窓を下ろしたところをバーンとやって一丁上がり。訳もわかんないうちにさ。あとは車をいただいて、あっという間に帰ってくる。ジェイクの店でも寄ろうぜ。行ったことあるかい？」

湖に視線を注いだまま、ハートは上《うわ》の空《そら》で言った。「知らないね」

ルイスは顔をしかめた。「それでミルウォーキーの男を名乗るのか。街でいちばんのバーだぜ」

ハートは湖岸に目を凝らすと、「あそこだな」と言って約五十ヤード南を指さした。

「ハート、おれは女の頭を撃った。しかも車は水のなかだ。バックショットを喰らったか溺れるかして死んだって」

たぶんな、とハートは思った。

だが、フェルドマン邸のドライブウェイで見た光景を振り捨てることができなかったのだ。女は走りもせず、あわてもしなかった。堂々と立ち、茶色がかった髪を掻きあげた。車のキー――いわば安全への鍵を片手に、反対の手には銃を握って。そしてじっくりと待っていた。ハートが標的となって現われるのを。

たしかに、女が重量二トンもの自動車に閉じこめられ、薄気味悪い湖の底で溺死してはいないと示唆するものは皆無だった。しかし、まるで無抵抗のまま溺れてしまう女でないことはわかる。

ハートは言った。「どこへ行くにしても、ちゃんと確かめとこう」

またまたしかめ面。

ハートは根気強く言った。「たかが数分のちがいだ。二手に分かれようか。おまえは右の道、おれは左を行く。人に出くわしたら、そいつはむこうの一味だ、狙い撃ちにしろ」

ハートは黙って撃つようにと念を押すつもりでいた。だがルイスはすでに口を尖らせている。

そこでハートはひと言、「いいか?」と言った。

うなずき。「狙い撃ちするよ。イエス、サー、大尉殿」そして厭味たっぷりに敬礼をしてみせた。

†

藻でねばつく岩に頬がふれている。身体は驚くほど冷たい水に首まで浸かっていた。

歯はがちがち鳴り、息が小刻みにふるえる。腫れあがった頬に眼球が押し出されそうな気がした。顔は涙と不快な湖水にまみれていた。

ブリン・マッケンジーは血と油とガソリンを吐き出した。耳から水を抜こうと頭を振った。効果はなかった。耳が聞こえない。バックショットの粒かガラス片で鼓膜が破れたのだろうか。そのうち、左耳の詰まりが消えて水が流れ出た。岸をたたく水の音がとどいてきた。

濁った水中を深さ二十フィートまで沈んだ車からどうにか脱出すると、ブリンは水面まで泳ごうとした――が、服と靴の重みでどうにもならない。そこで岩場まで這っていき、手がかりになるものをやみくもにつかんで足を蹴った。水面に顔が出ると空気をむさぼった。

早く出て。動いて。

ブリンは身体を引きあげようとした。が、浮いたのはほんの数インチ。本来の動きができないのは、濡れた服が五十ポンドもの重量を上乗せしてくるからにちがいない。ぬめっとした泥に両手をすべらせ、ブリンはふたたび全身を水にもぐらせた。別の岩につかまって湖面に顔を出した。

視界がぼやけてつかんだ岩を放しそうになり、ブリンは筋肉をこわばらせた。「ここでは死なない」と、じっさいに声が出たような気がする。そうして彼女は脚を持ちあげ、左足で足場を確保した。右足もつづき、ようやく岸に上がることができた。金属とガラス、赤や透明のプラスティックの破片のなかを、ガマや風に鳴る草に周囲を覆われ、腐りかけの枝葉が堆積する場所まで転がっていった。寒さは水中よりもひどかった。

彼らは来る。当然、あのふたりの男たちが後を追ってくる。車の落ちた場所が正確にわからなくても、その気になれば見つけるのはたやすい。

動かなくては。

ブリンは膝立ちで這おうとした。遅すぎる。動いて！　立ちあがったとたんに倒れこんだ。脚が言うことを聞いてくれない。焦るかたわら、骨折したのではないか、痛みを感じないのは寒さのせいではと考えた。自分でさわってみると折れてはいないらしい。再度立ってバランスをとると、レイク・ヴュー・ドライブの方角に足を引きずっていった。

顔が疼く。ブリンは頬にあいた穴をさわり、臼歯があった隙間を舌で探った。激痛が走る。また血を吐いた。

それと顎。私の顎。以前に砕かれたときの衝撃、その後のつらいワイア、流動食、形成手術を思いだす。

あの整形の努力が台無しに？

泣きたくなる。

足もとは傾斜が急で岩だらけ。角度のついた地面と平行に、それも自然のまま生えだしたヤナギ、カエデ、ナラの細枝が急に向きを変え、空へと伸びている。ブリンはそれを手がかりに、レイク・ヴュー・ドライブのほうへ斜面を登っていった。きっちり半分に切れた月が照らしてくる明かりの下で、グロックはないかと後ろを顧みた。しかし車が水中にダイブするまえに飛んだ銃は、もののみごとに夜陰にまぎれて見つけようもなかった。

ブリンは斧の形をした岩を拾いあげた。その武器にひたと目を注ぐ。

そのうち、ジョーイが放課後に八年生のカール・ベダーマイアーにからまれ、血を流して半べそをかいていたのを思いだした。ブリンは受けた医療訓練の流れに沿って傷を調べ、たいしたことないと告げてから、「あのね、喧嘩はするときと、逃げるときがあるのよ。ふつうは逃げるの」と言い添えた。

それであなたはどうする？　掌中にある花崗岩《かこうがん》を見つめながら、ブリンはおのれに糺した。

逃げる。

岩を落とすと私道に向かって斜面を登っていった。頂上に近づいたところに足をすべらせ、頁岩《けつがん》と砂利をくずした。大きな音がたった。ブリンは身を伏せ、堆肥と濡れた岩の匂いを嗅いだ。だが、駆けつけてくる者はいない。むこうの男たちも銃撃のせいで耳が聞こえなくなっているのだろうか。

たぶん。銃というのは、人が考えるよりはるかに大きな音がする。

有利なうちに動いておくこと。

数フィート。さらに十。二十。地面が平らになり、移動が楽になった。たどり着いたレイク・ヴュー・ドライブに人影がないのを見ると、急いで横断して反対側の溝に転がりこみ、身を掻き抱くようにして息を喘がせた。

だめ。止まってはいけない。

去年、高速で容疑者を追跡した経験が頭によみがえる。バート・ピンチェット、卵の黄身色のマスタングGTに乗っていた。

「どうして停めなかったの？」とブリンは手錠を掛けながらこぼした。「どうせ捕まるのに」

すると男は驚いたような顔をしたのだ。「そりゃ動いてるかぎり、おれは自由の身なんでね」

ブリンは膝をついて立ちあがった。道をはずれて重い足取りで坂を上がり、木立に向けて黄色と茶の丈高い草原に分け入った。

二、三百ヤード前方に、レイク・ヴュー2の家のシルエットが見えた。先ほどと同じで暗い。電話は通じるだろうか。そもそも電話はあるのだろうか。

ブリンはそうであることを短く祈ると、あたりに目をやった。襲撃者の気配はない。また頭を振った。つぎの涙がちぎれるまで振りたくった。

と、不意に物音が——草むらを彼女のほうへまっすぐ走ってくる足音——やけに生々しく。息を呑んだブリンはハートかその相棒か、おそらくその両方から逃げようと駆けだし、レンギョウの枝に足を引っかけた。そして激しく、息もできないくらい激しく倒れこんだ枝には、赤ん坊の寝室で見かける壁紙のような明るい黄色の蕾が点々としていた。

†

一マイル離れたリタの家からもどったところだった。グレアムにしてみれば、ハンボルトではどこへ行くにも距離が一マイルという感じがある。

彼はジョーイをいっしょに連れていった——息子を留守番させたくなかったのは、いくら「大丈夫」とはいえスケートボードの怪我のことがあったし、ひとりだと宿題を怠けてビデオゲームをやったり、コンピュータでインスタントメッセージや〈マイスペース〉や〈フェイスブック〉を開いたり、iPhoneでeメールを打ったりするに決まっているからである。少年は祖母を迎えにいくのに乗り気ではなかったものの、わりと上機嫌で車のバックシートにおさまると友人に——あるいは、打ち込んでいる量からして学校の生徒の半数に——テキストメッセージを送っていた。

アンナを乗せて帰宅すると、ジョーイは数段飛ばしで階段を駆けあがっていった。

「宿題だぞ」とグレアムは声をかけた。

「やるよ」

電話が鳴った。

ブリンだろうか。ちがう。知らない番号だった。

「もしもし？」

「こちらはミスター・ラディッツキー、ジョーイの中央セクション・アドバイザーです」

最近の中学はすっかり様変わりしている、とグレアムは思った。彼のころにはアドバイザーなどいなかった。それに〝中央セクション〟なんて、共産主義のスパイ組織のようだ。

「グレアム・ボイド。ブリンの夫です」

「どうも。お元気ですか？」

「それはもう」

「ミズ・マッケンジーはご在宅で？」

「あいにく外出中です。伝言をうけたまわりましょうか？　それとも私でよければ？」

グレアムは子どもが欲しいと思いつづけてきた。植物と生活をしてきたけれど、それ以上のものを育てたいという生来の欲求があった。最初の妻は母にはならないという決断をいきなり、しかも断固として結婚に持ち込んできた。これはグレアムにとっては大きな失望だった。自分には子育ての技量が具わっていると信じていた彼のレーダーは、すでにミスター・ラディツキーの声音から早期警戒のシグナルを受け取っている。

「じつは、話はほかでもないのですが……きょう、ジョーイが学校を休んだことはご存じですか？　しかも〝ファルト〟をしていた」どことなく非難めいた口調だった。

「休んだ？　まさか、そんなはずは。私が送っていったんですから。ブリンは仕事で早かったので」

「しかし休んだのは事実なんです、ミスター・ボイド」

グレアムは否定したくなる衝動と闘った。「つづけてください」

「ジョーイはけさ中央セクションに来て、医者の診察予約があるというメモを私に提出しました。そして十時に学校を出たんです。メモにはミズ・マッケンジーの署名がありました。ですが、ジョーイの怪我を聞いてオフィスで調べてみると、サインは本人のものではなかった。ジョーイが勝手に書いたものでした」

グレアムは去年の夏、同じ予期せぬ恐怖というものを経験している。ある客の庭で、スズメバチの巣に気づかず植木を運んでいた。すでに敵の一群が飛び出して、脅威が目前に迫っていることなどつゆ知らず、のどかな一日を満喫していた。

「はあ」グレアムは少年の寝室のほうを見あげた。ビデオゲームの音がかすかに聞こえてくる。

〝宿題だぞ……〟

「それから、なんて言いました？　〝デフォルト〟？」

「アポストロフィにP、Hと綴って〝ファルト（'phalt）〟。アスファルトと同じく。これは信号で停まったトラックの後ろに、スケートボードに乗ったまましがみつく子どもの遊びです。ジョーイはそれで怪我をしました」

「学校の校庭じゃなかったんですか？」

「ちがいます、ミスター・ボイド。同僚の代用教員が帰宅途中に、エルデン・ストリートで彼を見かけたんです」

「ハイウェイで？」

エルデンはハンボルトの市街でこそ大きな商業地区だが、いったん町境を越えると、オークレアとグリーンベイを結ぶトラックルートという本来の姿を取りもどし、制限速度など無意味なものになる。

「その彼女の話では、ジョーイが転倒したとき、トラックは四十マイルは出していたらしい。彼の命が助かったのは直後に車がいなくて、突っ込んだのが草むらだったからです。それがもし電柱や建物だったら」

「まいったな」

「すこし注意を払っておかないと」

〝言って聞かせたから……〟

「そうですね、ミスター・ラディツキー。ブリンには伝えます。彼女はあなたと話したがるはずだから」

「助かります、ミスター・ボイド。いまの様子は？」

「問題なく。ちょっと擦りむいただけで」

〝大丈夫だから……〟

「彼は運のいい若者だ」と言いながら、男の口吻《こうふん》には詰るような調子がある。グレアムもそれを責めなかった。

電話を切ろうとして、ふと頭に思いつくことがあった。

「ミスター・ラディッキー」グレアムはもっともらしい嘘をついた。「きのう、ちょうど話し合ったばかりなんですが。ジョーイがかかわった例の喧嘩の、その後のことで」

間があく。「さて、どれでしょうか？」

おい、そんなにいくつもあるのか。グレアムは曖昧な言い方をした。「たしか去年の秋だったか」

「ああ、あれはひどかった。十月ですね。停学になった」

またも暢気《のんき》にスズメバチの巣を……ブリンによると、学校のハロウィーンパーティで揉め事があったけれど、深刻なものではないという話だった。そういえばジョーイはその後数日学校を休んでいた――具合が悪いからとブリンは言った。でも、どうやらそれは嘘だったらしい。停学処分を受けたのだ。

教師が言った。「ミズ・マッケンジーから、むこうのご両親が訴えないことにしたという話は聞いてませんか？」

訴訟？……いったいジョーイは何をしたというのか。「聞きました。でも相手の子のことが心配で」

「ああ、彼なら転校しましたよ。問題児でね、ＥＤの」

「なんですって？」

「情緒障害《エモーショナル・ディスターブド》。ジョーイのことをいじめてたんです。だからといって、鼻を折っていいことにはなりません」

「もちろんです。とにかく気になっていたので」

「あの一件では、お宅はうまく弾を避けることができた。下手すれば大変なことになっていたんですよ」

さらに批判。

「私たちはツイてましたね」グレアムはみぞおちに冷たいものを感じた。家族について、ほかにも知らないことがあるのだろうか。

〝ちょっと揉めただけ。なんでもない。ハロウィーンのパーティに、ジョーイがグリーンベイ・パッカーズの恰好で行ったら、その相手の子はベアーズのファンで……そんな程度のくだらない話。ちょっと張りあっちゃったわけ。すこし学校を休ませるわ。どっちみちインフルエンザにかかってるし〟

「とにかく重ねての気遣いをありがとうございます。本人とも話します」

電話を切ったグレアムは、新しくあけたビールをすこしだけ口にすると、皿を片づけにキッチンへ行った。これが落ち着く。掃除は嫌いだった。気が立ってくる。理由はわからないが皿洗いはたのしい。たぶん水のせいだろう。造園師にとって、生命の源なのだから。

洗った皿を拭きながら、授業をサボって危険なスケートボードに興じていたジョーイにするつもりの話を何度もくりかえし、そこに改良をくわえていった。だが皿を片づけ終えるころには言葉が堅苦しく、上滑りしているように思えてきた。結局、一方的な話になってしまうのだ。いま必要なのは説教じゃなく、会話をすることではないのか。十二歳の少年に説教をしても効果がないことは直感でわかっていた。ふたりで腰を据えて、真面目に語りあう場面を想像しようにもできない。言葉を飾るのはあきらめた。

ま、ブリンにまかせればいいじゃないか。むこうもそう言うに決まってる。

ファルト……

グレアムは手を拭くと、居間の緑色のカウチに腰をおろした。かたわらの揺り椅子に座ったアンナが「ブリンだった？」と訊いた。

「いえ。学校です」

「大丈夫なの？」

「もちろん」

「ポーカーを休ませちゃって悪かったわね、グレアム」

「ぜんぜん」

アンナは編み物に目をもどして言った。「リタのとこへ行ってよかった。あの人、もう長くないの」と舌を鳴らして、「それにあの娘。ねえ、見たでしょ？」

こんなふうに、あたりの柔らかな義母がときおり洩らす冷酷な発言には驚かされることがある。グレアムにはその娘の罪は測り知れなかったが、アンナが斟酌《しんしゃく》したうえで理性的な判断をくだしたことはわかる。「ええ」

グレアムがチャンネル選びのコイントスに負けて、ふたりはシットコムを見ることにした。グレアムもそれでよかった。今シーズン、贔屓《ひいき》のチームはさんざんだったのだ。

†

取り乱した若い女は二十代半ばで、痩せた顔に泣きはらした目、妖精っぽい雰囲気のおしゃれなショートヘアはぼさぼさに乱れ、葉っぱが斑点のようについている。額に擦り傷をつくり、両手は抑えがきかないほどふるえていたが、ただそれは寒さのせいもあった。

ブリンが耳にした、藪を慌てて駆けてくる足音の主は強盗ではなくその女だった。

「ふたりの友だちね？」ブリンは、その彼女がフェルドマン夫妻の運命に遭遇しなかったことにほっとしながらささやいた。「シカゴから？」

女はうなずくと深まる黄昏を、男たちがすぐ背後まで迫っているといわんばかりに見据えた。

「どうしていいかわからない」と興奮気味に言う彼女は子どものようだった。恐怖に身を引き裂かれる思いをしたのだ。

「いまはここを動かない」とブリンは言った。

喧嘩するときと逃げるとき……

隠れるときも。

ブリンは夫妻が招いた客をつくづく眺めた。あか抜けた服、都会の服——高価なジーンズ、美しい毛皮の襟がついたデザイナー物のジャケット。シルクのようにしなやかな革。ゴールドのリングが片耳に三個、反対に二個、スタッドで留めてある。左の手首にはテニスブレスレットが燦《きら》めき、右手には宝石をあしらったロレックス。このぬかるんだ森にはおよそ場違いな姿だった。

周囲の森に目を走らせると、微風に揺れる木の枝とざわめく葉のほかに動くものは見あたらなかった。風は濡れそぼった肌には苦痛でしかない。「あっち」とブリンはようやく口にして隠れ場所を指さした。女たちは十フィートあまり匍匐《ほふく》して――レイク・ヴュー・ドライブから五十ヤード、2番の家からは約百五十ヤード離れた木々の鬱蒼としたあたり、近くにチンカピンオークの倒木が横たわる穴まで行った。レンギョウ、ブタクサ、スゲが群生するなかに身を落ち着けると、ブリンは道路とフェルドマン邸のほうを振りかえった。殺人犯の姿はない。にわかに覚醒したように、若い女はブリンの制服のブラウスに目を凝らした。「婦人警官ね」そして視線を道路に転じた。「仲間はいるの?」

「いいえ。ひとり」

女はこの知らせを平然と受けとめるとブリンの頬を見た。「その顔……銃声を聞いたの。彼らはあなたのことも撃ったのね。スティーヴンとエマにやったみたいに」その声がふるえた。

「助けは呼んだ?」

ブリンは首を振った。「電話を持ってる?」

「置いてきた。家に」

ブリンは身を縮こまらせた。温まるすべがない。女のしなやかなデザイナージャケットに羨望のまなざしを向けたのは、見るからに贅沢な服というより温かさがうらやましかったからだ。

彼女の顔はかわいらしいハート形。長い爪は形が完璧にととのっている。スーパーマーケットのレジ脇にある、健康とセクシーさを保つ十の方法を解説する雑誌の表紙になっていそうな外見だった。ポケットを探った女は、ブリンには値段の見当もつかない上品できつそうな手袋を出した。

ブリンはまた身をふるわせながら、早く身体を乾かして温めないと気を失うかもしれないと思っていた。ここまでの寒さは経験がなかった。

「あの家」若い女はレイク・ヴュー２を顎で指した。「助けを呼びましょうよ。あそこから警察に通報するの。温まれるし。ほんとに寒い」

「だめ、まだ」とブリンは言った。言葉を省略するほうが苦痛が減るような気がした。「むこうがどこにいるかわからない。わかるまで待つ。あっちへ行くかもしれないし」

若い女は顔をしかめた。

「怪我してる？」とブリンは訊いた。

「足首。転んだの」

これまでさまざまな外傷の訴えを処理してきたブリンは、女のブーツ――イタリア製――のジッパーを下ろすと、黒い膝丈のソックスの上から関節を調べた。おそらく捻挫《ねんざ》で、さいわい骨折はなかった。金のアンクレットが目にとまる。十二歳を過ぎて足首にブレスレットをするなど、ブリンには考えられないことだった。

若い女はフェルドマン邸のほうを見やった。唇を咬みながら。

「あなたの名前は？」

「ミシェル」

「私はブリン・マッケンジー」

「ブリン？」

うなずいた。ふだん、ブリンがその名の由来を語ることはない。「郡保安官事務所の保安官補」彼女は緊急通報のことを説明した。「彼らのことは知ってる、あの男たちのことは？」

「いいえ」

ひそめたブリンの声はさらに歪んだ。「どうするか決めないと。あったことを話して」

「仕事のあとエマと落ちあって、スティーヴンを拾っていっしょに乗ってきたの。こっちに着いたのは五時、五時半。二階に上がってシャワーを浴びようとしてたら、すごい音がした。ストーブが爆発でもしたんじゃないかと思った。それとも誰かが何かを落としたのか。よくわからなかった。急いで階段を降りると男がふたりいたわ。むこうは私に気づいてなくて。ひとりが銃を置いてた。階段のそばのテーブルに。とにかく私はそれを取ったの。男たちはキッチンに立って……死体を見おろしながらしゃべってた。じっと足もとを見て、顔にこんな表情をうかべて」女は目を閉じた。そして低声《こごえ》で、「うまく真似できない。なんか、〝ふたりを撃ったけど、べつにたいしたことじゃない。これからどうする？〟っていう感じだった」声がうわずる。

「ひとりなんか、冷蔵庫の中身をさらってたわ」

ブリンが木立に目を走らせる一方で、若い女は涙をこらえてつづけた。「わたし、彼らのほうに歩きだした。考えもせずに。なんか夢中で。そしたらひとりが――長髪とクルーカットがいたんだけど――長髪のほうがこっちを向きかけたから、それで引き金をひいちゃったみたい。

反射的に。ものすごい銃声がして……当たってはいないと思うんだけど」

「いいえ。ひとりは怪我してるみたい。いまあなたが話してたほう。長髪の」

「怪我はひどい?」

「腕だけど」

「たぶん……たぶん動くなとか、手を上げろとか言うべきだったのよね。きっと。むこうはわたしを撃とうとしてたわ。だからパニックになって。訳がわからないまま、走って外に逃げたの。車のキーも持たずに」嫌悪の表情。「なんてばかなことをしたのかしら……追っかけられるのが怖くて、タイヤを撃ち抜いてしまったの。あんなことしなけりゃ、もうあの人たちもいなくなってるのに。車に乗って……ばかだったわ!」

「大丈夫。平気。そういうとき、まともに頭の働く人ってそういるもんじゃないし。銃はまだ持ってる?」

おねがい、とブリンは祈った。とにかく武器が欲しい。

だが女は首を振った。「弾を全部撃っちゃったの。だから見つからないように、家のそばの川に投げ捨てた。それから逃げたの」彼女は目を細めた。「あなたは保安官補だし。銃は持ってるんでしょう?」

「持ってたけど。湖に落とした」

ミシェルが突然陽気になった。舞いあがったかのように。「ねえ、まえにこんな番組を見たことがあるんだけど、A&Eかディスカバリーチャンネルで、ひどい自動車事故に遭って、血だらけで何日も荒野に置き去りにされて。その人たち、死んでもおかしくなかったの。でもなんか、身体が出血を止めるみたいなことが起きて、それで医者の治療で命が助かって……」

ブリンはこうした躁《そう》状態を車の事故や心臓発作の現場で体験していて、暗にほのめかされる疑問には、率直かつ誠実に答えるのがベストなのだと心得ていた。「ごめんなさい。私はあそこのキッチンへ行ったわ。ふたりを見た。残念だけど亡くなってる」

一縷《いちる》の望みにしがみついていたミシェルは、やがてそれを手放した。うなずいて顔を伏せた。

「犯人たちの目的はなんだと思う？　うっ！」ブリンは舌を咬んでたじろいだ。目に涙のレンズがうかぶ。「強盗？」

「わからない」

身体のふるえがひどくなり、ブリンの体力を消耗させていた。プラム色のマニキュアを塗ったミシェルのきれいな指の爪は、ブリンの手入れをしていない爪と同じ色だった。

「あなたはエマと仕事をしていたそうね。やっぱり弁護士？」

ミシェルはかわいらしい顔を横に振った。「いいえ、シカゴへ移るまえに、ミルウォーキーで法律事務秘書《パラリーガル》をやっていて。それで知り合ったの。お金を稼ぐための仕事だったけど。わたし、ほんとは女優よ」

「彼女から事件の話をされたことは？」

「それはあんまり、ええ」

「もしかして――勤めてた事務所の事件とか。詐欺とか犯罪でも嗅ぎつけたのかもしれない」

ミシェルは息を呑んだ。「犯人たちは彼女を殺すためにここまで来たってこと？」

ブリンは肩をすくめた。

すぐ近くで物音がした。ブリンははっとして振り向いた。二十フィートほど離れた付近にアナグマの優雅な姿があって、丸々としてぎこちない動きで注意深く移動していった。

ウィスコンシン、またの名をアナグマの州《バッジャー・ステイト》。

ブリンはミシェルに訊ねた。「あなたからの連絡がなくて不審に思う人はいる?」

「夫ね。ただし、いまは出張中。朝になったら連絡をとることにしてるけど。だからスティーヴンやエマとここに来たわけ。週末が自由になったから」

「ほら」ブリンはフェルドマン邸を指でさしていた。四分の一マイル離れた側庭を、懐中電灯の光線二本が照らしている。「犯人がもどったのよ。急いで。別の家まで。さあ」ブリンは中腰になり、ふたりはおぼつかない足取りで前進していった。

†

警官はやはり水に落ちていた。

ハートとルイスは破片と油膜を見つけたのである。

「死んだな」ルイスはいまにも怪物が現われるんじゃないかとばかりに、不愉快そうに湖を見ながら口にした。「行こうぜ。なあ、ハート。ジェイクの店。ビールでも飲まないとやってられないよ。いいか、一杯めはあんたのおごりだからな」

ふたりはフェルドマンの家にもどっていた。暖炉の火はすでに燃えつきていて、ハートは明かりをすべて消した。自分の血が付いた救急用品はポケットに入れた。屋内や前庭に落ちている薬莢《やっきょう》は気にしなかった。グロックに弾を込めるときには手袋をしたし、ルイスにもそれを守らせた。

それから、ルイスが素手で近づいた場所のスプレーと拭き取りをしていった。

これにはルイスも冷笑をこらえきれなかった。

「取っとけよ」ハートは腹立ちまぎれに、ミシェルの財布を指さして言った。

ルイスは財布を戦闘服のポケットにすべりこませると、バーにあったウォッカのボトルを手に取った。〈ショパン〉だった。「くそっ。上物じゃねえか」ルイスは栓を抜いて酒を呷るとボトルを掲げてみせたが、ハートは首を振った。いまは酒を一滴たりと飲む気がしなかったからなのだが、ルイスは仕事中の飲酒にたいする批難と受け取った。そんな思いもあるにはあったが、少なくともルイスのボトルをさわる手には手袋がはまっている。

「あんた、気にしすぎなんだよ、ハート」ルイスは笑いだした。「おれは事情通なんだぜ。このあたりの連中のやり方も知ってる。ミルウォーキーやセントポールだったら、おれもこんなことはしねえ。けど、ここはさ……ここの警官は『メイベリー110番』のアンディといっしょだよ。『CSI』とはわけがちがう。あんな洒落た道具は持ってやしないって。そのへんの加減はおれがわかってるから」

しかしハートはルイスがそう言いながら、ボトルを元にもどそうとシャツの袖で拭っているのに気づいた。

そのちょっとした——うっかり見落としてしまいそうなしぐさに手がかりがあった。コンプトン・ルイスという人物を知る手がかりである。浮ついた前のめりの態度というのは、とくに珍しいものじゃない――たとえば、自分の弟にもそういうところがあった。その元にあるのは自信の欠如、ということはピンチカラーで犬を操るようにしてコントロールできる。

ふたりは外に出た。ルイスがふたたび、フォードの撃ち抜かれた前輪をスペアと交換する作業にかかった。本人の提案にしたがって、パンクしたタイヤをリアで引きずるようにしようというのだ。

ハートはこの家でこうむった災難に思いをめぐらせていた。

〝不意を打たれ……〟

見落としてしまっている手がかりはないか。もとよりハートは無能が嫌いだが、犯罪に手を染めているときのそれは度し難い。以前にセントルイスで殺しをキャンセルしたのは、狙った相手が仕事帰りに通る〝公園〟――絶好の狙撃場所だ――が、じつは元気いっぱいの小さな目撃者たちであふれかえる近所の遊び場だったからだ。そういえば二度の下見はいずれも午前中、子どもたちが学校に行っている時間だったことを思いだして自分にうんざりした。

ハートは家と庭に視線を流した。どこかにまだ微細な証拠を残している可能性はある。だがおそらくルイスの言い分は正しい。ここの警官は『CSI――国際犯罪現場《クライム・シーン・インターナショナル》』とかいう、あの有名な番組に出てくる連中とはちがう。テレビを見ないハートでも、例の高価な科学装置のこととか、おおよその内容はわかっている。

いや、気になっているのはもっと根本の部分だった。ハートは地面の足跡のこと、それを残した獣たちの、縄張りに侵入した人間にたいする無関心を思いかえしていた。ここでの相手は顕微鏡やコンピュータじゃない。もっと原始的なことなのだ。

ハートはまたも戦慄をおぼえた。

ルイスはジャッキとスパナを手に、フォードのタイヤ交換にいそしんでいた。彼は腕時計を見た。「十時半には都会にもどれるぜ。あそこのビールとハンバーガーの味を思っただけでよだれが出てくる」

そう言って仕事にもどったルイスは、小さいながら器用な指でてきぱきと作業をこなしていった。

†

「アラーム、ない」とブリンは怪訝そうな顔でつぶやいた。

「なに？」お母さん言葉を理解できないミシェルが訊いた。

ブリンはゆっくりと反復した。「ないの。アラームが」ブリンはレイク・ヴュー2の広大な山荘を見あげていた。所有者たちはお金を持っているはずなのに、なぜ警備をないがしろにするのだろうか。

裏口のドアの窓を肘で割って錠をはずすと、女たちはキッチンに急いだ。レンジにまっすぐ歩み寄ったブリンは、明かりの洩れる危険も承知で暖をとろうとバーナーをひねった。反応がなかった。表でプロパンの栓が締められているのだ。それを探している暇はない。せめて服を乾かしたい、とブリンは思った。室内は寒かったけれど風をさえぎってくれるし、家の骨組みには日中の熱がわずかながらこもっている。

ブリンは顔に手をやった——銃創ではなく顎に。寒かったり疲れたりすると再建した部分が疼くのだが、その感覚は想像の産物ではないかと思うこともある。

「急がないと。まずは電話かコンピュータを探して。eメールかインスタントメッセージを送るから」ジョーイはつねにオンラインにしている。メッセージが届くことはわかっていても、その表現に気をくばらないと、息子を混乱させるばかりで緊急事態が伝わらない可能性もあった。

車による脱出はむり。すでに覗いてみたガレージは空だった。ブリンは言葉を継いだ。「それと武器。このへんは州立公園だし、立入禁止地区が多いから狩猟は盛んじゃないけど。一挺ぐらい銃があるかもしれない。弓とか」

「矢も？」と問いかけるミシェルの目には、人間に向けて矢を射ることにたいする動揺の色が表れていた。「そんなことできないわ。やり方も知らないし」

ブリンもむかし、夏のキャンプで一、二度いじった程度だった。でも必要とあらばすぐにも使いこなせる。

そんな空想に浸るうち、ブリンはミシェルが離れていくことに気づいた。そのうち物音が聞こえてきた。

暖房！

ブリンが居間に駆けこむと、若い女はサーモスタットを見つけていた。

「だめ」ブリンは歯を鳴らしながら言った。

「凍えそうなの」とミシェル。「いいでしょう？」

ブリンは暖房ユニットを停止させた。

ミシェルが不満を口にした。「寒くてつらいのよ」

あなたに言われなくても、と思いながらブリンは言った。「煙が出るから。男たちに見つかるかもしれない」

「外は暗いし。なにも見えないわ」

「冒険はできない」

女は厭《いと》わしげに肩をすくめた。

暖房がついたのはせいぜい数秒間のことで、離れた男たちから視認されることはないはずだった。

「あまり時間がない」ブリンの一瞥したクロックラジオが青く光っている。8：21。「むこうもここに来ようとしてるかもしれない。急いで探しましょう。電話、コンピュータ、武器を」

外はもう漆黒に近い闇で、それだけに焦りも半端ではなかった。ふたりを救う電話や銃は二フィート先にあるかもしれないのに、それがわからない。ほとんど手探りするしかないという状況なのだ。ミシェルは慎重で動作も鈍かった。

「もっと速く」ブリンはうながした。

「ここにはクロゴケグモがいるのよ。去年スティーヴンとエマを訪ねたとき、部屋で見つけたんだから」

まるっきり些細な悩み。

ふたりは十分間をかけ、書類やこまごました私物のはいった引出し、クローゼット、バスケットを必死に探った。ブリンはノキアを見つけてにんまりしたが、それは古い型のものでバッテリーはなくアンテナも折れていた。充電器を見つけようと、絨毯の上に物をかたっぱしから放り出していく。

ない。

「もう」ブリンはつぶやくと、顔の疼きに身を竦ませた。「上を調べてくる。ここの捜索をつづけて」

ミシェルが曖昧にうなずいたのは、ひとり残されるのに気がすすまなかったからだ。

毒グモ……。

ブリンは階段を昇った。二階の探索では、武器も電話もコンピュータも発見できなかった。屋根裏までは上がらないことにした。窓から外を眺めると、懐中電灯の光はフェルドマン邸付近の庭にあったものの、男たちがそこに長く留まっているという保証はない。

明かりを点けたい気持ちを抑えて手探りで寝室をめぐり、いちばん大きな部屋を集中的にあたった。引出しやクローゼットのドアをあけていき、やっと服が見つかった。ブリンはジャケット、濡れてごわつく制服を脱ぎ、色合いの地味なネイビーブルーのスウェットパンツ二枚、男物のTシャツ二枚に厚手のスウェットシャツを選んで着た。ソックスも乾いたものに換えたのだが――靴が水に浸かったせいで、足の踵《かかと》には水ぶくれができていた――結局、また保安官事務所のオックスフォードを履くしかなかった。黒の厚いスキーパーカを見つけて羽織り、ようやく人心地がついた。その安らいだ気分は泣きたくなるほどだった。

浴室でメディシンキャビネットを開き、並んだ瓶のなかから四角い形のものを探り出した。

匂いで消毒用アルコールと確認すると、それを丸めたトイレットペーパーに浸して頬の傷にあてた。痛みに息が詰まって脚の力が抜けそうになる。口内も消毒したが、痛みは十倍もひどい。気が遠くなるまえに顔を伏せ、息を深く吸った。「よし」痛みが耐えられる程度までゆっくり退いていくと、アルコールをポケットに入れて階段を駆け降りた。

「電話か銃か、あった？」とミシェルが訊ねてきた。

「いいえ」

「わたしも探したけど……気味が悪いの。地下に行けなかった。怖くて」

ブリンは自分の足ですばやく地下を捜索していった。明かりを点けたのは、窓がないのを見て安全と踏んだからである。けれども小部屋と廊下がきりなくつづくような空間には、通信や防御の役に立つものがなかった。恰好の隠れ場所に通じていそうな小さな扉はいくつもあった。

キッチンへもどったブリンに、ミシェルが「あれを見つけた」と耳打ちしてナイフブロックを指した。〈シカゴ・カトラリー〉。ブリンは約八インチの長さの一本を手に取り、研ぎすまされた刃を親指でためしてみた。

フェルドマン邸のほうを振りかえると、相変わらず庭で懐中電灯の光が躍っている。ブリンはふと思いついて室内を見まわした。「ここでビリヤードテーブルを見なかった？」

ミシェルがダイニングのほうに手をやった。「あっちだと思うけど」

ふたりしてそちらへ急ぎながら、ブリンは言った。「六八二号を東から来たんだけど。クローセンを過ぎたら、遠くにちらほらトレーラーと小屋が見えるだけで、ずっとなにもなかった。西へ行ったら店かガソリンスタンドに行き当たる？　電話のある場所に？」

「知らない。そっちには行ったことがない」

女たちがはいった娯楽室は広く、バーにビリヤードテーブルがあって、作りつけの棚には何千冊もの書籍がおさめられている。テレビの大画面の下に置かれたケーブルボックスが八時四十二分をしめしていた。

ブリンの体温がもどってきた。気がつくと、なぜだか寒さの記憶が薄らいでいる。先ほどまでのつらさを思いだそうにも、その感覚はぼやけたままだった。

室内に飾られたスポーツの記念品、酒壜、家族写真、ビリヤードのキューのラック、テーブル上のトライアングルラック内に組まれたボールを観察してから、ブリンは本棚の下段にある引出しをかきまわしていった。

武器も電話もなかった。

「地図が見つかるかも」

ふたりは棚と紙の束を調べはじめた。ブリンが本箱を覗いていると、ミシェルが悲鳴をあげた。

ブリンははっとして振り向いた。

「見て！　誰かが来る！」

女たちは窓辺で膝をついた。ブリンの目に、数百ヤード先でヘッドライトがレイク・ヴュー・ドライブから郡のハイウェイに向けてゆっくり動いていくのが見えた。

「フェルドマン邸の先に家はある？」とブリンは訊いた。ここには三軒しかないことを思いだしたらしい。

「わからない。近所の人かしら。もしかしたら警察かも！　捜索にきたパトカーを、わたしたちのほうが見逃してたのよ。走っていけば止められる！　行きましょう！」ミシェルは立ちあがると、扉に向かって傷めた足で駆けだそうとした。

「待って」ブリンは低声で鋭く制した。

「でも、もうすぐいなくなっちゃう！」ミシェルは憤っている。「待てないわ！　冗談じゃない！」

ブリンは片手を挙げた。「ミシェル、だめ。見て」

すでに月が冴えて車をはっきり照らしていた。それは殺し屋たちのフォードだった。

「もう、いや」若い女は歯嚙みしながら言った。「パンクしたタイヤで、どうやって運転するの？」

「あなたが二本撃ったから、フロントにスペアをはめて、後ろはリムのまま。前輪駆動だから、リアは引きずるようにして。ほら、あの土埃」

「どこまで行けるの？」

「何マイルか、ええ、速くは走れないにしても」

引きずる車輪が巻きあげる埃のなかに、テールランプが幽霊のごとき赤いオーラを醸《かも》している。フォードはうねる道を郡のハイウェイめざし、のろのろ進んでいった。やがて光がバンクスマツ、イチイ、優美なヤナギの木立にまぎれ、車は見えなくなった。

ミシェルは自分の身を抱くようにして安堵の溜息をついた。「これで彼らはいなくなったのね……もう大丈夫？　ここで待てばいいのね。暖房をつけていいでしょ？　ねえ」

「ええ」ブリンは車のほうを見つめながら言った。「暖房をつけましょう」

†

ルイスが操る手負いのフォードはレイク・ヴュー・ドライブの2番の家を過ぎ、さらに曲がりくねった道を郡のハイウェイに向けて前進をつづけた。

ハートは言った。「散弾銃で撃ったあの一発が、あんなに距離があった女の車に命中したわけか」

ルイスはせせら笑いをうかべたが、ハートはその言葉が命中したのを見てとった。チンピラは嬉々としている。「女を誘《おび》き出したかったからさ。それで高いとこを狙った。風も計算に入れてね。タイヤに当てたくなかったし。ちゃんと当てなかっただろ?」

「ああ」

「けど、うまくやってみせたよな。だいたい四フィート。高さも。まさか女が運転をしくじるとは思わなかったけどね」

「あれは仕方ない」

やや間があって、ルイスが言った。「なあ、ハート?」

周囲に目をやってから、「えっ?」

「そのちょっと……話しといたほうがいいかと思って。キーのことで」

「キー?」

「家でさ。女の警官を相手に。おれがしくじった……あんたの言ったとおりだよ。つい興奮しちまって。兄貴にいつも言われてたんだ、おまえはなにをやるにも、なにをしゃべるにも考えが足りねえって。気をつけないとな」

「まさか、警官だとは思わないし」ハートは相棒に顎をしゃくった。「すべてお見通しってわけにはいかない。でも、射撃の腕前はたいしたもんだ」

崩壊のはじまったタイヤのゴムと金属の臭いが車内に充満していた。

やおら後ろを振り向いたハートが、「くそっ！」とつぶやいた。

「なんだ？　どうした？」

「女だ。ああ、そうだ！　警官だ」

「なんだって？　水から出られたのか？　ちぇっ。どこにいた？」

「あそこの家だ。いま通り過ぎてきた。２番。警官だ」

「なあ。ほんとか？」

「窓にいた。ああ。はっきり見えた」

「こっちは家だって見えやしないぜ」

「木がとぎれたところでな。たぶん、おれたちが通り過ぎるの見て立ちあがったんだろう。いなくなったと思って。まったく、ばかな女だ」

「ふたりとも？」

「さあ。おれが見たのは警官だけだ」ハートはしばし黙りこんだ。ルイスはそのまま運転していた。するとハートはつづけた。「どうしたもんかな。いまのところ、タイヤはよく保《も》ってる」

「女は生きてるのか」とルイス。

「しかも、こっちはハイウェイまであと十分。さっさとここからおさらばしたい」

「ああ」

「そうすると、むこうにお返しするチャンスはふいになる。いいか、あの女が撃った弾は、おれの頭から六インチのところをかすめていったんだ。おれはおまえみたいに弾は避けられないぜ」

「それもそうだ」ルイスは弾を避ける場面を思いかえして笑いだした。

「だったら後腐れのないように、いまのうち片をつけるっていうのも悪くない。おれは名前を知られちまってるわけだし」ハートは肩をすくめた。「でもどうだろう。おまえの気持ちしだいだ。殺《や》るか殺《や》らないか」

ややあって、話を天秤にかけたルイスがアクセルを踏む足を浮かせた。「ああ。それにミシエルもいっしょだしな……とにかくおれは、あの女に一発かましてやりたいんだよ、相棒」

「よし、じゃあやるか」と言ったハートはふたたび視線をめぐらせ、レイク・ヴュー1のドライブウェイを指さした。「ライトを消してあっちだ。裏手にまわる。たまげるぞ」

ルイスはにやりとした。「お返しか。あんたもたいしたタマだな、ハート。その気だってことはわかってたよ」

ハートは短く笑うとベルトから銃を抜いた。

じつは、2番の家の窓になにを見たわけでもない。ルイス同様、その場所すら見えなかった。だが警官はそこにいると直感が告げていた。ハートは女が事故を生きのびたことを知っている

――湖からつづく足跡を目にしたのである。女は最寄りの隠れ処《が》を探して逃げこんだはずで、それがレイク・ヴュー2の別荘だとハートは目星をつけた。しかし、ルイスにはそんな情報を一切伝えていない。ここ二時間ほどで、相棒がこの場に残りたがっていないことがはっきりしてきた。ミルウォーキーに帰りたがっている。あとでふたりの女を捜して始末すると息巻いてはいたものの、ハートにはそれが口先だけとわかるのだ。〝喉元すぎれば熱さも忘れ〟で――いずれは夜中にお迎えがくるなんていうはめになる。とはいえ、ハートがどうしてもここに残って女を仕留めると言い張れば、ルイスも片意地を張って揉める。

今夜はこれ以上敵はいらない。

しかしフェルドマン邸でボトルの口を拭うルイスの姿に、ハートはその若い男の人間を見定めていた。男の不安につけこみ、銃の腕前をほめそやしたうえで、この場で警官を片づけると本人が思いついたことにすればルイスは残る。

ハートには、家具作りや木工細工を趣味にすることから職人《クラフツマン》の愛称があったけれども、今夜のモンダック湖行きの依頼主をふくめ、仕事筋からそう呼ばれることが多かった。で、職人《クラフツマン》技《シップ》の基本中の基本は自分の道具を知ること、つまり鋼《はがね》で出来たものばかりではなく、ルイスみたいに命あるものまでが道具なのだ。

むろんハートとしては、ふたりの女を殺さず街にもどる気は毛頭ない。たとえひと晩かかろうと。言ってしまえば、翌日いっぱいかかっても。たとえ現場が警官とレスキュー隊でごった返そうとも。

ミシェルを殺したいという思いはあったが、それは婦人警官を始末することにくらべれば優先順位が低い。どうあっても警官は殺さなくてはならない。あれは脅威だった。あの姿が忘れられない。車の脇に立っていた女。堂に入った感じでハートのことを待ちうけていた。顔によぎった〝してやったり〟の表情は、思いすごしという気がしないでもないが、おそらく見誤ってはいない。狩人のように、狙い撃つタイミングだけを待っていた。ハート自身のように。

反射的に身を伏せたおかげでハートは助かった。あまつさえ女は車のキーを手放さず、片手で巧みに発砲した事実もある。じっさい耳もとをかすめた銃弾は、映画みたいな〝ヒューン〟ではなく、なにかが破裂するような音がした。ハートにはその瞬間の自分が、ミシェルに背後から撃たれたとき以上に死に近づいていたことがわかる。

ルイスはレイク・ヴュー1のドライブウェイを走っていた。ハートの指示でフォードを家の裏手の雑木林に入れた。車は丈のある草と低木の間にうまく隠れた。車を降りたふたりは西に向かって林を三十フィートほど行くと、そこから北へ転じ、私道と平行して急ぎ足で2番の家をめざした。

ハートは先に立つと騒がしい音をさせる落葉を避け、できるだけ木立深くを通りながら歩調を上げていった。

背後で枝が鳴った。男たちは振りかえった。ルイスが神経質にショットガンを構えた。が、訪問客は人間ではなかった。またも動物、さっき草むらを嗅ぎまわっていたのと同じか、それとよく似たやつ。犬かコヨーテだろう。あるいはオオカミか。ウィスコンシンにオオカミはいるのか。

獣との間には距離がある。心配なのは、屋内にいる人間に気づかれそうな音をたてることぐらいだった。今度はルイスも取り合おうとしなかった。

獣が姿を消した。

ハートとルイスは足を止め、しばらく家を眺めた。なかに動きはなかった。話し声がしたように思えたが、どうやら葉を揺らす風が悲しげな人声に聞こえたらしい。

室内に明かりは見えず、動く様子もない。

警官がここに来たというのは見当ちがいだったのだろうか。

やがてハートは目を凝らすとルイスの腕を叩いた。煙突の脇にある暖房システムの排気ダクトから細く煙が上っている。ルイスは微笑した。ふたりは林を出て棘《とげ》の多いベリーの藪に身を隠しながら、裏口のほうへ近寄った。ハートは銃を、人差し指をトリガーガードに添えてまっすぐ伸ばしたまま持つと、だらりと脇へ垂らした。ルイスはショットガンを固く握りしめている。

裏の扉の前で、彼らは割れたガラスに気づいた。ハートは足もとのポーチを指でしめした。ふたつの異なる足跡、どちらも女のサイズ。

ルイスが親指を立ててみせた。銃を左腕に掛けると、割れたガラスのところから手を入れて錠をはずし、扉をあけ放った。

ハートは片手を掲げ、極力声をひそめて言った。「ひとりは武器を持ってると思え。しかも、おれたちのことを待ちかまえてる」

ルイスが敵にたいして低い評価をくだすように、またしても得意の冷笑を洩らした。だがハートが辛抱強く表情をつくってみせると、男は「オーケイ」と口を動かした。

「懐中電灯は禁止だ」

もう一度うなずく。

こうしてふたりは銃口を前方に向け、家に足を踏み入れた。

月明かりが大きな窓から射しこみ、一階の全体を照らしだしている。彼らはすばやく家捜しをした。キッチンで、ハートは引出しを指さした。その半ダースほどが開きっぱなしだった。ナイフブロックに手をやる。包丁の挿されていないスロットが数カ所。

ハートは物音を聞きつけた。眉を寄せて片手を上げる。小首をかしげた。

まちがいなく人の声。女たちの声、ほんのかすかに。

ハートは階段に手をやるかたわら、森のトレッキングで上昇気味だった脈拍が、すでに平常にもどっていることを意識した。

†

スタンレー・マンキウィッツが妻と夕食をともにしていたイタリアンレストランは、ミルウォーキーで最高の仔牛肉を出すと評判の店だった。かの料理が得意ではないマンキウィッツ夫妻だが、ふたりを招いたビジネスマンの手前、その供応に応じたのだった。

ウェイターのお勧めは仔牛のサルティンボッカ、仔牛のマルサーラ風、仔牛のボロネーゼのフェットチーネ。

マンキウィッツはステーキを注文した。妻はサーモンを選んだ。夫妻のホストは仔牛のチョップを取った。

アペタイザーを待ちながら、三人はイタリアのピエモンテ地区産のスパイシーなワイン、バルバレスコを注いだグラスで乾杯した。ブルスケッタとサラダが出てくると、ビジネスマンがナプキンを襟にたくしこんだ。その見映えは野暮ったくても実用的で、マンキウィッツは実用的なものにめっきり弱い。

空腹だったが疲労もたまっていた。マンキウィッツがトップにいる地域組合は、おそらくミシガン湖西岸でもっとも重要な団体である。結成したのはこわもてのする労働者たち、やはりこわもてのする経営者に雇われている。

その言葉はかなりの部分で、マンキウィッツの人生にもあてはまる。

夫妻がテーブルをかこむ相手は全国組合の幹部で、マンキウィッツに会いにニュージャージーからやってきた。組合本部にある会議室で、男はマンキウィッツに葉巻を差し出すと――禁煙の通達は真剣に守られていない――連邦と州の共同捜査はいいかげん終了してくれないと困るという話を切り出した。

「終わる」とマンキウィッツは請けあった。「折り紙付きだ」

「折り紙付き」ニュージャージーから来た男は、葉巻の先を噛み切るのと同じぶっきらぼうな物腰で言った。

口うるさい教師よろしく、この男がわざわざ小言を浴びせるためにニューアーク空港から飛んできたかと思うと腹が立ったが、マンキウィッツはそれを薄笑いでごまかし、ありもしない自信を相手に伝えた。

そしてシーザーサラダのロメインレタスをつつきまわした。ドレッシングは脇に添えてあったが、アンチョビがしっかり存在を主張している。

純粋に社交目的だった食事の席では、とりとめのない会話がつづいた。男たちが口にしたパッカーズにベアーズ、ジャイアンツの話題は月並みもいいところで、そのうち女性が席にいるのを思いだしてドア郡やカリブで休日をすごすとか、三人で口当たりのいい話題を探すような調子だった。ニュージャージーの男にアンチョビを勧められ、マンキウィッツはそれを笑顔で断わりながら、内心ははらわたの煮えくりかえる思いでいた。憎しみすらおぼえた。もしこの男が全国組合の委員長に立候補したら、まちがいなくその選挙運動を貨物船の〈エドマンド・フィッツジェラルド〉みたいに沈めてやる、とマンキウィッツは心に決めていた。

サラダのプレートが騒がしく片づけられているとき、マンキウィッツはひとりレストランにはいってきた男が、店の女主人に向かってぞんざいに首を振ってみせるのに気がついた。三十代後半で髪は短い縮毛、安気な顔をして気立てのいいホビットを思わせる。気を取りなおした男が見渡した店内は照明が暗く、やたらイタリア風にしつらえてあるが、じつはウクライナ人の経営で、従業員は東欧系とアラブ系という店なのだ。男はようやくマンキウィッツを認めたが、体重二百三十ポンド、妬ましいほどむさ苦しい銀髪というこちらの風体を見逃すはずもない。

ふたりの目が合った。男は通路に後ずさった。マンキウィッツはワインを呷り、口もとを拭って席を立った。「すぐもどる」

マンキウィッツはホビットと合流すると、今夜は使われていない宴会場に向かった。ふたりが歩く長い廊下には、ほかにディーン・マーチンやフランク・シナトラ、ジェームズ・ガンドルフィーニの写真があるばかりで、添えられたサインとレストラン推薦の言葉は、いずれも太いマーカーの字であやしいほどよく似ていた。

やがてマンキウィッツは歩くのに倦んで立ちどまった。「なんの用だ、刑事さん？」

相手の男がまごついたのは、そんな場面で肩書きで呼ばれたくなかったからだろうか。あたりまえだ、とマンキウィッツは結論を出した。

「いまの情勢について」

「そりゃどういう意味だ？　情勢だって？　そいつはワシントンとか企業で使う言葉だろう」近ごろのマンキウィッツは不機嫌がつづいて、ともすれば辛辣《しんらつ》な口をきいてしまうのだが、ここはさほど棘があるわけでもない。

ホビットが感情のかけらも見せずに言った。「ケネシャ郡で」

「なんだって？」

「ここから北西に二時間ほど行ったあたりに」刑事はさらに声を落とした。「問題《ケース》の弁護士の別荘がある」

〝事件《ケース》の〟

「そいつの事務所は――」

「わかった」秘密が洩れるのを案じたマンキウィッツは、〈ハーティガン、リード、ソームズ&カーソン〉の名が出るまえに刑事を手で制した。「話の中身は？」苛立つふりをやめ、懸念を表に出したのは芝居でもなんでもない。

「彼女の亭主から緊急通報があったらしい。郡のほうにだ。こちらで現在、プレイヤーたちをふくめたすべての通信をモニターしている」

「その話は聞いた。いつもチェックされてるとは知らなかったが」

「システムが統合されてる」

どうしてそんなことをするのか、とマンキウィッツは思った。もちろんコンピュータのせいだ。プライバシーなんてありやしない。それもわかってはいるのだが。「通報。緊急通報。それで」マンキウィッツは笑顔のディーン・マーチンを眺めた。

「通報の内容がはっきりしなかったようだ。それこそ短くてね。で、あとから撤回されたらしい」

撤回とは、警官がそう頻繁に使う言葉ではない。「どういうことなんだ?」

「亭主が電話をかけなおしてきて、誤報だと言った」

マンキウィッツは暗い廊下の先で、テーブル脇に立った長身で禿頭の男とたのしそうにおしゃべりする妻を眺めた。男はマンキウィッツが席をはずしているのを見はからって足を止めただけだろうか。

〝肝がすわって狡猾で、タフな連中……〟

彼はホビットに目を据えた。「すると緊急だったのが、緊急じゃなくなったわけだ」

「そう。だから捜査本部には上がらなかった。知ってるのは私だけだ。記録は埋もれたままでね……そこでだ、スタンレー、私の知っておくべきことはあるか?」

マンキウィッツの視線は揺るがない。「あんたが知っておくことはなにもないね、パット。たぶん火事だろう。911通報——さて。車をこすったか。窃盗か。地下にアライグマが紛れこんだか」

「あんたに協力は惜しまないが、危ない橋を渡らされるのはごめんだ」

刑事の匿名口座に入れた額からすれば、この男は危ない橋から自分で飛び込み、素手でサメを殺すくらいして当然だった。

マンキウィッツは妻の視線に気づいた。アントレが運ばれてきたのだ。彼は刑事を振りかえって言った。「おれははじめから、あんたが心配することはなにひとつないと言ってる。そういう取り決めだ。あんたはきっちり護られてる」

「ばかな真似はよしてくれよ、スタン」

「たとえば？　ここで飯を食うとか？」

刑事は中途半端な笑いを見せた。そして隣りの写真に顎をしゃくった。「ばかってほどでもないな。シナトラのご贔屓のレストランなら」

マンキウィッツは鼻を鳴らすと、男を廊下に残して洗面所へ向かいながら、ポケットにプリペイド式の携帯電話を探った。

†

レイク・ヴュー2の別荘の二階に並ぶ扉は五枚全部が閉じていた。絨毯は〈ホームデポ・オリエンタル〉で、壁には〈ターゲット〉や〈ウォルマート〉の三十フィートの通路を利したアートギャラリーに飾ってありそうなポスター。

ハートとルイスは慎重をきわめ、ゆっくり移動しては各扉の前でたたずんだ。そして女たちの声が洩れつたわってくる部屋を突きとめた。ルイスは集中を切らさなかった。そればかりか、ありがたいことに黙っている。

話の内容は聞きとれなかったが、男たちの接近を怪しんでいる気配はない。

あの女ども、いったい何をしゃべっているのか。

訳のわからない夜に、訳のわからない二人組。

しかし思い悩むほどでもない。ハートは車のトリックの成功にすっかり気を良くしていた。これから人をふたり殺そうとしていることには意味などなく、自分を撃ったミシェルと、撃とうとした女警官の死に愉しみを見出したところでたかが知れている。そう、ほとんど性的とも言えるこの快楽は、はじめた仕事が締めに近づいたからこそ感じるものだった。ふたりの女が血まみれになって死ぬという、たまたまそういう決着のつき方になるわけだが、それはハートにしてみれば自作のキャビネットにスチールウールで仕上げの研磨をかけたり、一夜をすごそうという女につくってやったオムレツにハーブを振るときの昂りと一向変わらない。

もちろん、その死によって導かれるなりゆきというものはあるだろう。人生に変化が起きることも承知のうえだった。たとえば、警官の仲間が殺人犯を捜しにやってくる。それでもし地元の捜査陣が下手《へた》を打った場合に——たぶんそうなるとハートは踏んでいるが——警官の親族はみずからの手で裁きを、と考えるだろうか。

だが、かりに警官の夫に追われるはめになったら、それに応じたプランを練ればいい。プランを実行して問題を解消すればいい。で、収まりのついた結末に満足する。これから女の身に死の銃弾を撃ちこむのは、まさにそういうことだった。

ハートは用心深くノブをためした。話しつづける声に警戒するふうはない。

ハートは自分自身と無事なほうの肩に指をさした。

ルイスがハートの耳もとに口を寄せてきた。「腕の調子は？」

「いけそうだ。あけたら床に突っ伏して掩護するから、おれをまたいでいってふたりを殺《や》れ」

「銃は持ってると思うかい？」ルイスは扉に目をくれた。

「銃があったらナイフを探すか？　でも、ひとりは持ってると思ったほうがいい」

ルイスはうなずいてショットガンを握り、安全装置を確かめた。赤いボタンが見える。

室内ではのんびりとおしゃべりがつづいていた。

一歩退いたハートが視線を向けると、ウィンチェスターの銃口を上に向けたルイスがうなずく。やおらハートはタックルをかけるように身をかがめ、右肩を力まかせに板に当てたとたん痛みに怯んだ。けたたましい音とともに錠が弾け、扉が内側に開いたと思いきや、ほんの数インチの隙間をつくっただけで止まった。オークの扉に頭をしたたか打ちつけたハートは、呆然として後方によろめいた。

扉はバリケードに当たったのだ。

ハートはもう一度体当たりすると——今度はまったく動かない——ルイスに向かってまくしたてた。「手を貸せ。押せ！　ふさがれてる」

ルイスが絨毯に足が埋まるほど力を込めても、扉はびくともしない。「だめだ。でかいもんで重しがしてある」

ハートは廊下を見まわした。右隣りの寝室へ走って扉を押した。室内をざっと眺めた。フレンチドアが外のベランダに通じている。ハートはドアを蹴りあけると左を向いた。ベランダは差し渡し三十フィート、女たちが隠れる寝室にも同じ設《しつら》えのフレンチドアがあり、表に出られるようになっている。ベランダから外に通じる階段はなかった。ここから脱出できないとすると、ふたりはまだ室内にいる。

ハートはルイスを呼んだ。ふたりは寝室のほうへ移動すると、窓の手前で足を止めた。閉じている窓にはシェードかカーテンが引かれ、やはり家具で突っ支《か》いがしてあるようだった。窓の先にあるフレンチドアにもカーテンが引かれている。

すると襲撃にあたって最上の方法は何か。女がグロックを向けているのは廊下なのか窓なのか。ほかの武器は、バリケードは、逃走経路は——女たち、そしてハートとルイスにとって……

ルイスは逸《はや》っていたが、ハートはあえて時間を割いてから決断をくだした。「おまえはあそこのフレンチドアにつけ。おれはこの窓を蹴ってドレッサーだかテーブルだか、そいつをどかして銃を撃つ。女たちの注意を惹きつける。そこでおまえが二発ぶっ放す」

「十字砲火か」

ハートはうなずいた。「こっちには弾がある。余裕をもって使える。で、あのドアから部屋にはいる。いいな？」

ルイスがしゃがんだ姿勢でドアまでの距離を詰めていった。大きく息をついて振りかえる。ハートはうなずくと窓を蹴り、ガラスを割った勢いで小型のドレッサーを押し倒した。後ろに退いたハートに代わって、今度はルイスがフレンチドアを破るとショットガンを三発撃ってカーテンを揺らし、ガラスをふるわせ、そこにハートがグロックで四発をでたらめに撃ちこんだ。命中するとは思っていないが、相手を釘づけにして自分たちが突入する時間を稼ぐつもりだった。

「行け！」

男たちは銃を構えて駆けこんだ。

部屋は不釣合いな骨董品に田舎風の柄物、ドレッサーの上やバスケットのなかに積まれた昨秋の雑誌と本であふれかえっていた。だが人はいない。

ハートはつかの間、女たちは隙をつき、廊下側のドアから逃げたのではないかと考えたが、バリケードはそのまま——大型のドレッサーが戸口をふさいでいる。ハートはクローゼットに手をやった。ルイスがそこを引きあけるなり、内部にショットガンを放った。

耳をつんざくような音。ルイスの短慮が疎ましい。いきなり耳が聞こえなくなり、ハートはあわてた。背後から忍び寄られたらひとたまりもない。

あらためて周囲に目をくばる。どこだ？　浴室、とハートは当たりをつけた。そうだ。

ドアがしまっている。

ルイスがその正面に立った。ハートはルイスの軍服のポケットを指でさした。男はうなずいてショットガンを置き、銀色をしたＳＩＧ／ザウエルの短銃を抜き出した。これなら騒がしくてもウィンチェスターの散弾銃の比ではない。ルイスは弾を込めて安全装置をはずした。

ハートは前に出た。浴室のドアを蹴破ろうとして思いとどまり、首をかしげた。彼は手ぶりでルイスを押さえた。「待て」と口を動かした。ドレッサーから抜いた引出しを放り当てると、ドアがさっと開いた。

流れ出してくる臭気。刺すような痛みとともに、男たちは咳きこんだ。

「なんだ、これ?」

「アンモニアだ」とハートは答えた。

ハートは息を止めて浴室の照明をつけた。

なるほど。

女たちは浴室内にはいろうとする者にアンモニアが降りかかり、あわよくば目つぶしとなるように、液体を入れたバケツをドアの上縁にもたせかけていた。さいわいドアはひとりでに閉じて、男たちが近寄るまえにバケツが床に落ちた。

「罠を仕掛けやがった」

薬品でずぶ濡れになったところを想像してみる。耐えがたい苦痛。

目をこすりながらドアをしめ、寝室に視線をめぐらせたハートは、「おい」と口にして溜息をついた。「話してるのはやつらじゃない。聞こえたのはあれだ」彼が指さしたのはテレビだった。ソニーの電源コードがドレッサーの脚に巻きつけられ、壁のコンセントに挿してある。さっきハートが扉に体当たりした際にドレッサーが三インチほど内側へ押され、そのせいでテレビのプラグが抜けて、あたかも女たちが口をつぐんで隠れているような錯覚をあたえたのだ。

ハートはコードを挿しなおした。映ったのは〈ショッピング・チャンネル〉。「女どもがしゃべってる」ハートは首を振りながらつぶやいた。「音楽は流れない。声だけだ。むこうは仕掛けをしてからベランダのドアを出て、別の寝室へ行った。こっちを引っかきまわしておいて、逃げる時間をつくったんだ」

「林のなかで待ってて、おれたちが通り過ぎるのを見てたとしたら、いまごろ郡道に向かってるぜ」

「たぶんな」だがハートの胸の内には、女たちはハイウェイに逃げたと見せかけて、じつは家のどこかに潜んでいるのではという疑問もわだかまっていた。最初にざっと見た階下には大きな地下室がありそうだった。

イエスかノーか。やがてハートは決断した。「調べたほうがいいだろう」

ルイスはピストルをジャケットにもどし、ショットガンを拾いあげた。「オーケイ。でも、ここは出ようぜ」呟きこむルイスとふたり、戸口からドレッサーをどかそうとして、ハートはテーブルの下にたくしこまれたものに気づいた。濡れた服。凍てつくような湖を泳いだ警官が着換えたものにちがいない。ハートはそれを探った。ポケットは空だった。シャツの前面を調べると、黒のネームタグに白くレタリングがされている。〈ブリン・マッケンジー保安官補〉

一杯食わされたというのに、ハートはよろこんでいた。いつものことながら敵の名前を知ると、どういうわけか気分がほぐれてくるのだ。

†

レイク・ヴュー・ドライブ2の邸内から、焦《じ》れて指を鳴らしたようなくぐもった銃声が連続して聞こえた。すこし間をおいて数発がつづいた。

ブリンとミシェルは、すっかり闇に呑まれたフェルドマン邸へ向かっていた。炉火と土と朽ちかけの葉の匂いが、空気に濃くにじんでいる。若い女はまたむっつり塞ぎこんでいた。ビリヤードのキューを杖がわりに引きずる足も遅れがちだった。

ブリンは女の腕をつかんだ。

反応がない。

「さあ、ミシェル、もっと急がないと」

若い女はそれに従ったものの、見るからにふてくされていた。怒っているようでもある。被害者は自分ひとりといわんばかりだった。コンピュータゲームをやったり友だちにメールを送るなら、先に宿題をすませなさいと叱ったときのジョーイの態度と似ている。

ブリンは歩きながら、レイク・ヴュー2で暖炉をつけることにしたあと、ミシェルとの間で口論になったことを思いだしていた。

暖炉をつけたのは、別荘内に隠れていると男たちに思わせる方便にすぎなかった。ブリンは言った。「さあ。いまからフェルドマンの家にもどるから」

「なんで?」

「早く」

足首に怪我を負い、しかも友人を喪《うしな》ったことで動揺していたミシェルは2番の家に残り、クモだらけでもいいから地下室に隠れて警察を待つと言い張った。それこそ王女気取りで外に出るのを拒んだ。男たちが六八二号線に向かわず、迂回してもどってくると決めつけるブリンの考えが理解できなかったのだ。

だが、ブリンは男たちがそうするものと確信していた。ハイウェイに向かったのはトリックなのだと。

「でも、どうして？」若い女は頑なだった。「訳がわからない」

ブリンは自分なりの理屈を説いた。「あなたの話を聞くかぎり、行き当たりばったりの強盗とは思えない。犯人はプロの殺し屋ね。ということは、私たちを追ってくる。追ってこないとおかしい。こちらは犯人の顔を見て知ってるわけ。それはつまり、彼らを雇ってる人間と私たちがつながるってこと。だから、犯人たちは倍も必死になって私たちを捜そうとする。もしそうしなかったら、ボスのほうがふたりを追うはず」

しかしブリンは結論に至るもうひとつの根拠を語らなかった。それはハートという名の男。あの男は逃げない。別荘で呼びかけてきたときの、あの自信に満ちた口吻。まるっきり無感情で、ブリンが姿を現わしたところを一瞬の躊躇《ちゅうちょ》もなく殺す気でいた。

それで思いだしたのが、試験開腹の手術中に死んだ父の様子を冷め切った声で説明していく外科医のことだった。

けれどもブリンの背筋をさらに寒くしたのは、ハートが別れた夫とダブって見えたからなのである。ハートの顔は見馴れない拳銃を、寝室のガンロッカーにしまおうとして見咎められたキースの表情にそっくりだった。問い糺《ただ》すブリンに、州の警察官だった夫は口ごもりながら、仲間たちは犯罪現場で武器を見つけると、必要な証拠でない場合にはポケットに入れてしまうことがあると認めた。集めておくのだと。「持っておくだけさ」とキースは説明した。

「それって……犯人に握らせるってことでしょう——撃ったのは正当防衛だって言えるように?」

夫は質問に答えなかった。だがブリンを睨《ね》めた夫の表情は、銃を手に茂みから立ちあがり、標的を探すハートのそれと瓜ふたつだった。

ただ、あの顔には別のものも宿っていた気がする。敬意?

たぶん。

それに挑発。

強い者が勝つ……

ミシェルと隠れていた家に男たちがもどってくることを想定して、ブリンはテレビに通販のチャンネルを映し、扉をふさいだドレッサーの脚に電源コードを巻きつけておいた。さらにアンモニアの壜を見つけてバケツの脇の床に注ぎ、罠を仕掛けたように装った。そうしておけばハートと仲間も、相手は追跡する人間の目をつぶす気だと考えて行動を慎むかもしれない——現実には、家の所有者や救助隊員を危険な目に遭わせないようにする配慮だったのだけれど。

そのほかにいくつか手にして、いまも携帯しているものがある。武器だ。女たちはそれぞれビリヤードの球を入れた靴下を持っていた——さながら南米の投擲《とうてき》具ボーラのような武器のことは、ジョーイのアルゼンチンに関する学校の課題を手伝った際に学んだ。またふたりとも、ポケットに靴下を鞘《さや》にした〈シカゴ・カトラリー〉のナイフを忍ばせ、ブリンが持っていたキユーの先端には、刃渡り十インチの〈シカゴ・カトラリー〉製の牛刀がテープで留められている。

ミシェルは武器の携帯を厭がっていた。だがブリンはこだわった。

結局、ミシェルのほうが折れた。

で、ふたりは家の裏手の林にまぎれるとフェルドマン邸のある北へ向かい、ぬかるむ足もとに気をくばりながら、丸太や岩を足がかりにして湖に注ぐ小川を渡っていった。

いま、友人の別荘の庭に隠れたミシェルは、銃声のする南の方角にじっと目を凝らしている。

彼女はブリンにささやきかけた。「どうしてこっちへもどろうとしたの？　反対に行くべきだったんじゃない？　郡道のほうに。むこうへ行くのに、また彼らを追い越さなきゃならないわ」

「あっちには行かない」

「どういうこと？　郡道に出る一本道よ」

ブリンはかぶりを振った。「六八二号を三十分近く走ってきて、見かけたのは車が三台。それもラッシュアワーに。距離感をつかんでる男たちを相手に、逃げ場のない路肩を歩くリスクを負うことになるのよ。まちがいなく見つかる」

「でもハイウェイ沿いに家もあるでしょ？　そこまで行って、警察に通報するの」

「それはできない。あの男たちを他人の家に連れていくようなことは。誰かを巻き添えにすることはできない」

ミシェルは無言でフェルドマン邸を見つめていた。「そんなのおかしい。ここから出るべきよ」

「出るけど。ただし来たときとは別の道で」

「ねえ、ここには警察がもっといるんでしょ？」ミシェルはまくしたてた。「なぜあなたはひとりで来たの？　シカゴだったら、警察はそんな真似させないはずだけど」若い女の声音はいささかも揺らぐところがない。ブリンは憤りを抑えると、女のむこうを見据えて指を向けた。

レイク・ヴュー2の別荘にうごめく二本の懐中電灯――ひとつは二階を、ひとつは一階を照らしている。不気味な光。男たちは邸内にふたりを捜している。

「懐中電灯の光に注意してて。家のなかを見てくるから。スティーヴンは銃を持ってた？」

「知らないわ」ミシェルは嘲るように言った。「ふたりとも銃を持つようなタイプじゃなかったけど」

「あなたの携帯は？」

「バッグのなか、キッチンの」

ポーチへ走りながら後ろを振り向いたブリンは、月明かりに若い女の目をはっきりと見た。たしかに、それなりの悲しみはある――友人を死なせたのだから。だがブリンはそこに、苛立つ息子がときおり見せるあの虐げられた表情を認めた。なぜぼくが？　人生って不公平だと訴えかけてくる表情を。

†

「いない」

というささやき。

レイク・ヴュー・ドライブ2の地下室で、ハートはうなずいた。声をかけたルイスが懐中電灯の光を走らせていた暗い収納庫は、隠れるには絶好の場所だった。

そして別荘内で女たちを見つけるとすれば、ほかにはまず考えられない。

ハートは自信を深めていた。女たちは武器を持っていないというのが、彼の達した結論である。銃があれば、相手は待ち伏せの態勢から撃ってくるはずなのだ。それでもハートは天井の照明は点けず、あくまで懐中電灯を使うことにこだわった。

ハートは一度、動くものを目にして引き金をひいた。が、よく見るとそれは十倍にも拡大された逃げる鼠の影だった。こそこそ走り去っていく動物を見送りながら、ハートはうろたえて発砲した自分に腹を立てた。怪我した腕に痛みが走り、またも耳が聞こえなくなった。抑制が利かないことも腹立たしい。ま、それも仕方がない。こちらに向かって飛びかかってくるような不意の動きが見えれば……撃って当然だろう。

だが言い訳というのは後味の悪さしか残らない。板を誤って切ろうが、まっすぐにするはずの椅子の脚を曲げてしまおうが、蟻継《ありつ》ぎの枘《ほぞ》を割ろうが、責める相手は自分しかいない。

「測るのは二度、切るのは一度だぞ」と親父は言ったものだ。

ふたりは階段を昇って暗いキッチンへ行った。裏窓から木立を覗きながら、ハートは自分が女たちをまっすぐ睨みつけている気がした。「家捜しで時間をむだにしたな。寝室の小細工の狙いはそこにある。時間稼ぎだ」

それと目潰し。二階の寝室の扉をしめておいても、アンモニアの臭いはここまで降りてくる。

やがてハートはひとりごちた。「しかし、やつらはどこにいる？　おれがやつらだったら、どこへ行く？」

「森だろ？　おれたちを出し抜いてハイウェイに向かってるんじゃないか？」

ハートは同意した。「ああ。だろうな。ほかに出口はない。むこうだって車を止めるにしても、夜のこんな時間じゃ車通りがないってことは考えてるだろう。だいたい、ここに来るまで、すれちがう車なんてろくにいなかった。やつらは逃げ場のない路肩を進むしかない。で、ブリンの制服についた血は？　怪我をしてるんだ。移動もゆっくりだろう。簡単に見つかる」

†

ブリン・マッケンジーはフェルドマン邸をすばやく見てまわった。もちろん電気は点けずに、武器と携帯電話を手探りしていった。なにも見つからなかった。

ミシェルのハンドバッグがなかったということは、それが犯人たちの手に渡ったことを意味する――つまり、ミシェルの名前と住所はすでにむこうに知られている。

キッチンには死体が横たわったままで、夫の脇には血のペイズリー模様が、妻のあたりにはほぼ完璧な血溜まりの円が出来ていた。ブリンは一瞬ためらってから膝をつき、ポケットに携帯を探った。ない。ジャケットも調べた。やはり空だった。立ちあがったブリンは死体を見おろした。夫妻にかける言葉を探しながら、なにひとつ思いつかなかった。

夫妻はラップトップのコンピュータを持っていたのだろうか。ブリンは床のブリーフケース――女物――と、いずれも〈機密〉のスタンプが押されたファイルフォルダーの束に目をやった。だが電子機器はない。夫のほうはブリーフケースがわりにバックパックを使っていたようだが、中身は雑誌数冊にペイパーバックの小説が一冊、ワイン一本だけ。

ブリンの足がまたひりひりと痛みだした。乾いたソックスに湖の水が染みてきたのだ。洗濯室にハイキングブーツ二足を見つけると、乾いたソックスと大きいほうのブーツに履きかえた。もう一足はミシェルのために持っていくことにした。あとは蠟燭用のライターをポケットに入れた。

ほかには――？

ショックで息が止まりそうになった。外に流れていた蛙の鳴き声と風の音が、車輛盗難防止用のけたたましいアラームによってかき消されてしまったのである。

それからミシェルの取り乱した声で、「ブリン！　来てよ！　助けて！」

ブリンは先端に刃を貼った間に合わせの槍を握って外へ走り出た。

ミシェルが立ちつくす横で、メルセデスの窓が割れている。若い女は必死の形相だった。竦《すく》みあがっていた。

ブリンは車に駆け寄りながら2番の家に視線を送った。懐中電灯は消えていた。

彼らはもう家を出ている。おみごと。

「ごめんなさい！」ミシェルが叫んだ。「だって、まさか……」

ブリンは助手席のドアを引きあけ、フードのロックをはずすとフロントにまわった。車やトラックのことはひと通り学んで――ケネシャのような郡では、車輌に関する事柄が警察活動の大半を占める――その知識は運転ばかりか整備にもおよんでいる。ブリンは〈シカゴ・カトラリー〉のナイフを使い、バッテリーのプラス極から出ているケーブルを切断した。甲高いアラームがようやく止まった。

「どうした？」

「だって……」ミシェルは声をうわずらせた。「わたしのせいじゃないわ！」

ちがうの？　じゃあ誰のせい？

ミシェルがつづけた。「わたし、低血糖症なの。気分がおかしくなって。クラッカーを持ってきたから」と彼女はバックシートに置かれた〈ホールフーズ〉ブランドのスナックを指さした。そして言い訳がましく、「食べないでいると、倒れそうになったりするの」

「わかった」警報が鳴ることを予期してメルセデスを調べずにきたブリンは、さっそく車内に乗りこむとクラッカーをミシェルに手渡し、それからグラブコンパートメントを探った。「役立つものはなし」とつぶやいた。

「怒ってるのね」ミシェルが鼻につく甘え声を出した。「ごめんなさい。謝ってるのよ」

「もういい。でも移動しないと。急いで。むこうは家を出てる」ブリンは家で見つけた、ミシェルに合いそうな小さめのブーツを差し出した。ミシェル本人のブーツは上品でスタイリッシユ、三インチのスパイクヒールが付いて――いかにも仕事のできる若い女性用といった靴だった。しかし、殺人犯から逃れようというときには無用の長物なのだ。
ミシェルはそのフリースブーツを眺めた。動こうとしない。

「早く」

「自分のがいいわ」

「だめ。それは履かないで」とデザイナー物の靴に顎を向ける。

「他人の服を着るのは嫌いなのよ。だって……気持ち悪いし」と空《うつ》ろで消え入るような声。

死んだ人間の服、と言いたかったのかもしれない。

2番の家を見た。男たちの気配はない。いまのところは。

「悪いけど、ミシェル。気が進まないのはわかる。でも履いてもらうから。いますぐに」

「わたしはこのままでいい」

「だめ。認めない。足首を怪我してるならよけいに」

まだためらっている。まるでふくれっ面をした八歳の少女だ。ブリンは相手の両肩をつかんだ。「ミシェル。もうじき彼らはここまで来る。四の五の言ってる場合じゃない」その声が尖った。「さっさとブーツを履いて。早く！」

しばしの間。ミシェルは顎を顫《ふる》わせ、目を赤くしたままハイキングブーツをひったくると、メルセデスに寄りかかって靴を履きだした。小走りにガレージまで行ったブリンはそのかたわらで、この家に着いたときから気になっていたものを確かめた。防水シートを掛けられたカヌー。持ちあげてみると、ファイバーグラス製のボートはせいぜい四、五十ポンドの重さしかない。

たしかにヤフー!の情報は正確で、岸からは二百ヤード離れていたけれども、別荘からわずか三十フィートの位置にある小川がほぼまっすぐ湖に流れこんでいる。

ガレージでライフジャケットとパドルが見つかった。

ミシェルは嫌悪もあらわに友人のブーツを見おろしていた。それこそ粗悪な靴を売りつけられ、店長に文句をつけようとしている金持ちの客のように。

ブリンは鋭く言った。「来て。手伝って」

レイク・ヴュー2の別荘を振り向いたミシェルは、不安な面持ちを見せてクラッカーをポケットに突っ込み、カヌーのほうへ急いだ。ふたりの女はそれを小川まで引きずっていった。キューの杖を手に乗りこんだミシェルに、ブリンは槍、パドル、ライフジャケットを渡した。

いまごろ殺し屋たちが走っているはずの森の湿地に目をもどしてから、保安官補は乗ったカヌーを流れのなかに、黒い動脈を黒い心臓めざして漕ぎ出したのだった。

†

男たちは朽ちかけの葉の匂いが強く香る、冷たく湿った空気を吸いながら闇を走った。

車のアラームを聞き、ハートは女たちが予想を裏切り、郡道ではなくフェルドマン邸にもどったことを知った。おそらく警報が設定されているとは知らず、タイヤを修理しようとメルセデスに手を出したのだろう。ルイスとふたり、現場に向けて駆けだしたとたん、湿地と幅のある小川に出くわした。ハートはそんな川の一本を渡ったが、ルイスは「足の皮がふやける。濡らしちゃだめだ」と言った。

アウトドアとはまるで無縁のハートは、そんなことは考えもしなかった。男たちはドライブウェイに引きかえすと、レイク・ヴュー・ドライブに出て3番の家がある北へと向かった。

「近づいた……気をつけろ」フェルドマン邸のドライブウェイまで半分というあたりで、ハートは息を切らしていた。「それに……罠かもしれない」腕を怪我してのジョギングは最悪だった。ハートは顔をしかめながら腕の位置を変えてみた。効果はなかった。

「罠？」

「それに……銃も心配だ」

ルイスの機嫌もずいぶんおさまっているようだった。

郵便受けのところでスピードを落とすとハートが先に立ち、暗がりに隠れてドライブウェイを行った。ルイスはありがたいことに黙っている。三十五歳をガキ呼ばわりするなら、このガキ、やっと常識にかなってきたのだ。ハートはまた弟のことを思った。

五十フィート進んだあたりで、ふたりは足を止めた。

ハートは片明かりではっきりしないものに目を走らせた。コウモリが近くを飛んでいく。また別の生き物が頭上をかすめ、地面に軽やかに舞い降りた。

なんだ、ムササビか。初めて見た。

ハートはメルセデスに目を凝らし、窓が割れているのを認めた。女たちの姿はどこにもない。見つけたのはルイスだった。たまたまドライブウェイを私道のほうに振りかえったのだ。

「ハート。見ろよ。なんだあれ？」

藪から立ちあがったブリンが黒い制式拳銃を発砲してくる場面をなかば予期しながら、ハートは顔を向けた。だが、なにも見えなかった。

「なんだ?」

「連中だ! 湖に」

ハートは向きなおった。約二百フィートの湖中に小舟、手漕ぎボートかカヌー。むこう岸へ、ごくゆっくりと移動している。確認するのは難しいが、人間ふたりが乗っているように思えた。男たちに気づいたブリンとミシェルは漕ぐ手を止め、目につかないよう身を伏せている。

ルイスが言った。「あのアラーム、ミスじゃなかった。おれたちの気をそらすためさ。舟で逃げ切るつもりなんだろう」

目ざとい男だ。ハートは湖のほうなど見てもいなかった。またも出し抜かれたことに憤りながら、罠を仕掛けたのはブリンのほうだろうと考えた。

男たちは湖岸へ走った。

「ショットガンをぶっ放すには遠すぎる」ルイスが失望に顔を曇らせた。「おれはピストルを撃つのは得意じゃないし」

だがハートはちがう。最低でも週に一度は射撃場に通っている。で、片手に握った銃の高低を調節しながら、じっくりと撃ちだした。鋭い銃声が一発ごとに湖面を渡り、弱々しい谺《こだま》となって返ってくる。一発め、二発めを除けば舟の正面に水をはねあげることもなかった。残りは標的に命中したのだ。数秒おきに放たれる銃弾がカヌーを襲い、木だかファイバーグラスだかの破片を宙に舞わせる。少なくとも、ひとりには当たっているはずだ——前のめりに倒れる人間の姿が見えたし、湿った空気を切り裂く女の悲鳴も聞こえてきた。

さらに発砲する。唐突に声がやんだ。カヌーは転覆して沈んだ。

ハートは弾を込めなおした。

「なにも動かない」とルイスが大声で叫んだのは、耳が聞こえなくなっていたからだ。「やったな、ハート」

「とにかく、確かめないと」ハートは近くにあった小舟に顎をしゃくった。「漕げるか？」

「もちろん」とルイスは答えた。

「岩を持っていくぞ。死体の重しにする」

「たいした腕前だぜ、ハート。いや、ほんとに」ルイスは小舟を起こしにかかった。

しかし、ハートの頭には射撃のことなどなかった。銃を撃つというのは、旋盤やかんながで きなければ大工がつとまらないのと同じで、この稼業に必要な技術にすぎない。だから、彼が 噛みしめているのは、もっとまえに考えていたことだった。この晩の仕事が終われば、つぎに 気持ちを向けなくてはならない。つまり女たちの死からみちびかれる現実をどう予測し、そこ にどう対処していくか。

というのも、ハートは女たちの死を確信していたからである。

†

グレアム・ボイドが緑のカウチに浅く腰かけ、浮かない顔で見つめていたのはテレビの画面ではなく、白と金をあしらったアンティークのテーブルだった。その下には、ボイドの知るかぎりブリンが唯一取り組んだ編み物――姪のセーター――を入れた箱が置かれている。ブリンが編み目の不揃いな袖を六インチだけ編み、残りを放り出してしまったのはもう何年もまえのことになる。

アンナが自分の編み物から顔を上げた。「しばらく黙ってたんだけれどね」

義理の息子は眉を上げてみせた。

アンナは大きなブルーの編み針をリモコンに持ち換えると、テレビの音量を落とした。グレアムがあらためて気づくのは巻いた髪、白粉をはたいた顔に浮かんだ微笑からは思いも寄らない心の強さだった。

「話してみたらいいじゃない。どうせそのうちわかることなんだから」

いったい何の話だろうか。グレアムはそらした目を、平たい画面に映るくだらない番組に向けた。

義母は目を離そうとしなかった。「さっきの電話よ。学校からでしょ？」

グレアムは何かを言いさして口をつぐんだ。だが、思いなおして先をつづけた。「隠すには荷が重かったな」

「だと思った」

グレアムはジョーイのセクション・アドバイザーから聞いた話を説明した――少年が学校をサボって偽の届けを出し、〝ファルト〟をやっていたこと、去年の秋には停学になっていたこと。「ほかにもいくつか喧嘩に絡んでいるとか。アドバイザーに訊く気にもなれなかった」

〝さて、どれでしょうか?……〟

「やっぱり」アンナはうなずいた。「そんな気がしたのよ」

「ほんとに?」

アンナはまた編み物を取りあげた。「それであなたはどうするつもり?」

グレアムは肩をすくめて椅子にもたれた。「一度話してみようとは思ってたんですけど。でも、ブリンに任せるしかないのかな。教育のことは」

「それでさっきから悩んでたのね。ドリュー・ケリーを観たって、ちっとも笑わないんだから」

「一度あったことなら、まえにもあったんじゃないだろうか。授業をサボるのは。どう思います?」

「たいていそうね。わたしの子育ての経験からすると」アンナはみずからの知識を披露していった。ブリンには兄と妹がいて、いまはそれぞれ教師とコンピュータの販売員になっている。心根の優しい快活な人たち。堅実。ブリンには兄妹にくらべて反抗的な面があったという。

いまやアンナ・マッケンジーは、必要な場合のカムフラージュである〈ホールマーク・チャンネル〉風の穏やかな物腰を捨て去っていた。声音もがらりと変わっている。「言っとくけど、躾《しつ》けなんてしないことよ、グレアム」

「キースの後釜で、ぼくもどうしていいかわからなくて」

「よかったのよ、あなたがキースじゃなくて。心配しないこと」

「ブリンはぼくに任せてくれない。というか、任せる気がないらしくて。だから、こっちからも無理強いはしない。彼女を傷つけたくないし。あいつは彼女の息子なんだし」

「ちがうわ」アンナは言下に指摘した。「あの子はあなたの息子でもあるの。あなたはお揃いで手に入れたんだから——まさか、口うるさい婆さんまで付いてくるとは思わなかっただろうけど」

グレアムは笑った。「でも、気は遣ってあげたいんですよ。ジョーイは……離婚でつらい思いをしてる」

「なに言ってるの。それが人生じゃない。離婚のせいで引っ込み思案になったなんて、言い訳にもならないわよ」

「かもしれないけど」

「そうよ。二階へ行ってきなさい。ほら」そして義母は付けくわえて、「ブリンが今夜、あの通報で出かけたのがもっけの幸い。ふたりで話すチャンスなんだから」

「何を言えばいいんだろう。いろいろ思いつこうとしてみるんだけど。くだらないことばかりで」

「自分の勘を信じてやりなさい。正しいって思ったことが、たぶん正しいの。わたしはそうやって子どもたちに接してきたわよ。うまくいくことがあれば、いかないこともあるし。あたりまえじゃない」

最後の言葉がずしりと来た。

「やっぱり?」

「そうよ。誰かがちゃんと面倒みてやらないと。本人にはむり。ブリンだってね……」義母はそれ以上は言わなかった。

「なにかアドバイスは？」

アンナは笑った。「相手は子ども。あなたは大人よ」

さすが含蓄があると思いながらも、グレアムは踏ん切りをつけられずにいた。

アンナはその困惑を見抜いたらしい。「当たって砕けろ」

グレアムは溜息をひとつつくと、その大きな図体で階段を軋ませながら二階へ上がった。ドアをノックして、返事を待たずに部屋にはいった。そんなことをするのは初めてだった。

フラットスクリーンの大型モニターが占める机から、ジョーイがそばかすだらけの丸顔を上げた。また帽子をラッパーみたいにかぶっている。スラムの若者みたいに。友だちとインスタントメッセージ（ＩＭ）をやりとりしているのだ。ウェブカムも使って。グレアムは、そうやって少年が自分の姿や部屋を友人に見せるというのが気に入らなかった。

「宿題ははかどってるか？」

「終わったよ」ジョーイはキーボードを見ずにタイプした。グレアムのことは見ずに。

壁にはガス・ヴァン・サントが監督したポートランドのスケートボーダーの映画、『パラノイドパーク』のスチル写真が何枚も貼ってある。ジョーイが自分でプリントアウトしたのだろう。あれはいい映画だった――大人向けには。グレアムは少年を連れていくことに反対した。だがジョーイはその映画にこだわって、しまいにブリンが折れるまで拗《す》ねっぱなしだった。それでも結局、あるおぞましい場面になって、彼らは途中で映画館を出てしまった。だから言わんこっちゃないからはじまる諍《いさか》いを避けはしたものの、グレアムのほうから、つぎは人の言うことも聞いてくれと口にしかけたことも事実だった。

「相手は誰?」グレアムは画面に目をやって訊ねた。

「誰って?」

「ＩＭをやってるんだろう?」

「知り合いだよ」

「ジョーイ」

「トニーさ」少年は画面に見入っている。グレアムの秘書のタイピングは毎分百二十ワード。ジョーイはもっと速そうだった。

相手が大人かもしれないと気になって、グレアムは訊いた。「トニーって?」

「ほら、同じクラスの。トニー・メッツァー」会わせたことがあるといった口ぶりだが、そんなはずはないとグレアムは気づいていた。「いま、あの〈ターボ・プラネット〉をやっててさ。あいつ、レベル6に行けないから。こっちは8まで行けるし。手伝ってやってるんだ」

「さあ、もう遅い。今夜はもうＩＭはやめだ」

タイプをつづけるジョーイは反抗しているのか、ただきりをつけようとしているだけなのかがわからない。このまま喧嘩になるのだろうか。グレアムの手が汗ばんだ。盗みを働いた従業員をクビにした経験があるし、強盗を撃退したことも、ナイフを使った作業員どうしの争いに割ってはいったこともある。それでも、ここまで不安を覚えたことはなかった。

すばやいキーストロークがひとしきりつづき、やがてコンピュータ画面がデスクトップにもどった。顔を上げた少年の表情は朗らかだった。で、どうするのと口にした。

「腕の具合は？」

「いいよ」

少年はゲームのコントローラーを持ちあげてみせた。ボタンを連打する指の動きが速すぎてぼやけた。ジョーイはＭＰ３プレイヤーにｉＰｏｄ、携帯、コンピュータと電子機器をやたら持っている。友だちも大勢いるらしいのだが、面と向かってしゃべるより指でコミュニケートするほうが多い。

「もっとアスピリンを飲むか？」

「ううん、もういい」

少年はゲームに集中していたが、グレアムには彼が警戒を募らせているのがわかった。

グレアムは当初、少年を宥《なだ》めすかしてファルトのことを白状させるつもりでいたのだが、それはアンナが言う自分の勘に頼るのとはちがう気がした。そこで流しに立ったときに考えていた、対立ではない対話へ立ちもどることにした。

少年は黙りこんでいる。聞こえるのはコントローラーを操作する音、それと漫画のキャラクターが仮想の道を歩いていく際に発する低い電子音ばかり。

いいから、やってみろ。

「ジョーイ、学校をサボる理由を聞かせてくれないか？」

「学校をサボるって？」

「なぜだ？　先生との間に問題でもあるのか？　ほかの生徒と？」

「サボってないよ」

「学校から連絡があったんだ。きょう、サボったって」

「ううん、ちがう」少年はコンピュータをいじりつづけていた。

「ちがってないと思う」

「いや」少年ははっきり口にした。「サボってない」

グレアムは対話のアプローチに大きな欠陥を見てとった。「一度もサボってないのか？」

「どうかな。まえに学校へ行く途中、気持ちが悪くなって家に帰ったことがあるけど。ママは仕事で連絡がつかなかった」

「こっちにはいつでも連絡がつくじゃないか。ぼくの会社はここから五分、学校からは十五分。すぐに駆けつけられる」

「だって、ぼくを連れて帰れないじゃない」

「帰れるさ。ぼくの名前は名簿に載ってる。きみのお母さんが載せたんだ」少年はそれを知らなかったのか。「そいつを切ってくれ」

「切る？」

「ああ。切るんだ」

「だってもうちょっとで――」

「だめだ。さあ。切って」

少年はプレイをつづけた。

「じゃあプラグを抜くから」グレアムは立ってコードに手を伸ばした。

ジョーイが睨みつけてきた。「やめて！　そんなことしたらメモリーがイカレちゃう。たのむから。いまセーブするよ」

少年はしばらくプレイを続行した——たっぷり二十秒——それからボタンをいくつか叩くと、コンピュータから発生する音がやんで画面が動かなくなった。

グレアムはベッドの少年の近くに腰をおろした。

「きみとお母さんで、きょうの事故のことで口裏を合わせてるのはわかってる。学校をサボったって、お母さんには言ったのか？」ブリンは知っていて話さなかったのだろうか。

「サボってないってば」

「さっき、ミスター・ラディツキーと話したんだ。きみは母親からの連絡を勝手にこしらえたらしい」

「むこうが嘘ついてるんだ」ごまかそうとしている目。

「彼が嘘をつく理由は？」

「ぼくのことが嫌いだから」

「きみのことをずいぶん心配してる様子だった」

「そっちにはわからないよ」それでまぎれもない無実の証明になると思ったらしく、ジョーイは静止する画面に向きなおった。上下に跳びはねている生き物。その場で走りつづけている。

少年はゲームのコントローラーに視線をやった。手は出そうとしなかった。

「ジョーイ、きみはエルデン・ストリートでファルトをやってるところを見られてる」

少年の目が泳ぐ。「それも嘘だ。ラッドでしょ？　あいつはそうやってでっちあげるんだ」

「ぼくは嘘だと思わないな、ジョーイ。たぶん、ボードに乗ってエルデン・ストリートを時速四十マイルで走って転んだきみを見てた連中がいるんだ」

少年はベッドのグレアムから離れたあたりに飛び乗ると、書棚から一冊の本を抜き出した。

「じゃあ、お母さんには学校を無断で休んだことも、ファルトをしてたことも話してないのか？」

「ファルトはしてない。ボードに乗ってただけだよ。駐車場の階段で落ちたんだ」

「すると、きょうはそこで事故にあったのか？」間があいた。「そうじゃないけど。ファルトはやってないって」

「まえにやったことは？」

「ないよ」

グレアムは途方に暮れた。手詰まりだ。勘は……

「ボードはどこにある？」

グレアムと顔を合わせたジョーイは口を開かない。本に目をもどした。

「どこだ？」義父はあきらめなかった。

「知らない」

グレアムがクローゼットをあけると、積まれた運動靴の上に少年のスケートボードが載っていた。

「今月はボード禁止」

「ママは二日って言った！」

ブリンは三日と言ったはずだ。「一カ月。それと、ファルトはもうやらないと約束すること」

「ファルトはやってないってば！」

「ジョーイ」

「こんなのでたらめだ！」

「人にそんな言い方はするな」

「ママは気にしないよ」

本当だろうか。「でも、こっちは気にする」

「止められるもんか。あんたは父親じゃない！」

グレアムは反論したい思いに駆られた。権威と上下関係と家族について、家庭における自分と少年のそれぞれの役割について語って聞かせたかった。しかし価値について論じてみたところで、そのまま無駄骨に終わってしまいそうな気がした。

勘だ、と彼は思いなおした。

よし。なりゆきに任せる。

「きみは真実を話すつもりはあるのか？」

「いまだって真実を話してるよ」少年は激昂して泣きだした。

グレアムの心はひどく揺らいだ。少年ははたして正直に答えているのか。なんとも判断しかねた。グレアムはできるだけ声を抑えて言った。「ジョーイ、お母さんもぼくも、きみのことをとても愛してる。きみが怪我したって聞いて、ふたりでものすごく心配したんだ」

「愛してなんかない。誰も」涙ははじまったときと同じく唐突に乾き、少年は背を丸めて本を読みはじめた。

「ジョーイ……」グレアムは身を乗り出した。「こんなことをするのも、きみのことが心配だからなんだぞ」彼はにっこり笑った。「さあ。歯を磨いてパジャマを着て。寝る時間だ」

少年は動かなかった。その目が見てもいない活字を必死で追っている。

グレアムは立ちあがり、スケートボードを手に部屋を出た。階段を降りる一歩ごとに、すぐにもどって謝り、機嫌をなおしてくれと懇願したい気持ちと闘った。

だが勘のほうが勝利した。グレアムは一階まで降りきると、スケートボードをクローゼットのいちばん上の棚に置いた。

アンナがそれを見ていた。面白がっているらしい。グレアムにしてみれば、愉快なことなどなにもなかった。

「ブリンはいつ帰るって？」と義母は訊ねてきた。

グレアムは時計を見た。「もうじきでしょう。本人は途中で食事をする気なんだろうけど。たぶん、車内ですますのかな」

「そんなのだめよ。夜中にあんな場所で。ちょっと目を離して、それからサンドウィッチを食べようもんなら目の前にシカがいるのよ。クマとか。ジェイミー・ヘンダーソンなんか、あやうく鉢合わせしそうになったんだから。そういう場所なのよ」

「たしか、その話は聞いたな。大きいんですか？」

「大きいわよ」そして天井を顎で指した。「どうだった？」

「すっきりしなくて」

アンナは娘婿に向かって微笑してみせた。

「なんです？」グレアムは居心地悪そうに訊いた。

「きっかけができたわね」

グレアムは目を剝いた。「そうかな」

「人の言うことは信じるものよ。ときにはね、メッセージを伝えるのが大事ってこともあるの。中身には関係なく。憶えておきなさい」

グレアムは電話を取り、もう一度ブリンにかけてみた。いきなり留守電につながった。彼はテーブルに電話を放ると、テレビの画面をぼんやり見つめた。またスズメバチのことを思いだしていた。あのときは仕事で、大きく枝を伸ばした植木を暢気に運びながら、十フィート手前で巣を引っかけたことに気づきもしなかった。

恐ろしい毒針をもつ昆虫が、斑点のようになって襲ってくるまで。

それが何か問題でも？

なるようになれ。

グレアムはリモコンに手を伸ばした。二階でドアがしまった。

†

ブリンとミシェルは、フェルドマン邸の北三百ヤード付近の木深《こぶか》い森を進んでいた。ここに来てさらに密生する樹木はマツ、トウヒ、モミがほとんどである。湖の姿はさえぎられて見えなかった。

車のアラームを鳴らしてしまったのは不幸なミスだ。しかし起きてしまったからにはそれをアドバンテージに変え、男たちには、カヌーで遠い湖岸へ逃げるために注意を逸らす仕掛けと思いこませたかった。でも実際に舟を漕いだのは、川をむこう岸に渡るわずかな距離だけだった。ライフジャケットをならべて肩寄せあうふたりの乗客に見せかけ、カヌーを湖中へみちびく速い流れに乗せた。

そして彼女たちはミシェルの足首に見合った全速で湖岸の別荘地を離れ、北のマーケット州立公園をめざした。

発砲されるのは織りこみずみで、ブリンはそこですかさず絶叫をあげると、すぐに撃たれたかのように口をつぐんだ。おそらく銃声で耳が遠くなっている男たちは、丘をめぐる谺に惑わされ、叫び声が聞こえた方角の見当もつかない。長くは欺けないにしても、多少の時間は稼げる。

「止まってもいい?」とミシェルが訊いた。

「どうした、足首が痛む?」

「それは痛いけど。それより、ここで待ちましょうってことよ。あいつら、そのうちいなくなるから」ミシェルはスナッククラッカーを食べていた。ブリンの視線に気づくと、ミシェルはしぶしぶ差し出してきた。ブリンはそのひとつまみを貪《むさぼ》った。

「止まれない。歩きつづける」

「どこへ?」

「北へ」

「〝北〟ってどこ？　そっちへ行くとキャビンがあったり、電話があったりするわけ？」

「男たちからできるだけ遠くに離れる。公園にはいって」

ミシェルは足をゆるめた。「見てよ、ここ。ひどいわ、草がぼうぼうで……ああ、もう。道もないし。凍えそう」

そんな二千ドルのコートを着て……とブリンは心のなかでこぼした。

「ここから四、五マイル行ったあたりに森林警備隊の事務所がある」

「五マイル！」

「シーッ」

「冗談じゃない。こんな場所を五マイルも歩けるわけがないじゃない」

「あなた、いい体形をしてるわ。走ってるんでしょう？」

「スポーツジムのトレッドミルでね。こんなとこじゃなくて。それに方向はわかってる？　わたしはもう迷子だわ」

「だいたいの方角はわかってる」

「森よ？　信じられない！」

「ほかにどうしようもないし」

「理解できない……わたし、蛇が怖いの」

「蛇のほうがもっと怖がってるから、平気」

ミシェルがクラッカーを見せた。「こんな食料じゃ足りないわ。低血糖症のことは知ってるでしょう？　みんな気にしないけど、わたし、倒れるかもしれない」

ブリンは毅然として言った。「ミシェル、あそこにいた男たちは、私たちを殺そうとしてる。それにくらべたら、蛇もあなたの血糖値もたいした問題じゃないから」

「むりだわ」女のその態度に、ブリンは小学校に入学した日のジョーイを思いだしていた。ジョーイは足を踏んばって動こうとしなかった。それを説得して登校させるのに二日かかったのだ。ミシェルの顔にも似たようなヒステリーの兆候が見てとれる。完全に歩くのをやめると目を見開き、両手を落ち着きなく振りまわした。「わたし、買物は〈ホールフーズ〉でする。コーヒーを買うのは〈スターバックス〉。こんなのわたしじゃない、わたしの世界じゃない。むりなのよ！」

「ミシェル」ブリンは穏やかに言った。「大丈夫。たかが州立公園なんだから。毎年、夏には何千人もの人が歩いてる」

「遊歩道、林道《トレイル》をね」

「だからそれを見つけるの」

「でも迷ってる人たちがいたわ。テレビで見たもの。迷子になったそのカップルは凍死して、死体は動物に食べられたって」

「ミシェル――」

「いや、行きたくない！　ここで隠れましょうよ。場所を見つけて。おねがい」ミシェルはいまにも泣きそうな顔をした。

ブリンはこの女が目の前で友人たちを撃たれ、そのうえ自分も殺されかけたのだと思いかえして我慢をかさねることにした。「だめ。少なくともあの男、ハートはボートのトリックを見抜いたらすぐに追っかけてくる。私たちがこっちに行ったって確証はなくても、たぶん当たりをつけてくるはず」

あわてて後ろを振りかえったミシェルは、息遣いも荒く視線を方々に走らせた。

「わかった？」

ミシェルはまた手に振り出したクラッカーを食べると、ブリンに勧めることなくポケットにもどした。そして渋面をつくってみせた。「いいわ。あなたの勝ちよ」

女たちはもう一度背後に目をやると出せるかぎりの速度で、鉈《なた》がなければ通れそうにない藪を迂回しつつ前進していった。あたりは針葉樹が多かったものの、スチールウールのような下生えに邪魔されない平坦なルートを採ることができた。

別荘から遠ざかる道のりで、ミシェルは足を引きずりながらもペースをゆるめず頑張っていた。槍を握りしめるブリンは、その武器のせいで自信とばかばかしさの両方を感じていた。

やがてふたりは四分の一マイル、半マイルと行程を踏んでいった。

ブリンははっとして振り向いた。声が聞こえたのだ。

だが声の主はミシェルで、独り言をつぶやくその顔が蒼い月明かりにあやしく浮かんでいる。

ブリンにも独語癖はあった。彼女は父を病気で亡くし、職場の親友を酒酔い運転の犠牲にした。それに夫も失った。そんな悲しみのただなかでは、ひとり力を求めて祈ったり、とりとめなく話しつづけたりしたものだ。なぜか言葉が苦しみをやわらげてくれることに気づいたのである。

この日の午後、ジョーイが病院のレントゲン室にいたときにも、まさに同じことをしていた。

何をしゃべっていたのかは自分でも憶えていない。

ふたりはミツガシワとツルコケモモが密生し、泡の浮く池を回りこんでいった。月影に映える袋葉植物の一群を見てブリンは驚いた――それが食虫植物であることは、ジョーイの宿題を手伝って知っていた。せわしない蛙声《あせい》、鳥の悲しげに啼く声。さいわい、蚊が出る時季にはまだ早かった。ブリンは蚊に好かれる体質で、夏には虫除けを香水のごとくまとっている。

ミシェルばかりか自分も励ますつもりで、ブリンはささやいた。「ここの公園には、捜索救助活動で二度来てる」彼女は州警察の戦術訓練セミナーで得た専門知識を活かす任務にすすんで就くようにしていた。セミナーには任意で参加する形の――とにかく心身を消耗させ、苦痛をともなう――ミニサバイバル・コースがあった。

こちらで二度おこなわれた捜索救助のうち、一度はとりわけつらい遺体回収の現場となった。だがブリンはそれを話題にはしなかった。

「ほんとに詳しく知ってるわけじゃないけど、大ざっぱなレイアウトは頭にはいってるから。この近くに、それも一、二マイルほどのところに〈ジョリエット・トレイル〉がある。知ってる？」

ミシェルは首を振ると、マツの葉が散り敷く足もとを見据えた。袖口で鼻を拭った。

「トレイルに出れば森林警備隊の事務所まで行ける。いまの季節は閉鎖されてるはずだけど、電話や銃は見つかると思う」

警備隊事務所がブリンの第一の選択だった。しかし、その場所が見つからなかったり建物に侵入できなかったときには、北東へ向かってスネーク川を渡るまで〈ジョリエット〉をたどることになると説明をつづけた。「川沿いを東に行けばポイント・オブ・ロックス。公園と向きあう恰好のわりと大きな町よ。店があって電話もあるし、公安関係の部署もある。たぶん非常勤だけど呼び出せると思うし。距離は六、七マイル、でも川沿いだから歩くのはたいてい平地。もうひとつ、スネークとぶつかったら西へ行く手もある。それでスネーク川渓谷の岩場を登るわけ。するとインターステイトの橋の付近に出る。あそこなら二十四時間車の通りがあるし。トラックでも誰でも、停まってくれると思う」

「岩場を登るって」とミシェルがつぶやいた。「高い場所は怖いのよ」

ブリンとて高いのは苦手だった（それでも下で待ちうける〈オールド・ミルウォーキー〉のビア樽をめざし、断崖を懸垂下降する州警察伝統の卒業式に臆することはなかった）。しかも登ることになれば、渓谷は険しく危険をともなう。橋は川面からほぼ百フィートの高みにあり、垂直に切り立つような岩肌がめだつ。警察で捜索中の遺体が発見されたのも公園のその付近だった。若い男性が足を踏みはずしたのだ。転落はわずか二十フィートほど、しかし木の大枝に刺しつらぬかれた。検視官によれば、約二十分で死に至ったのではないかという。

この日まで、ブリン・マッケンジーはその記憶に付きまとわれていた。

マツからより深く蒼然と闇に沈んだ森へ移動するときも、ブリンはミシェルの足首に楽なルートを採ろうとした。だが根の張った低木、絡まった枝や蔓に邪魔され、何度も回り道を余儀なくされた。ときには強引に抜けていくこともあった。

断崖や沼地を見落としてしまいそうなほど暗く、はっきりと避けて通るような場所もあった。しかも、そこにいるのが自分たちだけでないことを始終思い知らされる。コウモリがよぎり、フクロウが啼く。端を踏みつけたシカの肋骨が跳ねあがり、膝にあたったときにはブリンも息を止め、思わず白茶けた骨から飛びすさった。朽ちた頭蓋骨がそばにころがっていた。ミシェルがまるで無反応のまま、白骨化した動物に見入っていた。

「行きましょう。ただの骨よ」

ふたりはもつれた草木をかき分けるようにしてまた百ヤード進んだ。ミシェルがいきなりつまずき、木の枝をつかんで身体を支えると呻き声を洩らした。

「どうした？」

ミシェルは薄い手袋の片方を取り、むき出しにした手を見つめた。枝の棘が二本刺さって、手のひらに切り傷ができている。ミシェルの目に恐怖が宿った。

「ちがう！　ただのクロイチゴだから。大丈夫。ほら。見せて」

「いや！　さわらないで」

だがブリンは女の手を取ると、蠟燭用のライターをつけて肌にかざし、小さな傷を調べた。

「棘を抜いておけば化膿しないから。五分もたてばなにも感じなくなる」

ブリンが慎重に棘を抜くあいだ、女はひろがる血の点をめそめそ泣きながら見ていた。アルコールの瓶を出したブリンは、靴下の隅を浸すと傷を消毒していった。黒っぽくアートをほどこした爪が気になった。

「自分でやらせて」ミシェルは肌を軽く叩いてから靴下を返すと、ポケットからティシューを出して傷に押しあてた。それをはがすころには血はほとんど止まっていた。

「どう？」

「平気」とミシェル。「あなたの言ったとおり。もう痛くない」

ふたりはブリンがしめしたほうに歩を進めていった。

ハートはきっと追跡してくる、警戒を怠ってはいけないとブリンは肝に銘じた。だが、男にはふたりが向かう先の見当まではつかないはずだった。彼女たちには――殺し屋たちを回りこんで南の郡道へ出る以外の、どの方角へ行く選択もあった。

一ヤードを過ぎるごとに、ブリンは自信を深めていった。少なくとも自分は森のことを、道行きの先にあるものを知っている。男たちは知らない。よしんばハートと相棒が同じ方向をたどったにしても、十分もしたら道に迷うに決まっている。

†

フェルドマン邸近くの湖岸では、ハートが携帯端末《ブラックベリー》のＧＰＳ機能を試していた。そして持参してきた地域の地図を調べた。

「〈ジョリエット・トレイル〉」とハートは告げた。

「なんだ、それ?」

「連中の向かった先だ」

「へえ」とルイス。「ほんとに?」

「ああ」ハートは地図を掲げた。「おれたちの現在地はここだ」彼はさした場所から指を北へずらしていった。「この茶色のラインがトレイル。そこの森林警備隊の事務所まで通じてる」

ルイスは気もそぞろだった。湖の先を見渡していた。「なかなかやるな。あのふたり」

ハートの意見はちがった。湖に漕ぎ出してまもなく、女たちがライフジャケットで寄り添う姿に見せかけ、カヌーを沖に押しやったことがわかった。銃声にかぶせた悲鳴は巧妙だった。声をあげたのはブリンかミシェルか。ブリンだろう。

ハートは敵と駆け引きするような状況に馴れていない。相手に挑むという思いはあっても、やはり主導権を握っておきたい気持ちのほうが強い。彼にとって望ましいのは、思いついた妙案が自分に有利な結果をもたらす展開である。たとえば黒檀《エボニー》を使うときのように——この木材は扱いが難しく、硬質で脆《もろ》く割れやすいので、たちまち何百ドルも無駄になることもある。ただし時間をかけてていねいに、出てきそうな問題を見越して按配してやれば、最後には美しいものが完成する。

ブリン・マッケンジーの難度は？

アンモニアの臭い。

つづけざまの銃声。

当然、黒檀だ。

痛む片腕もハートに考えることをうながしている。ではミシェルの難度は？

その判断は保留。

「つまり、連中を追っかける気なんだろ？」ルイスが訊いた。開いた口から白い息が流れた。

「ああ」

「言っとくけどさ、ハート。こいつはおれが計画したことじゃないけど」

控えめな表現。

ルイスがつづけた。「事情ががらっと変わったんだ。あんたを撃って、おれを撃とうとした女。あの警官……あんたかおれか、あそこのバスルームでアンモニアの罠に掛かってた。事によったら、ふたりのうちどっちかの目がつぶされてた。それに家のなかの一発、あれも警官か？　おれをかすった」

〝弾を避けられる……〟

ハートは黙っていた。彼はルイスのようにうろたえていなかった。女たちはおのれの本能に従っているにすぎない。さっき目にした動物と同じ。もちろん反撃もしてくる。

「それで思ったんだけど」とルイスは言った。「おれはとにかくここを出たいんだよ。相手は警官だぜ、ハート。このへんに住んで土地勘がある。いまはもう例の森林警備隊だかの事務所に近づいてる。公園だったらたぶん電話もある……だったら、早くずらかったほうがいい。ミルウォーキーに帰るんだ。あの娘、ミシェルだっけ、あいつがおれたちの正体をバラすわけがない。そこまで間抜けじゃないさ」ルイスは名前と住所がわかる女の財布を入れたポケットを叩いた。「それに警官はおれたちのことをはっきり見てない。だったらプランAにもどろうぜ。ハイウェイに出て車をジャックする。どうだい？」

ハートは顔をしかめてみせた。「たしかにな、ルイス、そそられるよ。ああ、おれもそうしたい。でもだめだ」

「ふん。でも、どうなんだろうな」ルイスの口ぶりは頑なな感じが消えて和らぎ、刺々《とげとげ》しさも影をひそめていた。

「連中を捕まえないと」

「捕まえないと？　なぜ？　そんなこと、どこに書いてある？　なあ、おれがビビってるとでも思ってるのか。そんな、まさかだね。今夜の相手は女がふたり？　屁でもない。なんだったら言っとくけど、おれはマディソンで銀行をやってるんだぜ。去年」

「銀行？　銀行をやった経験はないな」

「五万稼いだよ」

「そいつは上出来だ」銀行強盗が奪う額は全国平均で三千八百ドル。もうひとつ、ハートの知っている数字を言えば、犯人の九十七パーセントが一週間以内に逮捕されている。

「ああ、そうさ。で、そこの警備員がヒーロー気取りでね。足首に予備の銃を隠してやがった」

「元は警官だったんだ」

「だと思う。そう。撃ってきやがった。こっちは他の連中を援護してた。堂々とね。野郎を抑えこんでやった。隠れもしないでね」ルイスは笑いながら首を振った。「仲間の運転手があわてたあげく雪のなかにキーを落としやがって、そいつを見つけるのに二分もかかっちまった。けど、おれがその警備員を寄せつけなかったからな。まっすぐ立ったままで弾を込めなおしてると、遠くにサイレンの音が聞こえてきた。でも逃げ切った」ルイスは口を閉じ、ハートが事情を呑みこむのを待った。それから、「おれは理屈をしゃべってるんだぜ……どっしりかまえるときはかまえる。ずらかるときにはずらかる。連中の面倒はあとでみるんだね」またミシェルの財布を叩いた。「このままじゃ、ろくなことにならない」そしてくりかえした。「事情ががらっと変わったんだ」

湿った夜気にひびきわたる悲しげな声は、おそらく鳥だろうとハートは思った。水鳥かフクロウかタカか、その区別がつかない。ハートはしゃがみ、額にかかった髪を払いのけた。「ルイス、おれとしては事情はなにも変わっちゃいないと思ってる」

「まちがいなく変わったね。女があんたを捕まえようとした瞬間から、ケチのつきまくりさ」と家のほうに顎をしゃくり、猜疑《さいぎ》のまなざしを投げた。

「でも、そのケチは予測できた。おれたちはそいつを見越しとくべきだったんだ。だいたい何かを選ぶときには——たとえばだ、この仕事を引き受ければ——そりゃもういろんな結果がついてくるわけさ。物事は左にも行けば右にも行く。それに今夜のことだって、むこうが引きかえしてきて、こっちの腹に一発見舞ってくるかもしれない……」

あるいは腕を撃つとか。

「こんな人生、誰に指図を受けてるわけじゃない。おまえだってそうだ。でも選んだからにはとことん考え抜いて、ありそうなことを想定して備えるのがおれたちの仕事だ。おれが仕事をやるときにはすべて計画を立てる、どんな細かいことでもだ。意外なことなんてひとつもない。仕事自体はまず退屈なものさ、頭のなかに何度も練りこんでるから」

〝測るのは二度、切るのは一度〟

「今夜のことか？　おれは起きる可能性がある九十五パーセントは予測して準備してきた。でも、残りの五パーセントのことは考えもしなかった——ミシェルがこっちを射撃訓練の的にしてくるとはな。甘かったよ」

ルイスはしゃがんだ姿勢で身体を揺らしている。「トリックスターだな」

「なんだって？」とハートは訊いた。

「おれのばあちゃんが、うまくいかないことがあったり思ってもみないことが起こると、そいつはトリックスターのしわざだって言ってた。ガキ向けの本かなんかで読んだんだろうな。よく憶えてないけど。トリックスターって、いつも何か失敗させる方法はないかってほっつき歩いてんだ。運命や神様なんかと同じでさ。ま、運命はいいこともしてくれるけどね。ロトの当たりくじをくれたり。黄色の信号で、ふつうなら突っ込んじまうところを停めて、ゴミトラックに横っ腹を掘られないようにしてくれたりとか。神様も正しいことをして、人はそれなりの報いを受けるわけだしさ。でもトリックスターはな。ただ引っかきまわすだけだ」ルイスはふたたび家のほうに顎をしゃくった。「おれたちはあそこでトリックスターに出会っちまった」

「トリックスターね」ハートはその言葉を気に入った。

「けど人生ってそういうもんだろう、ハート？　あんたはその五分を逃した。でもそれがどうした？　何もかも置き去りにして、ここから逃げ出すのがいちばんってこともあるんだから」

ハートは立ちあがった。撃たれた腕をうっかり伸ばしてたじろいだ。湖を見晴らした。「話を聞いてくれるか、ルイス。おれには……弟がいてね」

「兄弟はひとり？」ルイスの注意が家から離れた。「おれはふたりだ」

「両親がばたばたっと逝《い》ってね。おれが二十五、弟が二十二のときさ。おれは父親代わりみたいなもんだった。そう、こんな稼業に足を踏み入れたころから。弟がもらったこっちの仕事っていうのが、なんてことはないナンバー賭博。いいとこ使いっ走りさ。金を集めたり運んだりする。よくある仕事だ。だって毎日、何千っていう人間がそんなのをやってるわけだろう？　世界中で」

「そうだ」ルイスは聞き入っている。

「だから、あのころは何がどうなってるとも知らずに、弟を手伝ってやってた。集金をいっしょにやって――」

「そいつはミルウォーキー？」

「いや。おれたちはボストン育ちでね。金を集めて運ぶことになってた。ところが、はめられてることに気がついた。ナンバーを仕切ってた野郎がおれたちをバラして、警察に名簿と金の一部を身につけた死体を発見させる。すると刑事たちは、これで賭博も沙汰やみだと思いこむわけだ」

「兄弟ふたりが罪をかぶらされてか」

「ああ。なんとなく危ない感じがして、金の受取り場所を裏から探ったら殺し屋がいた。弟とおれは逃げた。何日かして、おれは出し抜こうとした連中を見つけて始末したよ。ただし、中心にいた野郎が姿を消してね。メキシコへ行ったっていう噂だった」

　ルイスはにやりとした。「あんたが怖かったんだな」

「六カ月も過ぎて、おれはそいつを捜すのをやめた。だが、そいつはメキシコになんか行ってやしなかった。おれたちの後をひたすら追っかけてたんだ。ある日、弟の前に現われて頭を吹っ飛ばしやがった」

「おっと」

ハートはしばらく口を開かなかった。「でもな、ルイス。弟を殺したのはそいつじゃない。おれだ。おれのものぐさが弟を殺した」

「あんたのものぐさ？」

「ああ。そのクソ野郎を捜すのをやめたからだ」

「でも六カ月だぜ、ハート。長い時間だ」

「六年だろうが関係ない。乗りかかったら百十パーセント。さもなけりゃ気にしない」ハートは頭を振った。「まあな、ルイス、忘れてくれ。こいつはおれの問題だ。おれが雇われたんだ。おまえとは関係ない。けど、もし付きあってくれるなら光栄に思うよ。でもミルウォーキーにもどりたかったら、迷わずそうしてくれ。恨んだりはしないから」

ルイスは身を揺らした。前後に、何度も。「質問していいか？」

「もちろん」

「あんたの弟を殺《や》った野郎はどうなった？」

「あと三日は人生を満喫したよ」

ルイスはずいぶん考えこんでいた。やがて不敵な笑い声をあげた。「おれもつくづくお人好しだな、ハート。あんたといっしょに行く」

「ほんとか？」

「もちろんさ」

「ありがたい。心強いね」ふたりは握手を交わした。ハートはブラックベリーに目をもどし、〈ジョリエット・トレイル〉付近にターゲットを合わせると〈スタート・ガイダンス〉のコマンドにふれた。すると、さっそく指示が出された。

「さあ狩りに出かけるか」

†

三十代の細身の男、ジェイムズ・ジェイソンズが座るのは、若干の傷がめだつ数年落ちのグレイのレクサスだった。車が駐まっていたのは、ミルウォーキーの湖岸に面した〈五大湖輸送コンテナ・サービス株式会社〉の駐車場である。ジェイソンズはクレーンが船から荷を降ろしていく様子を眺めていた。みごとなものだ。オペレーターはまるで玩具のように持ちあげた大きな金属の箱を振り、トラックの荷台に毎度寸分の狂いもなく置いていく。コンテナの重量は二十トンかそれ以上あるにちがいない。

ジェイソンズはどんな職業でも、腕のある人間には感銘をおぼえずにはいられない。

夜は喧騒に満ちていた。警笛とともにカナディアン・パシフィックの貨物列車が通過していく。

古い煉瓦のビルの扉が開いた。皺の寄った灰色のスラックス、スポーツコート、ブルーのシャツにノータイという、屈強そうな男が階段を降りてきて駐車場を横切った。ジェイソンズは社の法務部長――ポール・モーガン――が、日ごろ残業つづきなのを知っていた。

モーガンが駐車場をメルセデスに向かっていく。ジェイソンズは二区画離れて駐めた車を降りた。彼は両腕を脇に垂らしたまま男のほうへ近づいていった。

「ミスター・モーガン？」

男は振りかえって目を向けてきた。ジェイソンズはその弁護士にくらべて上背で一フィート、体重で百ポンドは不足している。

「何か？」

「はじめまして。私はスタンレー・マンキウィッツの下で働いてます。名前はジェイムズ・ジェイソンズ」ジェイソンズが出した名刺に目をやると、モーガンはそれを近くにゴミ箱があるときすぐ出せるようポケットに入れた。「もう遅いですし。ちょっとだけ時間を拝借」

モーガンは駐車場に視線を走らせた。それはここで、いま？ 金曜の夜に？ という意味である。彼がキーフォブを押すと、メルセデスのロックが解除された。

「スタンレー・マンキウィッツは自分で来る根性もないのか？ 驚きもしないが」モーガンがフロントシートに座ると車が沈んだ。が、ドアをあけ放したまま、モーガンはジェイソンズのことを、その華奢《きやしや》な靴からサイズ36のスーツ、かっちり締めたストライプのタイまでしげしげと眺めた。「きみは弁護士？」

「法務部に勤めてます」

「ほう。きみにとっては違いがあるのか」モーガンは言った。「ロースクールは？」

「ええ」

「どこ？」

「イエール」

モーガンは顔をしかめた。おそらく小指に嵌《は》めたリングにはディポール大学の紋章が刻まれているのだろう。しかし、ジェイソンズから母校の話題を持ち出したわけではない。「そちらのご立派なリーダーの要求を明らかにしたら消えてくれ」

「もちろん」ジェイソンズは快活に応じた。「私たちとしてはこの難しい時期に、御社がミスター・マンキウィッツや組合《ユニオン》にたいする支援に熱心でないことは存じてます」

「連邦の捜査がはいるなんて。やつを支援する理由がどこにある？」

「御社の従業員は組合員ですよ」

「それは本人が選んだことだ」

「捜査に関しては――ご存じのように、告発はなされていません」ジェイソンズの顔に温厚な笑みが刻まれた。「いくつかの疑惑に首を突っ込んでる役人はいますが」

「役人？　ＦＢＩじゃないか。で、きみの狙いは測りかねるが、わが社は真っ当な商売をおこなっている。見たまえ」モーガンは明るく照らされたクレーンに手を振った。「顧客たちはわが社が組合員を雇用するユニオンショップで、その組合のトップ、マンキウィッツが捜査対象になっていることを知ってる。うちが違法なことにかかわってるんじゃないかと心配してるんだ」

「あなたから真実をお伝えすればいいでしょう。ミスター・マンキウィッツは起訴されていないんだと。この国の歴史においては、どんな組合にも一度や二度はガサがはいっていると」

「そこが組合の問題なんだよ」とモーガンはつぶやいた。

「あるいは、真面目な労働の対価を勝ち取ろうという庶民を袖にする人間たちの」ジェイソンズはモーガンのガーリック臭い息にもめげず、男と近い距離を保って静かに言った。「また、かりにミスター・マンキウィッツがなんらかの形で有罪になったとして、それは現実にはありえないことですが、御社の顧客たちならひとりの男と組織の間に線を引くこともできるはずだ。〈エンロン〉だってしょせん、九十五パーセントの真面目に働く人たちと、ほんのすこしの腐った林檎から成り立っていたわけだし」

「口を開けば〝真面目な労働〟か。ミスター・ジェイソン……ジェイソンズ？ sが付くのかね？ ミスター・ジェイソンズ、きみはわかってない。〈国土安全保障〉って言葉を知ってるかね？……わが社はコンテナの輸送をなりわいにしている。関係者に何かよからぬ話が出ようもんなら、たちまち倉庫に炭疽菌《たんそ》だ、原子爆弾だって話になる。客は他へ逃げてしまう。で、きみの言う真面目に働く庶民たちはというと、自分の仕事を失うんだ。質問をくりかえす。きみの望みはいったい何なんだ？」

「情報をいくつか。違法でもないし極秘でもない、面倒なことでもない。専門的なことを二、三。書き出してきました」ジェイソンズは手袋をした手にある紙片をモーガンに差し出した。

「極秘でも面倒でもなければ、ご自分で調べればすむことだ」モーガンは紙片をそのまま湿ったアスファルトに落とした。

「おっと」

モーガンは笑みをのせた相手の細面《ほそおもて》を間近に眺めた。と、げらげら笑いだし、薄くなりかけた黒髪に手櫛を通した。「つまり、こいつは『ザ・ソプラノズ』みたいなもんか？ で、マンキウィッツは私を強請《ゆす》るのに、ポーリーだかクリスだかの代わりに、おまえみたいな痩せっぽち野郎を立てたわけだ。それも計画のうちかね？ 泣き落としか？」モーガンは身をよじって笑った。「おまえなんか片手でひねりつぶしてやる。軽いもんだ。鼻を折ってボスのとこへ送りかえしてやろうか」

またも温厚そうなしかめ面。「あなたならやりかねないな、ミスター・モーガン。私はもう二十年も喧嘩はしてませんから。学校の校庭以来。しかも鞭で相当打たれました」

「そんなのが相手じゃ汗も出ない」とモーガンは吐き棄てた。「それからどうなる？ 図体の大きい坊やたちが、鉛のパイプを手にもどってくるか？ それでおれが怯えるとでも？」

「いえいえ、誰も来ません。ここには私ひとり、しかもこの一度だけです。手を貸していただけるかの確認で。今回一度かぎり。これ以上あなたを煩わせることはありませんよ」

「だから私は手を貸す気はない。わかったら、わが社の敷地から消え失せろ」

「お邪魔しました、ミスター・モーガン」ジェイソンズは歩き去ろうとした。そこで何かを思いだしたように眉をひそめると、車のドアを締めかけていた法務部長に人差し指を向けた。

「ああ、ひとつだけ。ご参考に。あすの朝のことはご存じですか？」

ポール・モーガンはことさらに顔を歪めて言った。「あすの朝がどうした？」

「ハノーヴァー・ストリートで公共事業の工事がはじまる。土曜日にですよ？ それも八時半。十時に学校へ行きたければ、ちがうルートを検討しておいたほうがいいかもしれない」

「なんだと？」なかば開いたドアに手を置いたまま、モーガンはじっとジェイソンズを睨みつけていた。ささやき声だった。

「コンサートでしたね」痩身の男はたのしげにうなずいた。「親が子どもの活動に関心をもつというのはすばらしいことですよ。そうじゃない親が多いんですから。ポール・ジュニアとアリシアも感謝してるはずだ。ふたりが頑張って練習してることは私も知ってますしね。とくにアリシアは。放課後、あのリハーサル室で三時から四時半まで……たいしたもんです。ひょっとして、道路工事のことはお知らせしておいたほうがいいと思って。では、おやすみなさい、ミスター・モーガン」

ジェイソンズは踵《きびす》をかえしてレクサスに向かいながら、襲いかかられる見込みはほぼ十パーセントと弾いていた。だが無事に車内までたどり着き、エンジンをかけた。

バックミラーを見ると、モーガンのメルセデスは影も形もなかった。

紙片も消えていた。

今晩の仕事の第一歩は終了。さて、つぎは。また腹が鳴りだし、ジェイソンズはすぐに出発することに決めた。指示によれば、モンダック湖までは二時間あまりの道程だった。

†

ブリンとミシェルが行くあたりは湿地が多く、一見固い層にも思える落葉が、じつは深い沼を隠す見せかけだったりするので、足を踏みこまないように注意が必要だった。喧しい蛙鳴《あめい》がブリンを辟易《へきえき》させていた。これでは他人が近づく気配もかき消されてしまう。

女たちは張りつめた沈黙のなかを二十分歩いた——なるべく楽なルートをたどるうち、森の迷宮深くへ吸いこまれていった。斜面を下った先の谷間にはクロイチゴ、エンレイソウ、ヒラタマネギ、そのほか名も知らない植物が叢生《そうせい》していた。反対側の丘を登り切るのにかなりの力を費やした。

そこではたと、ブリンは迷ったことに気づいたのである。完全に方角を見失っていた。もっと高い場所にいたときは、真北へ行けば〈ジョリエット・トレイル〉というふうに正しい方向感覚があった。そこまでブリンは山の頂、小川、不規則に並ぶ丈の高いカシの木を目印に歩いてきた。しかし岩の露出した崖、びっしり詰まった下生えや茨に行く手を阻まれ、仕方なく低地のほうへ下った。すると、めざす目標物がすべて消えてしまったのだ。ブリンは州警察で受けた戦術手順講座の指導者の言葉を思いだしていた。いわく不馴れな土地で認識できる目標物を見失うと、人は三十五分で完全に見当識を失う。ブリンはそれを信じて疑わなかったけれども、目印が多すぎるのは少なすぎるのと同じで問題を生じる、という部分には納得できなかった。

「友だちとこんなふうにハイキングをしたことは?」

「わたし、ハイキングなんてしないから」ミシェルは不機嫌そうに言った。「ふたりのとこへ行ったのも、一度か二度だけよ」

ブリンはゆっくりと周囲を見まわした。

「どこにいるかぐらいわかってると思ったのに」とミシェルは洩らした。

「自分でもそう思ってた」ブリンは憤りを隠さず言った。

「じゃあ苔でも探しましょ。苔は木立の北側に生えるって。小学校で習ったわ」

「そうとも限らない」ブリンは答えながら目を走らせ、「苔が生えるのは湿気がいちばん多い場所で、それが木立や岩場の北側だったりするから。しかも南側が太陽で乾燥してる場合ね。

深い森だと、どこでも生える」と指摘した。「あっちへ行ってみようか」そのルートを選んだのはただ威圧感にとぼしく、植生が少ないからだろうか。ミシェルは磨かれた紫檀《ローズウッド》の杖をつきつき、うなだれた様子で後をついてくる。

まもなくブリンはふたたび足を止めた。もしかして十分以上も道に迷っていたのか。このまま先へ進むわけにはいかない。

ブリンはあることを思いつき、ミシェルに訊ねた。「針を持ってない?」

「なに?」

「針かピン、安全ピンとか」

「なぜ針なんか?」

「いいから、持ってる?」

女はジャケットを叩いた。「ない。なんで?」

バッジ! ブリンはポケットから抜き出した。ケネシャ郡保安官事務所。クロム製。郡の印章の凹凸が、太陽光線のような輝きを放っている。

それを裏がえして留め金のピンに目を凝らした。これでうまくいくのだろうか。

「来て」ブリンはミシェルを近くの小川までいざなうと膝をついた。そして厚く積もった葉をどかしながら言った。「石を探して。グレープフルーツぐらいの大きさの」

「石?」

「早く」

若い女は訝しそうな顔をしながらも土手を歩いて石拾いをはじめ、ブリンのほうはその間、土手にスペースをつくっていった。地面は冷たかった。膝から寒さが伝わってくる。そのうち膝が痛くなってきたので、ポケットから消毒用アルコールの瓶、〈シカゴ・カトラリー〉のナイフに蠟燭用ライターを出し、バッジの横にならべて置いた。

ミシェルが足を引きずりながら、大きな石を五個抱えてきた。ブリンが必要なのは二個だった。それを言うのを忘れていた。

「何をするつもり？」

「コンパスをつくるわ」これは州警察発行のサバイバル・マニュアルに載っていたのだが、ブリンのチームで実地にためしたことはなかった。それでも記事を読んで、道具を製作できる程度の知識は頭に入れてある。

「そんなことできるの？」

「自信はないけど。理屈はわかってる」

発想はシンプルだった。針やピンをハンマーで叩いて磁気を帯びさせる。それを浮きに載せて水のはいった皿に浮かべる。すると針は自然と南北を指す。シンプル。しかしハンマーがない。手もとにある唯一の金属製品、ナイフの背で代用するしかなかった。

ブリンは両膝をつき、石を一個目の前に置いた。そしてバッジからピンを曲げて折り取ろうとしたが、そう簡単にはいきそうもない。金属が太すぎるのである。

「まったく」

「ナイフで切るようにしてみたら」とミシェルが持ちかけた。「石で叩いて」

ブリンは力まかせに開いたピンを石の上に載せ、その根元に刃をあてた。〈シカゴ・カトラリー〉のナイフを左手に握り、もう一個の石で背を打った。だが跡も残らない。

「強く当てないとだめよ」ミシェルはその計画にすっかり乗り気になっている。

ブリンはもう一度石を叩きつけた。刃はわずかな傷をつけただけでクロムの上を踊った。片手でナイフと岩の上のバッジを押さえるのは無理なのだ。

ミシェルに石を渡しながら、ブリンは言った。「ほら。あなたがやって。両手を使って」

若い女は重さ十五ポンドもある〝ハンマー〟代わりの石を持った。

ブリンは左手でナイフの木製の柄を握っていた。空いた手のひらでバッジを包むようにして、刃の切っ先に近いあたりを指でつまんだ。ミスをすればブリンの両手はつぶれる。もしくは刃が横に跳ね、指の肉を削ぐことになる。

「これしか方法はないから」

「指をつぶしちゃうわ」

「さあ。叩いて。思い切り。早く、やって!」

若い女は大きく息を吸って石を持ちあげた。顔を引き緊めると、気合とともに石を振りおろした。

バシッ。

石の落ちる先が指かナイフかはわからなかったが、ブリンは筋肉ひとつ動かさなかった。

ミシェルがみごと打った刃は金属を割き、二インチの針を切り離した。

そして渦を巻くように宙を飛んだ針は、小川付近の暗い葉の海に消えた。

「あっ!」と叫んだミシェルが飛び出そうとした。

「動かないで」とブリンは声を落として言った。ふたりの獲物はおそらく葉の上に落ちたはずなのだが、一歩でも動こうものなら葉と葉の間にすべりこみ、それこそ永久に失われてしまう。

「そんなに飛んでないはずだから」

「暗すぎるのよ。なにも見えやしない。もう」

「シーッ」ブリンは注意をうながした。ハートとその相棒が追ってきていることを念頭に置かなくてはならない。

「ライターが要るわ」

ブリンは身を乗り出した。若い女の言うとおりだった。こんな奥深い森のなか、数多の枝としがみつく葉で半月の光が千切られていては、針を探し出すのは不可能だ。でも蠟燭用ライターに着火すれば、ハートにとっては摩天楼のてっぺんで光る警告灯にも等しいことになってしまう。

そこでまた、この夜の決まり文句が頭をよぎった——選択の余地なし。

「ほら」ブリンはライターを差し出した。「そのへんを」と溜まった落葉のむこう側を指さした。「低くして地面に近づけて」

ミシェルは足を引きずって動いた。「いい?」とささやく。

「やって」

カチッという音と同時に炎が燃えあがった。予想していたよりはるかに明るい。百ヤード以内にいる人間は認めるはずだ。

ブリンは身を低く、注意深く這うように前進していった。

あそこ！　光るものがある。あれだろうか。ブリンが慎重に手を伸ばして拾いあげたのは、鳥の糞にまみれた小枝だった。

つぎに見つけたのは、石に埋もれた雲母の筋。だが丸まったナラの葉の上に、とうとう銀色に輝くものを見出した。ブリンは針をそっと手にした。「消して」蠟燭用ライターを顎で指すとミシェルに言った。

あたりが闇に沈む――目が光に馴れていたせいでなお暗い。ブリンは無防備な感覚をことさらに意識した。いまふたりの男がまっすぐ歩いてきても、それを見ることもできない。彼らの接近を知らせるのは枝葉を踏みしめる音だけになる。

ミシェルがしゃがんだ。「手伝う？」

「まだいい」

座りこんで脚を組んだ若い女はクラッカーを出した。すすめられたブリンは何枚か食べた。それからナイフの背で針を叩きはじめた。二度指にぶつけて怯《ひる》みかけたものの、手を離すことも叩くのを中断することもなかった――ライターの炎と同じく、その音で自分たちの居場所を何マイルも先まで告げているようなものだった。

永遠の五分間が過ぎ、ブリンは言った。「ためしてみようか。糸が必要ね。なにか細いもの」ブリンのスキーパーカからほどいた撚《よ》り糸を使い、針と小枝を結びつけた。

ブリンはアルコールを捨てた瓶の半ばまで水を満たすと、そこに小枝と針を入れて瓶を横倒しにした。ブリンは蠟燭用ライターを点火した。ふたりは顔を近づけ、透明のプラスティックボトルごしに目を凝らした。小枝は左にゆっくり回転して停まった。

「成功だわ!」とミシェルは口走り、その夜はじめて心からの笑顔を見せた。

それに気づいたブリンは笑顔を返した。やった。うまくいった。

「でも、どっちが北でどっちが南なの?」

「このへんは、だいたい西に向かって土地が高くなってる。だから左のほう」ライターを消して闇に目を馴らすと、ブリンは遠い丘の頂上を指さした。「あっちが北。あそこをめざして行きましょう」

ブリンは蓋をしめて瓶をポケットに入れ、槍を持った。ふたりはまた歩きだした。これからは方位を確かめるため、何度も足を止めることになるだろう。北へ歩きつづければ、いずれは〈ジョリエット・トレイル〉に行き当たる。

こんな玩具を作っただけで、不思議と心が落ち着く。クリステン・ブリン・マッケンジーという女にとって最大の敵、最大の恐怖は抑えが利かなくなることだった。今夜は空手で――電話も武器もなく――びしょ濡れで凍えながら、命からがら黒い湖を脱出するところからはじまった。でもいまや片手に無骨な槍、ポケットにはコンパスがあって、ジョーイが持っているコミックの主人公顔負けの自信に満ちあふれている。

『ジャングルの女王』さながら。

〈踊り《ダンス》〉。

†

とハートは呼んでいる。

これは仕事の一部で、ハートは踊ることに馴れているどころか得意だった。要するに職人なのだ。

ひと月まえ、コーヒーショップで――バーではない、頭はそれなりにはっきりさせておく――ハートはその声に顔を上げた。

〝どうも、ハート。調子は？〟

固い握手。

〝いいね。そっちは？〟

〝それなりに。じつは人手を探してる。仕事を受ける気は？〟

〝さあ。どうかな。で、どうしてゴードン・ポッツを知ってる？　元をたどると長いのか？〟

〝そんなに長くもないけどね〟

〝やつとどうやって知り合った？〟

〝共通の知人を介して〟

〝そいつの名は？〟

〝フレディ・ランカスター〟

〝フレディか、なるほど。やつの女房は元気か？〟

〝それはなんとも。二年まえに死んでるから〟

〝ああ、そうだったな。忘れてたよ。フレディはセントポールを気に入ってるって？〟

〝セントポール？　彼はミルウォーキーで暮らしてる〟

〝そう聞いたんだが〟

〈ダンス〉。これが延々つづく。必要なかぎり。

その後、二度の顔合わせを経て信頼関係が築かれ、罠に落ちる危険も最小限に減ると、ダンスは終わって話は具体的な部分に移った。

〝そいつは大金だ〟

〝たしかにね、ハート。乗り気になったとか？〟

〝つづけてくれ〟

〝これが周辺地図。そこが私道。レイク・ヴュー・ドライブ。このあたり？　あそこは全体が州立公園だから。人はまずいない。これが家の図面で〟

〝なるほど……この道は未舗装か舗装か？〟

〝未舗装……ハート、あんたは腕が立つって聞くけど。職人だって。そういう噂が耳にはいってくる〟

〝誰から？〟

〝人から〟

〝まあね、おれは職人だ〟

〝ひとつ訊きたい〟

〝ああ〟

〝興味がある。なんでこんな仕事を？〟

〝性に合うのさ〟

〃そうじゃないかと思った〃
〃オーケイ。脅威の状況は？〃
〃えっ？〃
〃仕事にどの程度のリスクが付いてまわるか。現地で会う人間、武器、近くにある警察の数は？　湖畔の別荘か——レイク・ヴューのほかの家に人は来てるのか？〃
〃簡単だって、ハート。リスクなんてまるでない。他所《よそ》は空き家だし。いるのはふたり、フェルドマン夫妻だけ。森林警備隊員は公園にゼロ、警官は何マイルも行かないといない〃
〃夫婦が持ってる武器は？〃
〃冗談じゃない。ふたりは都会者で、妻は弁護士、夫はソーシャルワーカーだし〃
〃フェルドマン夫妻だけで、ほかには？　そこは大きな違いだぞ〃
〃こっちの情報ではそのとおり。確実に。夫婦ふたりだけ〃
いまマーケット州立公園の真ん中で、ハートとルイスは危険な茨の茂みを回りこんだ。まるでSF映画に出てきそうな植物だった。
ハートは、ああ、夫婦ふたりだけ、という言葉を苦々しく思いだしていた。
自分に腹が立つ。
九十五パーセントはやった。
百十までにしておくべきだった。
少なくとも、同じ路上にいることはわかっている。半マイル手前で、血のついたティシューを見つけた。クリネックスは捨てられて三十分とたっていないはずだ。

立ちどまって周囲を見まわしたハートは、山の頂と小川に目を留めた。「うまくいってる。月明かりがなかったら相当きびしい。でも、おれたちは運に恵まれた。誰かが見守ってくれてるのさ」

〝トリックスター……〟

「誰かって……あんた、そんなこと信じてるのか？」ルイスは自分も信じていると言わんばかりだった。

ハートは信じていない。だが神学論争をしている暇はない。「おれとしては移動の足をすこし速めたい。トレイルに出たら、やつらは走りだすかもしれない。そしたらこっちもな」

「走るのか？」

「ああ。路面がよくなれば有利なのはこっちだ。おれたちのほうが速く動ける」

「むこうは女だからってことか？」

「ああ。それに、ひとりは怪我をしてる。痛みで動きが鈍くなる」ハートは息を継ぐと右手のほうを眺めた。そして下着でレンズを覆った懐中電灯を向けて地図に見入った。

彼は指をさした。「あれは火の見櫓《やぐら》か？」

「なんだい、それ？」

「森林警備隊が山火事を見張る場所だ。女がめざしてるのはあそこじゃないかって気がする」

「どこ？」

「あの尾根」

ふたりは半マイルほど離れた人工の建造物に目をやった。なにか塔のようにも見えるが、木々にさえぎられて無線やマイクロ波のアンテナなのか、てっぺんに小さな筐体《きようたい》を載せた建物なのかがはっきりしない。

「かもな」とルイス。

「姿は見えないか?」

暗さに馴れた目には半月でも充分な照明となったけれど、森林警備隊の火の見櫓と男たちをへだてる峡谷は闇に隠れ、しかも谷底付近は樹木で完全に覆われてしまっている。

女たちが櫓へ向かっているとすれば、〈ジョリエット・トレイル〉や警備隊事務所を目標にするよりむしろ理にかなっていた。あそこには無線ばかりか武器もあるかもしれないのだ。ハートは熟考したすえ、懐中電灯で地面を照らす危険を冒した。女たちが近くにいるにしても、どうせ逃げようとしている最中だからライトに気づかない可能性もある。

そのとき、がさつく葉音がして、男たちはあわてて振り向いた。

赤く光る目が六つ、ふたりのことを窺《うかが》っている。

ルイスが笑った。「アライグマだ」

大型の三匹は地面にある何かに手を出そうとしていた。光る物体が耳ざわりな音をたてる。

「あれはなんだ?」

ルイスが手にした石を投げつけた。

獣たちは卑しい声をあげて走り去った。

その場に近づいたハートとルイスは、アライグマがちょっかいを出していたものの正体を知った。獣たちは食べ物を奪いあっていたのだ。クラッカーのかけらのようだ。

「連中のか？」

ハートはその一枚を手に取って半分に割ってみた。まだ湿気ていない。あたりを調べると、女たちは明らかにこの場で立ちどまっていた——膝をついた跡に足跡が見つかった。その後、女たちは北をめざしている。

「女どもめ。ピクニックとしゃれこんだか」

しかし、休むために足を止めるか、とハートは訝った。そんなのはブリンらしくない。おそらく応急手当が必要になったのだろう。消毒用アルコールの匂いが漂っている気がする。だが理由はどうあれ、ハートにとって重要なのは女たちが火の見櫓にたどり着いていないことだった。ふたりはまっすぐ〈トレイル〉に向かった。

ハートはGPSを操作して前方を指さした。「あっちだ」

「あの藪には気をつけないと」とルイスが言った。

ハートは目を凝らした。枝だか千切れ雲だかに月がさえぎられ、周辺の森が洞穴のように暗転した。ようやくルイスが示している場所が見えた。「なんだ？」

「ツタウルシ。毒だよ。みんながかぶれるってわけじゃないけど。インディアンは平気なんだ」

「連中はなんともないのか？」

「そう。へっちゃらでね。あんたもアレルギーはないかもしれないけど、危ない橋は渡りたくないだろうし」

それはハートにはない知識だった。「むかし、ボーイスカウトでもやってたのか？」

た。ルイスは笑った。「なんだよ、もうずっと思いだしもしなかったのにさ。でもそう、やってた。ま、本気ではいってたわけじゃないけどね。キャンプに何度か行って、それで落ちこぼれたってとこさ。でもツタウルシのことは、兄貴に藪に投げこまれたことがあって憶えてる。えらい目に遭った。あのときのことは忘れられないね」

「ふたりいるって言ってたな。兄弟は？」

「年上がひとり。おれは真ん中でね」

「兄貴はツタウルシだって知ってたのか？」

「知らなかったんじゃないかな。まえから不思議なんだけど」

「一杯食わされたのさ、ルイス」とハートは言った。

「ああ……ま、その件ではね。おれは友だちの間じゃコンプで通ってる。そう呼んでくれよ」

「オーケイ、コンプ。そいつの由来は？」

「おれが生まれたとき親が住んでた町。ミネソタ州コンプトン。きっと親は、こいつは将来見込みのある名前だって思ったんだろうね」ルイスは冷たく笑った。「一族の誰にもひけをとらないって。とんだジョークさ。でも親父は頑張った。それは認めるよ。で、あんたのとこはふたりともいないのかい？　両親とも？」

「そうだ」

「気の毒にな」

「昔の話さ」

「それでも」

ふたりは黙って藪を縫い、二マイルほどを歩きつづけたが、それも全体の四分の一にすぎない感じだった。ハートは時計を見た。いいだろう。頃合いだ。

ハートはポケットから携帯電話を取り出した。電源ボタンを押すと、いまや必須といった電子の儀式がくりひろげられた。ハートは設定をいじり、呼出音をバイブレーションに変えた。

それから着信履歴をスクロールしていった。そのトップにあったのが〈自宅〉。通話時間は十八秒。伝言を残すには充分な時間だ。

はたしてどれくらいの時間で——

ライトが点灯して電話が振動した。

ハートはルイスの腕をさわって待てと合図すると、唇に指を立ててみせた。

ルイスがうなずいた。

ハートは電話に出た。

†

ブリンの携帯が直接応答サービスにつながらず、呼出音が鳴りだしたことで、グレアムは頭に地虫が這いまわるような感覚に襲われた。

電話を取る音。聞こえてくる風のそよぎに頭皮の緊張はおさまったものの、今度は胸の鼓動が激しくなった。「ブリンか?」

「こちら、ビリングズ巡査」と低い声。

グレアムは眉をひそめてアンナを見た。

声の主が言った。「もしもし？」

「あの、こちらはグレアム・ボイド、ブリン・マッケンジーの夫です」

「あっ、そうでしたか。マッケンジー保安官補の」

「本人は無事ですか？」グレアムは動悸をおぼえながら早口に言った。

「もちろん。ぴんぴんしてます。私は電話をあずかるように言われまして」

安堵が全身にひろがっていく。「ずっと電話をかけつづけていたものだから」

「このへんは電波の状態が悪く、はいったりはいらなかったりで。正直、電話が鳴ったときは驚きました」

「ちょっとまえに、むこうから連絡があったんだ」

「はあ」男は意表をつかれたようだった。「電話をしたと言ってました」

「ええ。でも、まっすぐ家に帰るという伝言でね。通報は誤報だったとか」

「それは、またかけなおそうとしてましたけど。たぶん通じなかったんでしょう。結局、誤報じゃなかったんです。家庭内でひどく揉めて。夫のほうは大事にしたがらない。多いんですよ、そういうのが。いまマッケンジー保安官補が妻から事情を聞き出してるところです」

行き渡った安堵が自分でも味わえるほどになった。グレアムは笑顔でアンナにうなずいてみせた。

ビリングズがつづけた。「保安官補は気を散らされたくないからと、私に電話を託していきました。その場をおさめようってわけです。彼女、得意なんですよね。それで警部から残ってほしいと頼まれて。あっ、ちょっと待って……ねえ、巡査部長？……ラルフは？……ああ、わかりました……」警官は電話にもどった。「失礼しました」

「あとどのくらい時間がかかりますか？」

「児童保護サービスに来てもらうことになっているので」

「モンダック湖まで？」

「もう近くまで来てます。数時間でしょう。子どもには好ましくない環境です。夫はひと晩留置ということになるでしょうし。最低ひと晩は」

「数時間？」

「ええ。手が空いたところで本人から連絡させますので」

「わかりました。とにかく、ありがとう」

「どういたしまして」

「おやすみなさい」グレアムは電話を切った。

「どうした？」と訊ねるアンナに、彼は状況を説明した。

「家庭の揉めごと？」

「かなりひどいらしくて。夫は留置場行きだとか」グレアムはカウチに腰をおろし、テレビ画面に見入った。「でも、なんであいつが面倒みるんだろう？」

答えは期待していなかった。しかしグレアムは編み針の動きが止まって、アンナが編んでいたスカーフから目を上げたことに気づいた。色合いは濃淡のある三種類のブルー。美しい。

「グレアム、ブリンの顔のことは知ってるでしょ」

「顎のこと？　もちろん、車の事故でしょう」

義母の灰色の目が向けられてきた。そのしぐさはアンナ・マッケンジーならではのものだった。控えめに、礼儀正しく上品に、相手の目をひたと見据えるのである。

「事故」アンナは同じ言葉をゆっくりと口にした。「じゃあ、あなたは知らないのね」

またしてもスズメバチ、とグレアムは直感していた。

「話して」

「あなたには言ったんだと思ってたけど」

その中身はともかく、グレアムは嘘を怖れ、傷ついていた。だがそれほど驚いてもいなかった。「早く」

「キースに殴られて顎を折ったのよ」

「えっ？」

「三週間も固定したまま」

「そんなにひどく？」

「相手は大男だったから……あの子が黙ってたこと、あまり悪くとらないでちょうだい、グレアム。きまりが悪かったのよ。ほとんど誰にもしゃべってないんだから」

「気分屋だとは言ってたけど。怪我させられたとは知らなかった」

「気分屋？　そうね。でも、あれはほとんど本人の気質の問題。お酒を飲んだりギャンブルをする人といっしょ。抑えられなくなるわけ。怖いわよ。何度か見かけたけど」

「激怒中毒か。具体的には？」

「あの子を殴った夜のこと？　きっかけは大したことじゃないの。そうよ。そこがいちばん怖いの。試合のまえに停電した、いつも飲んでるビールが店にない、ジョーイがもうすこし大きくなったら仕事に復帰したいってブリンが言った。内容なんて関係なくて、ただキレてしまうわけ」

「知らなかった」

「だから家庭内の問題となると――放っておけなくなるの」

「たしかに、その手を担当することは多いな」グレアムは認めた。「でも、それはトム・ダールの指図なんだと思ってた。女性のほうがいいからって」

「ちがう。あの子は自分から手を挙げるのよ」

「どうなりました？　キースに殴られてから」

「亭主は逮捕させなかったわよ、あなたがそれを訊きたいんなら言うけど。たぶんジョーイのことを心配したんだと思うわ」

「その後、同じことは？」

「いいえ。あの子から聞いたわけじゃないけれど」

結婚した相手を殴る。グレアムには思いも寄らないことだった。そもそも、護身以外に人を殴るというところからして想像を超えている。

グレアムは夫婦間に起きた過去の出来事、妻の言動にこの情報を当てはめてみた。朝になるとしきりに顎をさわる妻。うなされて汗をかく。気むらですぐに身構える。

あの自制心……

夕食のテーブルで向きあうとき、グリーンのカウチに座ってテレビを見るとき、いびつな顎の線を撫でている妻の手が頭に浮かぶ。

グレアムは椅子に背をもたれたままで言った。「あいつはモンダック湖へ行くまで、むこうで何が起きたのか知らなかった。家庭内のいざこざで、今晩遅くなるってことはあるにしても、最初から手を挙げて行ったわけじゃない。そこははっきりさせておきたくて」

「どっちもいっしょだと思うけどね、グレアム」編み針のふれあう音がして、アンナの編み物の作業が再開された。

†

ふたりが足を止めたのはコンパスを読むためで、およそ四分の一マイルごとにくりかえしている手順だった。

ブリンとミシェルでひざまずいて消毒用アルコールの瓶を寝かせると、小さな洋上におびき寄せた磁石の船が北を指し示す。このコンパスが命を救ってくれる。ぜったいに方向はまちがっていないと思うそばから、いともたやすく道をそれていってしまうことに、ブリンはびっくりしていた。

ミシェルが「どこで作り方を憶えたの?」と訊きながら、ブリンがポケットにもどそうとした装置に顎をやった。「子どもがいるの? 学校の課題?」

「州警察の訓練課程で。息子もいるけど」ブリンはスケートボード狂のジョーイが、神妙に科学の実験をおこなう姿を想像してみた。思いつきとしてはたのしい。

「何歳？」とたんにミシェルは生き生きした。

「十二」

「わたし、子どもは大好きよ」とミシェルは言って頰笑んだ。「名前は？」

「ジョゼフ」

「聖書に出てきそう」

「たしかに。父方の大叔父から名前をもらったから」

「いい子なの？」

「それはもう」と気後《きおく》れしながら。しかも、きょうのことは話さなかった。そのほか――たくさんのことも。「お宅のお子さんは？」

ミシェルは流し目をよこした。「まだよ。ふたりとも、かなり忙しい生活を送ってるし」

「それに現役の女優でもあるから？」

はにかんだ笑い。「まだ駆け出しよ。テレビコマーシャル、地元のお芝居。でも、いまは
〈セカンド・シティ〉に出るって話があるの。即興コメディ劇団の。コールバックに二度呼ばれたわ。それと『ウィキッド』でツアーする一座のオーディションも受けてる」

ブリンは追い求めるキャリアを語る若い女の声に耳をかたむけた。けれども、そこから受ける印象はなんとも素人くさいものだった。当たるをさいわい手を出せば、自分の才能を見出せると期待している、あるいは安易な道を行こうとしている感じがする。だからミシェルが戯曲にも手を染めたうえに、インディペンデントの映画の話もすすめることにしたと聞いても驚か

なかった。ミシェルはさらに映画産業の人間と知り合うため、LAで仕事を見つけるつもりもあるらしい。

いまは上り坂で息を切らし、つぎの四分の一マイルをめざし無言で重い足を引きずっている。

本来なら、いまごろは〈ジョリエット・トレイル〉に行き着いているころだとブリンは思った。そんなに遠くはないはずなのに、この深い茂みのせいで移動速度にたいする現実的な感覚がすっかり失せている。水中を歩くようなもので、努力のわりに距離を稼げない。

十五分後、茨にかこまれた草むらでコンパスを改めた。ライターの火で、ブリンは道をはずれていないことを確認した。「オーケイ、消して」

すでに身についている手順にしたがい、ふたりは闇に目を馴らすため座ったまま目をつぶった。

背後で何かが弾ける音がした。

鋭く。

ミシェルが息を呑んだ。

女たちは身を硬くすると、膝をついた恰好から腰を浮かした。ブリンはコンパスをしまって槍をつかんだ。

また同じ音、あわただしい足音。

ブリンは頬が痛みで悲鳴をあげるまで必死に目を細めた。だがなにも見えない。

殺し屋たちだろうか。

「えっ？　なに――？」

「シーッ」

ふたりを取り巻くように何かが動く。止まる。また動く。

ガサッ……

そして消えた。

一瞬の間をおいて、右手のほうからふたたび葉の鳴る音。ふたりはその方向を振りかえった。ブリンがかろうじて見分けたのは前後に揺れる黒い影。

その正体は男たちではない。それどころか人間でもない。ブリンの見たところ、サイズがジャーマンシェパードほどの獣だった。

どうやら肩を怒らせ、毛を逆立ててこちらを睨みつけているようだ。

ミシェルがごくりと唾を呑みこんでブリンの腕をつかんだ。

クーガーだろうか。報道によれば、ウィスコンシンで最後の一頭が銃殺されたのが百年まえのこと。だが、以後も毎年のように目撃談が聞かれる。コヨーテはたまに現われる。臆病でいながら凶暴で頭が弱く、テントに迷いこんできてキャンパーを襲ったりする。リンクスに関してはそうした話も聞かない。

でも、それにしては大きすぎる。ブリンは州内に再導入されたオオカミではないかと考えた。オオカミが人を襲うかどうかは知らないが、好奇心に満ちた不気味なその顔はどこか人間に近く、不安な気分にさせられた。

もしかして動物の巣に近づいてしまったのか。守らねばならない子どもがいるのか。逆上した母親こそ最悪の敵だと、狩猟に熱心だったキースが話してくれたことがある。

身内に怒りが沸いた。今夜はこれ以上敵は要らない。ブリンは槍をきつく握って立ちあがった。ミシェルと獣の間を大股で歩きだした。

「どうするつもり？　わたしを置いていかないで」

ブリンは思っていた。ためらわないで。そのまま。

頭をかしげた動物の目が、欠けた月の光に輝く。

ブリンは歩きつづけた。足を速めて身を低くかまえた。

ふたりを睨んだまま後ずさった動物は、やがてすごすごと夜闇のなかに退却していった。追うのをやめたブリンがもどると、若い女がじっと見つめてくる。「ねえ」とミシェルは言った。

「もう大丈夫」

しかしミシェルが口にしたのは動物のことではなかった。「あなた、大丈夫？」と不安げに訊ねた。

「私？」保安官補は訊きかえした。「もちろん。なぜ？」

「だってあなた……音をさせてたわ。息ができないんじゃないかと思ったくらい」

「音？」

「唸り声みたいなの。怖かった」

「唸り声？」気がつけばブリンは、歯をきつく噛みしめたまま激しく息をついていた。自分が音をたてているとは思いもしなかった。

ジャングルの女王……

ブリンはばつが悪そうに笑って、ふたりは先を進んだ。差しかかった渓谷は傾斜の両側で岩や木々に蔓が絡みあい、地面はツタウルシとビンカに覆われていた。沼の周囲にもキノコ類が繁殖していた。ふたりはそこに分け入ると、若木や露出した砂岩を手がかり足がかりにして反対の斜面を必死で登った。

登りきったところがトレイルだった。

幅は広くないし——約四フィート——使用していなかった冬季に草木が伸びていたけれど、フェルドマン邸脱出からのきつい道のりにくらべれば天国にも等しい。

「これがそう？」とミシェルが訊いた。

ふたりの探していた答えは、わずか三十フィート先の木製の立て札に見つかった。

パーキンズタウン　六四マイル
ドゥルース（ミネソタ）　一八七マイル

キャンプは〈ジョリエット・トレイル〉上で責任持って
森林火災を防げるのはあなただけです

†

「どれぐらい時間を稼げたと思う？」とルイスが訊いた。

ルイスが話題にしたのはブリンの夫、グレアム・ボイドとのやりとりのことだった。

「わからない」

ふたりは北をめざして、ときおりGPSやグーグルアース、紙の地図で方向を確認しながら藪を進んでいた。

「だってそのために使ったんだろ、女の携帯？」

「ああ」しかし通話を終えた直後、ハートは警察に探知されないよう電池を抜いていた。「ずっとタイミングを待ってた。できるだけ引き延ばしておきたくてね。いまごろ、むこうはほっとしてるよ。ぐっすり寝て、空のベッドに気づいて目を覚ますのが三時か四時。そのころにはもう女ふたりは死んで埋められてる」

「亭主は信じたのかな？」

「まず確かだ」

歩きながら、ハートは警官の夫のことを考えていた。ブリンのような女と結婚するのは……どんな男なのか。低い声、頭が切れそうで口は立つし、酔っていなかった。あの男の言葉に、手際よく女を見つけて殺すヒントはなかったろうか。

とくになし。

それでもハートは会話を反芻《はんすう》しつづけた。いつしか没頭していた。

ふたつの姓。ブリンが旧姓をそのまま名乗ることに驚きはない。

グレアム……あの女が寝る男、生活を共にする男。変わった名前。それはどこから来ているのか。保守かリベラルか。宗教的なものか。どうやって生計を立てているのか。ハートが気になったのは、男の声に満ちた安堵の響きだった。どこかにわずかなズレがあった。その正体ははっきりしない。そう、安心はしていたけれども……別の感情も見え隠れしている。フェルドマン邸のドライブウェイで、もっとよく見ておけばよかった。なかなか美人だったような気もする。茶色がかった髪を引っつめて。スタイルもいい。身なりには無頓着。目もとはどうだったか。茂みから立ちあがったハートの姿を認めて、女は眉間に皺を寄せたのだ。

ハートはこれまで六人の人間を殺してきた。うち三人はその場で彼のことを見つめていた。視線が合ってもどうということはなかった。相手に目をそらしてほしいとは思わなかったし、自分でもそらさなかった。ただひとり声をあげなかったのは、手をかけた唯一の女である麻薬ディーラーだった。

〝ねえ、あんた、こんなことやるつもり？〟

彼は答えなかった。

〝あんたとあたしとで、いっしょにできるんじゃない？〟

女が金を盗んだのか盗まなかったのか、薬《ヤク》を横流ししたのかしなかったのか。ハートの気にすることではなかった。彼は女を始末したいと望む男と契約した。だから職人として、女が脇へ飛びのいたり隠した武器を抜いたりしないように、その顔をひたと見据えたまま殺した。

ブリンも発砲するとき、こちらの顔を見つめていた。

職人だ。

「ハート？」

ルイスの声で我にかえると、身体を硬直させてあたりに目をくばった。「なんだ？」

「あんたがミルウォーキーで、おれもそう。なんでいままで組まなかったんだろう？」

「さあ」

「仕事は街が多いのかい？」

「あんまり。そのほうが安全だからな」

「住んでるのは？」

「街の南」

「ケノーシャのほうか」

「そこまで遠くない」

「あっちのほうはずいぶんビルが建ってるよな」

ルイスが突然足を止めた。「あそこに、立て札みたいのがある。看板だ」

「どこ？」

「ほら？　右」

ふたりは慎重に移動した。ハートはブリンについての思いを不承不承断ち切ると、その看板の前に立った。


一六七三年の夏、二十七歳の哲学者ルイス・ジョリエットと、三十五歳のイエズス会宣教師でフランス人のジャック・マルケットは、ミシシッピ川へ向かう途中でウィスコンシンを横断しました。いま皆さんが立っているトレイルの名前の由来となったジョリエットですが、実際にこの四百五十八マイルを踏破したわけではありません。彼とマルケットの旅は大部分が水路によるものでした。〈ジョリエット・トレイル〉はその後、毛皮商人やアウトドアを愛する皆さんの手で拓かれたのです。


ハートはブラックベリーのGPSと紙の地図にあたった。

「あの女どもはどっちへ行った？」

「右だろうな。数マイル先に森林警備隊の事務所がある」

ルイスが見渡したトレイルは一年のこの時季に利用されることはなく、草は伸び放題、枝はもつれあい、腐敗した葉のそこここで若木がしっかり芽を出しているようなありさまだった。

「どうした？」

「言わせてもらえりゃ、こいつはトレイルなんてもんじゃない。木の少ない森だね」

ハートはにやりとした。つられてルイスも笑った。

†

ふたりの女が観光客用のトレイルをひたすら移動しつづけている。ひとりは象眼細工のあるローズウッドの杖を、もうひとりは似合いの槍を手にして。ポケットには鉈やナイフ、どちらも顔つきは厳しい。

トレイルは数年まえの春、最後に馬に乗ったときのことをブリンに思いださせた。ブリンはハンボルトに近い森の馬道をキャンターで走らせるのが好きだった。保安官補になる以前はアマチュアの障害競技をやっていたこともあり、乗馬には親しんでいたのだ。じつは、ミルウォーキーの騎馬警察隊による模範演技を見たのも競技会でのこと。懸命に警官に話しかけた十八歳を魅了したのは、皮肉なことに馬術ではなく警察活動のほうだった。で、その数年後には、体重半トンもある動物の背にまたがって飛越するのと同じスリルを味わっていた。

いまは乗馬がやたらに懐かしく、また鞍上にもどるチャンスはないものかと考えている。トレイルを歩くふたりにも、ふだんの公園が今夜にくらべてはるかに無害であることは、歴史や情報にスペースを割いた標識で一目瞭然だった。いちばんの危険は出火、急斜面、生態リスクに関するものである。

アオナガタマムシに注意

〈クローセン〉で購入された薪にはアオナガタマムシが寄生しているおそれがあります。

〈ヘンダーソン〉ブランドの薪は、広葉樹をアオナガタマムシの被害から守るためにも、すみやかに燃やすようお願いします！

ひときわ目を惹く一本の木――カシの巨木――があった。たぶん最大か最古か（観光客は最上級を好むので）。でも、ブリンはたんに身を隠す場所としか考えていなかった。トレイルのこの付近はむきだしの原野の間を通っており、追跡者に姿をさらす恰好になってしまう。トレイルをはずれて低い藪を行けば、今度はやたらに進む速度が落ちることになる。

あたりはムササビが多く、コウモリが静かに、フクロウが騒がしく飛びかっていた。何度か羽ばたきが聞こえたと思うと、狩りの成功を意味する断末魔の叫びがあがる。

ミシェルはかなり頑張ってはいたが、ブリンはしだいにそれが気になりだしていた。ミシェルの足は悪くない――仕事柄、またジョーイの事故の経験から怪我の程度はわかるし、どこで同情の声をかけ、いつ救急隊を呼べばいいかを心得ている。これはむしろ気持ちの問題だった。若い女は遅れがちになっている。あるとき、急な上りを前に顔をしかめて立ちどまった。

「行きましょう」ブリンはうながした。

「休まないとだめ」

「あともうすこし距離を稼いだほうがいい」ブリンは頬笑みかけた。「休むぶんだけ」

「もう疲れたの。へとへと。血糖値のこと、言ったでしょ」と、そばをかすめていった小動物に、ミシェルは思わず飛び退《しさ》った。「何なの、あれ?」

ハタネズミかハツカネズミ、とブリンは答えた。「無害だから」

「ズボンを這いあがってくるでしょ」

あなたのは平気。ブリンはミシェルのタイトなジーンズのことを思っていた。

しばらくつづいた若い女の上機嫌は消えていた。まるで昼寝をしそびれた子どものようなのだ。ブリンは辛抱強く言った。「さあ、ミシェル。歩けばそれだけ家に近づくから。それにここでは止まれないし」まわりに木のない場所で、ふたりは月夜にくっきり照らされていた。

ミシェルは唇を尖らせ、ほとんどふくれっ面でしたがい、ふたりは険しい丘を登った。登りきったところでローズマリーの香りを嗅ぐと、ブリンは数週間まえ、イースターに焼いた羊のことを思いだして泣きたくなった。

ふたりは『ロード・オブ・ザ・リング』に出てきそうな、針金のような気味悪い木々の間を行った。

一歩進むごとに、ブリンの顔は疼くようになっていた。頬をさわって息を吸うと、頭と首に痛みが走る。腫れもひどくなっていた。傷から感染しないだろうか。ひどい傷痕が残るんじゃないか。整形手術のことが頭にうかび、ブリンはわれながらその自意識過剰ぶりに苦笑した。土曜の晩に複合型映画館《マルチプレックス》へ出かける身だしなみを心配するまえに、いまを生きのびることに集中すべきなのだ。

かつて曲がった顎にできたえくぼを撫でる癖を、グレアムに指摘されたことがある。赤面したブリンにグレアムは「セクシーだよ。気にするな」と笑顔でささやいた。

なぜか今晩はしきりに過去の記憶がよみがえってきて心が波立つ。キースのことなどもう何年も思いださなかったのに。しかも何かにつけグレアムとジョーイが登場してくる――いまの目標は、安全を確保することだけだというのに。

陳腐な言い方をすれば、人生の最期に思い出が走馬灯のように駆けめぐっているのだろうか。

ああ、集中しないと。

ふたりはトレイルのカーブに添って左へ行った。ブリンは背後を顧みた。さえぎるもののないパノラマ、百ヤード先に丘陵が見える。

その尾根づたいに、木から木へと動く影。

ブリンはミシェルの腕をつかんだ。「あれは?」

スナイパーが銃撃の体勢にはいるような感じだった。

「しゃがんで」とブリンは命じた。ふたりは膝をついた。ブリンは尾根とトレイルを見渡した。雲はなく、半月でも銃を撃てるだけの明るさがある。この距離だとショットガンなら気にしなくてもよさそうだが、さっきハートが撃ってきたのはグロックだった。九ミリ弾ならここまで楽に届くし、ハートはまちがいなく腕が立つ。

ブリンは尾根に目を凝らした。

そして笑いだした。「こっちの友だち」立ちあがって指をさした。「むこうの友だちかもしれないけど」

追跡者は四本足で木々の間を軽やかに駆けている。たぶんハイイロオオカミだ。彼らはふだん群れで移動するはずだが、このオオカミは明らかに単独行動だった。ついてくるのだろうか。

ブリンの声では完全に追いはらえなかったようだ。

と、獣は張り詰めた感じで後ろを振り向き、瞬時にいなくなった。

「見た? 消えたみたい……」ブリンの笑顔が薄らいだ。「あっ……うそっ!」

遠く、男ふたりが〈ジョリエット・トレイル〉を彼女たちのほうに向け、早足で歩いていた。半マイル離れたあたりで、根気強く前進をつづけている。ハートとショットガンを持つ相棒にまちがいない。男たちの姿はトレイルが木立の下を抜けるところで見えなくなった。

「ああ!」

「あいつら」とミシェルがささやいた。「どうしてわたしたちを見つけたの?」

「ツキがなかった。こっちの行く道はいくつもあったけど。むこうがギャンブルに勝ったのね。さあ、行かないと!」女たちは小走りと足を引きずるのと両方で、息を乱しながら急いだ。早く……

「あいつらが追っかけてくるなんて思わなかった」ミシェルがかすれ声でこぼした。哀れな調子で。「なぜなの?」

ハート、とブリンは思った。答えはハート。

トレイルは東へ向かって右に折れ、林がとぎれたと思うと、月明かりを浴びて高くそびえる丘、深くえぐれた谷と岩がちの地形がひろがっていた。木の間隠れに砂岩の絶壁が見える。

「ほら。あそこ」

ふたりは道の交わる場所を見た。〈ジョリエット〉より狭いもう一本の小径が左に枝分かれして、丘を上り、切り立つ崖を回りこんで暗い谷へと下っていく。ブリンは相棒を手招きした。ときどき来た道を振りかえりながら後を追うミシェルは、片手をジャケットの〈シカゴ・カトラリー〉のナイフを挿したベルトあたりに入れていた。武器がなくなっていないと確かめることに慰めを見出しているようだった。

ふたりは岐路で足を止めた。そこには避難所が設けられ、ベンチがあった——電話がないことは、ブリンがいち早く見抜いていた。ゴミ箱は空。ウィスコンシンのきびしい冬のせいで、あたりは荒廃している。〈ジョリエット・トレイル〉は右のほうへ、夜陰のなかを下って北東へつづいていた。小径には案内板があった。

エイペックス湖　一・一マイル
トラッパーの森　一・九マイル
アムステッド森林警備隊事務所　二・二マイル

ブリンは崖の縁をしめすフェンスに歩み寄り、谷を覗きこんだ。そして左を指した。「あっちのほう。見える？　あの建物？　あれが警備隊の事務所」

「ああ。あそこね。光は見えないけど」

「そう。たぶん閉鎖されてる」

深い谷を突っ切る直線距離では一マイルもないが、この道を経由するハイキングとなるともっと長くなり、案内板のとおり二マイルを超える。エイペックス湖、森と迂回して事務所にたどり着くことになる。

ブリンのおぼろげな記憶では、この事務所はかつてある捜索活動の中継基地として利用したのだった。当時も季節が冬で閉鎖されていたが、建物の様子ははっきり思いだせる。

「たしか電話はあった。いま回線が通じてるかわからないけど。それからガン・キャビネット。でも、この道は通れない」と案内板に顎をやった。「長すぎる。抜け切るのはむりね」

「あいつらはそっちを通らないかもしれないし。〈ジョリエット・トレイル〉をまっすぐ行って」

ブリンは考えこんだ。「むこうは、私たちが事務所に向かうって思いこんでる気がする」彼女は崖の先にある昏《くら》い虚空を見つめながら、縁のほうへ近づいていった。〈危険〉の表示に立ちどまり、下方を見おろした。

降りるべきか否か。

いずれにしても決断は急がなくてはならない。あと十分、十五分で男たちはここまで来てしまう。

「断崖でしょ?」とミシェルが訊いた。

そのまま暗闇を凝視するうち、ブリンは二十フィート下に狭い岩棚を認めた。そこから岩肌はまた五、六十フィート下っていく。

ブリンはつぶやいた。「行けると思う。きついけど、どうにかなる」

森の底まで降りることができれば、事務所まで楽な道のりを歩いていける。通じる電話、銃と弾薬がある可能性は?

なんとも言えない。サイコロを投げてみないことには。

侵入することに問題はないだろう、とブリンは判断した。建物まで行き着いたら、世界一の戸締まりだろうがこじあけてみせる。

「高いのは嫌いよ」とミシェルがつぶやいた。

それには同感だけど、ベイビー……

「やる気なのね?」若い女がふるえる声で訊いた。

ブリンはカバの若木をつかむと、宙に身を乗り出して岩塊を観察した。

ふたりはときおり駆け足になって先を急いでいた。

ルイスが脇腹をつかんで立ちどまった。木にもたれた。

「大丈夫か？」

「ああ。先週禁煙したんだ」ルイスは深呼吸した。「それも、ひと月まえはかなり吸ってたのを、先週は一本にしてさ。で、やめた。けど、たたるよな。あんたは吸うのかい？」「いや」女たち
撃たれた腕の激痛に顔をしかめながら、ハートは両脇に目をくばっていた。「いや」女たちが武器を持っていないと確信を深める一方で、彼は犬だのオオカミだのに嗅ぎまわられるのは避けたいと思っている。人間のやることは予測がつく。人間の本性というものを徹底的に研究してきたから、たとえ危険をともなっても気を楽にして相手ができる。ところが動物となると、行動に異なる心理が働くのだ。彼はフェルドマン邸近くに残されていた足跡を思いだした。

〝ここは私の世界だ。おまえたちは他所者なのだ。いずれそっちにないものを目にするし、すぐ背後に迫ってくるものにも気づくまい〟

結局、ハートも思い切り息を吸いこんで別の木に寄りかかった。目が合って、男たちは笑顔を交わした。ハートは言った。「こんなに走るのは何年ぶりかな。体力には自信があったんだが。まったく」

「鍛えてるのか？」

力とスタミナが必要なトレーニングは定期的にこなしているのだが、ほとんどがウェイトリフティングでエアロビクスはやらない。それで事足りると思っていたのは、人を追跡することはまずなかったし、人から逃げるなどという事態はこれまで想定すらしなかったからである。

ハートはルイスに言った。「ジョギングはあまりしない」

「おれもだよ。ルイス家はスポーツジムなんて柄じゃないのさ。でも建設現場では働いたな。ガストンのとこで、湖のそばのあのタワーをやった」

「誰のとこだって？」

「ガストン建設。でかいタワーだよ。ハイウェイの反対側の。いまはガラスがはまってる。おれが雇われたのはコンクリート打ち。あれは鍛えられるぜ。簡単だろ？」

ハートは言った。「まあな。おれがやったのは配管工事でね。塗装は根気がつづかなかった。あと電気はかんべんだ」

「それは聞いたよ」

「大工仕事は好みだな」

「家の組み立て？」

「家具のほう」とハートは説明した。

「あんた、家具をつくるのか？」

「簡単なやつをね」

〝測るのは二度、切るのは一度……〟

「机とか椅子とか？」

「そう。キャビネットとか。気分が落ち着くのさ」

ルイスは言った。「ばあさんのベッドをつくったことはあるけど」

「ベッドを？　さあ行くか」彼らはふたたび歩きだした。「どうしてまたベッドをつくることに？」

ルイスは説明した。「ばあさんが年とって、頭がボケてきてね。たぶんアルツハイマーってやつだな、よくわかんないけど。ただ年をとっただけかもしれない。一年中クリスマスキャロルを歌いながら、家のなかを歩きまわってさ。のべつまくなしに。そのうち飾りつけまでやるようになって、おふくろが片づけるとまた出してきたりしてさ」

ハートは足を速めた。

「まあ、相当イカレてるって。で、そのうちベッドを探しはじめるわけさ。じいさんと使ってたベッドを。そんなのずっとまえに棄てちまったに決まってる。けど、ばあさんは家のどっかにあると思いこんでね。そこらじゅう探しまわるんだ。こっちは気の毒になっちまって。だから見つけた写真を手本につくってやったんだ。上出来じゃないけど、そこそこ雰囲気は出たかな。ばあさんも、それでたのしく何カ月かすごしたと思う。わかんないけど」

ハートは言った。「それこそ床《とこ》をとってやったってやつか。実際にはベッドをこしらえただけで、シーツや毛布までは敷かないにしても」

「そう、そんなとこだね」ルイスは笑った。

「なんでこの道にはいった、コンプ？　おまえなら最低賃金はもらえたはずだ」

「ま、金のためだね。汗水たらして働いて大儲けができるか？」

「こいつで大儲けするつもりか？」

「多少はね。いまは家におふくろもいる。兄弟たちは金を入れてる。おれも負けてられねえ」

ハートはルイスの視線を感じた。家族のことを聞きたそうにしていたが、そのうち弟と両親が死んだことを思いだしたらしい。

「とにかく、おれはこいつが得意なんだ。いまの仕事がさ。だって、あんたもおれの評判を聞いて確かめたんだろ？　折り紙つきだって」

「そうだ。だからおまえを呼んだのさ」

「銀行、給与課。取り立て、護衛……おれにはそっちの才能があるんだよ。湖岸《レイクフロント》一帯から引き合いが来る。そういうあんたは、ハート？　あんたこそなんでこんな稼業に？」

ハートは肩をすくめた。「おれは他人の下で働くのが苦手でね。座ってるのもだめだ。動いてるのがいい。じっとしてられない性質《たち》なのさ」

〝性に合う……〟

ルイスが周囲を見まわした。「あいつら、隠れてると思うかい？」

なんとも言えなかった。だが隠れてはいない気がする。ハートはブリンがどことなく自分と似ていると感じていた。自分なら、たとえどんな危険があろうとつねに動きつづけるだろう。隠れるくらいなら何かをする。しかし、ルイスにそのことは言わなかった。「いや、思わない。連中は移動をつづけてるはずだ。それに、さっきぬかるみを見たら、足跡が残ってた」

ルイスがからからと笑った。最初、ハートはその声にいらついていた。いまはそれほどでもなくなっている。「あんたは最後のモヒカン族《ラスト・オブ・モヒカン》だな。あの映画はよかった……あんた、狩りをやるんだろ」

ハートは言った。「いや。やったことないね」

「嘘だ。ほんとに？」

「本当さ。そっちは？」

ルイスはしばらくご無沙汰だが、昔はやったと答えた。ずいぶん。好きだったのだ。「あんたもやるんだと思った。このへんの地理に明るいみたいだし」

「ここはノースウッズじゃない。事情がちがう。おれたちがいるのはウィスコンシン。州立公園だ。理屈が頼りでね」

「いや、おれはあんた、達人だと思うよ」

ハートは「なんの達人だって？」と問い返そうとして息を詰めた。悲鳴が、女の声が、風に乗ってとどいてきたのだ。助けをもとめる叫び。声の主がこらえようとしている感じはあったが、死に物狂いとまではいかないにしても、ハートはそこに恐怖を聞きとった。距離はあってもそう遠くはなく、おそらく彼らが向かっている〈ジョリエット・トレイル〉上の四分の一ないし半マイル先だろう。

つぎに聞こえてきたのは不明瞭な言葉。

「同じ人間の声か？」ハートは訊ねた。

「どうかな」

「行くぞ」

男たちは背をかがめると、可能なかぎり先を急いだ。

「用心しろ。信用できないぞ。さっき湖で、ひとりがわざと悲鳴をあげたことを忘れるな。闘いに持ち込むつもりで、おれたちをペテンにかける気だ。銃はたぶんない。ただしナイフは持ってる」

十分後、男たちは足を止め、姿勢を低く周辺の緑をうかがっていた。トレイルは前方で幅員がひろくなり、左に枝分かれして細いトレイルがある。この岐路には月光に照らされた木製の案内板が立っていた。矢印が示す小径は、ハートがGPSで確認していたものだった。西から北へと向かい、小さな湖をめぐるように森林警備隊事務所へと至る。そこからはハイウェイまで二車線道路がつづく。

ハートはルイスを茂みに呼び寄せた。あたりの様子を気にしながら。「なにか見えたか?」

「いや」

ハートは耳をすました。悲鳴も声もしない。聞こえるのは枝を渡る風のささやきと、蟹の逃げ足を思わせる葉音ばかりだった。

おもむろに腕にふれてきたルイスが指さした。岐路から十五フィート行った付近に暗色の木製フェンスがあり、そこには〈危険〉の表示が掲げられていた。その先は黒い空間で、崖が谷へ落ちこんでいる。「あそこの木だよ、ハート」

「どこ?」

ハートがようやく目に留めたのは、崖のそばで枝が折れている一本の木だった。幹の下の白木の部分が見えた。

「もしかするとトリックかもしれない」とハートは低声で言った。「おまえは右手のほうに回りこめ。あの藪だ」

「わかった」

「おれは縁まで歩いて探ってみる。音を出してみて、むこうが動くかどうかだ」

その夜はじめて、ルイスは自信の表情を見せた。この厄介な晩にようやく相棒に気を許した
ハートは、こいつならうまくやるだろうと踏んだ。「行け。落葉を踏むなよ」

身を沈めたルイスは音もなく道を横切り、木立にまぎれた。相棒が掩護の位置につくのを見はからうと、ハートはやはりしゃがむような姿勢で前進した。前後左右に頭を振りながら。

どうやら、はるか谷底に見えるのが警備隊事務所らしい。

武器を構えながら、ハートは表示のほうに移動した。折れた枝を確かめ、崖の縁から下を覗きこむ。人影は見えない。懐中電灯を出して闇を照らす。

おっと。

ハートは立ちあがって銃をしまった。ルイスを呼んだ。

「どうした？」

「見ろ……降りようとしたんだ。でもしくじった」

崖から身を乗り出すと、かすかな月光を浴びて、峻険な岩壁の二十フィート下に岩棚が見えた。女たちのひとりが、もしくは両方が転落したのだ。棚の上に四フィートの枝――かたわらの木に生えていたものだ。そしてその周囲にひろがる鮮血の染みが懐中電灯の光に煌めいた。

「これは」ルイスが言った。「派手に落ちたな」彼は谷をさらに覗こうとした。「脚を折ってるね。出血がひどい」

「このまま降りつづけるしかなかった。あの怪我じゃ上にはもどれない。それか洞穴でもあるか。棚の下に。隠れてるかもな」

「なら、追っかけるしかないね」とルイスが宣言した。「狩りと同じさ。傷ついた獣は追いつめる。相手は関係なし。よかったら、おれが先に降りようか」

ハートは眉をひそめた。「かなりの斜面だぞ」

「言ったろ——湖岸で建設をやってたんだって。地上三十階にある鉄骨の上を、歩道みたいにうろうろしてたんだぜ」

†

いや。どこかおかしい。

グレアム・ボイドはカウチを立つと、編み物から大柄な刺繍の基礎縫いに転じていたアンナを尻目に——女というのは、あらゆる服の改造に安心と喜びを見つけだすものだ——キッチンへ行った。ふと目をやった写真にうつる十代の妻は、のちに中部ウィスコンシン青年障害飛越大会で優勝する馬の背にまたがっている。前かがみになって頬を寄せた馬の首を撫でてやりながら、視線はあらぬほうに、おそらくはライバルに向けられているのだろう。

グレアムは郡の電話帳を出して地図を見た。モンダック湖から最寄りの町はクローセンとポイント・オブ・ロックスだった。クローセンには治安判事事務所があり、ポイント・オブ・ロックスには公安事務所がある。まず治安判事のほうにかけてみると応答はなく、役場に問い合わせをというメッセージにしたがっても留守番電話につながるだけだった。ポイント・オブ・ロックスのほうは閉まっており、緊急の場合は郡保安官事務所か州警察に通報をと応答メッセージが流れた。

しかも最後はごていねいに、「ご連絡をありがとうございます」と締めくくられる。「よい一日をおすごしください」

警察が閉まるなんてことがあるのか。

ジョーイの寝室のドアが開け閉《た》てされた。トイレを流す音。

ややあって、「ママはいつ帰ってくる？」まだパジャマに着換えていない少年が、階段の上に姿を現わした。

「もうすぐだ」

「電話したの？」

「ママは忙しいから。邪魔をしちゃいけないんだ。パジャマを着て寝なさい。明かりを消して」

少年は背を向けた。寝室のドアがしまった。

またビデオゲームの音が聞こえる気がする。確信はないが。

アンナが訊ねてきた。「あの子はどこなの？　わたし、心配だわ、グレアム」

「さあ。さっき話した保安官補は、いつもと変わらないって言ってましたが。でも釈然としないな」

「どういうこと？」

「携帯ですよ。他人に渡したりするだろうか。考えられない」アンナにたいして、グレアムは相手が身構えてしまうのではと気をつかうこともなく話せる。真面目な話題を振るとなると、ブリンや息子には――そう、今夜の問題はそこにあるわけで――つい気がさしてしまうのだが、義母とはふつうにしゃべることができた。「そういうことに関して、あいつは杓子定規だったりするから」

さすがに〝病気〟とまでは言わなかった。

アンナの心配顔が得たりとばかりに笑みくずれた。「だって、わたしの娘だもの。あたりまえよ」

グレアムは固定電話で連絡を入れた。

「マンス保安官補」

「エリック、グレアムだ」

「よお。なんだ?」

「保安官は?」

「いま? いない。たいがい六時、七時には帰っちまうから」

「あのな、ブリンが今夜出動してね。モンダック湖のほうに」

「ああ。それは聞いてる」

「で、まだもどってないんだ」

沈黙が生じる。「まだもどらない? あっちからそこまで四十分。お宅は町の北にある。かかっても四十分だ。おれは三十分で行ったことがある」

「電話すると保安官補が出てね。家庭内の問題だって。それをブリンが処理してるらしい。児童サービスがどうしたとか」

間があく。「そいつは初耳だな、グレアム。話した相手は誰だって？」

「はっきり憶えてない。ビリングズだったかな」

「いや、うちにそんなやつはいない。待てよ……」こもった声の会話が聞こえた。

グレアムは目をこすった。ブリンの起床は五時。自分は五時半に起きた。

保安官補が電話口にもどってきた。「わかった、グレアム。９１１通報をしてきた男が電話をかけなおしてきて、まちがって通報したと言ったそうだ。ブリンは引きかえすことになってた。それが七時か七時半ごろだ」

「わかってる。でも例の保安官補は誤報じゃないって言ったんだ。家庭内でいざこざが起きて、ブリンに間にはいってもらいたがってるって。彼女がむこうで州警察や町の警官と合流してる可能性はあるか？」

「可能性はあるが、そいつは州警があつかうような事件じゃないな」

グレアムは肌に寒けを感じた。「エリック、おかしいぞ」

「保安官に連絡してみる。そっちに折りかえさせるから」

電話を切ったグレアムはキッチンを歩きまわった。床の新しいタイルに目を這わせた。紙幣の束をきれいにそろえた。室内アンテナ付きの小型テレビの上に溜まった埃を指で掃いた。二階のコンピュータゲームの音に耳をすました。

くそっ。なぜ人の言うことを聞かない。ジョーイのスケートボード禁止を、学年が終わるまで延長してやる。

怒りと勘と、どちらにまかせるか。

電話が鳴った。

「はい？」

「グレアム、トム・ダールだ。いまエリックから連絡が来てね。州警察に確認した。どこもモンダック湖の通報は受けてない。クローセンもポイント・オブ・ロックスも、ヘンダーソンもだ」

グレアムはエリック・マンスが保安官に事情を伝えていないことに苛立ちながら、同じ説明をした。「保安官補の名前はビリングズ」

ややあって、「ビリングズはクローセンと州立公園の間を走る道路の名前だ」

名前を騙《かた》った人間の頭に、印象深く残っていたということなのか。グレアムの手は汗ばんだ。

「電話をしても留守電になるんだ、トム。とにかく心配で」

「どうしたの？」と声がした。ジョーイだった。

グレアムは顔を上げた。少年は階段の途中に立っている。話を聞いていたのだ。「ママがどうかした？」

「いや。ベッドへ行くんだ。大丈夫だから」

「うそだ。なんか変だよ」

「ジョーイ」グレアムは声をとがらせた。「早く」

つかの間視線を受けとめたジョーイは、その暗い表情でグレアムの背筋をぞくりとさせると階段を駆けあがっていった。

アンナが戸口に現われ、顔をしかめたグレアムを見た。「どうした？」とささやいた。

グレアムは首を振りながら「いま、保安官と話してます」と答えると、「トム、どうする？」

「現地に人をやる。ま、落ち着いて。きっと車が故障して、携帯の電波がとどかない場所にいるんだろう」

「じゃあ、ビリングズって誰なんだ？」

またも間があった。「ただちに人員を派遣するから、グレアム」

†

息を乱し、顔に冷汗をうかべたミシェルが、ブリンのかたわらでキューの杖にもたれた。ふたりは依然〈ジョリエット・トレイル〉上にいて、ブリンに尿の臭いを思わせるトショウとツゲの藪に身をひそめていた。

〈危険〉の表示と避難所がある崖上の岐路から半マイルを、ふたりはとにかく必死で走ってきた。

ハートと相棒が降りていくのにしたがい、懐中電灯の光が下向きに岩棚と崖の表面をゆっくり照らしていくのが見えた。女たちはトレイル上の移動を急ぎ足でつづけた。

男たちはブリンが仕掛けた悲鳴、折れた枝、血――本人の――で染まる岩棚のペテンに引っかかったのだ。彼らは谷底まで下ったら、崖に取りつくかエイペックス湖を迂回する小径を通るかして森林警備隊事務所をめざすだろう。つまりハートと相棒が騙《だま》されたと気づくまでよけいに一時間、ブリンとミシェルは安全に向かって近づくことができる。

決め手となったのはミシェルの高所恐怖でも、ましてやブリンのそれでもない。崖を降り、渓谷の茂みを抜けるには時間がかかりすぎるというブリンの判断だった。おそらく、男たちには警備隊事務所への道半ばで追いつかれていただろう。しかし崖は追っ手を惑わす絶好のチャンスでもあった。ブリンはアクシデントを装って枝を折ると、岩棚まで慎重に降りていった。そして深呼吸とともにキッチンナイフで頭皮を切った。保安官補という職業柄、頭部の外傷に関する知識豊富なブリンは、裂傷を負えば傷の程度のわりにおびただしい出血があることを知っていた（ジョーイの交通事故の経験も同じように役立った）。岩を血で染めると崖を上まで登り、ふたりで〈ジョリエット・トレイル〉を逃走したのである。

ブリンは背後を振りかえった。葉のない木々を透かして、いまもまだ懐中電灯の光が見えた。やがて道が方角を変え、女たちは殺し屋の姿を見失った。

「具合はどう？」ミシェルがブリンの頭に顎を向けた。どうやらブリンが崖の降下を断念したのは、自分の高所恐怖症を気にしてくれたせいだと思いこんでいる。感謝の気持ちが前面に出ていた。

ブリンは大丈夫と答えた。

ミシェルは訊かれるでもなく、校庭で女子生徒に頭を殴られ、新しいドレスを血だらけにされて、そのことが喧嘩より悔しかったという話をはじめた。「女のほうが男より性質《たち》が悪いのよ」

ブリンは異を唱えなかった。自分はハイスクールでギャング取締りキャンペーンをやった。ギャングなんて……しかも静かなハンボルトで。が、学校で喧嘩して息を切らし、血を流すジョーイの姿も脳裡をよぎる。ブリンはそれを払いのけた。

ミシェルの躁的な軽口には耳を貸さず、ブリンは立ちどまって周囲を見まわした。「そろそろトレイルをはずれて、川を探したほうがいいと思う」

「そうしなきゃだめ？　せっかくたのしんでるのに」

でもトレイルを行っても、森深くはいっていくだけだからとブリンは説明した。そっちを通って最寄りの町までは十五マイルもある。

「コンパスを使ってみる」ブリンはトレイルの脇でひざまずき、アルコールの瓶を地面に置いた。針は揺れながら北を指した。「あっちよ。そう遠くない。たぶん二マイル。そんなにないかも」彼女は瓶をポケットにしまった。

高みに来て後ろを確かめると、やはり崖下を照らす懐中電灯のゆっくりした動きが見えた。その経路は警備隊事務所まで、殺し屋たちを渓谷に誘いこむことになる。いずれ女たちが別の道を行ったと悟ったところで、崖でむだに費やす一分がそのままブリンとミシェルの逃亡にあてられる。

ブリンは木立のまばらな場所を見つけてトレイルをはずれた。ミシェルはまたも気がふさいだように、岩の転がるぬかるんだ足もとを睨みながら、あたかもデート相手の汚い車にいやいや乗りこむ小娘のように歩きはじめた。

彼らは回転灯をつけず、また嗄《しわが》れたサイレンも鳴らさず時速八十マイルを出していた。警戒をうながす必要はなかった。夜のこの時間、車の往来はほぼ絶えてしまう。だいたいダッジに取り付けられたアクセサリーに、飛び出してくる野生動物にたいする抑制効果など皆無なのである。トム・ダール保安官の感覚では、シカは脳みそを持たずに生まれてくる。

†

保安官は助手席に座り、運転は若いピート・ギブズ保安官補がしている。後ろにつくもう一台のステアリングを握るのがエリック・マンスで、その横には交通検問で実績を認められている、大柄で頭を剃りあげた保安官補のハウィ・プレスコットがいた。

ダールの呼びかけに応じて、同僚のブリン・マッケンジーの安否を気遣う保安官補が続々名乗り出た。その全員が出動する気でいたが、ダールは四人で充分と判断した。

保安官はミルウォーキーのＦＢＩ捜査官と電話中だった。捜査官の名はブリンドル――斑《ブリンドル》と聞いて、ダールは馬か犬の毛色を思いだしていた。すでに寝支度をしていた捜査官は、しかし躊躇することなく協力を申し出た。その声音にはまぎれもない憂慮が表れていた。

話題は女性弁護士、エマ・フェルドマンのことである。

「つまりだ、保安官、きっかけは些細なことだった。彼女はこの企業契約を担当していた。そして下調べをするうちに、レイクフロントにある企業の多くが、就労ビザを持つ外国人を不相応に抱えていることを突きとめた。するとＣＩが……要するに――」

「秘密情報提供者《コンフィデンシャル・インフォーマント》?」とダールは訊いたのだが、ブリンドルはその皮肉に気づかなかった。

「そうだ。その男によれば、地元の有力者のスタンレー・マンキウィッツが、不法入国者に偽造グリーンカードを売りつけてるというわけだ」

「そいつはそれでいくら稼いでる?」

「いや、それは問題じゃない。マンキウィッツは金の請求もしてない。やつがやってるのは、そういう連中がオープンショップに職を得られるよう保証しておいて、組合に加入させること。組合が大きくなれば、それだけマンキウィッツも肥えるという寸法だ」

　なるほどとダールは思った。賢いアイディアだ。

「われわれはいまその捜査にあたっている」

「で、そのマンキウィッツは?　クロなのか?」

「目下のところ、宙ぶらりんだ。やつは頭がいいし、昔気質《かたぎ》で口の堅いやつしか雇わない。しかもクソ野郎でね。これは言葉が過ぎたが、そう、クロだ。しかし事件としては弱い。たったひとりの証人が事故に遭ったり、いわゆる行きずりの強盗事件の巻き添えを食って殺されでもしたら、それだけで事件全体が吹っ飛びかねない」

「そこで登場するのが、自然を満喫している弁護士。偶然にしては出来すぎか」

「そのとおり。ミルウォーキー市警は彼女に人を付けとくべきだった。連中の大失態だ」

　それを言いだすには少々早すぎる、とダールは思った。すでにして責任転嫁がはじまっている感じがある。警察のやり方というのは、ミルウォーキーにしてもワシントンDCにしても、あるいはケネシャ郡にしても大差がない。

ダールは言った。「急げ」

「何を？」とＦＢＩ捜査官が訊きかえしてきた。

「運転手に言ったんだ……うちの保安官補にその亭主が連絡を入れると、電話に出た男が保安官補を名乗った。われわれに言えるのは、あのへんには州警も地元の警察関係もいないってことだ。ひとりもね」

「そちらの心配する理由はわかる。問題の場所は？」

「モンダック湖」

「知らないな」

「マーケット州立公園の隣りだ」

「こちらからはＣＩを担当する人間に連絡して、プロに話を持ちかけたという噂があるかを確かめよう――つまり殺し屋だが」

なるほど、やつの言うプロとはそういうことか。ダールは腹が立っていた。「恩に着るよ、ブリンドル捜査官」

「うちの人間をひとり、現地に遣《や》ろうか？」

「いまはけっこう。まずは状況を見てからだ」

「オーケイ。では必要なら連絡をくれたまえ。われわれは一心同体だよ、保安官。このマンキウィッツというのは、不法入国者と国土安全保障省とテロリストの問題を引っかきまわしている」

それればかりか、ある一家を危険にさらしたのだとダールは思った。ほかに発言を控えたこともあった。彼は捜査官に礼を述べて電話を切った。

「どれくらいだ?」ダールは隣りの若い保安官補にささやきかけた。

「三十分……」

「そうか」ダールは我慢できずに古傷のある脚をさすりはじめた。

「わかってます、保安官」とギブズが言った。「でも八十で走ってるんですよ。これ以上出したらシカが犠牲になります。たとえフロントグラスに突っ込まれなくても、エリックにカマを掘られる。あの男もすこしはスピードを控えたらどうなんだろう」

†

〈ジョリエット・トレイル〉を離れたのが二十分まえのことで、ブリンが進路を逸れるのは藪や茨、穴や湿地などを隠していそうな落葉の層がある場合に限られた。彼女たちが登りだしていた丘は険しく、すでに何カ所かでみごとな斜面が出現していた。滑りでもしたら、尖った岩や茨のなかをずっと下まで転落しかねない。

男たちはいまごろ崖下にいるはずだった。死体を見つけられないまま、渓谷を警備隊事務所まで行ってもらえないものか。それだと騙されたことに気づいた彼らが〈ジョリエット・トレイル〉にもどり、狩りを再開するまで四十分から一時間はかかる。

小休止してコンパスを読むと、ほぼ正しく北へ向かっていた。

その晩初めて、ブリンは自分とミシェルが助かるかもしれないと感じていた。

もうすぐ川に出る。あとは岸辺に沿ってポイント・オブ・ロックスへ南下するのか、距離は短いがきびしく――しかも危険な――岩場を登るのか。転落して木の枝につらぬかれた、あのハイカーの姿が頭から離れない。

あの遺体を切り離すにはチェーンソーが必要だった。工具を運ぶ警官が到着するまで、回収チームはその場で一時間も待機させられた。

ブリンは前方に見える銀色の閃きに目を凝らした。川だろうか。

ちがう、草の帯が月の光に輝いている。この世のものとも思えない。なんという種類だろう。グレアムならたちどころに教えてくれるのに。

でもグレアムのことは考えたくなかった。

そのとき、背後に甲走った声を聞いて身顫いが出た。獣の遠吠え。さっきのオオカミが男たちと同じく、後をしつこく追ってくるのだろうか。

ミシェルが音のしたほうを振りかえった。やにわに身を竦めて悲鳴をあげた。

「ミシェル、ちがう！」ブリンは低声で戒めた。「あれはただの――」

「やつら、やつらよ！」若い女は暗闇に指をさした。

なに？　なにを見たの？　ブリンの目に映るのは影ばかりだった。動くもの、静止しているもの。なめらかなもの、肌理《きめ》のあるもの。

「どこ？」

「あそこ！　彼よ！」

ようやく捉えたのは、百フィート離れた茂みに隠れる男の立ち姿だった。

まさか！　男たちは分岐点のトリックに引っかからなかったのか。ブリンは槍をつかんだ。

「しゃがんで！」

ところがミシェルは内に秘めていたものを、怒りと狂気の狭間で炸裂させた。「あいつら！」と叫んだ。「ゆるせない！」

「だめ、ミシェル。おねがい、静かに。逃げるのよ。さあ！」

だがミシェルは、ブリンなどそこにいないかのように立ちすくんでいた。身体を支えていたキューを脇へ放り、ビリヤードの球でつくったボーラを取り出した。

ブリンは前に出てミシェルの革のジャケットをつかんだ。が、彼女は怒りの形相でブリンを突き飛ばし、ブリンは葉の積もった斜面を滑り落ちた。

片手にボーラ、反対の手にナイフを握ったミシェルは、挫《くじ》いた足も気にならない速さで男に向かっていった。「ゆるせない、ゆるせない！」とわめきながら。

「だめ、ミシェル、やめなさい！　むこうは銃を持ってる！」

ミシェルはその懇願にも耳を貸さなかった。三十フィートの距離から投げられたボーラはすさまじい弧を描いて飛ぶと男の頭部をかすめた。男は仁王立ちしている――フェルドマン邸のドライブウェイで、ブリンがそうだったように。

ミシェルは怯まず攻撃をつづけた。

ブリンは悩んだ。掩護すべきなのか。自殺行為……

そして決断した――かまうものか。ブリンは顔を歪めて立ちあがると、身を低くして女のあとを追っかけた。「ミシェル、止まって！」男はすぐにも撃ってくるはずだ。その正体はハートにちがいない。完璧な一撃を待ってじっと動かずにいる。

ミシェルが突っ込んでいった。

男がそこを逃すはずがない。

だが銃弾は飛んでこなかった。

足をゆるめながら、ブリンはその理由を悟った。相手は人間ではなかった。若い女が狂ったように攻撃していたのは、不気味な形をした木の幹だった。約六フィートの高さで折れ、枝葉の出方が人の姿を思わせる。さながら案山子《かかし》のごとく。

「ゆるせない！」若い女の金切り声がひびきわたる。

「ミシェル！」

やがて十フィートまで近づいたミシェルも、自分のあやまちにはっきりと気づいた。立ちどまると、息を切らして幹を睨みつけた。その場にへたりこみ、両手で顔を覆ってすすり泣きをはじめた。嘆きと困惑がないまぜになった奇妙な嗚咽《おえつ》が洩れだした。

その夜の恐怖がどっとあふれ出したのだ。これまでの涙は混乱と苦痛の涙だった。今度は純粋な悲しみに衝《つ》き動かされてのものだった。

ブリンは近寄って足を止めた。「ミシェル、大丈夫。じゃあ――」

ミシェルの声がまたうわずった。「ほっといて！」

「おねがい。静かに、ミシェル。たのむから口を閉じて……大丈夫だから」

「だめ、大丈夫じゃない！　ぜんぜん大丈夫じゃないわ」

「とにかくつづけることよ。もうそんなに遠くないんだし」

ブリンはその脇にしゃがんだ。この若い女の内面で、なにかが起きているのを察したのである。「どうした？」

ミシェルは掻き抱いた身を前後に揺すった。

頬笑みを浮かべて、「あなたをここに置いてくつもりはないから」

「知らない。ひとりで行って……」

ミシェルはナイフを呆然と見つめると、靴下の鞘にもどした。

「話さなきゃいけないことがあるの」

「なに？」ブリンは先をうながした。

「ふたりが死んだのはわたしのせい」ミシェルは惨めな顔でつぶやいた。「スティーヴンとエマ。わたしのせいなのよ！」

「なぜ、あなたの？」

ミシェルはまくしたてた。「わたしが甘やかされたガキだから。ああ、神さま……」

ブリンは背後に目をやった。二、三分。ここは重要だと直感した。二、三分の猶予ならある。男たちは何マイルも離れているのだ。「話して」

「夫が……」ミシェルは咳払いをした。「夫が別の相手と会ってるの」

「えっ？」

微苦笑とともに、若い女はようやく口を開いた。「浮気をしてるのよ。さっき夫は出張だって言ったでしょ。それはそうなんだけど、出かけてるのはひとりじゃないわ」

「なるほど」

「彼の会社が使ってる旅行代理店に、わたしの友だちが勤めてて。口を割らせたの。そしたら誰かといっしょだって」

「ただの仕事仲間かもしれない」

「いいえ、ちがうわ。取ったホテルの部屋は一室だもの」

そう。

「わたし、腹が立ったし傷ついた。この週末はひとりじゃいられない！　とてもむり。だからエマとスティーヴンに頼んで、ここまで連れてきてもらったの。ふたりの肩にすがって泣きたかった。わたしのせいじゃないって、ふたりに言ってほしかった。あんなろくでなしはお払い箱、離婚してもあなたの友だちでいてあげるって……それが、わたしが大人らしく振舞えなかったせいで、ふたりとも死んじゃった」

「あなたのせいじゃない」ブリンは振りかえって追っ手が来ないことを確かめた。男たちのマスコット、オオカミの気配もない。ブリンは若い女に腕をまわして立たせようとした。

ミシェルはすなおに従った。ふたりはキューを拾って川へ向かった。

「結婚して何年？」

「六年」ミシェルは声を詰まらせた。「ライアンは親友みたいだった。なにもかも順調だったのに。彼はおおらかで包容力があったわ。わたしのことを、ほんと気遣ってくれた……じゃあ、なにが悪かったかわかる？　原因はそこ――わたしが甘やかされた小娘だったから」彼女は苦々しく笑った。「夫は銀行員よ。稼ぎはあるわ。結婚してわたし、仕事を辞めた。彼が望んだとか、そんなことじゃないの。わたしが自分で決めた。だって、演劇学校に通うチャンスだったんだもの」

足を強く踏みしめて足首にひびいたらしく、ミシェルは顔をしかめたが、痛みを無視してつづけた。「女優だって話したでしょ……嘘よ。わたし、二十九歳の演劇学校生。しかも、とくにうまいわけじゃない。コマーシャルだって、ローカルの二本にエキストラで出ただけ。〈セカンド・シティ〉には断わられたし。わたしの毎日は女友だちとランチにテニス、スポーツジム、スパ。得意なのはお金をつかうことにショッピング、それと体形を保つことだけ」

ブリンは、洗練されたサイズ4の身体に目を這わせずにいられなかった。

「結局……一人前になれなかった。帰ってきたライアンに、家事の話もできないの――だってメイドが全部やってくれるんだもの。うんざり。わたし、彼に愛想をつかされたのよ」

法執行官の役目には、職業柄出会う人間――犯罪者のみならず傍観者、目撃者、被害者ら――が抱えている精神的問題を認識するというものがある。ブリンは特別なにかを見抜いたわけでもなく、ミシェルには正直に自分の評価を伝えることにした。「それはあなたのせいなんかじゃない。ぜったいにちがう」

「わたしなんて負け犬だわ……」

「いいえ、そうじゃない」

ブリンは心からそう思った。たしかに若干甘やかされ、大事にされすぎて、お金と裕福な暮らしに溺れている部分もある。やり方としては奇抜かもしれないが、今夜のことでは本人も、自分がただの気まぐれな金持ち娘ではないと思い知らされているのだろう。

それとは別の、より重要な問題から、ブリンはミシェルの肩を抱いた。「ひとつ理解してもらわないといけないんだけど。夫妻があなたの願いでここに来たかどうかは大したことじゃない。エマとスティーヴンを殺したのは、金で雇われたプロの殺し屋だから。今夜じゃなくても来週だったかもしれないし。そこはあなたと無関係」

「そう思う？」

「思う、ええ」

娘はまだ確信がなさそうにしていた。ブリンは罪悪感には複雑なDNAがあることを知っている。毒性をもつのに、かならずしも純粋種である必要はない。しかしミシェルは、ブリンの言葉に多少の慰めを見出したようだった。「時計の針を巻きもどせたらいいのに」

それって毎日の祈りじゃないの、とブリンは思った。

ミシェルはふっと息をついた。「取り乱してごめんなさい。声をあげたりして」

「心配はいらないと思う。谷底にいるむこうとはずいぶん離れてるし。なにも聞こえてないでしょう」

†

グレアム・ボイドは愛車のフォードF‐150特有のエンジン音を聞き、物思いの渦から引きもどされた。

「トラックが盗まれる」グレアムは義母を見据え、本能的にパンツのポケットを叩くと、キーはちゃんとそこにあった。

どうやって？　アンナが観る《マトロック》や《私立探偵マグナム》といったドラマでは、みんなが車を直結で動かしている。一般の人間にできないはずもないが。

だがキッチンのドアの安全錠が開かれ、スペアのキーがフックから消えているのを見て得心した。「まったく、こんなときに。かんべんしてくれ」

「保安官を呼ぶわ」とアンナが言った。

「いえ」グレアムは叫んだ。「大丈夫」

彼は表に駆け出た。

トラックは狭いドライブウェイを頭から出ようと、物置小屋に向かってバックしていた。そして波形鉄板と当たって大きな音をたてた。小屋にもトラックにも、さしたる損害はなかった。運転者がトランスミッションをドライブに入れた。

接近する車を停めようという交通整理の警官よろしく両手を振りながら、グレアムは窓が開いていた助手席側に歩み寄った。ジョーイが険しい面相で睨みつけてきた。

グレアムは言った。「エンジンを切るんだ。トラックから降りろ」

「やだ」

「ジョーイ。言うことを聞け。いいから」

「だめだ。ぼくはママを捜しにいく」

「車を降りろ。早く」

「やだ」

「もう人が向かってる。トム・ダール、保安官補たちも。あいつは無事だ」

「さっきからそう言ってるけど！」ジョーイがわめいた。「どうしてわかるのさ？」

それもそうだ。

グレアムは少年のすごむような目つきと、ステアリングをきつく握りしめる手を見た。少年は背は低くない――父親は六フィートを超える大男だ――でも、大きなシートにおさまる痩せた身体はちっぽけに見えた。

「ぼくは行く」ジョーイはまだドライブウェイに曲がれず、のろのろ前進してゴミ箱にぶつかると、ふたたびバックして、今度は判断よく物置に当てずに停まった。それからステアリングを道に向けて切りなおし、あらためてトラックを前進させた。

「ジョーイ。やめるんだ。どこにいるかもわからないんだぞ」これを言うのは後退であるような気がした。理屈を口にすべきじゃない。司令官は自分なのだ。

そう、勘に従え。

「モンダック湖だよ」

「エンジンを切るんだ。トラックから降りろ」キーを取りあげるべきなのだろうか。少年の足がブレーキからはずれたら？　以前、グレアムのところで働く従業員がちょうどこんなふうに、運転手がうっかり操作を怠り動きだしたトラックのシフトレバーをつかもうとして大怪我を負ったことがある。人間の身体は、二トンの鉄と爆発するガソリンにはとてもかなわない。

グレアムはシートを一見した。なんてことだ。少年は空気銃を持ち出している――しかも中折れ式の強力モデルだ。近距離では二二口径と変わらない精確さで、リスやカワネズミを死に至らしめる。ブリンは息子の武器携帯を禁じていた。どこで手に入れたのか。まさか盗んだのだろうか。

「ジョーイ！　やめるんだ」グレアムは語気鋭く言った。「きみには無理だ。お母さんはじきにもどる。きみがいないと知ったら怒るぞ」

〝節操ある親になる〟ゲームで、またも後退。

「そんなことない。おかしいよ。ぜったいおかしい」少年がブレーキに置いた足をゆるめ、トラックは前に進みだした。

グレアムは車の正面に躍り出ると、両手をフードについて立ちはだかった。

「グレアム！」アンナがポーチから叫んだ。「やめて。そんなことで揉めないの」

グレアムは思っていた、いや、こんなときこそ人は揉めるんじゃないのか。

「トラックを降りろ！」

「ママを捜しにいくんだ！」

グレアムの命は、もう何年も未調整のままのブレーキペダルを踏んでいる、十二歳の少年の紐も結んでいない運動靴にゆだねられている。「いや、だめだ。エンジンを切るんだ、ジョーイ。これ以上は言わないぞ」子どものころのグレアムは、父親にそう告げられるだけで従順になった。とはいえ当時しでかしたのは、ゴミを出さなかったとか宿題をやらなかったとか、その程度のことである。

「ぼくは行く！」

トラックが一フィート前に出た。

グレアムは息を呑みながらも動かなかった。

動いたら負けだ、と自分に言い聞かせた。

その一方、頭では少年がアクセルを踏みこんだらどこへ跳ぶかを考えていた。それをやってのける自信はなかったけれど。

「自分で行く気がないんだね！」少年が怒鳴った。「そうなんでしょ？」

行くのはわれわれの仕事じゃない、とグレアムは言おうとした。警察にまかせろと。専門家に。だがその思いとは裏腹に、彼は静かに口にした。「トラックから降りるんだ」

勘に従ったら、少年を殺してしまいかねない。

「捜す気はあるの？」ジョーイは他のこともつぶやいた。グレアムは〝臆病者〟という言葉を聞いた気がした。

「ジョーイ」

「そこをどいてよ！」少年がわめいた。その目が血走っている。

グレアムは一瞬——永遠の刹那《せつな》——少年がペダルを踏むものと覚悟した。

と、ジョーイが歪めた顔を伏せ、シフトレバーをパーキングに入れた。そして銃を手に車を降りようとした。

「だめだ。置いておけ」

グレアムは歩み寄って少年の肩に腕をまわした。「さあ、ジョーイ」彼はやさしく声をかけた。「なにか——」この敗北に腹を立てたらしい少年は干渉を振り切り、祖母の脇をすり抜けて家に駆けこんだ。無言のまま。

コンパスを読んだ女たちが進んだのは、モンダック湖周辺の公園内でも、これまでより低木がまばらで下生えも減った場所だった。切りひらかれた草地も散見された。そのうち何百万年もの昔に氷河によって隆起した、ひときわ目を惹く岩場が立ち現われてきた。

ふたりは無言で歩いていた。

最後にコンパスを確認してから四分の一マイル、ブリンはミシェルに足首の具合を訊ねようとして、「私の夫も」と口走っていた。

自分でも驚いた。

ほんとにそう言った？　ねえ、ほんとに言った？

ミシェルが横目で見ながら眉間を寄せた。「あなたの夫が？」

「あなたとまるで同じ」ブリンは冷たく芳しい空気を吸いこんだ。「グレアムは不倫してる」

「そうなの。お気の毒に。別居してるの？　離婚は？」

しばらくして、ブリンは答えた。「いいえ。私が気がついてるって、むこうは知らないから」

とたんに彼女はしゃべったことを後悔した。ばかみたい。黙って歩けばいいのに。でも話したかった。なぜだかどうしても話したくなった。いままで誰にも打ち明けなかったのに。母にも、消防署に勤める親友のケイティにも、保護者会でいっしょのキムにも。

それがあえてこういう極端な状況の下で、赤の他人を相手に、何カ月も悩んできたことを口にするのが大切なのではと考えたのだ。心のどこかでミシェルに短く同情の言葉をかけてもらいたい。そのうち話題は尻すぼみになり、あとはトレッキングに集中できればいいと思っていた。ところが若い女は興味津々で話に乗ってきたのだった。「聞かせて。おねがい。どういう事情なの？」

ブリンは頭を整理すると言った。「州警察の男と結婚してたの。キース・マーシャルと」そしてその名前に反応があるかどうか、ミシェルの顔色をうかがった。

とくに変化はなさそうだった。ブリンはつづけた。「知り合ったのは、マディソンでおこなわれる州警察の訓練セミナー」思いだすのは、各自のデスク代わりに置かれたテーブルの前に立ちはだかる長身で肩幅のがっしりした男。

キースが向けてきた絡みつくような視線は、ブリンの容姿が気に入ったことを告白してはいたけれど、ブリンが彼の目を惹いたのは模擬の人質交渉をおこない、担当の心理学者に満点と言わしめてからである。だが、キースが本気で感心したのはグロックの分解・組立てをおこなう実地試験だったらしい。ブリンが遊底《スライド》を塡《は》めてクリップを入れたとき、二番手は必死でロッキング・ブロックピンをフレームに挿そうとしていた。

「なかなかロマンチックじゃない」とミシェルが口をはさんだ。

ブリンもそう思っていた。

セミナーの終了後、ふたりコーヒーを飲みながら小さな町の警察活動、小さな町のデートについて語りあった。その途中、顔を引きつらせるキースにブリンが心配して訊ねると、怪我が治ったばかりだという。現実の人質救出作戦で銃撃されたのだが、さいわい人質犯を除く全員の命は無事だった。

「犯人《ホシ》がぬるくてね」

ああ、あれ？　ブリンはスピード中毒《メス・ヘッズ》の銀行強盗二人組が、〈パイニー・グローヴ・セービングズ〉の支店に顧客、従業員を道連れに立てこもった事件を思いだした。キースは窓の厚さがありすぎて確実な狙撃は不可能と知ると、武器を構えずバリケードを回りこみ正面玄関をはいっていった。そこで的を小さくしようとうずくまることもなくひとりの頭を撃ち、脇腹とベストに片割れの銃弾を受けながら、身を隠そうとした売店ごしにその男も殺した。

〝犯人がぬるくてね〟

軽傷からすぐ復帰をはたしたキースだが、ブルース・ウィリス／クリント・イーストウッドそこのけのやり方にたいし、当然のことながら懲戒処分を受けた。しかし彼のその違反が深刻に受けとめられることはなく、むろんメディアの扱いも、仔猫がミルクを飲みすぎたという程度でおさまった。

ブリンはその話をとことん聞き出した。すっかり夢中になっていた。あとから思えば夢中になりすぎ、そのおかげでタフで物静かな男にしっかり心まで奪われていた。

最初のデートの中身はホラー映画にメキシコ料理、さらには口径、防弾装具、高速追跡についての長たらしい議論だった。

それから十一カ月後、ふたりは結婚した。

「つまりカウボーイと結婚したわけ？」

ブリンはうなずいた。

ミシェルはしかめ面で付け足した。「わたしの場合、父親と結婚したんだってセラピストは言うけど……それでどうなった？」

「えっ、どうなったって？」ブリンは考えこんだ。

どうにか変形した顎をさわらずにいたものの、よみがえる記憶はとめどがない──その表情を怒りからショックへと一変させ、胸を押さえながら銃弾の勢いで後ろへよろけていくキース、明るく照明されたキッチンに、彼女の制式のグロックから放たれた硝煙の刺激臭が充満していく。

「ブリン？」ミシェルが静かな声で訊いた。「どうしたの？」

やがてブリンはつぶやくように言った。「とにかく、うまくいかずに……それでまた独りにもどって。ジョーイと仕事を抱えてたから──母が同居して、住み込みのベビーシッターになってくれて。仕事が好きだったしね。再婚するつもりはまるでなかったけど、二年ほどまえにグレアムと出会った。彼がやってる造園業の会社から苗木を買って。それがよく育たなかったものだから話を聞きにいくと、育て方がまちがってるって言いながらデートに誘われた。イエスって答えた。おもしろいし、いい人だった。子どもが欲しかったのに、最初の奥さんとの間にはできなくて。しばらく付きあってみて、ほんとに心が落ち着くってことがわかった。プロポーズされて受けたわ」

「心が落ち着くって、すてきよね」

「そう、ほんとうに。喧嘩はないし。毎晩がたのしくて」

「でも……？」

いつのまにか顎をさわっていた。ブリンはその手を下ろした。そして顔を曇らせた。「すこしして、急に担当がふえて勤務時間は長くなるし、仕事もきつくなってきた。家庭内の事件が多くて。それでジョーイとすごす時間が減ってくると……学校で騒ぎが持ちあがるようになった。いま問題になってるんだけど、聞いたことある？　警官の子どもたちのこと？」

ミシェルは首を振った。

「統計的に素行に関する問題が多いの、精神的なもので。ジョーイはたびたび学校で問題を起こすわけ。しかもむこう見ずなところがあるし……さっきまで息子の話をするたびにぼかしてたんだけど。いろいろやってくれるわ。つまりトラブルってこと」ブリンはきょうのスケートボード事件や、学校であった出来事について語った。若い女は話を聞きながら興味と——それに共感をしめした。ブリンはつづけて過去の話をした。「仕事とジョーイのことで頭がいっぱいで、気がついたら、グレアムはしょっちゅうポーカーで家をあけるようになっていた」

「でも、それはほんとのポーカーじゃなかったのね」

「ほんとのこともあったけど、それだけじゃないこともあったみたい。初めから顔を出してないこともあったし」

ただその晩トム・ダールからモンダック湖行きを頼まれたとき、私が引き受ければグレアムは家を出られない、彼女に会えなくなると思ったことはミシェルにも内緒にしていた。

またこうも思ったのだ、車から電話をしたとき彼は出なかった。もう出かけてしまったのだろうか、と。

「まちがいない？」とミシェル。

「だって、目撃者がいるし。ふたりでいるところを見てるから」

「それを信じるの？」

「そうね。見たのは私」その光景が心に浮かぶ。ハンボルト郊外。刑事の車に乗り、覚醒剤《メス》の製造所に関する報告をしにいく途中だった。〈アルベマール・モーテル〉の表で、長身のブロンドの女と並んだグレアムを見たのだ。女は笑いながらうなずいていた。それが素敵な笑顔だったような。二十マイル離れたランカスターの仕事へ行くと言っていた夫が、モーテルの外でうつむき加減に女と話していた。その晩の食事の席で、夫はブリンの目を見ながらのどかな保養地へ向かう車中のこと、仕事の出来ばえについて語った――嘘つきにありがちな、細かすぎる情報の集中砲火。なにもかもお見通しだった。伊達《だて》に検問はやっていない。モーテルでふたりを見て、ブリンは考えていた。ふたりは部屋へ行くまえなのか、行ったあとなのか。

「彼になんて言ったの？」

「なにも」

「ぜんぜん？」

「なぜかよくわからない。ジョーイのためにボートを揺らしたくなかった。キースと別れて、また離婚だなんて。息子にはあってはならないことだし。それにすごくいい人なのよ、グレアムはね」

「裏切られたっていうのに」ミシェルがぼそっと口にした。

ブリンは頰笑んだ。そして以前にも吐いた言葉をくりかえした。「彼のせいだけじゃないんだし。ほんとに……私は保安官補としてはけっこう優秀だけど。こういう家庭のことは苦手だから」

「わたし、人って結婚するときには血液検査以外に受けるべきことがあるんじゃないかって思う。二日間の日程で試験をやるべきよ。司法試験みたいに」

ブリンは自分が映画の主人公になったような気がしていた。それも若くして離ればなれになった姉妹が再会するコメディ映画――ひとりは都会で贅沢な生活を送り、ひとりは田舎暮らし。そんなふたりがいっしょに旅するうちに、じつは似たものどうしであることに気づく。

ミシェルが息をついた。それから前、左と指さした。「気をつけないと。あっちは急斜面だから」

女たちはより安全なルートを採ることにした。その夜初めて、ミシェルが先頭を歩きだした……ブリンはそのことに満足していた。

†

「あそこだよ」

コンプトン・ルイスはハートの無事なほうの腕にふれ、木立の間を指でしめした。
二、三百ヤード先に、月の光を浴びて黒っぽい服を着たふたりの後ろ姿が見える。片方がビリヤードのキューのようなものを杖がわりに足を引きずっていた。

ハートはうなずいた。心臓の鼓動が速くなった。射程内とはいえないまでも、ようやく接近した獲物をはっきり視界にとらえることができた。しかもまったくの無防備。

男たちは標的に向かって移動を開始した。

トリックスターがふたたび歩きまわっている。

血で汚れた岩棚を眼下に崖のてっぺんにたたずむと、ハートは懸命に自問自答をくりかえした。女たちは本当に岩肌をつたって下に降り、森林警備隊事務所へ向かったのだろうか。それとも〈ジョリエット・トレイル〉を進みつづけたか。

結論として、ブリンがまたも裏をかこうとしているという判断に行き着いた。もし女のひとりがじっさい転落して怪我をしたとすれば、土や泥でどうにか血痕を隠そうとするはずだった。それをめだつままにしておいたのは、見る者の目を欺き、事務所へ向かわせようという魂胆なのだ。

が、ハートはその罠を女たちに返した。策が当たったとブリンに思わせることができれば、女たちは油断して歩みを鈍らせる。むこうが崖の視界を確保しているかどうかはわからないが、見ていると仮定して懐中電灯一個を犠牲にすることにした。ルイスのアンダーシャツをロープにして結びつけ、それを木の枝に引っかける。すると明かりは風に揺られながら岩棚付近を照らし、ちょうど女たちの追跡に向け林床への降り口を探っている感じになる。

職人は細工の出来ばえにほくそ笑んだ。

それからルイスとともにトレイルの先を急いだのである。

ところが女たちの行先となると——これが推測に頼るほかなかった。ふつうにトレイル上を歩けば、GPSによると北東方向へ森を抜けて約十五マイルの道のりだ。連中がそっちを行くとは思えない。ここから北上したどこかで決断を迫られる。トレイルをはずれて左へ、すなわち西へ進むと警備隊事務所を迂回し、いずれ郡のハイウェイに行き当たる道へと出る。あるいは北へ行ったとすれば目標はスネーク川で、川を西進すればインターステイト、東進すればポイント・オブ・ロックスの町へ達する。

しかしあの悲鳴――数分まえの喚声のおかげで、女たちが川をめざしていることがわかった。そのまえの避難所がある分岐点から聞こえたのはむろん、カヌーを撃ったときの悲鳴と同じで偽物だった。だが二度めの叫びは本物だとハートにはわかる。なぜなら女たちは、敵が崖を下っていったと信じこんでいるからだ。

ハートとルイスもトレイルをはずれると、声が聞こえたおおよその方角に向け、騒がしい音をたてる葉や枝、また刃のように尖った茨や急斜面を避けながらゆっくり進んでいった。

トレイルの北にひろがる森のどこに女たちがいるのか、見当をつけられずにいると、やがて手がかりが見つかった。ルイスが立ちどまり、地面に落ちた白いものを指さした。小さくても漆黒の海では際立って明るく映える。

ふたりは徐々に足を近づけた。その正体はわからないまでも、罠ではないと踏んだハートだが、とにかくブリンは信用ならない。

〝トリックスターが……〟

「掩護しろ。おれが確かめる。おれが撃たれるか、動きがとれなくなるまでは撃つなよ。こっちの居場所を知らせたくない」

うなずく。

ハートは身を低くすると、物体から三フィートの距離まで接近した。それは長さ十八インチ、幅三インチほどの白い筒だった。片側がふくらんでいる。枝でつついてみて、なにも起きないとわかると周囲を見まわした。付近に目を走らせていたルイスが親指を立ててみせた。

男は腰をかがめて物体を拾った。ルイスがやってきた。

「靴下にビリヤードのボールがはいってる」

「連中のか？」

「だろうな。汚れてないし乾いてる」

「ちっ。そいつでおれたちを殴る気でいたのか。こんなの、骨が砕けちまうって」

ブリンだ、とハートは思った。

「なんだい？」とルイス。

ハートは相手を見つめて眉を上げた。

「なにか言ったかい？　聞こえなかった」

「いや、なにも言ってない」ブリンの名を口に出していたのだろうか。そんなはずはない。

それからほぼ真北に向けて直進した彼らの目に、獲物の姿が飛び込んできたのだった。

女たちの真後ろに立つと、そこはカシ、カエデ、カバがほとんどの比較的平坦な木立で、四分の一マイル先でとぎれているように見えた。右へ行くと地面が急激に落ちこみ、小さな岩場の谷へとつづく。左はうねりながら隆起する斜面で、木々に覆われている場所もあれば、低木と岩が点々としたり地肌がむき出したりしている箇所もある。

ハートはしゃがんでルイスを手で呼んだ。相棒はすぐに従った。

「ここで二手に分かれる。おまえは左に行け。あの斜面だ、わかるな？」

うなずく。

「草むらに出れば早く動ける。で、左側面からやつらに近づく。おれはまっすぐ後ろから追っていく。やつらがあの場所に出たら――あそこの素敵な空き地、見えるか？」

「ああ、了解」

「おれが靴下を振ったら」ハートはビリヤード球の棍棒を入れたポケットを叩いてみせた。「銃を撃て。やつらは地面に倒れこむ。そこをおれが背後から近づいてとどめを刺す」

「死体は？」とルイスが訊いた。「置いてくわけにはいかないぜ。動物がバラバラにして、公園のあっちこっちへ持っていく。そしたら証拠だらけになっちまう」

「いや、おれたちで埋めるんだ」

「この四月は寒かったからな。地べたはまだかなり固いぜ。それに掘る道具は？」ルイスはあたりを見やると、右手に見える小さな湖に指を伸ばした。「あそこだ。石の重りをつけて沈めりゃいい。たぶん人は来ないね。あんなクソみたいな池」

ハートはそこに目をくれた。「いいだろう」

「じゃあ気合入れてかかるけど、もし一発めで両方に命中しなかったら、片割れは泡食って隠れようとする。あとから追いつめることになるな。おれの最初の標的はどっちだい？　ミシェルか警官か？」

ハートは暢気な観光客のふぜいで森を行く女たちを眺めていた。「ミシェルをやれ。おれはブリンをやる」

「よろこんで」ルイスはうなずいた。どのみち、本人もそのつもりでいたのだ。

†

白いF‐150はハンボルトを抜けてハイウェイに乗った。

そのピックアップトラックは、ガソリンエンジンの急加速で時速五十マイル近くまで出している。

運転するグレアム・ボイドのほか、乗客は荷台に結わえつけたままのアザレアが三株。空気銃はジョーイのスケートボードと同じクローゼットにしまってきた。

口論のあと、グレアムは話をしようとジョーイの部屋へ行ったのだが、少年は扉に背中を向けて寝たふりをしていた。「ジョーイ」と低声で二度呼んでみた。少年の反応がないことに、どこかほっとしている自分がいた。かける言葉がひとつも浮かんでこない。とにかく、こんな緊張が解けないままでいるのは厭だった。

ゲームのカートリッジ、コンピュータとXbox自体を取りあげ、物置に隠そうかとも考えた。でもしなかった。子どもにたいして、怒りまかせに罰をあたえてはいけないという気がしたのである。

〝あなたは大人、相手は子ども〟

それも勘を信じてのことだ。

五分後に見にいってみると、少年のドアの下からはやはり光は洩れてこなかった。

「わたし、心配だわ、グレアム」とアンナは言っていた。

もう一度、乗馬服にベルベットのヘルメットという妻の写真を眺めてから裏口を出た。手にした壜のビールは指が痛くなるほど冷えていた。自分でつくった小さなテラスに立ち、半月を仰いだ。

ブリンに連絡してみるつもりで、ポケットの電話を探った。

その手が止まる。またあの男が応対に出たら？　とても冷静ではいられない。こちら側が疑っていて、しかも警察が現地に向かっていることを知られたら、男はブリンに危害をくわえて逃亡をはかるかもしれない。グレアムは電話をポケットにもどすと、テラスの奥に植えたクリスマスアザレアの根覆《マルチ》いにビールを注いだ。

居間にもどってみて驚いた。ジョーイがパジャマ姿で降りてきていたのだ。祖母のひざまくらでカウチに丸くなっている。

アンナはささやき声でジョーイに歌をうたっていた。

義母と目を合わせたグレアムは、自分自身とドアを指さしてみせた。

「本気でそうしたいのね、グレアム？」義母は静かに訊ねた。

いいえ、と彼は心で思った。だがうなずいた。

「留守はまかせて。気をつけるのよ。気をつけていってらっしゃい」

グレアムは気むらなエンジンをかけると、タイヤをスキッドさせ、小石を飛ばしながらドライブウェイを出たのだった。

そしていま、あらためて電話をつかんで番号を押していった——むろん、サンドラは短縮ダイアルになっていない。だがためらったすえ、連絡はとらないことにして携帯をポケットに落とした。礼儀を失している。遅い時間だし、さっきアンナがバスルームにはいった隙をみて、今夜はむりだと短い電話をかけておいたのだ。たとえそれでむこうが出たとして——たぶん出ることはないはずだが——なにを話せばいいのか。

考えがまとまらない。

それにいまは運転に集中したほうがよさそうだ。車は州警察のことなど眼中にないとばかりに、制限速度四十マイルのゾーンを時速七十マイル超で走っている。

モンダック湖に着いてからどうするつもりなのか、なんのあてもなかった。

こんなことをしている理由はさらに不可解だ。

自分としては、頭も働かない一日の終わりにはベッドに寝そべり、妻の腹に腕をまわし、肩に唇を押しあてていたかった。おたがいの仕事のこと、金曜日のディナーパーティのこと、子どものブレースや成績表、それに住宅ローンの借り換え提案について、いずれ眠りこむまで話してみたかった。だがそんな運命にはないらしい。そのうち？　いつ？　あした？　来年？

グレアムが州警を嘲笑《あざわら》うかのように箱型のトラックで時速八十マイルまで出すと、荷台では囚われのアザレアが身をふるわせていた。

†

「あそこ！」ブリンは興奮気味にささやいた。「あれ、見える？」

「どれ？」ミシェルが伸ばしたブリンの腕を追っていく。ふたりが潜むいまだ裸のハナミズキの下には、クロッカスの新芽がびっしり出て、腐植の芳香がむんむんしていた。

遠くに、薄いリボン状の閃き。

「川ね。スネーク川」命綱。

それからふたりは五分間歩いたが、水の流れは一向に見えてこない。あたりを気にして、正しい方向に進んでいると確信したブリンだったが、そこで身を竦ませた。

「もう」しゃがみこんだ彼女の胸に、恐怖の通奏音が鳴りひびく。

男のひとり――ショットガンを持ったハートの仲間。左手の、たった二百ヤードしか離れていない高みに。

「わたしのせい……」ミシェルが顔をこわばらせた。「あんな大騒ぎしちゃって！」その表情に自己嫌悪がにじみ出る。「声を聞かれたんだわ！」

〝甘やかされた小娘……〟

「ちがう」ブリンはささやいた。「もし崖のトリックに引っかかってたら、こんなに早くは来られないから。懐中電灯は仕掛けだったのね。ハートよ。騙された」

こちらが欺こうとしたのと同じやり方で。ただし、成功したのはむこうのトリック。

で、彼はどこ、ハートは？　ブリンは最近受けた戦術訓練コースを思いだした。教官の講義内容は、扇形に散開しておこなう斉射について。正対した位置からの銃撃は禁物――誤射による負傷のリスクが生じる。ハートは右からではなく、後方から近づいてくるはずだ。

姿は見えなくても、背後のどこかにいるのはまちがいない。

それはつまり男たちに発見され、命を狙われていることを意味する。

平坦な場所にいて空き地をめざしていたのは、深い茂みと格闘せずに丈の低い草原を行こうというブリンの思惑からだった。しかし彼女はミシェルを右のほうへ、数百フィートつづいて小川の床へと下る岩だらけの急斜面に導いた。下りきった谷底には月光も届かず、隠れるには好都合なのだ。「あそこの渓谷に降りるから。頑張って。さあ。早く」

ふたりは標的になりにくいナラ林づたいに丘を下りはじめた。ミシェルを先頭にブリンがつづき、きつい斜面をなかば滑るように走った。

半分まで来たあたりで、ブリンは蔓だか枝に足を取られた。お尻を強打して、その勢いで落葉の上を滑ってミシェルに突っ込み、その足を払うかたちになった。ふたりして斜面を転げ落ちていきながら、ブリンは不慮の事故を起こさぬように槍をきつく握っていた。

転落が止まったのは浅い谷のなかだった。

ブリンが着るスキーパーカのポケットからナイフが突き出していたが、怪我はなかった。ミシェルはあおむけで必死に腹のあたりをまさぐっている。若い女はナイフで深手を負ったのかと、ブリンは気が気でなかった。

ブリンは息を喘がせながら洩らした。「大丈夫?」

ミシェルの手がジャケットにナイフを探りあてた。どこも負傷はないらしい。うなずいた。

ブリンは槍をつかんでゆっくり上半身を起こした。涸《か》れた川床の窪みに目を留め、ふたりはそちらへ向かった。茂みと自然にできた高さ三、四フィートの岩の列が目隠しになった。

「見て」とミシェルがささやいて指さした。

ブリンはショットガンを構えたハートの相棒が東へ——自分たちのほうへ、速歩で移動してくるのを目にした。微風がせわしなく葉を揺らしてはいたけれど、物音を聞きつけたのにちがいない。ふたりが転落した場所を見据えていた男は、周囲に注意を払いながら北の雑木林に姿を消した。

ブリンは槍を握ると男のほうへ行きかけた。「足首の具合は?」

「平気。いいほうの脚でついたから」

丘を凝視する。どちらの男も見えない。

ブリンは距離を見積もり、男の行先に見当をつけた。ミシェルが何かをつぶやいた。聞こえない。考えに耽《ふけ》っていたのだ。やがて決心を固めると地形を確かめた。「オーケイ。二手に分かれましょう。あなたはあっちへ、このまま頭を低くして渓谷を行ってほしい。あそこ、くぼんだとこが見える? たどり着いたら葉っぱで身を隠して」

「あなたはどうするつもり?」ミシェルが目を剝《む》いた。

「いい?」ブリンはきっぱりくりかえした。

「男を追いかけるつもりなのね?」

〝逃げるとき、喧嘩するとき……〟

ブリンはうなずいた。

「わたしもいっしょに行きたい。役に立てるわ」

「隠れてくれてたほうが、ずっと役に立つから」

ミシェルはふと顔を曇らせた。それから微笑した。「わたし、爪が割れたってかまわないし。あなたがそれを心配してるなら」

ブリンも笑った。「これが私の仕事。私がやる。あなたはあっちへ行って自分の身を隠しなさい。連中が近づいてきたら逃げること」そして干あがった川床から、せいぜい池ほどの湖を見通した。「あそこが再集結地。岸に近い、あの岩のあたり」

「再集結地。なんなの？」

「分裂した兵士たちが合流する場所のこと。これは警察用語じゃないから。『プライベート・ライアン』の受け売り」

それがまたミシェルの笑顔を引き出した。

†

三十代前半の痩せたひげ面、〈ノース・フェイス〉のインサレート仕様のウィンドブレーカーを着たチャールズ・ギャンディがかたわらに立つウィネベーゴのキャンピングカーは、マーケット州立公園の森林内の、そのむかし遺棄されたまま倒壊寸前といった状態の警備隊事務所脇に駐まっていた。疵《きず》とへこみがめだつキャンピングカーには、グリーンエネルギーの重要性を称揚したり、マウンテンバイクでスノーコルミー峠を越えた、アパラチアン・トレイルを踏破した、とひけらかすバンパーステッカーが五、六枚も貼ってある。

「ほかにはなにか聞こえた？」とスーザンが訊ねた。ふくよかな女で、髪はライトブラウンのストレート。齢はギャンディよりいくつか上。エジプト十字架のネックレス、ミサンガ二本、それに結婚指輪をしている。

「いや」

「何だった？」

「人の声だな。それも悲鳴に近かった」

「公園は閉鎖されてるし。夜のこんな時間に？」

「まあな。ルディはいつもどる？」

「じきよ」

夫は夜の闇を凝視した。

「パパ？」

ギャンディが振り向くと、九歳になる義理の娘が戸口に立っていた。Tシャツにデニムのスカート、運動靴という恰好で。

「エイミー、もう寝る時間だぞ」

「ママを手伝ってるの。手伝ってほしいんだって」

ギャンディは気もそぞろだった。「わかった。ママが言うならしょうがない。でも、なかにはいってろ。外は凍えるぞ」

娘はブロンドの長い髪をひるがえして消えた。

キャンピングカーにはドアが二枚、前後についている。ギャンディは後方のドアから車に乗りこみ、鹿撃ち用の古びたライフルを手にして弾薬を装塡した。

「どうするつもりなの？」

「確かめにいかないと」

「でも、警備隊が——」

「このへんにはいないし、時季も時季だ。しっかり戸締まりしてカーテンを引いて、おれかルディ以外にはドアをあけるんじゃないぞ」

「わかった。気をつけてよ」

ステップを上がり、車に乗ったスーザンがドアをロックした。シャッターが閉じられるとキャンピングカーの明かりは消えた。かすかな発電機の音は、風によってかなりの部分かき消されている。よし。

ジャケットのジッパーを上げ、スーザンから誕生日にもらったグレイのニット帽をかぶると、ギャンディはたたんだ腕でライフルの銃身を支《か》いながら〈ジョリエット・トレイル〉へ至る小径を歩きだした。

進む方向は南と東。ここには四日間いて、そのほとんどを近辺のハイキングに費やしてきた。土地勘はあったし、シカ——踏まれた落葉、折れた枝、糞——や人間（同上、ただし糞は除く）がつくった即席の道も発見している。

ギャンディはゆっくり、慎重に移動した。怖れていたのは迷うことではなく、こんな場所で人と行き合ってしまうことである。

さっきのは悲鳴だったのか。

だとすると、人間か動物か。

音が聞こえた方角へ二、三百ヤード歩いてから、ギャンディは膝をつき、月光を浴びる森に視線を走らせた。耳にした物音はそう遠くないところで枝が落ちたものか、シカかクマか。

「それとも、こっちの気のせいか」

が、そこで彼は身を硬くした。

そうだ……まちがいない。人間——それも女——が、低い姿勢で木から木へと動いていた。手に何かを持って。細いものを。ライフルか？　ギャンディは自分のサヴェージ三〇八口径を握りしめた。

これはいったいどういうことなのか。公式には閉鎖中の人気《ひとけ》のない州立公園で、叫喚がするというのは？　心臓が早鐘を打つ。本音をいえば、キャンピングカーにもどってここから逃げだしたかった。だがディーゼルのエンジン音は余計な注意を惹きかねない。

ギャンディはうずくまって監視をつづけながら、女が兵士のように行動する理由をはかりかねていた。用心深く、這うようにして身を隠すのだ。どうやら森林警備隊員ではない。あの独特な帽子はかぶっていないし、一般的な警備隊の制服姿でもない。女はスキーパーカを着ていた。

危険な存在と本能が告げている。

女はクロイチゴの大きな茂みの背後に姿を消した。ギャンディは銃口を掲げて立つと、女がいるほうへ動いていった。

早くここを出ろと、心のどこかで叫ぶ声がする。

でも——だめだ。いまさら引きかえせない。進め。

ギャンディは森の底へつづく急な下りで足を止め、左手で痩せたカバやナラの若木をつかんで身体を支えながら、やがて勾配がなくなると女が消えた藪に向かった。

あたりを見つめる。女の気配はない。

と、三十フィートあまり離れた場所に女がいた。かろうじて見分けられるほどの夜陰にまぎれ、なかば藪に隠れるように、アンテロープを待ち伏せる雌ライオンさながらに頭を伏せている。

ギャンディはサヴェージのボルトをごく静かに操作して銃弾を薬室に送ると、あたかも地雷原を行くかのごとく、枝葉を避けて前進していった。

自分自身、ひとりの兵士になりきって。しっくり馴染む役柄ではなかったのだが。

†

クリステン・ブリン・マッケンジーは、ねじくれながらも堂々たる枝つきのクロガシの木陰にしゃがむと、キューの槍を握って深呼吸をくりかえし、音をたてまいと口を大きく開いた。

男が姿を隠した場所までもどろうと丘を登ってきたのである。

パーカとスウェットパンツを脱いだせいでふたたび寒さを感じていたにもかかわらず、手のひらは湿っていた。脱いだ服は落葉を詰め、クロガシの下に倒れた案山子のようにして置いてきた。ハートの相棒をおびき寄せる餌だった。

トリックは成功したようだ。男は油断なく近づいていく。

ハートの姿はまだない。

いいわ、とブリンは思った。

一対一なら倒せる。

すこしまえに、ブリンは銃撃される危険を承知のうえで月の下に出ると、つかの間姿をさらしてからクロイチゴの茂みの裏へ飛び込んで服を脱ぎ、怪我をしたか隠れているように見せかけて放置したのだ。

それから丘を滑り降り、大きく円を描くようにこの木のところまで帰ってきた。

ハートの相棒が餌に食いつくことを念じながら。

祈りが通じた。銃を構えたおぼろな人影が、人形に向かって丘を下りはじめた。

ブリンは身をひそめていた木陰から男の動きを追った。聴覚が研ぎ澄まされる。そればかりか、五感すべてが。槍の穂先にした〈シカゴ・カトラリー〉のナイフは、月の光に煌《きらめ》いて居場所をさとられないよう、顔のそばの深い木陰に寄せてある。思えば未使用の食器の使い初めがビーフテンダーロインやチキンカットレットではなく、人殺しというのも奇妙な話だった。

そんな思いに多少腰が引けているところもある。

かすかな物音。

そこへ強風が吹きぬけた。葉を舞いあげ、枝をわたる騒々しさに瞬間、足音が聞こえなくなった。

どこ？　とブリンはパニックのなかで思った。

すると、また足音が聞こえてきた。相棒はひたすら餌をめざしている。その進路だと、ブリンの隠れている木のすぐ横を通り過ぎることになる。

二十フィート。

十フィート。葉を踏む音。

ブリンは隠れ場所から可能な範囲で目を凝らし、ハートを探した。いない。

六フィート、五……

男は木と並んだ。

そして過ぎた。

ブリンは男の背を見つめた。フェルドマン邸で着ていた戦闘服から〈ノース・フェイス〉のウィンドブレーカーに着換えている。たぶん夫妻の別荘かレイク・ヴュー2の家から盗んだものだろう。ブロンドのクルーカットを隠すキャップもかぶっていた。

さあ行くわよ、とブリンはみずからに声をかけた。

彼女の身は穏やかな、陶酔にも似た感覚で満たされた。これは以前にも経験していることだが、なぜかあらぬ場面で起きてくる。馬術大会の三連続障害へ向かおうとする栗毛の牝馬の鞍上で。武器ディーラーを追跡して、郡道を時速百四十マイルで疾走している車内で。キースと休暇で出かけたビロクシーで、十代の若者ふたりと乱闘になりかけて。

〝喧嘩するとき……〟

ブリンは考えた——まずボーラで相手を怯ませる。槍を背中に力のかぎり突き刺す。ショットガンをつかむ。

それからハートの襲撃にそなえる。相棒の絶叫を聞きつけてやってくるはずだ。

木陰を出たブリンは標的を見定めると、振りかぶってボーラを投げた。弧を描いて飛んだ球が男の耳を捉えた。男は声をあげて銃を取り落とした。ブリンは身体の痛みにかまわず飛び出した。もはや保安官補ではなかった。妻でも母でもない。オオカミ——野蛮な獣と化した彼女は生き残ることしか考えていない。ブーツの爪先で硬い大地をつかんで駆け、冷たい光に輝く槍を両手に男めがけて突き進んだ。雄叫びをあげたいという強烈な衝動をかろうじて抑えた。

†

女たちがいなくなっていた。

くそっ。ハートは十分をかけ、自分で射撃ゾーンと思いなしていた空き地へ向けて直進し、女たちとの距離を縮めつつ、ルイスの位置を把握することも忘れなかった。

その相棒は右手、すなわち東の方向に物音とともに何かを認め、より平坦な場所へ向かって丘を駆け降りていった。そこで周辺に目を走らせたが、どうやら気のせいだったらしい。すでにハートの左側にあたる木深い崖までもどっていた。男たちは獲物が消えた地形を調べながら前進をつづけた。

やつらはどこだ?

おれかルイスに気がついたのか。

もしそうだとして、むこうに逃亡のオプションはあるのか。空き地は正面——北側——で、そこに女たちの姿はない。ルイスは崖から西を望み、ハートは真南を向いている。空き地を取り巻く木立にひそんでいる可能性はあるだろう。あるいは右手の急斜面を降り、東に向かって公園の奥深くへ逃げこんだか。そっちに行けばまた〈ジョリエット〉にぶつかることになるが、GPSによればトレイルはまだずっと先で、鬱蒼とした森を何マイルも歩かなくてはならない。

ブリンならどうするか。

おそらく川床につづく坂を下り、スネーク川に向かって北上する——空き地で姿をさらすことだけは避ける。長くてきついルート、だが安全だ。

あの女は獣のように卓越した生存本能で出し抜こうとしてくる。

崖を見やると、その場にたたずみ視線をめぐらせるルイスの姿がある。やおら向きなおったルイスが両手を上げた。ふたりは消えたという意味だった。

ハートが自身をさした指をルイスに向けると、ルイスはうなずいた。ハートは相棒に合流しようと崖を登りだした。

†

どこ？

ミシェルはどこに？

ブリン・マッケンジーは片手にサヴェージのライフル、片手に槍を持ったまま立ちどまると、かになっていた。

あたりを見まわした。方向感覚がなくなっていた。ハートの相棒に気を向けるあまり、落葉の毛布に隠れる手はずになっていたミシェルと別れて以降、自分の進路にたいする注意がおろそかになっていた。

　ミシェルは再集結地まで行ったのだろうか。

　そうではないことを祈った。湖は思っていたより遠く、これ以上回り道をする気にもなれない。もうふらふらだった。

　そのとき、見憶えのある木々の配置が目に留まった。足を止め、追っ手がいないか急いで確かめる。人の姿はない。ブリンは短い坂を小走りに下った。

　大きな岩を回りこんだところで、ブリンは急停止した。

　驚愕した様子のミシェルが、ポケットのナイフをつかもうとしている。目は獰猛《どうもう》そのもの。ブリンはたじろいだ。すると若い女はほっと溜息をついた。「もう、ブリン。脅かさないで」

「シーッ。彼らはまだこのへんにいる」

「なにがあったの？」若い女はささやいた。「それはどこで手に入れたの？」ライフルを見つめている。

「さあ、早く。怪我をさせたから」

「二人組のひとりを？」ミシェルの目が輝いた。

「どういうこと？」

　ブリンは顔をしかめた。「いいえ」

「他人をね。こっち」

丘を登ったふたりがクロイチゴの茂る場所までもどってみると、ひげ面の男がうなだれて地面に座りこみ、切れた耳のあたりを気にしていた。男はミシェルを見あげて目をしばたたき、痛みをこらえてうなずいた。

ブリンはビリヤードの球を頭にぶつけ、槍で突っ込もうとしたときに、足音を聞いた男が後ろを振りかえったのだと説明した。

男のひげ面を見たブリンは自分のあやまちを覚り、槍を刺す直前で手を止めた。まさかこの場に他人がいるとは思いもよらず、武装したうえアドレナリンの勢いに駆られ、男がショットガンではなく鹿撃ち用ライフルを持っていたこと、ハートの相棒とは体格がちがっていたことを見落としていた。

ブリンはしきりに詫びた。とはいえ、法執行官には変わりなく、みずからの身分証とバッジを見せると男の武器を取りあげ、運転免許証の提示を求めた。

男の名はチャールズ・ギャンディ、妻や友人たちと近くに駐めたウィネベーゴでキャンプをしている。

「歩けるかしら?」とブリンは訊ねた。一刻も早くキャンピングカーまで行きたいと思っていた。

「ああ。そんなにひどくない」男はボーラの靴下を怪我した耳にあてていた。ほぼ出血は止まっているように見える。

しかし、男が保安官事務所を訴えないとはかぎらない。ブリンとしては訴訟を望んでいた。男にはあなたの要求に応じて郡から賠償があると、そうはっきり伝えてある。公園から逃れる手段が見つかり、そのうえライフルを手にしたという安心感はとても表現できそうにない。〝自制心……〟

ブリンが見張るなかで、ミシェルがギャンディを助け起こした。

「あんたも怪我を？」ギャンディがキューに顎をしゃくった。

「平気」ミシェルは気がなさそうに答えながら、生い茂る木々の枝ごしに用心深く目をやった。

「動いたほうがいい」とブリンは言った。「案内して」

チャールズ・ギャンディは森に詳しそうだった。彼の指示で涸れた川床を過ぎ、ブリンも初めて見る小径沿いを行った。おかげで落葉や枝を踏むことはなく、男たちに居場所を知られずにすみそうだった。斜面を登り、ギャンディの先導で空き地を迂回して、着実に高さを稼ぎながらほぼ北へ向かった。ミシェルは槍を杖がわりに、引きずる足で精一杯歩いていた。

ブリンは殿《しんがり》からライフルを手に、前方よりも後方を気にしながら進んだ。

三人は七、八フィート露出した花崗岩の陰で小休止した。ギャンディがブリンの腕をさわって指さした。

ブリンはぎくりとした。

長い谷の間に、隆起があらわになった場所がある。ハートとショットガンを手にした相棒がそこに立ち、周囲に視線を這わせていた。ふたりの態度にはっきり苛立ちが見てとれる。

「さっき話してたのはやつらのことか？」とギャンディが静かに、声音に警戒をこめて訊いた。

「ええ」

そこでミシェルがささやいた。「撃って」

ブリンは振りかえった。

若い女は目を見開いていた。「早くあいつらを撃って」

ブリンは手にしたライフルに目を落とした。無言のまま動かなかった。

ミシェルの顔がギャンディに向けられる。ギャンディは言った。「なあ、こっちを見ないでくれ。おれはオーガニックの食料品店で働いて暮らしてるんだ」

「わたしがやるから」とミシェル。「銃を貸して」

「いいえ。あなたは一般市民。ひとりでも殺したら殺人になる。たぶん罪にはならないけど、そんなことはしないほうがいい」

そしてブリンは大きな岩に身を寄せた。そこに銃を支《か》い、銃口を男たちに向けた。

男たちとの距離は約百ヤード、ギャンディのライフルには光学照準器が付いていない。だがブリンは、大半は訓練コースでのこととはいえライフルの扱いに馴れている。狩りの経験も何度かあったけれど、ミネソタへの旅行を境にやらなくなった。キースがライフルを再装塡しているとき、イノシシに襲われたのだ。ブリンはすばやく二発を撃って荒ぶる獣を仕留めた。以後、このスポーツから手を引いたのは恐怖を体験したせいではない——実はひそかに興奮を味わっていた——自分の縄張りを守ろうとしただけの動物を殺してしまったからだった。

ついさっきまでは槍で相棒を殺す覚悟でいた。でもこうして狙撃手のように人を撃つとなると話がちがってくる。

で、やるのかやらないのか。ブリンは冷静に自問した。やるならいまだ。男たちも永遠に突っ立っているわけではない。

ブリンはその距離で銃弾が弧を描くことを想定して、およそ二インチ上を狙うことにした。風は？ 微風が舞っていて、これぱかりはなんともいえない。

幸運を祈るだけ。

ブリンはライフルの照準器に目を凝らし、銃身の先の突起を標的に合わせた。両目を開く。焦点を合わせる。細めてはいけない。呼吸はゆっくり。

焦点を合わせて……

ブリンは安全装置をはずし、引き金を絞りはじめた。こつは照準器と標的が一列に並ぶようにしたら、発射するまで圧力をくわえていくこと。けっして引き金はひいてはいけない。

だが、そこで男たちが分かれた。一体だった標的がふたつの別個のものに変わった。ハートが何かを見つけたらしく前に進み出たのだ。指をさしている。

「あんた、本気でやるつもりなのか？」とギャンディが訊いてきた。「相手はまちがいないのか？」

「そうよ」ミシェルが低い声で断言した。「やつらよ。撃って！」

でもどっちを？ ブリンは自分の胸に問いかけた。弾の当たらなかったほうが逃げるとして、どっちを標的にすればいい？

選んで。さあ！

ブリンはショットガンを持った相棒に狙いを定めた。銃口を掲げ、あらためて引き金を絞っていった。

が、その瞬間、男たちは谷へ降りていった。彼らはたちどころに黒い影と化し、茂みにまぎれていく。

「だめ！」ミシェルは叫んだ。「早く撃ってよ！」

もはや標的はない。男たちは消えていた。

ブリンは顔を伏せた。なぜためらったのか、自分でも不思議だった。なぜ？ギャンディが言った。「行こう。連中はこっちのほうに向かってくる」

ブリンはミシェルのほうを見なかった。甘やかされた王女で素人の若い女のほうが、よっぽど気持ちに余裕がある気がする。

なぜ撃たなかったのだろう。

ブリンは安全装置を掛けると、ハートと相棒が消えた暗がりに見入った。それから踵を返して仲間の後を追った。

「キャンピングカーは遠くない」とギャンディが言った。「四分の一マイル。ヴァンを持ってる友だちが帰ってるころだ。食料とビールの買出しにいったのさ。みんなでそれに乗ってここを出よう」

「誰かいるの？」とミシェルが訊ねた。

「女房と義理の娘、友だちがふたり」

「義理のお嬢さん？」

「エイミー。九歳だ」ギャンディは耳をさわった指を確かめた。出血は止まっていた。

「お嬢さんは今夜も？」ブリンは眉根を寄せた。

「春休みでね」ギャンディは相手の浮かない表情を認めた。「なにか？」

「お子さんがいるとは思わなかった」とブリンは静かに言った。

「それを知ってれば、こっちをトラブルには巻きこまなかったっていうのか。だったら、もしあんたたちを見つけてなかったら、どうなってたかってことさ。やつらはうちのキャンピングカーに乗りこんできたかもしれないし、そうなったら何をされるかわかったもんじゃない」

「電話は持ってる？」とミシェルが訊いた。

それはギャンディが重傷ではないと確認してから、ブリンが最初に発した質問でもあった。

「あんたの友だちには話したけど」とギャンディは答えた。「おれは脳に電磁波を流すのはあまり好きじゃない。でもキャンピングカーにもどればある」そしてブリンに問いかけた。「で、ヘリコプターはあるかい？　それなら警官を連れて、ここまでひとっ飛びだ」

ブリンは言った。「救急用だけ。作戦には使わない」彼女は男の娘と家族のことを考えていた。そうだ、自分は今夜、罪のない地元の住民にこんな恐怖をもたらすまいと努力してきたのに……子どものいる家族を巻き添えにしようとしているのか。

三人はおおむね登りのルートを息を切らしながら歩き、背後の谷との距離を開いていった。ブリンは〝私が怯んだ場所〟という思いをかみしめていた。自分の犯したあやまちに腹が立った。

ギャンディがブリンに言った。「連中に追われてるとは聞いたけど。追われる理由はまだ聞いてないいな」

ミシェルが痛む足に顔をしかめながら言った。「あいつら、わたしの友だちを殺したのよ。わたしがそれを目撃したわ」

「まさか！　信じられない」

ブリンは言い足した。「モンダック湖畔で家宅侵入があってね」

「それがその……今夜のことか？」

ミシェルはうなずいた。

「そいつは気の毒に。てっきり——」二の句が継げないまま、ギャンディはブリンに矛先を向けた。「じゃあ、連中を逮捕するつもりで？」

「911通報があったの。事情がはっきりしないし。現場に着いて車と武器を失って。逃げるしかなくなった」

「モンダック湖って、どこなんだ？」

「五、六マイル南。スネーク川をめざしてる途中でむこうに見つかって。回り道をすることになったの。あなたのキャンピングカーまでの距離は？」

「もうすこしだ」高い雲が地球と月の間に割りこみ、あたりが漆黒に呑まれるとギャンディは立ちどまった。もどってきた薄明かりの下で、ギャンディは右の方角を指した。さらに森のなかを案内して細い小径のありかをしめした。そこを進みだすと足を止め、集めた枝葉を使って道をめだたなくしていった。

ブリンはカムフラージュを施していくギャンディに手を貸した。そこにミシェルも参加して、その出来ばえを眺めて言った。「完璧ね。見つかりっこないわ」

ブリンは身顫いした。未遂に終わった襲撃——そして狙撃によるアドレナリンの効果は消失していた。パーカと二枚めのスウェットをまた着こんでいるのに、寒さが骨身に沁みる。「場所はキャンプ地？」この地域における捜索救助活動は、〈ジョリエット・トレイル〉とスネーク川渓谷に限定されていた。

「いや、古い森林警備隊事務所と駐車場があってね。さびれてる。草は伸びっぱなしで。もうずっと人の出入りがないって感じだ。お化けが出そうっていうか。スティーヴン・キングなら一冊本を書くだろうな、『幽霊警備隊』なんてタイトルの」

ブリンは訊いた。「そこから連絡路までは遠い？」

ギャンディは考えこんだ。「舗装のない道がほぼ一マイル。そいつが公園内のメインの道に通じる。そこから六八二号の入口までが約四マイル。最短でね」彼は行く手を見通した。「安心してくれ。二十分あればハイウェイに乗れるから」

†

「どこだ？」ハートはつぶやいた。

男たちは獲物を見失った涸れた川床を移動していた。

「見ろよ」ルイスが声を低くして言った。地面のぬかるんだ場所を見つめている。

「なんだ？　なにも見えないぞ」

ルイスは脱いだ上着をテントのようにした。ポケットからシガレットライターを取り出し、服でかこんだ内側で火をつけてひざまずくと、ハートの目にも泥に残る足跡がはっきりした。

三人分。「いつのもんだと思う？」

「新しそうに見えるな。誰かとつるんでるのか。ちっ、警官だったら携帯か無線を持ってる」

ライターが消えた。男たちは立ちあがって周囲に目をくばった。ジャケットを着たルイスが、ショットガンの重みを確かめながら頭を振った。「まさか、夜のこんな時間に警官かよ」

「たしかに」

「けど、ほかに誰かいるとしたら？」

「一年のこんな季節にキャンプをするやつはいない。警備隊か。早いとこ見つけないと」ハートは川床をすこし先まで歩いた。そしてしゃがみこむと、また泥の上に手を這わせた。「やつらはあっちへ行ったんだ」と丘を指さした。「あれは道か？」

「みたいだね」

ハートは倒木を手がかりに身体を起こした。その幹は腐っていて、つかんだ部分がぼろぼろとくずれた。

すると幹の内側にひそんでいた、長さ二・五フィートほどのガラガラヘビがハートの手の甲に――無事なほうの腕に音もなく飛びついてきた。ぎょっとしたハートが悲鳴をあげるまもなく、どす黒く輝く縞模様の筋肉は姿を消していた。

「ルイス！」ハートは喘ぐように言った。手袋をはずし、手首に近い甲に開いた二カ所の穴を目にした。くそっ。これで死んじまうのか。毒牙の片方は血管をつらぬいている。彼は気が遠くなってその場にへたりこんだ。

その襲撃を目撃していたルイスは、ライターを灯して傷の具合を確かめた。

ハートは訊いた。「吸い出したほうがいいのか？　テレビや映画で見たことがある」

「大丈夫だよ。吸い出さないほうがいい。毒が心臓に回るのは、血管より舌下のほうが速いんだ」

　ハートは自分の呼吸が不意にせわしくなるのを感じた。

「落ち着けって。落ち着いたほうがいいんだ。見せてみな」ルイスは傷をじっくり眺めた。

「焼くつもりか？」ビックライターの炎を見据えるハートの目が揺れた。

「いや。くつろげよ」

　ルイスはライターの火を消した。ショットガンの実包をポケットから出すと、それをバックナイフで慎重に切り裂いた。それから散弾とプラスティックの送り蓋《ワッズ》を脇へ放った。「いいほうの手を出して」

　ハートがそれに従うと、男は小さな黒い円筒形をなす火薬を差し出された手のひらに落とした。

　ルイスは言った。「そこに唾を吐けよ。早く」

「唾を？」

「いいから。早く」

　ハートは従った。

「もう一回。湿らせるんだ」

「わかった」

　するとルイスは内ポケットに手を入れ、キャメルのパックをつかみ出した。クッキーを盗んだ小学生みたいに笑ってみせた。「先週で禁煙するつもりだったんだけどさ」と言いながら煙草を三本ちぎると、その葉をハートの手のひらにこぼした。「混ぜて」

ばかばかしいとは思う一方で、めまいがひどくなってくる。ハートは言われたとおりにした。ルイスがナイフでシャツの裾を切った。「そいつを傷に塗って、その上から縛るから」ハートが焦げ茶になった物体を傷に押しつけると、ルイスは布を巻いて縛り、手袋を元どおりはめさせた。

「染みるよ。でも良くなるから」

「良くなる？　おれはガラガラヘビに咬まれたんだぞ」

「たいてい無毒咬傷《ドライ・バイト》さ」

「なんだって？」

「たしかにガラガラヘビだけど、マサソーガだからな。あれは毒を出す量を調節するんだ。小さいし毒の量も少ないから、てめえで食う獲物に使うように貯めとく。身を守るときには出し惜しみしてね。敵を驚かせて追っ払える程度にね」

「まったく、びっくりさせやがって。威嚇する音は聞こえなかったし」

「あれは敵が来るって感じたときだけやるんでね。むこうもあんたと同じくらい驚いたのさ」

「そんなわけないだろう」とハートはつぶやいた。「くらくらしてきた」

「そりゃ毒がはいってるから、ちょっとはおかしくもなる。でもあれが本気で咬んでたら、いまごろその手が倍に腫れあがって泣き叫んでるよ。それか気を失ってるか。先を急がなきゃっていうのもわかるけど、いまは五分、十分、じっとしてたほうがいい」

　素手の殴り合いはお手のもので、武器を持つ相手を丸腰で屈服させ、ときには銃弾のやりとりまでしてきたハートだが、ヘビに襲われるというのは初めて知るショックだった。

〝ここは私の世界だ。いずれそっちにないものを目にするし、すぐ背後に迫ってくるものにも気づくまい……〟

ハートは深く吸った息をゆっくり吐いていった。「あれはなんともいえない感触だな」彼はもはや目が回る感覚をたのしみかけていた。咬まれた手に目を落とすと、ひりつく痛みは消えている。「こんなこと、どこでおぼえたんだ、コンプ？」

「親父と狩りにいって。親父もあんたと同じ目に遭った。それでやり方を教わったのさ。そのあと、親父にケツをひっぱたかれたね、足もとをろくに見もせず巣を踏んだって」

ふたりはしばらく黙って座っていた。ハートはルイスがウォッカのボトルをポケットに忍ばせていないものかと思った。いまなら気つけの一杯も歓迎だった。

ハートは家にいるルイスの母親の話を思いだした。「親父さんは健在か？」

「ああ」

「よく会うのか？」

「あんまり。ほら、いろいろあって」ルイスはにやりと笑って顔をそらし、口をつぐんだ。何かを言いかけてやめた。男たちは荒野に目をやった。風が葉を揺らし、かすかに湖の波音がする。

「思ったんだけどさ、ハート」

「ああ？」

「連中を始末したら引き揚げるんだろ？　あんたとおれでさ、組んで仕事ができそうじゃねえか。おれの持ってる伝手に、あんたのその計画の練り方、頭の使い方があればいいチームになるぜ。今夜のこれだって、もう息が合ってる。あっという間だ」

「速すぎるんだよ」とハートは低声で言った。語感をやわらげるために。

「ケノーシャに知り合いがいるんだ。あっちには金がうなってる、イリノイの金、シカゴの金。どうだい？　あんたとおれでさ」

「先をつづけろよ」

「おれが考えてたのは街のはずれにある、〈ベントン・プラスティック〉。知ってるかい？」

「いや」

「ハヴァシャム・ロードにあるんだけど。ばかでかいとこさ。世界中にクソを売りまくってる。給料日には、小切手を現金にするでかいトラックが来てね。警備員がまたのろまもいいとこなんだ。やれば二、三万は堅いね。金曜日の朝早くだったら。どうだい？」

ハートはうなずいていた。

ルイスがつづけた。「情報はみんな、おれんとこにはいってくる。スパイみたいに」彼はシャツの上から煙草のありかを探ったのだが、それが癖になっているらしく、その場で火をつけようとはしなかった。「おれは聞き上手なんだよ。どいつもおれに、くだらねえことまでしゃべってくる。一度なんか、相手をしてた野郎が馬鹿話のついでに、飼ってる犬の名前を言いやがった。で、どうなったと思う？　そいつのATMカードを盗んだら、暗証番号が犬の名前だった。やつのケツの毛まで抜いてやったよ。話をするだけでこれだからな」

「そいつはみごとなもんだ」

またも恥ずかしそうな笑顔。「で、どうする？」

「いいか、コンプ。アイディアは気に入った」

「それで？」

「ふたりで細かいところを詰める。それから計画をまとめる。今度はきっちりやるんだ」

「百十パーセントで」

「百十でな。さあ、休みは充分とった。まだ片づいてない仕事がある。もしかするとガールフレンドたち、いまごろ騎兵隊を呼んでるかもしれない」

「気分はどうだい？」とルイスは訊いた。

「よろしくないね」とハートはささやいて笑った。「撃たれて。咬まれて。アンモニアのシャワーを浴びそこねたことも忘れずにな。ああ、気分は最悪だ。でもどうしようもない」

ルイスがショットガンを拾いあげ、ふたりは足跡のつづいていそうな方角に歩きだした。

ハートはヘビに咬まれた手を曲げてみた。感触は悪くない。「さっきの煙草と火薬——あれはじっさい何に効くんだ？」

「訊かれたから言うけど、屁のつっぱりにもならない。ただし気分は落ち着く」

ハートは大きく息を吸いこんだ。「田舎の空気にかなうものはないな。運が向いてきてるぞ、コンプ。あっちだ。どうやら道が見えてきた。トリックスターはいま味方についてる」

†

「あそこだ、あの窪んだあたりだ」

チャールズ・ギャンディを先頭に、彼らは薄暗い小径をキャンピングカーへ向かった。大型の車だった。そのかたわらにエコノラインに似た、車体が長い逃走用の車輛。

ギャンディの友人はもどっている。

「凍えそうだわ」とミシェルが口にした。

ギャンディは微笑した。「よかったら、ヴァンのヒーターの真ん前に座ってくれ」

「おねがいね。いままでいちばん寒い思いをしたのは、コロラドでスキーをしたとき。あそこならいつでもロッジにもどれるけど。今度は事情がちがうし」

道がきつい下りに変わった。キャンピングカーが駐まる駐車場は荒れていた。近くにはふたたび森に呑まれそうな古い建物がある。

駐車場まで五十フィートまで近づくと、不意に立ちどまったブリンが冷たい夜気を吸った。後ろを振りかえり、いま降りてきた小径に目を走らせる。彼女は銃を掲げた。残るふたりも足を止めた。

「なんなの、ブリン？」とミシェル。

ギャンディが一歩前に出ると森を見通して、「どうした？」と低くささやいた。

ブリンはギャンディに言った。「しゃがんで。右のむこうのほうで音がした。何か見える？」

男はひざまずいて木立を凝視した。

ブリンはミシェルを引っぱるようにして小径の反対側にしゃがませた。そしてダイアモンドを埋めた耳に顔を寄せた。汗と超高級品の香水の匂いがする。ブリンはかろうじて聞こえる声で耳打ちした。「トラブルに巻き込まれた、ミシェル。なにも訊かないで、声を出さないで。

再集結地のこと、憶えてる?」

ミシェルは身を硬くしてうなずいた。

「わたしが声をあげたら走って。全力で。それを持って」と、槍に目をくれた。

「でも――」

ブリンはミシェルの当惑した顔に手を振ってみせると、ギャンディを振り向いてふつうの声で訊いた。「何か見える?」

「いや」

ブリンは安全装置をはずしたサヴェージでギャンディを狙った。驚いたギャンディは目を丸くした。

「なんのまねだ?」

「さあ、ミシェル、走って!」

男はあとずさったものの、ブリンがさらに銃を高く差しあげたとたん動きを止めた。

「走って!」ブリンは叫んだ。「さっき言った場所で合流するから」

「こんなのおかしい」

「早く、誰かが――」ブリンの言葉はとぎれた。背後からがっと襟首をつかまれたのだ。バランスをくずしたブリンは後方によろめいた。ストレートヘアの大柄の女が目に怒りをたぎらせて立ちはだかると、魚を叩く棍棒を腹にめりこませてきた。ブリンは膝をついて嘔吐した。女は地面に落ちた銃をつかみ取った。

ギャンディは大股で歩み寄ってブリンを引き起こした。身体を探ってポケットからナイフを取りあげると、固く握った拳で顔を殴った。ショットガンの銃創が口を開いた。ブリンは悲鳴とともにギャンディを突き飛ばし、大女の手にあるライフルを奪おうとした。だが男がそれを引きはがし、保安官補の首を決めた。「動くんじゃない」

ブリンはなすすべなく頽《くず》れ落ちた。男が力をゆるめたところでその足を思い切り踏みつけると、たちまち悲鳴があがった。「この女《あま》」

大女がライフルを構えて怒鳴った。「そこまでよ、ハニー」

「わかった、わかったから……」

ブリンは女の針の穴のような目を見た。

「あんた、大丈夫？」女がギャンディに訊いた。

「大丈夫に見えるか？」ギャンディは唾を吐き、小径のほうに顎をしゃくった。「もうひとり。逃げた」

「誰なの？　フレッチャーの仲間？」

ギャンディはブリンの襟と髪の毛をつかんだ。「どうしてだ？　くそっ、どうしてわかった？」

ブリンはメタンフェタミンを製造する際の独特の臭い——プロパン、塩素、アンモニア臭——が、湿った夜気に乗って漂ってきたと口にはしなかった。

キャンピングカーは移動製造所だった。

「なかにはいりましょう」女があたりを見まわして言った。「ルディに伝えないと。機嫌が悪くなるわよ」

ギャンディはブリンを引きずっていった。「声を出してみろ、ひと言でもしゃべったら殺すぞ」

「声を出したのはそっち」ブリンはそう答えずにはいられなかった。その返礼として、また顔に拳が飛んできた。

†

キャンピングカーは汚れて、古い料理の皿やビールの空き缶、服やゴミで散らかり放題だった。

そして暖かい。プロパンのコンロ二台に金属の鍋が六個載っていた。無水アンモニアの容器が一方の壁際にならび、リチウム電池を分解する作業場所が一隅にあった。またマッチが山のように積まれている。

ブリンを車内に押しやったギャンディが、テーブルにナイフを放った。

「誰だよ?」エアロスミスのTシャツに汚れたジーンズ、がりがりに痩せて落ち着きのない若い男が言った。しばらくひげも剃らず、頭も洗っていない。指の爪は黒い三日月と化している。オーヴァーオール姿で柄がより大きく、赤い巻毛の男がブリンを睨《ね》めまわした。

梶棒でブリンを殴った太り肉《じし》の女が、年のころは九歳か十歳、古びたTシャツに染みのついたデニムスカートをはいた女の子に話しかけた。「つづけて。まだ終わってないんだから」女の子——義理の娘のエイミー、とブリンは察しをつけた——は訪問者を驚いた目で見ると、完成品のはいったビニール袋を大きな袋に入れる作業にもどった。

痩せた男が言った。「女の顔を見なよ。腫れあがってるぜ。こいつは――」

「シーッ」柄の大きいほうがたしなめた。「どういうことだ?」

ギャンディが顔をしかめた。「保安官補なんだよ、ルディ」

「ばかな。この恰好でか? しかもひどいざまだ。見ろ……フレッチャーの手先だ」

「IDを見たんだ」

ルディはむっつりした表情でブリンのことを観察した。「このくそったれ。警察だと? おれはな、この場所まで燃やしたくねえんだ。そんな、冗談じゃねえ。せっかくここまでしたのに」

ブリンがつぶやいた。「いま州警がこっちに向かってる――」

「黙れ」と言ったギャンディだが、その口調には力がなく、また殴るのも大儀といわんばかりだった。

ブリンの顔にご執心だった痩せた男が、前腕のみみず脹れをいじった。ギャンディ、女、それにルディは自家製を射ってはいないらしい。だとすると安心はできない。つまり、自分たちの仕事を守るために合理的な判断をくだす。つまりブリンを殺し、捜し出したミシェルも同じ目に遭わせるということ。そういえばギャンディは、いともあっさり身分証を差し出してきた。それはいずれブリンが死ぬと思っていたからなのだ。

「ママ……」

女が自分の太腿を二度叩いた。〝静かに〟を意味する命令らしい。とたんにエイミーは口をつぐんだ。これがブリンを憤らせ――悲しませた。

女の指は黄色く染まっている。薬の常習者ではないとしても、あきらかに煙草を吸いたがっている。だが覚醒剤《メス》の製造所で火をつけるのは、炭鉱でガスの噴出を見つけるのにマッチを擦るようなものである。

ルディが訊ねた。「女はひとりか?」

「いや。仲間がひとりいて。逃げたよ。二人組の男に追いかけられてるって話でね。そいつらのことはおれも見た。でも事情はよくわからない。モンダック湖で強盗があったとか。約五マイルほど――」

「場所は知ってる」ルディが近づいていき、ブリンの傷を確かめると言い放った。「こいつは罠だ。フレッチャーが連中を呼んで全部仕組んだのさ。不細工な赤毛め。やつはおれたちがここにいるって言いふらしやがった。てめえで張りあう勇気もねえ」

ギャンディが言った。「どうかな。だいいち、どうやってここを見つける? 足跡はみんな消してあるんだぜ」

その目がふと狂気をたたえたと思うと、ルディはブリンの顔を覗きこんでまくしたてた。

「話せ、牝犬。話してみろ! いったいどういうことなんだ? おまえは何者だ?」

ブリンは精神に動揺をきたした人間を何度も相手にしてきた。ルディは怒りに衝き動かされ、感情の抑えがきかなくなっている。いまこの場での恐怖と、キースに顎を殴られた過去の記憶が相まって動悸が激しくなった。

大声の誰何《すいか》にだんまりをつづけていると、ルディがきつく張ったベルトから拳銃を抜き、それをブリンの首に押しつけた。

「やめて」とブリンはつぶやき、挑みかかる狂犬の目を避けるように顔をそむけた。それからつとめて冷静に口にした。「もうすぐ州警と郡警と、この地域の戦術支援要員が駆けつけるから」

女が棍棒をカウンターに落とした。「うそでしょ……」

だがギャンディは笑っていた。「そんなはずがない。この女は槍を持ってた。ここらの家に押し入った野郎たちから逃げまわってたな。おれが聞いたのは本当の話さ。警察も州警も来ない。そう、それに郡にはヘリなんてない。このへんではヘリを戦術行動に使わないそうだ。医療用だけだって。それがおれたちの疑問にたいする答えのひとつだ」彼はブリンに笑みを向けた。

「とにかく、情報に感謝するよ」

「たしかにね」ブリンは腹部への一撃で乱れたままの息遣いをととのえながら、静かに言った。その痛みに顎がわなないた。「私たちは薬物取り締まりをしてたわけじゃない。でも保安官補から一定時間内に報告がないと、支援要員が派遣される手順になってる」彼女はギャンディを見つめた。「戦術の支援要員が」

ルディは濡れた下唇を咬んで思案に暮れた。彼は銃をしまった。

ブリンはつづけた。「いまは動きがなくても、もうじきだから。自分たちを不利な立場に追い込まないで。私の時間はもうとっくに過ぎてる」

「州立公園内なんだからさ」と女が言った。「ここまで調べやしないわよ」

ルディは鼻を鳴らした。「おい、スーザン、調べやしないだと？　その理由を言ってみな。

言えるわけがねえな。まったく。ほざきやがって……せっかくうまくいってたのにこのざまだ。わかってるのか？　むちゃくちゃだ」

「もちろん、ルディ。わかってる」スーザンは目を伏せた。そして子どもに向かって怒りにまかせ、袋詰めを急げと手を振った。

ギャンディが言った。「まだほかにふたりいる。こいつらを追っかけてきた男たちだ。最低ひとりは銃を持ってる。フレッチャーとつるんでるって可能性もある」

ルディがブリンに糺した。「その男たちっていうのは……片方はヒスパニックか？　ひとりは黒人なのか？」

ブリンは口を開かなかった。ルディに睨まれたギャンディが言った。「夜だしな。二百ヤードから離れてた。はっきりしない」

ブリンは言った。「もう充分トラブルに巻きこまれてるのに。私たちが——」

「うるせえ。その野郎たちが強盗だっていう、女の言いぐさを信じるか？」

ギャンディが答えた。「さあ。嘘をついてるとしたらかなりの腕前だね」

「そいつらが女を撃つとこを見たのか？」

「いや。女がむこうを撃とうとしたんだ、サヴェージで……」そこでギャンディは訝しそうな表情をした。「けど撃たなかった。撃てたのに。思えばあれはおかしかった。もしかすると、おれを騙そうとしたのかもしれない。わからないが」

「おまえの銃を渡したのか？」

「どうすりゃよかったんだ？　家族がキャンピングカーで覚醒剤作ってるからって断わるのか

い？ 取りかえそうと思えばいつだって取りかえせたんだ」

「でも女は撃たなかった？」

「ああ。ビビリやがった」

「なぜだ？」ルディがブリンに近寄って訊ねた。

わからないと思いながら、ブリンは肥った男の潤んだ目を見据えた。

隅のほうで、ブロンドの少女エイミーがメタンフェタミンの袋に封をしていた。子どもながらに、こんな時間まで起きて懸命に働いている。

その少女が使っていたダクトテープを取りあげたルディは、後ろ手にまわしたブリンの手首を固定してギャンディのほうへ突き飛ばした。「いまはこの女の心配をしてられねえ。いっしょに連れてくぞ。ここから運び出すんだ」ルディはその丸々とした指を鍋に突きつけた。「火を消せ。撤収だ、移動の準備。くそっ、無駄なことさせやがって」

女と痩せこけた若い男がコンロを止め、完成した製品を袋に詰めていく。「エイミー」母親が愚痴っぽい声を出した。「早くしなさい。なにしてるの？」

「ねむいよ」

「旅に出たら寝られるんだから。言いわけしないの」

「チェスターはどこ？」とエイミー。

「あれはあんたの人形でしょ。どこにやったか思いだすのはあんたの仕事」

ルディは取りあげた鹿撃ち用のライフルを痩せた若者に手渡した。「ヘンリー、表に出て道を行け。全員を殺《や》れないようだったら撃つな。応援を呼ばれたら困るからな。いいか、必要ないかぎり撃つんじゃねえぞ。誰かを見たらこっちへもどってこい」

「そうか、ルディ。あんたは……おれをいっしょに連れていく気がないんだろ？」

ルディは嫌悪もあらわに喉を鳴らした。「行け」

ギャンディがブリンの腕を乱暴につかんで外へ連れ出した。ブリンが引きずられ、押しこまれたヴァンの車内には服、スーツケース、ガラクタ、雑誌、おもちゃ、瓶入りの薬品類がぎっしり積まれていた。テープを巻かれた彼女の腕に、ギャンディがロープを回して縛《いまし》めた。

ブリンは言った。「たぶん道路は封鎖されてる。州警察にはヘリコプターがあるし。通り抜けるのはむりね。それから私を人質にしようと思わないで。うまくいかない。私を撃っても撃たなくても、あなたは撃たれる。彼らは先に撃つほうが好きだけど、あとからでも撃つ。そうやって訓練されてるから」

ギャンディは笑いだした。「いまさら必死になりやがって」

「でも取引きはできるわ。あなたと個人的に。私の事務所に連絡して。それで話をつけましょう」

「おれと個人的に？」

「あなたと」

「なぜおれなんだ？　おれが連中と手を切るとでも？　〝やつと組んでこれをやってる〟って言われるに決まってる。おれが緑を大切にのバンパーステッカーを貼って、環境に配慮してそうだからか？　聞き分けがよさそうだって？」

ええ。そのとおり。

「あなたには小さな娘さんがいる。彼女のためにやればいい」
「おれはあれのママとファックしてるだけだ。あれはおれのガキじゃない」ギャンディが引いたドアは空ろな音をたてて閉じた。

†

ジェイムズ・ジェイソンズはモンダック湖からまだ離れた場所にいたが、とりあえずGPSを切ることにした（これは人が思うほど簡単なことではないのだが、彼の場合は特別なスイッチを組み込んである）。ああいう衛星やサーバーには……有罪につながるどんな情報が残ってしまうか知れない。

セキュリティにとっては好都合でも、レストラン探しには不都合だ。それでも金色のアーチを見つけたので立ち寄ることにした。〈マクドナルド〉のドライブスルーでハンバーガー二個にアップルスライス、ダイエットコークを買った。

道路にもどるとスピードを出し、だが制限速度を超えすぎないように車を走らせた。ジェイソンズは、ほっそりして人当たりのいいビジネスマンそのものの外見をしている。しかし飲酒運転の検問で停められただけでも、氏名とプレートナンバーが記録されてしまうおそれがあった。

とはいえ今夜は予定が押していて、かなり無理をしていた。もちろん、速度違反で捕まったときのことは考えてある。車内に流しているジャズは、州警に止められたらステアリングのプリセットセレクターを弾き、キリスト教の説教に切り換える。そして裏がスポンジのイエスの肖像と中絶反対のステッカーをダッシュボードに出す。

違反切符は免れないかもしれないが、車内の捜索はたぶん回避できる。

この夜のジェイムズ・ジェイソンズには、まちがっても車を探られたくない理由があった。食べ物を口にしながら、彼は〈五大湖輸送コンテナ・サービス〉での首尾に思いを致していた。

九十九パーセントのケースでは、敏感な場所を見つけてさわるだけでいい。それですむ。殴る必要も、刺す必要もない。

さわるだけ。

〝マンキウィッツは私を強請るのに、ポーリーだかクリスだかの代わりに、おまえみたいな痩せっぽち野郎を立てたわけだ。それも計画のうちかね？　泣き落としか？〟

ジェイソンズはひとり笑った。すると彼の衛星電話が鳴った。それはイリジウム型の特別製で、信号がカムフラージュシステムならびにマルチライン変換プログラムの両方によりスクランブルをかけられ、そんなデュアルモードの暗号化のおかげでどんな盗聴行為にも、おそらく悪名高い政府のエシュロンにも影響されることはない。

丹念に嚙んでいたバーガーを呑みこんだ。「はい？」

声の主が言った。「あんたの面会がうまくいったらしい」マンキウィッツはみずから名乗ろうとしなかった。エシュロンのキーワードは〝おそらく〟である。

「よかった」

「すでにさる協力の申し出が来てる」

つまりポール・モーガンはメモを読み、分別を働かせることにしたのだ。ジェイソンズは自分がもたらそうとしている情報が、はたしてマンキウィッツの役に立つかと考えた。そうはならず、無駄なリスクを背負うはめになった可能性もある。だがそれも人生の真実ではないのか。

組合のボスが言った。「例の別件で旅行中だな?」

「はい?」

「親戚から聞いたんだが」

それはミルウォーキー市警にいる肥った縮れ毛の刑事のことで、目端の利く男だとジェイソンズは睨んでいる。刑事は鼻薬を嗅がされているどころか、雇われているも同然なのだ。「それで?」

「あっちでパーティがあるらしい」

面倒なことになりそうだった。「ほんとうに? 参加者はわかってるんでしょうかね?」

「血縁はいない。大半は地元の人間だが、もしかすると東海岸の連中が混じるかもしれないな。いま行くかどうかで議論の最中だ」

つまりミルウォーキー市警の出動はなく、地元の、それも郡警だけが出るが、ＦＢＩ――東海岸のファミリー――が動く場合もありうる。非常に厄介な状況である。

「すると、かなりの盛況ってことになりますね?」

「そうだな」

「お祝いの口実について何かご存じでは?」

「なにも」

現地でいったい何が起きているのか、とジェイソンズは思いめぐらした。「それでも参加することをお考えですか？」

〝考える〟と使ったものの、本来口にすべき動詞は〝望む〟だった。

「もちろん、たのしんでくれ。忙しい一日だったじゃないか。パーティはいいぞ」

その意味は――あたりまえだ。つべこべ言わずに行け。で、壊れたところを、どんなことでもして直してこい。

ジェイソンズは怯まず言った。「じゃあ行ってきます。どなたがお見えになるか気になるでしょうから。それにもうそんなに遠くない」

「たのしんで」とマンキウィッツは言った。世界の重みを一身に担ったように。

電話が切れた。

ジェイソンズはソーダを啜り、緑色のリンゴを口に入れた。酸っぱい。店でヨーグルトディップを付けてよこしたが、その味は好きになれなかった。彼はマンキウィッツの慇懃《いんぎん》な声音を思いうかべていた。男はジェイソンズがどの惑星から来たのかもわからず、怖れでもするかのような口をきく。

スタンレー・マンキウィッツは、ミネソタからミシガンにかけての湖岸《レイクフロント》で有数の権力者でありながら、体重はたかだか自分の半分ほどしかなく、朗らかな笑顔を絶やすことのない細身の若者に気後れを見せた。これはある部分、ジェイソンズがイェールで法律の学位を取得し、組合の法務部にオフィスを持つ身ながら、マンキウィッツの下で働いていないことと関係があるのかもしれない。ジェイソンズは〝労使関係のスペシャリスト〟である独立請負人として、独自の力を振るっていた。おのれの領土を所有し——欲しい人材を雇える権力と予算を握っていた。また組合やマンキウィッツのために金を使いながら、いちいち面倒な報告規定を避けて通るやり方も心得ている。

それにライフスタイルの相違ということもある。マンキウィッツは愚かな男ではない。ジェイソンズがこんな行動をするのも、本人の身上調書が——少なくとも口頭で——この組合のボスに届けられているからなのだ。たとえばマンキウィッツは、ジェイソンズが湖岸に近い瀟洒《しようしや》な一戸建てで独り住まいしているのを知っている。母親が息子の家と接する上品なアパートメントに住んでいることも。数年来のボーイフレンド、ロバートが湖岸近くのりっぱなタウンハウスで暮らしていることも。さらにはそのロバートが成功したエンジニアで、たくましいボディビルダーで、ジェイソンズとはホッケー、ワイン、音楽と共通の趣味をもち、来年ふたりが同性婚をしてメキシコへのハネムーンを計画していることも。

だが、ジェイソンズはマンキウィッツが宿題をやってくれることに感謝している。なぜなら、それこそが彼の駆使する魔法なのだから。

〝とくにアリシアは。放課後、あのリハーサル室で三時から四時半まで……たいしたもんだ〟

マンキウィッツはむろん、ジェイソンズのライフスタイルなど気にもかけない。それは〈ローカル408〉の組合構成がブルーカラーで大方が男、ちょっとした機会にビールの度が多少過ぎただけで、大した理由もなくジェイムズ・ジェイソンズとロバートを袋叩きにしかねない連中がいるのを思えば皮肉な話だった。

新たなミレニアムへようこそ。

ダイエットコークで甘くしたリンゴを最後にひと嚙み。

ジェイソンズは二個めのハンバーガーをしまった袋の口をねじった。

クローセンまで四十九マイルの表示を過ぎると、モンダック湖への分岐まであと七・二マイル。しばらく走るあいだにパトロールカーはもちろん、一台の車にも出合わないのをいいことにスピードを七十五マイルまで上げた。

そしてセレクターを弾き、キリスト教のCDをかけたのはもっぱらたのしむためだった。

†

重たいサヴェージ・ライフルを抱えたヘンリーは、小径をルディに指示されたほうへ歩いていた。ポケットからホイルの包みと、それにパイプとライターも取り出した。しばらく迷ったすえ、やっぱりまたしまいこんだ。両手に息を吹きかけ、腕の傷をかきむしりながら先を進んだ。

やがて足を止めたのは広めの道と合流する地点で、そこを行けば水汲み場所にしていた湖に至る。ヘンリーはその場に五分ほどたたずみ、左右にじっと目を凝らした。人影ひとつ見えない。ライフルを木に立てかけ、ふたたびクスリの包みとライターをポケットに探っていたそのとき、暗闇から現われた男がショットガンの台尻でヘンリーの額を殴った。台尻にはラバーが貼られていたけれども、ヘンリーを昏倒させるだけの硬さはあった。頭がのけぞり、目の焦点がブレる。喉から声を洩らしながら手を振りたくり、足をばたつかせた。パッドのない鹿撃ち用ライフルの台尻で気管をつぶされ、のたうちまわるヘンリーの動きは止まった。その一分後には身じろぎもしなくなった。

†

鹿撃ち用ライフルを手にしたハートは、近づいてくる人の気配に身をこわばらせた。だがその正体はルイスで、ルイスは地面に転がる人間に目を落とすとショットガンを拾った。ハートは身体を折り、痩せた男の首を指の外側でふれた。「死んでる。いまは皮膚から指紋が採れるって知ってるか？」

「いや。知らなかった。ほんとに？」

「ああ」ハートはまた手袋をはめた。「どうなってる？」

ルイスは言った。「あの女保安官補のブリンはヴァンにいる。男が連れてくのを見たんだ。縛られてるみたいだったぜ、手が後ろにまわってたから」

「つまり、女たちはヤクの製造者《クッカー》のやさしい懐に飛び込んだわけだ」ハートは力なく笑った。

「今夜はみんなで運命の逆転を体験してる。おれたちはモンダック湖で警官と鉢合わせ、やつらはトレーラー行きだ。女はヴァンでひとりか？」

「ほかは見えなかったね。そこまで近くにいなかったし」

「するとミシェルは？」

「さあ」

ハートはライフルのボルトにあるキャッチを押し、本体からはずしたボルトを投げ捨てた。銃本体は反対の方向へ放った。ライフルより拳銃をあつかうほうが得意なのだ。しかもボルト・アクションは数秒ごとに一発しか撃てない。その時間があればグロックの十五発入りのクリップを空にしたうえ、再装填もなかば終わっている。

男たちは音もなくキャンピングカーに向かっていった。

「なかに何人いる？」ハートはささやいた。

「あんまりよく見えなかったけど。まちがいないとこで男がもうひとり——それとブリンをヴァンに押しこんだ男。女もひとり」

ハートはルイスのことを眺めまわした。ルイスはキャンピングカーを見つめながら、ショットガンの台尻をいじりまわしていた。目にとまどいの色がある。

「コンプ？」

「えっ？」ルイスは目を上げた。

「やるしかないな」

「ああ」

「おまえの考えてることはわかる——べつに悪さをされたわけじゃない。でも連中はスピード中毒なんだ、コンプ。覚醒剤《メス》をつくってる。どうせ一年たたないうちに死ぬんだ。ヤクのやり過ぎか焼け死ぬか、縄張り争いで怨みを買って殺《や》られるか。こっちが早いってだけさ。連中にとってもこのほうがいい。ブリンを捕まえてミシェルを見つけたら、ふたりを始末して終わりにしよう」

ルイスはヴァンを見ていた。

「手順はこうだ。連中は商売だから銃を持ってるはずだ。さっき、ブリンの亭主としゃべって時間稼ぎをしたけど、むこうが話を信じたわけじゃないし、警察が公園まで車をやって事情を探らせてないともかぎらない。これはもうあの別荘には警官がいて、こんな静かな晩なら音もとどくって思っといたほうがいい。銃声を聞かれちまうってことさ。だから撃ち合いをはじめたら早く終わらせることだ。一刻も早く」

「ああ」

「あのライターはおまえのか？」

「いつも持ち歩いてる。バーでレディに火を貸せるようにさ」そのひび割れた声はジョークにそぐわなかった。

「思いやりがあるんだな、煙草を吸わないくせに」ハートが微笑すると、ルイスは短い笑い声をあげた。「よし、おまえはキャンピングカーの右手に回れ、ドアのないほうだ。枯れ落葉を集めて、ビニールかゴムもあったら拾え。キャンピングカーの下で火をつけろ。小さくていい。火が燃えひろがるとこっちに注意が向くから。煙が出りゃいいんだ。なかにアンモニアとプロパンがあるから、連中は泡食って飛び出してヴァンに向かう。その出てきたところを……いいな？」

ルイスはうなずいた。

「おれがフロントのドア、おまえが後ろ。弾は込めたか？」

「込めてある」

ハートは手にしたグロックをチェックすると、予備のクリップが上下逆さまに、左手で装塡しやすいようベルトの右側に挿してあるのを確認した。

「そっちのＳＩＧも使えるようにしとけよ」

ルイスが上着のポケットからクロムメッキされたオートマティックを抜き出し、腰のベルトに挟んだ。

ハートはその提案にたいして皮肉のひとつもなく、反対もないまま受け入れられたことに気づいていた。

ルイスが不安そうに笑った。「そうだ、おれたち、ガンマン二人組だもんな」

「ゆっくり、音をたてずに動く。火をつける。そしたらもどってこい。連中を炙《あぶ》り出しといて撃つんだ。車に乗りこんで殺るのだけは避けたい。三人いるって言ったな？」

「ああ、でもいま思うと、あの女は顔をよそに向けてしゃべってた。男ふたりのほうは見てなかった。ほかに誰かいるのかもしれない」

「わかった、じゃあ四人のつもりでいこうか」

†

全長十四フィートのヴァンの後部で、ギャンディがブリンを縛りつけるのに使ったのは太いナイロン製のロープ——丈夫だがすべりやすいものだった。ブリンはどうにかそれを解いた。

後ろ手に巻かれたテープのほうは思いどおりにできないまま腰を浮かせた。降りた状態のドアロックノブを上げることができない。そこでフロントシートへ移ろうとしてシフトレバーにつまずき、ダッシュボードで頭を打った。目がくらんでしばらく突っ伏していたが、気を取りなおすとグラブコンパートメントに背を向けて蓋をあけた。中身は書類、あとは空。

ブリンは助手席に倒れこんで息をついた。フロントシートへ移動したのと、ギャンディの妻から棍棒で殴られたせいもあって腹筋に激痛が走ったのだ。アームレストのロック解除ボタンを押そうとやってみたが、縛められた手はわずかにとどかない。ヴァンの内部を見まわしてみても、あるのはガラクタに箱、買物袋。ナイフも工具もなかった。電話もない。ブリンはシートにもたれ、絶望に目を閉じた。

と、背後に女の悲鳴が。

「ミシェル」とブリンはつぶやいた。ミシェルがもどってきたのか、湖で見つかって連れもどされたのか。ブリンは振り向いた。だが窓はフロントのほか、後部のドアに二枚あるばかり。それも泥で汚れて曇っている。

サイドミラーを覗くと、煙が夜の闇に立ちこめていた。キャンピングカーが燃えているのだろうか。覚醒剤の製造で、火事で焼け死ぬ事故は後を絶たない。

女の子がなかにいる！　ブリンは焦燥に駆られた。

ふたたび声がした。「だめ、やめて！　おねがい！」声の主はミシェルではない。エイミーの母親だ。

そして乾いた銃声。

ショットガンの轟音。

さらに四、五発。間があいたのは、弾を込めているからだろう。また銃声。静寂。やがて恐怖だか絶望に駆られた甲高い声。男か女か子供か……ブリンには判断がつかなかった。

もう一発。

ふたたび静寂。

どうかあの子が無事でありますように。どうか……小さな女の子の顔が思いうかぶ。

サイドミラーに動きが映った。拳銃を持った人影が、キャンピングカーの周囲と近くの茂みに目をくばりながら歩いている。

男はふとブリンの座るヴァンに向きなおった。

ブリンは自分の手を自由にするものはないかと、あたりを見まわした。シートの間にあるシフトレバーに手を掛け、粘着性のあるテープを切ろうと擦りはじめた。端《はな》から無駄な動きだった。

外に目をやると、いまや人影はまっすぐヴァンを見据えている。

†

トム・ダール保安官は、キッチンに横たわるふたつの死体を見おろした。三十代のビジネスウーマンは仕事を終え、のんびりした週末をたのしみに靴を脱ぎ捨てたといったふぜいだった。

もうひとりは年のころが女に近い堅肥りで、学生気分を引きずったモップのような髪をしている。ハンボルトの〈コーナー・パレス〉に行けば、そこでビールを飲んでいそうな男だ。床に大きな血溜まりができていた。

大概の法執行官が経験で身につけていく強さを具えたダールだが、今度の事件に関してはショックを受けていた。ケネシャ郡における死亡事件の大多数は事故、それも屋外で起きるものだった。ホームレスの凍死しかり、交通事故しかり、労働作業中の事故およびスポーツで不可抗力が働いた場合しかり。こんなふうに若い夫婦が自宅で、暗黒街さながらの殺され方をしたのを見るのは辛かった。

夫妻の手は生白い。このあたりの死人の手は赧《あか》らみ、胼胝《たこ》ができているのがふつうだ。

かてくわえて保安官補が——ひそかなお気に入りで、自分の娘にしたいと思うような部下が——小火器の銃火でタトゥーをほどこされた家から姿を消している。

ダールはゆっくり息を吐いた。

階段を降りてくる足音がした。「客は？」とダールが声をかけたのはエリック・マンスである。ダールはこの現場へ出すのに、マンスではなくクリステン・ブリン・マッケンジーを選んだ。今後の展開がどうあれ、保安官事務所ではこれから先もマンスの存在によって、事あるごとにその決断を思い起こすことになるだろう。

「影も形も」

ひとまずほっとする。ダールは女の遺体が二階の寝室で発見されるものと覚悟していた。殺されて、それもおそらくすぐにではなく。

マンスが言った。「女性は犯人たちに連れていかれたのかもしれません。あるいはブリンといっしょにいて、どこかに隠れているか」

そうであることを祈ろうと考え、ダールはごく短くそれを実行した。

そこへ連絡がはいった。ブリンドル特別捜査官によると、ＦＢＩはマンキウィッツの事件の証人だったエマ・フェルドマンの死亡をうけ、捜査官数名を派遣したという。やはりこちらに向かっている州警察の署長はＦＢＩ嫌いで、つまらないことにやたら嘴を容《い》れてくる男だが、ダールにすれば人数がふえるのは大賛成だった。優秀な警官が多すぎて犯人が逃亡したためしはない。まあ、たいていの場合は。

州警の鑑識班も出動したということで、ダールは証拠品の保全をはかるかたわら、事件の経緯と、ブリンとフェルドマン夫妻の友人の行方を徹底的に探るよう部下に命じた。

パズルの重要なピースが見つかるまで時間はかからなかった。窓越しの銃撃、屋内外での発砲、残されていた足跡は、容疑者が男性二名であることを示唆している。ブリンの制靴は家のなかに、友人のシックなシティブーツはフェルドマン夫妻のメルセデスのそばに脱ぎ捨てられていた――ふたりとも実用的なハイキング用フットギアを選んだ。ひとりは怪我をしてステッキか松葉杖をつき、片足を引きずっているようだった。

ガレージの正面に駐められたメルセデスはタイヤ二本を撃ち抜かれ、窓は粉々にされ、開いたフードの内部からバッテリーケーブルが垂れさがっている。もう一台の車が去り際に砂利を飛ばし、ゴムを焦がしていた。パンクしたタイヤで無理やり走ったのだ。

だがそんなジグソーパズルのピースでは、全体像はまるで見えてこない。居間の暖炉の前に立ちつくしたダールは自分なりの見解を出した――お手上げ。われわれの手にはある。

それに、ブリンはいったいどこなんだ？

〝エリックは？〟

〝あいつじゃないほうがいい。きみも知ってのとおりだ〟

ダールは木造の部分に何かを認めた。「誰か『ＣＳＩ』をやろうってやつは？」彼はマンスを見つめて不機嫌そうに言った。

保安官補はダールの指さす箇所を調べた。刳り形《モールディング》の部分から銃弾を掘り出した者がいるらしい。「私には」と弁解がましく答えた。

なぜほかを残してわざわざ一発だけを抜くのか。なぜ？　本人のＤＮＡが付着していたのだろうか。

たぶん、だとすれば怪我をしている。

さらに言うとプロのしわざだ。ケネシャ郡で犯罪にかかわってくるのは、およそＤＮＡがどんなものかも知らず、それを現場に残すことなどおかまいなしという人間である。

殺し屋。

よし、考えろ。ふたりの男はエマ・フェルドマンを殺すために雇われた。それを確実にこなしたうえに夫まで殺した。そして、夫妻の車に同乗してきた友人の存在に不意を衝かれた。殺し屋が現われたとき、その友人の女性は散歩に出ていたか二階でシャワーでも浴びていたのだろう。

もしくは、男たちを驚かせたのはブリンだったかもしれない。

誰かが、おそらくはブリンが男のひとりを撃って負傷させ、男は壁から自分のＤＮＡが付着した銃弾を掘り出したのだ。

しかし、その後は？

犯人は自分たちの車を乗り捨て、ブリンの車を奪ったのか。夫妻の友人とブリンは彼らの人質にされたのか。女たちはハイキングブーツに履き換えて森に逃げこんだのか。

ふたりは死んだのか。

ダールは無線でハウィ・プレスコットを呼び出した。その大柄の保安官補はレイク・ヴューの２番と３番の間にあたる、足跡が発見された湖岸近くにいた。いまは何らかの手がかりが残っていないか探っているところだった。プレスコットは事務所一のハンターで、体重二百八十ポンドの図体で獲物に忍び寄っていくその技は同僚にとっても神秘に満ちている。

「どうだ、ハウィ？」

「いや、なにも。でもここは夜みたいに暗いですから」

夜みたいに暗いとは、とダールは思った。いまは夜の夜中じゃないか。

「捜索をつづけろ」

ダールは幼児が飲み物のカップでやるように、銃のグリップをもてあそんでいたエリック・マンスに言った。「早く人手《ボディ》を……」と不穏当な言葉に口ごもってから、「早く捜索の手をこちに寄越してもらいたい。多ければ多いほどいい。だが武装が条件だ。ボランティアは不可」

マンスは捜索隊の招集にパトロールカーへ走った。

ダールは外に出て湖のほうを見やった。低い月のせいで、湖面の明るさがほぼ帳消しにされている。

ダールの無線が鳴った。「こちらピート」

「どうぞ」

「いま1番のドライブウェイにいます。まだチェックは完了していませんが、伝えておきたいことが」相手は息を切らしていた。「トラックが一台通り過ぎました。白いピックアップ。そちらに向かってます」

トラックが一台。

「乗っているのは？」

「見えませんでした」

「わかった。家を調べろ。何か見つけたら知らせてほしい」

「了解」

「お客だ」保安官はマンスに告げるとプレスコットを呼び出し、その車輛から目を離すなと命じた。

ゆっくり接近してきた車がドライブウェイにはいる。

ダールとマンスの手は武器に伸びていた。

だが車は脅威ではなかった。

ただし、事態を複雑にする存在にはちがいない。

運転席を降りたグレアム・ボイドは、荷台の乗客であるあいまいな三株の低木を後に残し、迷わずダールのほうに歩いてきた。

「彼女はここにいないんだ、グレアム。われわれにも居場所がわからない」

「見せてくれ」大男は動揺した声を出しながら家へ向かおうとした。

「だめだ、家には入れられない。死体がある。銃で殺害された。犯罪現場なんだ」

「あいつはどこにいる？」グレアムの声音はざらついた。

保安官は男のごつい肩に腕をまわして家から遠ざけた。「われわれの推測では、ブリンとその被害者の友人は逃げている」

「逃げている？　どこへ？」

「はっきりしたことはまだわかってない。いまこっちで捜索チームをつくってる」

「なんてこった」

「とにかく、われわれに仕事をさせてくれ。辛いのはわかる。だが、ここはわれわれの顔を立てて自宅にもどってくれないか。たのむ」

ふたたび無線が鳴った。「保安官、ハウィです。湖岸の捜索で発見が」

「つづけろ」

「車が道路から脱落してます。湖に突っ込んだらしく」

「らしく？」ダールは声をとがらせた。「つまり突っ込んだのか？」

間があいた。「ええ、突っ込んでます」

「どこだ？」

「懐中電灯が見えますか？　こっちから合図を送ってます」
二、三百ヤード先の闇のなかで、黄色の点が揺れていた。

グレアムが怒鳴った。「残骸は、色は？」

逡巡があった。ダールは質問を反復した。

プレスコットが答えた。「ここにバンパーがあります。ダークレッドです」

「ああ、くそっ」グレアムが言うなり走りだした。

「ちくしょう」ダールは吐き棄て、マンスと車に乗りこんだ。マンスの駆る車は途中でグレアムを後ろに乗せ、湖岸まで行った。

スリップ痕、エアバッグの破片、削れた岩、パーツの一部――ライトの赤いプラスティック、ガラス――それに岸近くの油膜とくれば、もはや疑う余地はない。車は道をはずれて岩棚に当たり、その勢いで水中に突っ込んだのだ。

「なんてことを」とグレアムがつぶやいた。

これがシナリオにどう影響するか。車に乗っていたのは誰なのか。

あるいは、まだ車に乗ったままか。

「彼女の車って決まったわけじゃないからな、グレアム。車に乗ってたかどうかも」

「ブリン！」と夫は叫んだ。その声が湖に谺した。グレアムは岩をかきむしった。

「やめろ！」とダールは言った。「犯人の所在がつかめてない」それからマンスに向かって、「州警に連絡しなおせ。ダイバーとウィンチ付きのトラックが必要だ。場所はモンダック湖。西岸。水深はむこうでチェックできる……グレアム、だめだ。そこも犯罪現場なんだ。荒らされては困る」

グレアムは何かをすくいあげると膝をついた。顔をうつむけて。ダールはまた大声を出しそうになったが思いとどまった。

「こっちへ連れてきましょうか？」とマンスが訊いてきた。

「いや。やらせておけ」ダールは注意深く岩をつたって汀《みぎわ》まで出た。悪いほうの脚に痛みが走る。

のろのろと立ちあがったグレアムが、保安官にハグストローム製の郡地図を手渡した。その水びたしの表紙には、マーカーで〈保安官補　K・B・マッケンジー〉と書いてあった。

ダールは一瞬、グレアムが妻を捜して湖に飛び込むのではないかと思った。それを引きとめようと身構えた。だが大男はなにもしなかった。肩を怒らせて黒い湖水に視線を走らせていた。

無線が音をたてた。「保安官、ピートです。現在地はレイク・ヴューの1番。無人で封印されてます。しかし、家の裏手に車が乗り捨てられていました」

「乗り捨てられた？」

「つい最近に、という意味です。照合したところ、数日まえにミルウォーキーで盗まれたものでした。決め手は自動車登録番号《VIN》です。プレートは年式と一致してるんですが、この識別番号がちがってました。しかも車体側面に弾痕が二発あって、リアのタイヤ二本が撃ち抜かれてます」

つまり、その車はフェルドマン邸のドライブウェイを、車体を引きずって出たことになる。

ダールはグレアムの存在を意識すると、ブリンの夫がどこかへ行ってくれないものかと必死に念じた。だが時間を浪費することはできない。「トランクをあけろ。中身を確認して知らせろ」

「あけました、保安官。空です」

主よ、感謝します。

「で、家宅侵入はないのか?」

「ええ、周囲をめぐってみました。こっそり錠を破り、施錠しなおしてる可能性はなきにしもあらずですが」

「気にするな。つぎの家にかかれ。2番だ」

「了解」

「おまえもあっちへ行け」ダールはプレスコットに命じた。

大柄の保安官補がうなずき、泥道を歩きだした。

長い沈黙のすえ、グレアムが目をこすりながら湖を覗きこんだ。「そんなに深いとも思えない。あいつなら脱出できる」

「そのとおりだ」

「あんたは信じてないんだろう? あいつが死んだと思ってる。でも、あいつは生きてる」

「そんな、私はなにも言ってやしないぞ、グレアム。彼女はタフだ。それもとびきり」

「一帯を捜索してもらわないと」

「そのつもりでいる」

「いますぐにだ! 州警を呼んでくれ」

「彼らはこっちに向かってる。もう連絡済みだ」

「FBI。こういうときこそ連中の出番じゃないのか?」

「ああ。彼らも来る」

グレアムはレイク・ヴュー2番を振りかえった。ちょうどピート・ギブズが車を停めるところだった。

あれこれ難題を抱えるダールだったが、あの家で自分の部下と来客がフェルドマン夫妻のごとく息絶えていないようにと、無言の祈りを捧げる心の余裕はあった。「家にもどってくれ。ジョーイのそばにいてやれ。ジョーイにはきみが必要だ」

そのとき、金属的な音のするスピーカーからうわずり気味の声が流れてきた。「ここは異状ありです、保安官」ピート・ギブズからの連絡である。

「つづけろ」

「侵入されてます。しかも二階の窓にいくつか弾痕がある模様」

「エリックが合流するまで待機しろ」ダールが顎をしゃくると、若く有能な保安官補は一散《いっさん》に駆けだしていった。

「いまは無人のようです」とギブズ。

「その場を動くな」

「わかりました」

「エリックが来たら行動しろ。ただし、なかには犯人がいるものと思え。しかも武装してることを忘れずに」

グレアムは家のほうを見つめるダールに背を向け、湖岸に視線を這わせている。数分が経過して、ダールは銃声を待って息を詰めている自分に気づいた。

ようやく無線から聞こえたのは、からかうような雑音だった。

伝言はなし。

ダールとしてはコールバックで部下の無線を鳴らし、その居場所を明らかにしてしまうのは避けたかった。

反応なし。

くそっ。

やがてエリック・マンスが連絡してきた。「家はいま無人ですが、トム。彼らはここにいたんです。銃撃戦があった。でも死体はない。ですが、不思議なものを見つけました」

「不思議って、エリック。不思議じゃわからない。説明しろ」

「二階の寝室です。浴室の床じゅうにアンモニアがぶちまけられてます。赤ん坊のおむつ捨てみたいな臭いがして」

「アンモニアか」

「それとブリンの制服を発見しました。一式」

グレアムが緊張を見せた。

「びしょびしょに濡れて泥まみれで。クローゼットとドレッサーがあけっ放しになってます。たぶん、ここで服を着換えていったんじゃないかと思うんですが」

ダールが目をくれたグレアムはほっと目を閉じた。

「保安官、ハウィです。表にいます。二組の足跡を発見、どうやら女性の小さめのものが、家の裏手の森へとつづいてます。小川まで行ってフェルドマン邸に引きかえし、そこでとぎれてしまいました」

「了解した」ダールはグレアムのたくましい肩に腕をまわし、パトロールカーまで連れもどそうとした。「いいかね、これできみの女房が無事車を脱出したことがわかった。生きつづける方法を知ってる人間がいるとしたら、それは彼女だ。つまり、私はそのことを事実としてわきまえてるんだ、グレアム。彼女があのトレーニング課程へ参加するのに、支払い請求書にサインしたのはこの私だよ。ああ、あんなにいろいろやる彼女のことを、陰で〝女教師〟呼ばわりするやつもいる。ただしおれがそんな話をしたってことは、本人には言わないでくれ。さあ、きみのトラックまで乗せていく。きみもおれも、ジョギングするには薹《とう》が立ちすぎた」

†

ヴァンの自動ロックがカチリと音をさせた。

ブリンが振り向くと同時に助手席のドアが開いた。

ハートは銃を構えて車内にじっくり目を走らせた。そしてブリンの手がテープで拘束され、ほかに乗員がいないことを見てとった。

ドアがしまる。

銃をしまったハートは、フロアに置かれたがらくたの山とフロントシートのすぐ後ろを探りはじめた。

ブリンは言った。「あのキャンピングカーにいた女の子は？　小さな子」

「火事は？」

「いや。あの子は大丈夫」

「目くらましだ。キャンピングカーは燃えてない」

ブリンは目を転じた。煙が晴れている。男は真実を話していた。

ハートは漂白剤を見つけて蓋をあけ、血だらけの手袋とキーを浸した。それから革のジャケットのほころびに液体を注ぎかけた――ミシェルに撃たれた痕らしい。ハートは痛みにゆっくりと息を吐いた。

塩素の悪臭がブリンの目を刺す。ハートも同様だった。ふたりは目をしきりに瞬いた。

「ヤクの常用者は……針と血がね。いまどき用心に越したことはない」なんだか煙のことを詫びているふうでもある。ブリンのことを睨《ね》めまわしたハートは、そのひどく腫れた頰を認めて顔をしかめた。

「嘘を言ってない？　あの子、生きてる？」ブリンは相手の目に見入った。ハートは視線を返してきた。

「娘か？　ああ、言ったとおりさ。母親、あれが母親なら、そっちはだめだな。ほかの連中も……じつは連中、キャンピングカーから火が出たと思ってガキを置き去りにした。外に飛び出したんだ。戦うつもりだったのか。それとも子どもは燃やしちまうつもりだったのか」

ブリンは男をつくづく眺めた。いかつい顔、グレイの目、長い髪は色が濃くぱさついている。あばた面。ブリンも娘のころにはニキビに苦しめられたものだった。でも大学に入学すると嘘のように治った。男はハンサムというわけではなかったけれど、揺るぎない自信を発散しているところに独特の魅力があった。

「ブリン」男はぽつりと口にした。

どうして名前を知っているのだろう。ギャンディが死ぬまえに話したのか。いや、まさか。男たちはレイク・ヴュー・ドライブ2番の家の寝室へ行った。そこでブラウスに付いた記章の名前を目にしたのだ。

「ハート」

男は疲れた笑顔でうなずいた。「仲間がちょっとしゃべりすぎた。それでバレたな」

「その仲間の名前だけど？」

笑顔は消えない。

ブリンは言った。「女の子がどこにいるのか教えて」

「キャンピングカーの自分の部屋だ。チェスターって名前の人形とベッドにはいってる。おれが見つけてやった。ウサギだったかな。よくわからないが」

「彼女を置いてきたわけ？」とブリンは詰め寄った。「外に目をやって、母親の遺体を見てしまうかもしれないのに？」

「いや、仲間がいま全員を森のなかに移してるところさ。女の子にはじっとしてろって言い聞かせてある。じき朝になったら、この公園には一平方フィートあたりで警察学校より多い警官が集まってくる。連中が見つけてくれるさ」

「死んでるんでしょ？　子どもまで殺したのね」

ハートが表情を硬くした。ブリンが疑いを挟んだことに動揺している。「いや、おれは殺してない。あの子はチェスターとベッドにいる。言ったはずだ」

ブリンは男を信じることにした。

「それで、何があった？」とハートは訊いた。「森であの野郎と出くわして、あんたはここで電話を使わせてもらうことになった。で、ヤクの製造所にうっかり足を踏み入れたのか」

「はいるまえからわかってた。でも気づくのが遅かった」

「臭いがしたんだろう？　アンモニアの？」

「そう。あと塩素と。プロパンの燃える臭いも」

「おれもそれでわかったよ。あの湖のそばにいたら臭いが流れてきた」

「風向きが変わったのね。この近くに来るまで、こっちには臭いもしなかったから」

ハートは伸びをした。「まったく。なんて夜だ。こんな大勢の人間と顔を合わせるなんて、ふつうここではありえないだろう、この……なんて郡だったかな？」

「ケネシャ」

男はまたブリンの顔の傷に目を向けてきた。化膿や痛みの程度を観察しているのだ。ミシェルの居場所について彼女が口を割るまで、どれくらいかかるか推し測っているのだろう。

永遠。

本当にそうだろうか。

ハートはまるでブリンの心を読んだかのように、「友だちのミシェルはどこにいる？」と静かに言った。

「知らない」男たちはミシェルのバッグを見つけたのだ。ミシェルの名前も住所も知っている。

ハートがシートのなかでわずかに身をよじり、顔を曇らせたのは、どうやら撃たれた腕が痛むせいらしい。「どこの名前だ——ブリンって？」

「ノルウェー」

ハートは納得してうなずいた。「でも、ミシェルのことでは、あんたは嘘をついてる。ほんとは居場所を知ってるくせに」じっさい腹を立てているようでもあった。あるいは傷ついていたか。やがて「今晩、ある人と話したよ。電話で」と言った。

「ある人？」

「あんたの亭主」

ブリンは無言のまま、最初は相手がブラフをかけてきていると考えた。だが自分の電話が彼らの手に渡っていることを思いだした。グレアムがかけた電話にハートが出たのかもしれない。

「警官のふりをしてね。あんたが遅くなるって言っといた。むこうは真に受けた。と思うな。誰もあんたを助けにこない。で、あんたが変に期待しないうちにバッテリーははずしといたから。追跡はできない。さて、女はどこだ？　ミシェルは？」

ふたりはたがいの視線を受けとめた。そんな気安さにブリンは驚いた。

「あなたは彼女の友人を殺した。彼女のことも殺そうというあなたに、その居場所を教えられると思う？」

「つまり」ハートはうなずきながら言った。「ミシェルは夫婦の友だちだった？　それで今度の騒ぎに巻き込まれたってわけか」笑い。「そいつは間が悪かったとしか言いようがないな。

今夜はいろんなことが起きる」

「あなたとはここで話をつけておかないと」

「こんなのはあんたにとって初めての経験だろうし。おれにとってもだ」

「何が？」

「おれたちが今晩やってるゲームのことさ。まるでポーカーじゃないか。ブラフの掛け合い。騙し騙されて」

〝ポーカー……〟

「おれの仲間がこんな話をしてくれた。やつのおふくろさんだか、ばあさんだか忘れたが、トリックスターっていうのがいるって。神話っていうか、おとぎ話に出てくる。そいつがありとあらゆる厄介事を惹き起こすんだそうだ。おれは一晩、あんたのことをそう呼んできたんだよ、ブリン」

トリックスター、とブリンは心の内でくりかえした。

ハートはつづけた。「レイク・ヴュー2の家にあったあのテレビ——女たちがしゃべってるチャンネルをつけた。あれはさすがだった。それにドアの上のアンモニア。でもいま思うと、あれは落とすつもりで仕掛けたんじゃないんだろう？　あんたなら、救助隊員や警官仲間の目をつぶしかねないって気にするはずだ。おかしな話だが——卑怯な罠を思いついたのがあんたじゃないとわかって……おれもほっとしてるところさ」

ブリン・マッケンジーは笑いをこらえ、男を喜ばせないようにした。

「それからカヌー。岩棚の血も」

「あなたも三輪の車に乗った」とブリンは応じた。

「でも、騙されなかったんだろう？」

「同じ科白《せりふ》を返すわ。結局あなたはここにいて、私を見つけたんだから」

ハートは女のことを眺めた。「岩棚に流れた血。あれはわざわざ自分で切ったのか？」

「ケチャップは持ち歩かない主義だから」ブリンは頭をかしげ、髪の毛に付いて固まった血が見えるようにした。「岩棚の懐中電灯には騙された。もしかしてTシャツでロープをつくったわけ？」

「ああ。仲間のでね。おかげで見たくもないタトゥーを見せられるはめになったよ。木の枝もつかって吊りさげて、風で揺れるようした」

「でも、どうやって私たちを見つけたの？」

「ブラックベリーで」

ブリンは頭を振り、悲しげに頬笑んだ。相手は衛星を味方につけていたのだ。自分のほうは玩具まがいの手製コンパス……それでも負けず劣らず働いてくれた。「保安官事務所じゃ買ってくれない」

「おれはあんたたちがあのトレイル、〈ジョリエット〉に向かって、そこから北へ行くと踏んだ。で、インターステイトかポイント・オブ・ロックスに出る気なんだろうって」

「インターステイトに出るつもりだった。登りはきついけどそのほうが近いし、ハイウェイにたどり着くころには走るトラックの数も多くなってるはずだし」

「よく迷わなかったな？」

「方向感覚がいいから」ブリンは男をじっくり見た。「なぜこんなことをするの、ハート？無駄なことよ」

「なあ、ブリン、人質交渉術を基礎からはじめるには、おれたちは気が利きすぎてる」

ブリンはなおもつづけた。「殺人で罪を逃れる犯罪者は二パーセント未満——それもたいていドラッグがらみで、誰も被害者のことを気にかけなかったり、容疑者が多すぎて捜査する価値もないっていう場合。でも今夜は……警察はあなたが捕まるまで動きを止めない……あなたは頭も悪くないしね、ハート」

ハートはまた傷ついた顔を見せた。「ずいぶん恩着せがましいんだな……しかも仕掛けが安っぽい。こっちは敬意をもってあんたと接してきたのに」

男の言うとおりだった。ブリンは思わず謝りそうになった。

ハートは伸びをして撃たれた腕をさすった。弾痕はジャケットの裾近くにあった。骨と重要な血管ははずれているらしい。彼はふと口にした。「おたがい、ろくでもない道にはいったもんだと思わないか、ブリン？」

「私たち、同じ道にはいったわけじゃないわ」ブリンは嘲笑を隠さなかった。

「いや、同じさ……たとえば今夜。おれたちがここに来たのは、やると決めた仕事を片づけるためだ。で、いまやおれたちは同じ目標を掲げてる。相手を阻止して、さっさとこの森から生きて出ること。あんたの小切手を書くのが誰で、おれのを誰が書くなんてほんの些細なことでね。おれたちがなぜここにいるかなんて大したことじゃない。大事なのは、おれたちがいまここにいるってことなのさ」

ブリンは吹き出した。

だがハートは、相手が自分の主張を認めたとばかりに話をつづけた。しかもブリンの目を見つめて快活に。「でも、それがすべてに通じるんだって思わないか？　今夜のこのくだらない騒ぎだって。おれはそう思うね。自分の人生、何かと換えたりなんかできるもんか。まわりの世間を見てみろよ——歩く屍だ。あれはただの死体なんだ、ブリン。のらくらして、自分にとっては痛くもかゆくもないテレビを見て、焦ったり怒ったりしてる。仕事へ行って、家に帰って、てめえの知りもしない、どうでもいいことをしゃべって……まったく、退屈で死んじまうんじゃないか？　おれには耐えられない。それじゃ物足りないんだよ、ブリン。あんたはどうだ？」彼は怪我をしていないほうの手で首をさすった。「女の居場所を教えてくれ。たのむよ。このままだとろくでもないことになる」

「教えたら私を見逃してくれるわけ？」

やや間があって、「いや、それは無理だな。でも、おれはあんたの電話番号を知ってる。あんたに亭主がいることも知ってるし、たぶん子どもがいるってこともね。教えてくれたら家族には手を出さない」

「あなたのフルネームは？」

男は首を振り、眉をひそめてみせた。

「じゃあいい。苗字か名前がハート、聞いて。あなたを逮捕する。あなたには黙秘する権利がある」ブリンはミランダ警告を読みあげていった。彼女は保釈保証人が差し出すようなラミネート加工されたカードを使った経験がない。ずっと昔にその内容を暗記していた。

「おれを逮捕するつもりか？」

「あなたの権利は理解できた？」

ハートはたのしそうにして言った。「あんたが女の居場所を知ってることはわかってる。合流する場所をどこかに決めてるんだろう？　わかってるんだ。なぜって、おれならそうするからさ」

その後の沈黙を破って、ハートはつづけた。「人生っておかしなもんだな。すべてが完璧に見える。計画、背景、調査、詳細。あのうさん臭い人的要因《ヒューマン・ファクター》ってやつにも目をくばる。道を確保して脱出路もぬかりなく、目くらましが必要なとこにはまえもって目くらましをしておく。それでいて小さな問題が起きてくる。赤信号がやたら多かったり、タイヤがパンクしたり、事故渋滞があったり。新しく手に入れたばかりのデザートイーグルの四四口径を使いたくてうずうずしてる頭のイカレた警備員が十分早く仕事に着く。それはなぜかって、目覚ましが鳴るまえに起きたから、それも二ブロック先で飼われてる犬がリスのせいで吠えだしたから……」

男の声が消え入った。手袋をはめた指を開き、かすかに顔をしかめながら左腕を動かした。

「そうやって計画は煙のように消えてなくなる。失敗するはずのない計画が失敗する。今夜がまさにそれさ、ブリン。あんたとおれの両方で」

「私の拘束を解いて、武器を渡しなさい」

「本気でおれを逮捕する気か？　それもいきなり？」

「気がついてないようだけど。もう逮捕したのよ」

ハートはまた伸びをした。「おれももう若くない」左腕をさすった。「結婚して何年になる?」

　ブリンはそれに答えなかったが、手袋をはめたハートの手を無意識のうちに見やった。

「結婚はおれの性に合わない。そっちはどうだ、ブリン?……それで、ミシェルはあんたにとってどんな存在だ?」

「仕事。彼女は仕事の対象」

「仕事ってそんなに大切なものか?」

　ブリンは皮肉っぽく——そして辛そうに眉を寄せた。「あなたなら答えは知ってるでしょう」

　ハートは口にしかけた言葉を呑みこんだ。やむなくといった感じで小首をかしげた。

「あなたは夫と話したかもしれないけど、夫のことは知らないわ。彼はもう動きだしてるはず。十時のニュースを見ながら寝込むような人じゃないから」

　またしても男の顔に失望が浮かぶ。「嘘だな、ブリン」

　ブリンは息をすこしずつ吸った。「たぶんね」と思わず口走っていた。「じゃあ、わかった。嘘はなしよ、ハート。グレアムは寝てしまったかもしれない。でも、彼は朝四時にはトイレに目を覚ます。時計みたいに正確に。それで私がいないとなったら、彼は私のボスに電話をするだろうし、ボスの第一報で州警察が動員されることになる。あなたには時間はあるけど、たっぷりじゃない。私の口からミシェルの居場所を言わせるにはちょっと足りないかも。で、これは嘘じゃないから」

「オーケイ、それでおれたちにできるのは……」ハートの声がとぎれた。

　ブリンは笑いだした。「あなた、いま嘘をつこうとしたんじゃない?」

「ああ、そうだ」ハートはにやりとした。

「こっちに気を持たせるつもり？」

「そのとおり。でも失敗だな」ハートはポケットから地図を出した。それをふたりの間にひろげて置き、現在地にあたる不明瞭な道をしめした。頭上のライトをつけた。「女はどこだ、ブリン？」

青い小さな点がミシェルの待っている湖だった。「教えるわけにはいかない」

ハートは頭を振った。「なあ、痛い思いはさせないから。そんな卑怯な真似はできないしな。それにそっちの家族は無事生きのびる」

「そうね」

男は抜いた銃に目をやった。「でも、か……わかってくれ」

男の気の迷いがブリンには意外だった。だが最後には撃つ。この期におよんで、彼女はこの場面では自分がゲームに勝ったと感じていた。また一方で、深い悲しみとともにおのれの敗北を意識した。それは自分が死を迎えるからではない。このヴァン、この森、この公園を遠巻きにして離れない理由がいくつもある。

ぎこちない沈黙は、はじめてのデートが終わりに近づいたカップルをつつむ雰囲気に似ていた。

「ハート、これがあなたの最後のチャンスだから」

男は笑った。

「９１１通報をしなさい。本気で言ってるのよ。私から地方検事に寛大な処置をお願いする。

ふたりの間にこれ以上嘘はないわ、ハート。ほんとうよ」

男はうつむいて、黒い拳銃をぼんやりもてあそんでいる。

「自首したらどうなの？」とブリンはたたみかけた。

「答えはわかってるくせに」

ふたりは寂しい笑顔を向けあった。

やがて窓の外を見たハートがかすかに顔を曇らせた。「おい――？」

ヴァンが動いていた。斜面を下ってスピードを上げていく。

男が乗りこんでくる直前、ブリンは縛められた手でトランスミッションをニュートラルに入れ、パーキングブレーキをはずしておいた。ブレーキペダルに足を乗せたまま話をして、男の説得は無理とはっきりした時点でその足を離した。するとヴァンは下りに向かって飛び出した。駐車場の境に埋められた枕木を乗り越え、藪や若木が覆った急な傾斜を疾走しはじめた。

「くそっ」と口にしたハートがステアリングとシフトレバーをつかもうとしたが、ブリンは男の怪我をした腕めがけて横ざまに体当たりした。ハートは苦痛に叫びをあげた。

速度を増した車は岩塊に突っ込んだ拍子に左へ方向を転じると、時速二十マイルは出したまま横転し、助手席側の窓が内側に向けて粉砕した。

ブリンがハートの胸に激しくのしかかると、ヴァンは終わりなき丘の斜面をすさまじい勢いで転落していった。

†

トム・ダールがグレアム・ボイドを乗せてフェルドマン邸までもどると、ライトを点滅させた州警の車が二台、悪路のレイク・ヴュー・ドライブを弾むように走ってくるところだった。二台は埃を立てながらすばやく曲がり、ドライブウェイをやってきた。車を降りてきた警官は六名。

グレアムは深刻な面持ちでダールの手を握ると、ポケットから電話を出して自分のトラックへ歩きだした。ダールはウィスコンシン州警察の夜間担当指揮官でひげ面の大男、アーリン・タナーと合流した。タナーと保安官はもう何年も協力関係にある。ダールはタナーをはじめとする面々に事情を説明した。

タナーが言った。「鑑識は三十分以内にこっちに到着する。つまり、これは捜索救助活動なんだな?」

「そのとおりだ、アーリン。ハンボルトからチームが、ガードナーからは警官六名が派遣される。バーロウ郡からも応援が来る」

「ダイバーを二名起こした。いまこっちに向かってるから」

「連中が要るかどうかはわからない。うちの人間はどうやら車から脱出して、被害者の友人と行動を共にしているらしいんだ。この付近の森のどこかにいる。その彼女たちの後を、二名の銃撃犯が追ってることはまずまちがいない」

ダールの電話が受信した。その局番がケノーシャからと告げている。ダールは眉をひそめた。取るべきか否か。

まあいい。

「ダール保安官です」

暗く沈んだ声が聞こえてきた。「保安官、こちらアンドルー・シェリダン……」自分のことを知っていて当然といった口ぶりである。

保安官は訝しげに言った。「はい？」

「エマ・フェルドマンと仕事をしていた者です。たったいま連絡を受けました」

ああ、そういうことか。遺体発見後、ダールは法律事務所のアシスタントに電話をかけて、エマ・フェルドマンがふだん仕事で組んでいたパートナー数名の名前を聞きだし、ひと呼吸置いてから訃報を告げたのだ。むろん、噂は仲間うちであっという間にひろまる。

「なんと申しあげたらいいのか。このたびは」

「どうも、保安官」

ふたりはしばらくやりとりをかわし、ダールは目下判明していることを、さして多くはなかったが伝えた。シェリダンはおもむろに切りだした。「保安官、これは誰にとっても痛ましい出来事です。しかし、ひとつお訊きしておかなければならない。エマのファイルのことです。彼女はファイルを何冊か持っていたはずですが」

「ええ、ありました」

「証拠品として押収するつもりですか？」

「ええ、こちらで預かる必要がある。中身を改めることになるでしょうね」

「改める？」シェリダンの声が警戒の色を帯びた。「誰が？」

ダールはアーリン・タナーに向かって、申しわけなさそうに眉をあげてみせた。「ちょっと待ってくれ」と低声で言うと電話にもどった。「まだわかりません」

「では、こちらに返却してもらえないと？」

「現時点では。できません」

「いつ返してもらえます？」

「いまはまだなんとも」

「だったら、外部にぜったい漏洩しないようにお願いできますか？」

「証拠品として厳重に保管されますが」

ためらいのすえに、シェリダンが口を開いた。「深刻なものは何もないのですが、企業秘密やそれに類する事案が心配で。わかるでしょう」

いや、わからない。が、ダールは言った。「安全は保証しますよ」

「それはありがたい、保安官。私にできることがあれば、なんでも言ってください」

だったら、こっちに仕事をさせてくれ。

電話は終わった。ダールは腹立ちをおぼえていたが、男のことは責められない。実務的な連絡だからといって、死を悼んでいないことにはならない。ダール同様、シェリダンにもやるべき仕事がある。

保安官の無線機がまた鳴り、ついで声が流れてきた。「車が来ます、保安官」

「レスキュー隊か、救助トラックか？」

「いえ、自家用車です」

「ナンバープレートは見えるか？」

「ウィスコンシン。それしか見えません」

「わかった」

低速でレイク・ヴュー3に曲がってくるセダンのヘッドライトに照らされた家は、つい先日妻と映画で観た〈タイタニック〉号の最後を思わせる。ダールは懐中電灯を振って車を停めると、運転手に降りるよう求めた。三十半ばと思《おぼ》しきビジネスマンが心配顔でその光景に目を据えている。男は車から降りた。「どうしたんですか？　何があったんです？」

分をわきまえて黙るタナーに代わって、ダールが言った。「身分証明になるものを見せてもらえますか？　お名前は？」

「アリ・パスケル」男が運転免許証を差し出すと、州警の指揮官はそれを部下に渡して照合を命じた。

「あの、何があったんです？」

「こちらにはなんの用事で？」

「用事？　私はエマやスティーヴンと週末をすごすために来たんだ！　どうなってるんですか？　一晩じゅう電話をかけてるのにつながらないし」

「夫妻とはどういったお知り合いですか？」

「私はスティーヴンの友人でね。仕事をしたこともある。週末をいっしょにと誘われて。ふたりは無事ですか？」

ダールは森を見つめるグレアムに視線を流した。たまらない思いでパトロールカーの前部座席の州警官に目をやると、警官はうなずき、男の運転免許証と車のナンバーが確認されたことを知らせてきた。ダールは声を低めて言った。「非常に申しあげにくいのですが、事件が発生しましてね。フェルドマン夫妻が、その、今夜、殺人事件の被害に遭われて」

「そんな、まさか！　なにかのまちがいだ……スティーヴンとはきょうの昼に話をしたばかりなんだ」

「残念だが、まちがいありません」

「嘘だ」とパスケルは喘ぐように言った。「だって……そんな。嘘に決まってる！」顔色がさっきより青ざめていた。

男はヒステリーを起こすのでは、とダールは思った。こういう局面では、図太い人間でも――この男はとてもそうは見えないが――ヒステリー状態に陥ることが間々ある。

「残念ですが」

「そんなばかな」男は目を見開き、手をふるわせていた。「ふたりが好きなビールを持ってきたんだ。新鮮なブラートブルスト・ソーセージも。いつもいっしょに食べてたやつを」声がかすれた。「二、三時間まえに買って。途中で……」男はうなだれ、打ちひしがれたように言った。「ほんとうなんですか？」

「お気の毒ですが」

アリ・パスケルは車に寄りかかると、無言で家を見あげた。数々の思い出に、楽しくて、もう二度とくりかえされることのないさまざまな出来事に思いをはせているのだろう。

そこにエリック・マンス保安官補がくわわった。

「何があったんです?」パスケルは蚊の鳴くような声で言った。「誰がそんなことを?」

「わかりません。ところで、ミスター・パスケル――」

「だけど、ふたりは金持ちじゃない。それを襲うやつがいるなんて」

「ミスター・パスケル、もうひとりのお客さんをご存じですか? こちらでわかっているのはシカゴから来て、以前エマと仕事をした女性だということだけで」

パスケルは首を振った。「いえ、ほかに客がいるとは聞いていたけど、名前までは」

「あなたは自宅に帰られたほうがいいでしょう。疲れていたり、気が動転して運転ができそうもなければモーテルに泊まるか。六八二号線の、クローセンを過ぎたあたりに何軒かありますから。いまここで、あなたにできることは何もない」

パスケルには聞こえていないようだった。眉間にしわを寄せている。

ダールは若干注意をはらいながら、目撃者にたいしていつもやるように、パスケルに思考を表に出させる時間をあたえた。

「ばかげているかもしれないが……」パスケルは何かを思いだそうとして首をひねった。「思いあたることがあって」

一般市民の考えというのは、たいていばかげている。とはいえ、ときにその市民が殺人犯の家の玄関まで導いてくれることもあるのだ。ダールは言った。「話してください」

「スティーヴンから聞いたんですが、去年の秋だったか」

「ええ」

「こっちで、男と揉めたことがあったらしくて。どこかの店で。大きな男で、地元の人間だったと言っていたな。駐車場で車がぶつかりそうになったとか、くだらないことでね。相手の男が怒って、家まで追っかけてきて脅されたとか」

「詳しい内容は聞きましたか？」

「いえ。ただこの近くに住んでる男で、図体がかなりでかいって。三百ポンドぐらい」マンスはダールを見て首を振った。「犯人ではなさそうだ。犯人は二人組だし、足跡からみて、どちらもそこまで大柄じゃない。名前とか人相は聞いてませんか？」

「いや、雑談のなかで出た話でね。こんな怖いことがあったって。でも、スティーヴンは不安がってました。それはまちがいない。きっとその大男がスティーヴンの家の玄関まで来て……今夜来たのがひとりじゃないとしたら、仲間を連れてきたんじゃないだろうか」

もし駐車場で暴力沙汰になりそうでならなかった揉め事一件につき一ドルを徴収していたら、いまごろはもう金持ちになっている。ダールは訊いた。「そちらの電話番号をお教え願えますか、ミスター・パスケル。お訊ねしたいことが出てくるかもしれないので」

パスケルは友人のためにと購入し、いずれ処分することになる食料品を載せた車を見ていた。パスケルはあれを怒りながら捨てるのだろうか、それとも嘆きながら？　一見温厚そうな男だが、気性は激しいのだろうとダールは想像した。「ミスター・パスケル？」

依然、パスケルは耳を貸さない。保安官がもう一度声をかけると、被害者の友人はまばたきした。「電話番号ですか。ええ、もちろん」彼は番号をダールに伝えた。

筋骨たくましいタナーが口ひげを撫でながら保安官を見た。その表情が、簡単にはいかないなと語りかけてくる。

「運転はできそうですか？」とダールは言った。

「ちょっと」パスケルは家を凝視していた。「ちょっと待って」

「もちろん。あわてずに」

表情の失せたビジネスマンは携帯電話を取り出すと、友人たちへの連絡をすこしでも遅らせようとしながら電話を指でこすった。ダールはそのつらい役目を当人任せにした。

プレスコットとギブズが規制線を張っていた。マンスから、三人の保安官補が森への経路を探りあてたが、女たちの足取りは完全に見失ったとの報告があった。

「その地元の大男のことはどう思う？」タナーがダールに訊ねた。

「ぴんと来ないな、アーリン。でも、心にはとどめておこう。地図をくれ。誰か地図を持ってるか？　それとスポットライトは？」

地図はイエス、スポットライトはノー。ふたりは階段をフロントポーチへ上がった。頭上のまばゆい明かりが、この季節に出はじめた虫を惹き寄せていた。ひとりの保安官補が地図を取り出し、ポーチに据えられた木製のカフェテーブルにひろげ、椅子を後ろにどかした。家屋の表示はなかったが、レイク・ヴュー・ドライブは細い黄色の線で示してある。片側にはモンダック湖、反対側には緑色の広大なマーケット州立公園。高台や小道が描かれ、森林警備隊の事務所や駐車場をはじめ、ナチュラル橋やデビルズ・ディープ、スネーク川渓谷といった代表的な景勝地が記されていた。

数万エーカーもの広さ。

ダールは年季のはいったタイメックスを見た。「殺人が起きてから五時間、六時間か。ブリンともうひとりの女性はどのへんまで行けるだろう。あの藪のなかを、しかも夜だ。ろくに進めない」脚の傷がひどく痛んだ。

ハウィ・プレスコットがゆったりした足取りで近づいてきた。「ガレージのそばで、ある物を見つけました、保安官」

州警官たちの視線が保安官補の巨体にそそがれた。プレスコットは二十七歳なりの自信をただよわせ、警官たちにうなずいた。

「何なんだ?」

「防水シートです。カヌーにかぶせておくような。それと、小川まで引きずった跡が。湖までつづいています」

「足跡は?」

「見あたりません。下は草や砂利ですから。でも引きずった跡は、ついてから時間が経っていませんね。ガレージを調べたんですが、ライフジャケットが一着あるだけで、パドルはありませんでした。ボートを運び出したにちがいありません」

ダールは地図を確認した。「大小にかかわらず、湖から流出する川はない。対岸には渡れるが、そこからは歩くしかない」

「ふたりはブーツを履いてます」とマンスが指摘した。「靴を履き換えて」

ダールはグレアムがその場を立ち去りかねて、暗い森に見入っているのに気づいた。

「グレアム、こっちに来て力を貸してくれないか？」

警官の輪にはいったグレアムは紹介を受け、行方のわからない仲間が彼の妻と知った法執行官たちから口々に同情を寄せられた。

ダールはカヌーのことを説明した。

グレアムは首を振った。「カヌーを持ち出したのはブリンじゃないと思う」

「どうして？」

「あいつはボートが嫌いだった。水が嫌いなんだ」

「しかし」指揮官のアーリン・タナーが意見を述べた。「今夜は相当おかしなことになっている。やむを得ずということもあるだろう」

「ほかに手段がなければ」

ダールは訊ねた。「ブリンはこの州立公園をよく知ってるのかね？」

「ある程度は。それに出かけるまえに、車のなかで地図を確認していた。いつもそうしてる。準備は怠らないからね。別れた亭主とは何度かここに来てる。ぼくとは一度もない」

マンスが言った。「ブリンと私はこのまえ、ここで捜索回収の任にあたりました」そして何か思いつめたように顔をひきつらせた。「言わせてもらうと、トム。私をこっちに寄こさなかった理由がわからない。二十分で行ける場所にいたのに」

「手いっぱいかと思った。例の自動車窃盗の件でな」

「いいえ。聞いてませんか？　あれは誤報でした。すぐ駆けつけられたのに」

ダールは引きつづき地図を調べた。「彼女が乾いた服を手に入れて、フェルドマン夫妻の友人と行動をともにしていることはわかってる。この家に一度もどって、ブーツを取って逃げた。だがどっちの方向へ?」

タナーはグレアムの言い分を聞いてはいたものの、カヌー説を支持した。「湖をむこう岸まで渡って、そこで身を潜めている可能性があるぞ。ボートを持ち出してなければ、いるのはあっちだろう」彼は家の裏手にある急勾配の丘に手をやった。丘は樹木で覆われている。

別の警官が肩をすくめた。「私は六八二号のほうに一票ですね。乗用車かトラックを停めようと考えたか、道路沿いのどこかの家に駆けこむつもりだったか。二、三時間はかかるでしょうが、無理ではありません」

ダールも同感だった。

グレアムが首を振っていた。

「どうした?」とダールは訊ねた。

「あいつがその手で行くとは思えないんだ、トム。犯人の男たちがまだこのあたりにいるとしたら」

「彼女たちにしてみたら、ハイウェイが安全への近道だ」とダールは言った。彼は男たちがこの付近にいて、ハイウェイへ向かってゆっくり移動しているという判断に傾きかけていた。

「ブリンは犯人を人家に引き寄せるようなまねはしない。こんなところでは。罪のない人を危険にさらしたりはしない。あいつは走りつづける。隠れるなんてこともしないし」

「なぜ?」とタナーが訊いた。

「そのつもりがないから」

「よくわからないんだが、グレアム」とダールは言った。「つまり、人家には近寄らなくても、車を停める可能性はあるんだな」

「あんたはここに来るまで、車を何台見かけた？　ぼくが見かけたのはシカ百頭とシヴォレー一台。このあたりに人気《ひとけ》がないことを、あいつはよく知ってる」

「だったら彼女の行動について、あんたの意見は、グレアム？」とマンスが訊いた。

「公園に向かった。まっすぐ公園のなかに」

「しかし一年のこの時季、森林警備隊事務所がどこも開いてないのは知ってるはずだ」

「でも電話はあるだろう」

「事務所が閉鎖されていれば、電話は通じない」

「じゃあ、公衆電話だ」

「たぶん。どうかな」

グレアムは地図を叩いた。「森林警備隊事務所へ向かったかどうかもあやしいな。ぼくはインターステイトをめざしたんじゃないかって気がする」と、指でスネーク川渓谷橋を示した。

アーリン・タナーは地図を眺めていた。「お言葉だが、ミスター・ボイド、そうなるとかなりの距離を踏破しなくちゃならない。道はどうやって見つけるんだ？　ここでは一週間足らずまえにも行方不明者が出ている。何万エーカーという広さだからね。しかも起伏が相当激しい。洞窟に崖に沼地があって」

「それこそあいつが望むところなんだ」グレアムは反論した。「厄介であればあるほどいい。もし男たちが跡を追ってるなら。いっそう優位に立てる」

大柄でたくましい兵士のような警官が口をはさんだ。「そんな、まさか。ここからは七、八マイルはあるんだ。ほとんどが道なき道で。しかも渓谷は公園内でも一、二を争う危険な場所だ」

「ご意見はうけたまわるが」とタナーが告げた。「ふたりはこのあたりのどこかに隠れている可能性が高い。あるいはハイウェイに徒歩で引きかえしているか。それが理にかなった手段だ」

ダールは言った。「アーリンに賛成だ、グレアム。私も彼女のことは知っているが、あっちの方角へ進もうなんて者はいない。昼日中にGPSや地図を持っていたって、道がわかるはずがない。現時点では、この付近に絞ったほうがいいと思う。それと六八二号線に」

「せめて数人でも公園へ、スネーク川渓谷へ人をやってくれ、トム」グレアムは食いさがった。

「それには人手が足りないんだ、グレアム。犯人がうろついてるとあっては、ボランティアに行かせるわけにはいかない。武器を携帯した警官か保安官補じゃないとな。もう家に帰れ、グレアム。ジョーイが心配するぞ。あの子だって、あんたが気づかってくれたことはわかるはずだ。おれはいま、ひとりの父親として話してる。警官じゃなく……約束するよ、何か見つかったら真っ先に知らせる」

エリック・マンスが、トラックまでグレアムに付き添った。

ダールはポーチにたたずみ、混沌としている前庭を眺めた。照明、法執行官、パトロールカー、二体の死体を搬送する役にしか立たない救急車。被害者の友人のパスケルが、グレアムとマンスといっしょにいた。握手をかわした彼らは、共通の情を分かちあっているように見える。

ダールは捜索隊編成のため地図に視線をもどすと、短い祈りをこう締めくくった――どうか、ブリンをわれわれのもとにお返しください。

†

蒸気か煙か、もしくはその両方がヴァンから立ちのぼった。だが、たとえ燃えていても爆発はしないはず。

しなかった。

ブリン・マッケンジーはあおむけに横たわり、息も荒く、痛みを探りながら思考をめぐらせている。映画では、クラッシュした車はことごとく爆発する。現実にそんなことはありえない。ブリンは何百件とハイウェイの事故を処理してきた。なかには車輛が丸焼けになった火災事故も四件ある。乗用車もトラックも激しく燃えはしたが、爆発した車は一台もなかった。

だからといってフロントグラスのなくなった隙間から、一刻も早く抜け出すのをやめようとは思わなかった。ブリンは両手を縛られたまま芋虫のように身体をうごめかし、草や石の上を必死で這って、ひしゃげたヴァンからできるかぎり離れた。動きを止めたのは背中越しにハートの地図をつかみ、くしゃくしゃに丸めたときだけである。

ブリンはいま急勾配を滑落し、丘の麓《ふもと》に転がるヴァンから二十フィートの場所にいる。横倒しだったことで命拾いしたのだろう。車首から転落しつづけたら、おそらくエアバッグが作動して最初の衝撃を受け、最後にはフロントグラスから車外に放り出されて、回転する車体の下

る。

頰の傷と、歯があったあたりの歯茎は依然として痛みがひどく、疼きは肩より上に集中してい

た。負傷の程度を調べるのに、いまだ後ろ手に縛られている両手を使えないのがもどかしい。

身体のほうぼうに痛みがあったものの、大事な手脚の具合を確かめると異常はなさそうだっ

のハートの様子を思いだしていた。アフターシェイブに煙と漂白剤の匂いがした。

実のところ、命の恩人は皮肉にもハートだったのかもしれない。ブリンは体当たりしたとき

敷きになっていた。

ハートはどこ？　姿が見えない。

丘の頂上――はるか彼方に思える――に目を向けると、キャンピングカーのおぼろな光が見えた。ハートの相棒が名前を呼ぶ声がする。落ちる際の音はまちがいなく聞こえたにしても、丈のある雑木林のなかを転がったのでヴァンの姿は見えないはずだ。

渓谷の底までは落ちていなかった。ヴァンが横たわるのは幅二十フィートほどの平坦な場所で、その端はまた落ちこみ、ブリンの見積もりでは急流までおよそ三十フィート。

ブリンは自分に言い聞かせた。あなたの脚はまともに動く。起きて。

だめだった。両手を束縛されていてはどうにもならない。梃子になるものが見つからない。

「くそったれ」生まれてこのかた、十回ぐらいしか使ったことがない言葉。

ようやく膝を引き寄せると、身体を回してうつぶせになり、ふらつきながら立ちあがった。

スウェットの腰まわりに地図をはさみ、ハートを探してあたりに視線を走らせた。

ハートはいた。車外に放り出されて――それこそ普段のブリンが、シートベルトを着用せず

に木や標識に叩きつけられた事故の犠牲者と報告するようなありさまだった。ハートはヴァンのむこう側にあおむけで倒れていた。目は閉じられていたが、片脚が動いて、頭もかすかに揺れている。

そこから十五フィート離れて、ハートの黒いグロックがあった。

ジョーイのサッカーボールのように、銃を安全なところまで蹴り飛ばし、それから膝をついて拾いあげればいい。

ところが銃へと向かいだしたとき、すすり泣く声が聞こえてきた。ブリンが振りかえるとエイミーが――ブロンドの少女が、汚れた白のTシャツにデニムのスカートという恰好で、手にはおもちゃを握りしめている。少女はパニック状態で丘を駆け降りていた。ハートの相棒に驚いて、キャンピングカーから逃げだしてきたのだろう。

ブリンは少女とハートの中間にいた。ハートは意識を取りもどしつつあった。目は閉じたままだが、指を握ったり開いたりしている。呻き声を洩らした。

少女は丘の麓近くまで来ていた。泣きじゃくりながら、やみくもに走っていた。あと十秒で渓谷の縁を越えてしまう。

「エイミー！　止まって！」

聞こえないのか、あるいは聞こえても気に留めなかったのか。

ハートに目をもどした。上半身を起こそうとしながら、あたりに目をくばっているが、ブリンの姿はまだ認めていなかった。

銃は？　ああ、あの銃が欲しい！

でも、ほかにどうしようもない。ブリンは銃をあきらめ、少女のほうに駆けだした。崖の縁から三フィート手前で行く手をふさぐと、少女の正面で痛む膝をついた。

エイミーはびっくりしてたたらを踏んだ。

「大丈夫よ、ハニー。エイミー。憶えてる？　もう大丈夫だから。気をつけて。あなたには落ちてほしくないの。後ろにさがりましょう、あそこの、あの藪のところまで」

「ママはどこ？」

「わからない。でも私がいるから。大丈夫よ」

「でも――」

「いっしょに来て」

ブリンは背後を顧みた。ハートは起きあがろうともがいている。ブリンのことはまだ目にはいっていない。

「ハート！」崖の上から声がした。ハートの相棒のシルエットが見えた。

「エイミー、あっちへ行きましょう。あの崖はだめ」

「わたしのママはどこ？」声が尖っている。

「さあ」ブリンはこんなことを言わなくてはいけない自分を疎ましく思った。「いっしょに探してあげるから」

興奮がおさまった。「わかった」

ブリンは少女を連れて崖下まですばやく移動すると、ハートから見えないように低木と丈高の草が生い茂る場所に分け入った。

「あなたのお母さんを探してあげるけど、両手がこんなじゃそれもできないわ。助けてくれる？　あなた、あの袋をテープで留めていたんでしょう？」

　エイミーはうなずいた。

「ほら、私の手にはテープが巻かれてる」

「ルディがやったのよ」

「そう。いたずらのつもりでね」

「いたずらじゃないと思うわ。ルディはそんなことばかりしてるもの」

「手が痛むの。はずしてくれる？」

「うん、はずしてあげる。ルディは好きじゃないし。わたしが寝てるって思って、じっと見てたりするから」

　胸の鼓動が速くなる。「もうルディのことは心配いらない。私は警官よ」

「ほんと？　チャーリーズ・エンジェルみたいな？」

「そんな感じね、エイミー」

「みんなより年上ね」

　ブリンは笑いそうになった。

　エイミーはゆっくりテープを引っぱっていた。「どうしてわたしの名前を知ってるの？」

「あなたのお父さんが教えてくれた」

「あの人、わたしのお父さんじゃない」

「チャーリーが教えてくれたの」

何度もしくじってから、ようやくエイミーはダクトテープを解きはじめた。「どうしてルディはこんなことしたの？」

「私に痛い思いをさせるため。もうしゃべらないで、エイミー。近くにほかの人がいるから。声を聞かれたくない」

「見たわ。そのひとりがママに乱暴したんだと思う」

「心配しないで。誰にも乱暴させないから。だから黙ってて。静かにするの。ふたりとも」

「わかった」

ようやく両手が自由になった。ブリンは手をこすりあわせた。片方の肘をさすったところ、パーカが保護する役目を果たしてくれたのか、丘を転落するまえに較べて傷が増えているということもなかった。彼女は貴重な地図をつかんでスキーパーカのなかにしまった。

「顔が変よ」少女が黒いかさぶたと腫れを見ながら言った。

「知ってる。ね、静かにしましょう」頰笑み。「わかった？」

「わかった」

ブリンは身をかがめると足音をしのばせ、ヴァンが放置された空き地へ少女を連れもどした。茂みの間から外をうかがった。

ハートは消えていた。

そして銃も。

グレアム・ボイドが運転する車は、洒落た別荘にふたつの死体が横たわり、もう一軒の家に妻の衣服が残され、溟《くら》い湖底にその車が沈む一帯から遠ざかるように走っていた。

そんなイメージを振りはらおうにもできない。

†

サンドラに会ってから、〈JJの店〉に立ち寄って軽く一杯飲《や》るつもりだった——それでブリンには正直に、ポーカーに行ったと言える。

だが、状況が一変した……こんな夜は経験したことがない。

ルームミラーを覗くと、パトロールカーが猛然と迫ってくる。グレアムはスピードメーターを見た。時速八十五マイルを出していた。

グレアムは半マイル進んで車を停めた。そして力強い手で握りしめたステアリングに頭をもたせた。

まもなく、ひとりの制服警官が運転席の窓側に立った。グレアムは深呼吸をひとつすると車を降りた。その警官——エリック・マンスに歩み寄って握手をかわした。「ありがとう。心から。きみならわかってくれると思った。ほかのやつじゃ、こうはいかない」

「とても品行方正とはいえないが、おれはあんたの案に従うから、グレアム」

グレアムはジャケットのジッパーを上げた。トラックの荷台の工具箱から懐中電灯とバックナイフを取り出すと、箱をロックしなおして言った。「自分でも自信がないんだ。これっぽっちもね。でもあいつについて、おれの知ってるすべてが、あいつはこっちに向かったと告げてる」

「だったらカヌーは？」

「使ったとすればトリックだな。男たちを騙すための。湖に押し出してから、歩いて逃げたんだ。ブリンは水を毛嫌いしてる。できることなら、そっちは避けようとするはずだ」

湖や海はブリンの場所ではなかった。グレアムは妻の自制心をめぐる問題について、マンスに説明はしなかった。

「あんたが正しいことを祈ってるよ、グレアム……野郎どもは許せない」とつぶやいたマンスは目を光らせた。マンスは丸顔に細く明るい瞳、ブロンドの髪は短い。保安官補というより海兵隊員のような風貌で、グレアムは軍歴があるのかと訊いた。

「もちろん」とマンスは認めた。「州兵に。大手柄はなかったけど」彼は冷笑とともに肩をすくめた。

マンスがやおら問いを口にした。「地図には森林警備隊の事務所があったけどな。エイペックス湖の近くに。どうしてあそこに行かないんだろう」

「行ったかもしれない。こっちにも確信はないんだ。でもさっき話したみたいに、ブリンならより厳しいルートを選ぶ気がする。それで、女たちと追う男たちは対等になる。トレイル上は男たちの脚が速い。森ならブリンのお手のものだ。あいつが相手を優位に立たせることはないだろう」

「女とカードをやると地獄だからな」

「ぼくらはカードはやらない」グレアムは地図に目を凝らし、上《うわ》の空《そら》で言った。

そして暗い森を見渡した。車が一台、猛スピードで通り過ぎていく。ハイウェイを行くのはその一台だけだった。

「あんたならいい警官になれるな、グレアム」

「ぼくが？」グレアムは顔を歪めて笑った。「とんでもない」地図を軽く叩いて、「ここが〈ジョリエット・トレイル〉。あいつはこのあたりで道をそれる」グレアムはある地点を指さした。

「それからスネーク川に出て、川沿いにこのインターステイトをめざす」

マンスが目をやった急峻な丘は、下方にある湿地の森へとつづいていた。「きつい登りだな。ここに来たことは？」

「公園に？　ああ、でもここじゃない。若いころ、ハイキングでね」グレアムはこの一年、ジョーイを何度か誘ったことを思いだしていた。少年はそのたび、なんでぼくがそんなことをという表情で断わってきた。グレアムは強く出なかったことを後悔していた。ジョーイには、きっとたのしんでもらえた気がする。

自分の勘に耳をかたむけるべきだったのか。

それで――だからどうした？

このあたりには詳しいとマンスが言った。ブリンとともに、ここから一マイル先まで捜索回収の任務にあたったという。

〝回収〟という言葉が、〝遺体の回収〟を意味することにグレアムは気づいた。成功した救助ではない。保安官補はつづけた。「道のことはある程度憶えてる。ハイカーやロッククライマーが拓《ひら》いたものでね。平坦な場所もあるが、大半は急斜面で、なかには二、三十フィート、それ以上のところもある。急に落ちこんだりするから、足もとには気をつけろ」

グレアムはうなずいて言った。「あいつらは、川の音を頼りにしていくんじゃないかと思う。つまり、渓谷の縁から五十ないし百ヤードの範囲内のどこかにいる。われわれもそこを進むのがいい。大声で名前を呼んで、こちらの存在を知らせるわけにはいかないし……足を止めて、あたりを見まわすのがせいぜいだ。ささやくぐらいはかまわないだろう。保安官の話だと、追ってるのは男ふたりだったな」

「ああ、足跡からするとな」

グレアムが見やった保安官補の車のフロントシートにはショットガンが固定されていた。

「ぼくは銃を持ってないんだ、エリック」

「あれはだめだ、グレアム。それをやったら首が飛ぶ」

「そうか」

「そばを離れるな。おれは所内の射撃大会で二位を獲ったことがある」

「だったら、せめてきみが二挺持っていうのは悪い考えじゃないだろう」

マンスはそれについて思案した。彼は車にもどり、ショットガンの鍵をはずすと、実包六個をポケットに入れた。そして車のドアを施錠し、グレアムのところに引きかえした。ふたりはそろって森のはずれまで歩き、岩と木でおおわれた斜面を眺めた。左手には垂直に切り立った岩壁があり、百フィート下方で川が巨礫《きょれき》や木の幹、小さな堰堤《えんてい》にあたって唸りをあげている。木の葉や屑のたぐいが渦を巻いて澱んだスープに吸いこまれ、川底の不気味なくぼみへと消えていった。

「地獄への水路ってとこだな」

「すまないな、エリック。面倒なことにならないか？」

「保安官の指示で捜索するんだ。おれは北の道路を調べると言ってきた。どこまで行くかは話してない」

「トムは優秀な男だが、この件に関してはまちがってる気がする。女房のことはこっちがわかってる」

しばらくは蛇行しながら道なき道を押し進んだ。こんもりと茂る雑木林を抜け、柔らかい松の葉が地面に散り敷く一帯にたどり着いた。煩わしいレンギョウやツルニチニチソウ、その他の蔓植物がやたらブーツにまとわりついてきたあとだけに、ほっとする場所だった。スネーク川を流れる水の音が大きくなってきた。

「ここからは慎重に」マンスはしゃがむと、土に唾を混ぜて泥状にしたものを顔全体に塗った。グレアムは気恥ずかしく思いながらも、結局それにならった。

「よし。じゃあ行こうか」マンスはショットガンを手に取って安全装置を掛けると、先を進んだ。ふたりは木と枝、岩と影が尋常でないほどもつれあう斜面を下りはじめた。

グレアムがささやいた。「エリック、気になってた。きみを負かしたのはブリンか？」

「負かした？」

「射撃大会で。二位だったって言った」

「ああ、いや、ドビー・マスターズだ。母親の腹から銃を手に生まれてきたみたいなやつでね。

でも言っておくと、ブリンは一番の撃ち手じゃないかもしれないが、クリップを抜いて再装塡する動作を事務所の連中の倍の速さでやってのける。銃撃戦ではそのほうがよっぽどものを言う。信じてくれ」

†

ジェイムズ・ジェイソンズはふたつめのハンバーガーをたいらげた。もう冷たくなっていたが、身体がカロリーを欲していた。彼はインターステイトを走りながら、ときおりレクサスのダッシュボードに据えられた小さな箱のスクリーンに目を向けた。

インジケーターによると標的までおよそ一マイル、約十分まえに動きを停め、路肩に駐車している。

ジェイソンズは悲しむフェルドマンの友人、アリ・パスケルになりすました演技を振りかえった。パスケルは四つある顔のひとつで、車の登録証と運転免許証も完璧にそろえてある。スタンレー・マンキウィッツのような人間の下で働いていると、経費は無制限とはいかないまでも、組合のボスが好む言葉――効率――を踏まえて仕事をするための道具を賄《まかな》うには充分の額が出る。

フェルドマン邸では、訃報を聞かされた動揺を鎮めるという芝居を打ち、多くの事実を知り得た。スティーヴンから電話があったという話を捏造すると、マンス保安官補のおかげもあって、犯人が二人組でどちらも大柄ではないと目されていることがわかった。

ジェイソンズは殺人の動機は地元にあり、ミルウォーキーが原因ではないという臆測の種をまいておいた。ダールがそれを信じたかどうかはわからない。

さらには電話をかけるふりをしつつ会話の断片を耳に入れ、事件に関する警察の認識についてそれなりに情報を仕入れた。携帯電話で話していると目につかなくなるのだ。誰も聞き耳を立てているとは思わない。そのあたり、保安官はまるで無頓着だったが、ジェイソンズは相手を田舎者と侮ったりはしなかった。優秀な人間とは単純明快な説明を探すもので、ジェイソンズはそれを提示してみせた。すなわち嘆き悲しむ友人、運転免許証、見てくれのいい車に合法のナンバープレート。

警察にもとめられてすぐ、居残っていることを保安官に怪しまれるまえに現場を離れたのもよかった。

実際、ぐずぐずする必要はなかった。つぎのステップは、警察の捜査手順とは関係がない。そう、ジェイソンズが着目していたのは、エマ・フェルドマンを殺した者たちの手から逃れて森に逃走した女保安官補の夫だった。グレアム・ボイドとエリック・マンスの間でかわされる企みめいた話を洩れ聞き、ジェイソンズはふたりが保安官のプランに背いて独断で捜索をするつもりでいると推した。

有能な警官の例にたがわず、部下のことを把握し、理屈や人間の本質に通じているかもしれないダールでも、人生を分かちあったり、寝室で時をすごすことによって知る類のことには疎い。ジェイソンズの場合、自分と恋人ロバートの関係にあてはめてみれば、それが真実であるとわかる。

そこで、亭主とマンスが保安官補――名前はブリン――と、殺人の目撃者であるフェルドマンの友人のところまで連れていってくれることに賭けたのだ。

ふたりの女は、今夜のところは生かしておくつもりの男たちを惹き寄せる蛾だった。

ジェイソンズはモンダック湖畔の家での記憶をたぐった。グレアムは〝パスケル〟の手を握りしめ、同情を寄せてきた。ジェイソンズのほうは、捜索の成功を祈る言葉を口にした。その後、グレアムはマンスに話しかけ、保安官補は伏し目がちに聞き入っていた。やがてマンスが言葉を返し、ふたりはそろって腕時計に目を落とした。

心の内をメガホンで叫んだも同然。

ところが、周囲は目先のことに没頭して、ふたりのやりとりを見過ごしていた。ジェイソンズは別の警官に道を訊ねる恰好で、グレアムのピックアップトラックの脇を通りしな、荷台に置かれた鉢植えの陰に小さな木片大のものを落とした。木片にはGPS追跡装置が仕込まれていた。装置は本来ハンター用で、撃ち落とした鳥を追って異常に興奮し、姿が見えなくなった犬を追跡するために設計されたものである。

セキュリティサービスが使用する機器はいろいろためしてきたが、なかには熟達したスパイを雇えるぐらい値が張るものもある。だが今回の犬の追跡装置は五百ドルそこそこで手にはいり、その十倍の値段（購入者が連邦政府の場合はもっと高額）をつける防犯機器よりはるかに性能がすぐれていた。

標識が〈スネーク川橋〉と告げるあたりに近づくころには、追跡装置が間断なく音を発していた。しばらくすると橋の手前二百ヤードほどの茂みに、なかば隠れるように駐まる白いピックアップとパトロールカーが目にはいった。

ジェイソンズはレクサスでその横を通り過ぎた。

つまり彼らはここを、マッケンジー保安官補とふたりの殺し屋が向かった場所と考えているのだ。

ジェイソンズは月明かりに照らされた雄大な渓谷に架かる橋を渡った。そしてインターステイトに車がなくなるや、草がちで平坦な中央分離帯を越えてUターンし、ふたたび橋を渡った。男たちが駐車していた付近のほぼ反対側、路肩脇の木立に車を突っ込んだ。

車から降りて伸びをした。トランクをあけ、スポーツコートをウィンドブレーカーに、ドレスシューズをブーツに換えると、キャンバス地のバッグを出して肩に掛けた。

〈ピーターービルト〉のトラクタートレーラーが粉塵を巻きあげて通過するのを待ち、ジェイソンズはアスファルトと分離帯を越え、さらに反対側の車線を越えて森に消えた。

†

モンダック湖よりずっと小さいものの、変わらない暗さと不気味さをたたえる楕円形の池まで来ると、ブリンは唇に指をあて、エイミーに向かって頰笑んでみせた。

少女はうなずいた。白いTシャツの上に、いまはブリンの暗色のスウェットシャツを着ている。脚はむきだしで青白かったが、寒がっている様子は見えない。すでに母親のことを訊ねるのはあきらめて、何の動物かもはっきりしない縫いぐるみのチェスターを抱きしめ、ブリンのかたわらを黙々と歩いていた。

再集結地である池に視線を走らせながら、ブリンはチャーリー・ギャンディに出くわしたときの幸福感を思った。味方、武器、安全への道。主導権を握る。

それは残酷なジョークでしかなかった。いまや槍すら持っていない。すっかり消耗した気分だった。ブリンは少女を隣りにしゃがませ、注意深く池を眺めつづけた。

動き。茂みのなか。身を硬くしたブリンを、エイミーが不安そうに見つめる。

ハートと相棒？

ついてきたオオカミ？

ちがう。ブリンは大きく息を吐いた。ミシェルだ。

若い女は狩人のごとく身をかがめていた。片手に槍を、反対の手にはどうやらナイフを握っているらしい。来るなら来いとばかりに開きなおった感じで、殺し屋たちを待ちうけている。

ブリンと少女はそちらへ向かっていった。小さな声でブリンは呼ばわった。「ミシェル！　私よ」

女は身体を凍りつかせた。ブリンはかまわず歩を進め、蒼ざめた月影に足を踏み入れた。

「ブリン！」ミシェルは叫ぶと、ナイフをポケットにしまって駆けだした。そしてブリンの背後でとまどうエイミーを見て足を止めた。

女たちは軽く抱きあうと、ミシェルが膝をついて少女に腕をまわした。「だれ、この子？」

エイミーは感情過多の抱擁から逃れた。

「この子はエイミー。いっしょに連れていくから」ブリンは頭を振ると、まずはこの幼い道連れができた経緯を話した。ミシェルは神経が昂ぶるあまり、質問を口にできなかった。

「かわいい子！　で、これは？」

「チェスター」

「彼もすてきね」

少女はこんなことになった事情には通じていないにせよ、悲劇が起きた雰囲気を感じとって暗い顔をしていた。母親の運命について知らないとすれば、ほかの殺害も目撃していないはずだ。

すでに月は低く、暗闇は濃さを増している。不思議なことに、三人のなかではエイミーがひとり、この状況に不安をおぼえていないらしい。あんな両親のもとに育つと、闇にたいする恐怖は人生でも大した問題でなくなるのだろう。

すぐそばをムササビが滑空すると、少女は驚いたように目をやった。ブリンは、少女がこの奇妙な動物を見て笑うなり、すこしでもよろこんでくれたらいいのにと思った。無表情。少女の顔は仮面そのものだった。

「音がしたわ」とミシェルが言った。銃声のことだ。「わたしたちの連れは……？」

「まだ追ってきてる。ひとりはまた怪我したけど、動くことはできる」

「すると、こっちに向かってるのね」

「先を行かないと。スネーク川へ。渓谷を登ればインターステイトまで四十五分。せいぜい一時間」

「もっと楽な道があるって言ったじゃない」

「楽だけど、ずっと時間がかかるし。それに、ハートは私たちがそっちを行くと思ってる」

ミシェルは目を瞬いた。「あいつと話したの？」

「ええ」

「ほんとに？」女は驚きの声を洩らした。「何があったの？」

ブリンはヴァンに監禁されたことを、かいつまんで話した。

「嘘みたい。あなた、殺されかけたのね」

おたがい死にかけたし、とブリンは思った。

「それで、あいつは何か言った？」

「あんまり。でも、こっちはインターステイトをめざしてるって話したから、むこうは私たちがポイント・オブ・ロックスへ向かうって考えるはず」

「裏の裏ってことね」

「そう」ブリンはポケットから地図を出してひろげた。

「どこで手に入れたの？」

「あいつから盗んだ――われらが友人のミスター・ハートから」

ミシェルは呆れて笑いだした。

ブリンは現在地を確認すると、自分たちがどこにいるかを指でさした。コンパスを読む必要はなかった。地図は詳細なもので、陸標を目印にして最適のルートが容易に知れた。ブリンは進むべき方向を示した。

「ママに会いたい」

ブリンはミシェルに向けて首を振ると、少女に言い聞かせた。「いい、ママを見つけるまえに、ここから出なくてはならないの。だから歩かないと。歩くのは好き？」

「たぶん」

「それに丘も登るけど」

「ロッククライミングみたいに？　学校の近くにクライミング用の壁があったの。チャーリーは連れてってくれるって約束したのに、まだ一回も行ってない」

「だったら、これはそんな感じ。もっとすごい冒険だけど」

「『ドーラといっしょに大冒険』のドーラと同じ」とミシェルが言った。「それと、おサルの……」空ろな目を向けるエイミーに、ミシェルは付けくわえた。「ブーツだっけ」

「知ってる。もう何年も見てないけど。ママやチャーリーが見ないから」

ブリンは、あの家でどんな番組を見ていたかは知りたくもないと思いながら、明るい口調で言った。「行きましょう」そしてミシェルに向かって、「槍を持って。杖がわりになるから。こっちにはナイフを一本貸して」

ミシェルはジャケットから〈シカゴ・カトラリー〉を出し、ブリンに渡した。

わずかでも主導権。すこしでもいい。ゼロよりましだ。

力なく笑って目を向けると、ミシェルが見つめていた。「わたし、あなたみたいにひどい顔してる？」と訊ねてきた。

「さあ。私は今晩二度めの自動車事故に遭ったばかり。私の勝ちよ。でもそうね、あなたもそんなにすてきじゃない。メイクしなおさないと町に出られないわ」

ミシェルはブリンの腕をつかんだ。

三人は歩きだした。

スネーク川は思っていたより近かった。三十分とかからなかった。それも樹木が密生した茂みから出ることなく、男たちの姿を探して何度も振りかえりながらのことである。

気配はなかった。それは安心材料だったけれど、ブリンにはハートがブラフにかかり、川岸を反対方向に向かっているとは思えなかった。

丈の高い草に囲まれた場所で足を止めた三人は、岩や木の幹、小さな島が点在する浅い幅広の川の土手を眺めた。

人の姿はない。

「ここで待ってて」ブリンはナイフを握って前進した。川岸にひざまずき、凍てつく水に顔をつけた。冷たさは気になるどころか、頰や首の痛みを和らげてくれた。それから水を一クォートは飲んだ。自分が脱水状態に陥っていたことに気づいていなかった。

ブリンはこの世のものとも思えない風景を見晴らし、ほかに人がいないことを確かめてミシェルとエイミーを差し招いた。ふたりも水を飲んだ。

やがてブリンは丘のインターステイトがある方向を見あげた。距離は一マイルほど。

直線距離での一マイル。

「うんざり」ブリンの視線を追ったミシェルが言った。五十フィートほど先で、大地が急角度で上昇していた――最低三十度、四十五度に見える箇所もある。垂直に切り立つ壁もあった。

当然そこを登るのは不可能だが、ブリンは数年まえに捜索回収にあたった経験から、そこを通る必要がないとわかっていた。慎重にルートを選べば徒歩で行ける。どちらかといえば平坦で、遮蔽物がわりの植生が繁茂する広い台地も多く存在するのだ。

三人は丘の麓へ歩を進めた。右手の渓谷がはじまるあたりから、勢いのある川音が聞こえてきた。

ミシェルが後ろを見ると、ぬかるんだ地面を手振りでしめした。「待って、足跡が」

「そんなにはっきりはついてない」

「懐中電灯を持った人間には丸見えよ」

「たしかに」

ミシェルは水を飲んだ場所まで駆けもどり、常緑樹の枝を何本か折り取った。そして崖のほうに引きかえしながら、泥の上で即席の箒を猛然と振りまわし、落ち葉で足跡を隠していった。ブリンの耳にも、ミシェルの苦しそうな喘ぎが聞こえた。足首が相当痛むはずなのに、ミシェルはへこたれていない。

ブリンは、宵のころはお高くとまって将来のスターダムを鼻にかけ、他人の靴や棘のことで泣きごとばかり言っていた女の変わりように目を瞠《みは》った。ほんの些細なストレスでつぶれてしまう人間もいれば、難関にたいして思いがけず挑んでいく人間もいる。ブリンはミシェルが前者に属するものとばかり思いこんでいた。

それはまちがっていた。

ここにきて、仲間ができたことを知った。

若い女がもどってきた。

エイミーがあくびをした。「疲れた」

「わかってるわ」とミシェルが言った。「もうすぐ眠らせてあげるから。チェスターはわたしのポケットに入れておく？」

「落とさないように、ジッパーをしめてくれる？」

「いいわよ」

「でも全部はしめないで。息ができるように」

年齢のわりに振る舞いが幼すぎる、とブリンは切ない思いをかみしめた。

ミシェルが縫いぐるみをポケットに入れ、三人が丘を登りはじめると、遠くインターステイト上で、トラックが手招きをするようにエンジンブレーキを唸らせた。

†

グレアムとマンスは、インターステイトからつづく斜面を慎重にくだっていた。

彼らの背後を一台のトラックが通過した。その音は枝葉によって弱められ、風にかき乱されたが、運転手がシフトダウンしたことでガトリング砲さながらの轟音が夜を圧した。

やがて行程が軌道に乗ると、ふたりは言葉を発することなく、その口から洩れるのは荒い息づかいばかりになった。上体を起こして前のめりにならないようにするだけでも、登りと変わらない労力がいるのだ。百フィート下の谷底から奔流の音が聞こえてくる。

植物で生計を立てるグレアムは、周囲の植生と、ふだん会社であつかう陶器の鉢植えや、しおたれた根巻きとの差をいやがうえにも意識した。長年、石灰を入れた土壌にツバキやツツジを何本か植えたり、根覆いの下に挿したりで住居やオフィスの環境を変える仕事をしてきた。ここに生えている植物は装飾ではない。基盤であり個体群であり、地域そのものだ。すべてを支配する。この地に棲息する動物と同じく、グレアムとマンスは無にも等しく、取るに足らないものだった。蛙鳴にしても蛇の威嚇にしても、またフクロウの啼き声にしても、グレアムには草木が一顧だにしない必死の嘆願にしか聞こえない。木々はまるで無頓着なのだ。

それでいて危険もはらむ。途中、ツタウルシが密生する一帯に掛かる丸太を渡らなければならなかった。グレアムはウルシにアレルギーがある。もしそれが顔にふれていたら、発疹と腫れで目がふさがっていたかもしれない。枯れた植物でさえ危険だった。マンスが前年に散った葉で隠れた岩棚に踏みこんだとたん、足もとのロームと砂利と土がちょっとした地すべりを起こした。マンスはとっさに張り出した枝をつかんで、岩がちの険しい斜面を二十フィート滑落せずにすんだ。

また下りで安全に徹したルートを模索しながら進むときには、乾燥した枝を踏んだり、落ち葉の山を知らずに蹴った音で、犯人たちを警戒させるのではと気が気でなかった。

夏のハイカーに踏みならされた道を何本か見つけたが、いずれも孤立してあまり遠くまでは通じておらず、結局自力で行くしかなかった。ときどき道が崖の縁でとぎれ、六、七フィートを降りることになるケースもあった。そんなとき、グレアムはマンスから安全装置をかけたショットガンを受け取ると、保安官補が下に降りるのを待ってしぶしぶ返すのだった。

ふたりはいま、インターステイトから百ヤード付近にいた。左手のそう遠くないあたりに、渓谷からそそり立つ危険な絶壁がある。

沈黙を通すため、マンスが手で命令を出すことになっていた。止まれ、右、左、これを見ろ、あれを見ろという指図である。フェイスペイントに負けず劣らずくだらないとグレアムは思ったが、この作戦にマンスを引き入れたのは自分であり、若者が兵隊ごっこをしたいのならそれはそれでいい。

ふたりは立ちどまり、丘の急斜面を見おろした。若木や高木を手がかりにするしかなさそうだった。マンスが顔をしかめながら枝をつかもうとしたそのとき、グレアムが低声で呼びかけた。「待て！　エリック、やめろ！」

保安官補は弾かれたように身を引くと目を剝き、銃を落としそうになった。斜面に足をとられて倒れ、氷のように滑る松葉の床を頭から滑落しかけた。グレアムは飛び出し、保安官補のズボンの折り返しをつかんだ。

「おい。どうした？」保安官補がどうにか向きを変えてグレアムの手をつかむと、ふたりはより平らな場所まで這い登った。「何か見えたのか？」

「悪かった」とグレアムは言った。「ほら」

エリックは要領を得ずに眉を曇らせた。そのうち、グレアムが指さすのは、自分がつかもうとしていた細い木の幹だと気づいた。その幹から針のように鋭い二インチほどの棘が突き出ている。

「サイカチだ。森のなかでもっとも危険な木だ。植えることが法律で禁じられている場所も多い。棘一本で軽く手を突き抜ける。感染症で死ぬこともあるんだ」

「そうか、気づかなかった。このあたりにはまだあるのか？」

「ああ、ある。一本あれば何本も。それにあそこだ。見えるか？」グレアムはずんぐりとした幹を指した。「タラノキだ。暗くてわかりづらいけど、あれにも棘がある。木がまばらになってくれれば、陽射しがふえてブラックベリー――いわゆるクロイチゴ――とか、野バラがふえる。ブラックベリーの棘は皮膚のなかで折れる。すぐには抜けないし、感染症を惹き起こす。それも盛大にね」

「とんでもない地雷だ」マンスはつぶやくと不意に身を硬くした。しかも謎めいた手信号を省いてささやいた。「あの下。光。見えるか？」

グレアムはうなずいた――青みがかった淡い光の点。懐中電灯か、金属かガラスに反射する月の光だろう。およそ四分の三マイル先。

マンスは黒いピストルに掛けてある紐を解き、グレアムについてくるよう手で合図をよこした。

†

ハートはヴァンの転落事故で助かり、しかも自分よりましな状態のGPSを見つめていた。骨折はしていない。痛みがあるだけだ。しかしその痛みは全身におよび、腕の銃創はふたたび出血していた。

ありがとう、ミシェル。

ありがとう、ブリン。

怒りの波に焼かれ、しばし職人技のことも忘れて、借りを返したいという思いが募る。女たちにたっぷり礼をしたかった。甘く血まみれの復讐を……

コンプトン・ルイスにも、思うところがあるらしい。

彼らはスネーク川の土手に立っていた。川はふたりの右手にあたる東の、より平坦な森から西側の狭い渓谷へと流れこんでいる。

ハートは転落時に地図をなくし、精密なものではないが、充分事足りるGPSを頼りにここまでやってきた。「道を教えてくれるのは……」ルイスを見やったハートは声をとぎらせた。

「大丈夫か?」

「ああ」

ルイスは脇におろした手にショットガンを握っていた。猫背を別にすれば、歩哨に立つ兵士のようだ。

「あの女を殺したことを気に病んでるのか?」

「思ってもみなかった。けど……あの目を見たらね」

「辛いな」とハートは言った。が、内心、初めてなんだろうと思っていた。で、それに気づいてもいない。

ハートはキャンピングカーの場面を思いかえしていた。ルイスがウィネベーゴの下に火をつけ、反対側にまわる。男がふたり——肥った男と細めのひげ面が、消火器を手に前のドアから飛び出してくる。後ろのドアから転がり出てきた女が、狂ったようにあたりを見まわして悲鳴をあげる。ハートは、肥ったほうが銃に手をやるまえに男たちを撃った。後ろのルイスは女にショットガンを向けた。だが、最初は何もしなかった。

ハートはルイスに手を貸して女も撃つつもりでいたが、そこへショットガンが暴発したような音が聞こえてきた。ルイスは驚いたような顔をしていた。後ろによろけた大女の胸と首がさざ波立ち、血が流れだした。女は膝を落とし、ルイスのほうへ這っていこうとした。二度めは狙いすました一撃だった。女はのけぞって倒れ、息絶えた。

「あれは不愉快だった」とハートは言った。

ルイスがうなずいた。

「言ったよな、やつらはスピード中毒だって。たぶん商品のブツをキメてたんだろう。ヤクをつくってて、てめえでやらないやつはいない。最初は試すだけでも、そのうち中毒になる。魂まで食われちまうんだ」

「ああ」ルイスは静かに答えた。ようやく現実に立ちもどったことが、その目を見てわかった。

ハートはつづけた。「道を教えてくれるのはこいつだ」彼はブラックベリーのGPSをルイスに見せた。「あそこを六マイルほど上流に行ったらポイント・オブ・ロックスだ」と右側を指した。ついで左の渓谷に手をやり、「しかしこの丘を登れば、四十分から一時間でインターステイトに着く。女たちが向かったのはそっちだ」

「確かか?」

「かなりね。女がそうすると言った。ヴァンのなかで。でも、あいつはトリックスターだよな？　車が落ちても、おれが助かる可能性を見越していた。だから、おれをちがう方向へ行かせる情報を流す必要があった。ほんとうはポイント・オブ・ロックスだと、おれが信じると思ってインターステイトと言ったんだ」

「むこうがゲームを仕掛けてきたって？」

ハートはブラックベリーをしまうと、土手を行ったり来たりした。「なあ、ルイス、あれが何に見える？」ハートは懐中電灯で地面を照らした。

「さあ、どうかな。誰かが箒を掃いて、足跡を隠したんじゃないか」

「そう。そのとおりだ」ハートは急勾配の丘の麓へと足を向けた。「さあ。行こうか」彼は折れた枝を見つけた。「女が使った箒だ。あいつらはこっちへ行った。ほら、あれを見ろ……」と、小さな靴跡を指した。「あの女の子だ。キャンピングカーにいた。脱出したらしいな」

ルイスはふたたび押し黙ると、タトゥー――首の十字――をさすった。

ハートは言った。「子どもを殺す趣味はない。女たちの面倒はみても、子どもは放っておこう」

だが妙なことに、ルイスはほかに気をとられていた。

「ひとつ言っときたいことがあるんだ。先に話しとけばよかったけど……」

「言えよ、コンプ」

「強盗の話をしただろ？」

「強盗？」

「銀行の」

雪が降るなかで、とハートは思いだした。元警官だった銀行の警備員と銃弾のやりとりをした。「ああ」

「全部がほんとってわけじゃない」

「そうなのか？」

「ずっと引っかかってたんだよ、ハート」

もはやハートは皮肉のこもった〝相棒〟ではなかった。数時間まえから。ハートは言った。

「どうした、コンプ。話せよ」

「実は……五万は奪ってない。さっき言った額はさ。だいたい……そう、だいたい三千足らず。正確には二千いくらかでね。それとほら、銀行じゃなかった。外のＡＴＭに金を補充してる警備員で……おれが撃ったのは、そいつを脅すためだった。むこうは銃を捨てたよ。たぶん、小便ちびってね。バックアップの人間もいなかったし……どうもおれは大げさっていうか、話をでかくしちまうことがあって。兄貴といたせいで癖になっちまったんだ。生きるために、そうするしかなかった。さんざんコケにされてね。ま、そういうわけさ」

「なるほど、懺悔《ざんげ》か？」

「まあね」

「おい、コンプ、おれは健全なエゴを持たないやつとは組みたくないんだ。いまの話からすると、二分程度の仕事で二千ドル稼いだってわけか？」

「そんなとこだね」

「すると一時間で六万か。で、相手は小便ちびった？　そりゃあたりまえだって」ハートは笑った。

ルイスはおずおずと口にした。「これでもまだ、おれと盗みをやる気はあるかい？」

「もちろんだ。ここをさっさと片づければ、落ちたり燃えたりしない仕事の計画が立てられる。百十パーセントで」

ルイスは口もとがゆるむのを堪《こら》えると、みずからを祝福する善きカトリック教徒さながら、また煙草を弾いた。

†

行程は予想をはるかに越えて困難だった。

丘の斜面は険しく、少なくとも、九歳の子どもを連れては登れないような箇所に何度も行き当たった。そのたびに別ルートの選択を余儀なくされた。

「あそこはどう？」

ブリンはミシェルが指さす場所に目をやった。岩棚と密生する木々にはさまれた道は、ほぼ平坦に見えた。ブリンは悩んだが、そこは下から丸見えで逃げ場がない。やむなくその道は避け、貴重な時間を費やして迂回路を探ることになった。ポイント・オブ・ロックスへ誘う策に、ハートが乗ったという絶対の自信はなかった。男たちが近づいてきたような気がして、うなじにむず痒《がゆ》さを感じはじめた。

女たちは高さ二十フィートの石灰岩層をまわりこんで登りつづけた。ブリンはロッククライマーの痕跡を見つけた。割れ目に金属のスパイクが打ちこまれている。今夜ばかりは、この趣味が狂気としか思えない。ジョーイもやろうとしている。ブリンは息子のことを頭から追いやった。集中しなさいと自分に言い聞かせた。

ほとんど平らな道に出たところでつかの間の休息をとると、ふたたび三人そろって息を切らしての登り。

上がるにつれ、右手の渓谷を流れるスネークの川音が小さくなる。ブリンは川までの距離を六十フィートかそこらと見当をつけた。

「ああもう」とミシェルがつぶやいた。ブリンも足を止めた。平地が突如、垂直の岩壁となって先に進めない。右は渓谷へ落ちこむ断崖になっている。ブリンはそろそろと崖に近づいた。道と言えるのは六インチの岩棚だけだった。「ここを行くのは無理ね」

ブリンは落胆の溜息をついた。男たちがインターステイトから半マイルほどしか来ていないにしても、このハイキングは延々つづく。引きかえして壁を迂回する道を探すとなれば、また余分に十分をかけることになる。

ブリンはあらためて壁を眺めた。高さはおよそ二十フィート、完全に垂直というわけではない。斜度はほぼ全体にわたって約七十度あり、表面には亀裂と凹凸が生じていた。ブリンはミシェルに訊ねた。「あなたは行ける？」

「あたりまえよ、行くわ」

ブリンは笑顔でエイミーに語りかけた。「私と登りましょう。小さいころ、おんぶされたことがあるでしょう。いまからそれをやらない？」

「いいけど。ルディがときどきおんぶしたがるの。あたし、それがいやなの。あの人、くさいから」

ふとブリンが見ると、ミシェルは嫌悪に顔をしかめている。それでもブリンはエイミーに笑いかけた。「そうね、私もあんまりいい匂いがしないかもしれない。でも、たのしいわよ。さあ、行きましょう」ブリンはミシェルに向きなおって耳打ちした。「私が先に行く。何かあったらこの子を落とすから、なんとか受け止めてあげて。私のことはいいから」

ミシェルはうなずくと、エイミーを押しあげながらささやいた。「おぶって動ける？」

「ほかに方法がない」とブリンは喘ぎながら言った。

今宵のテーマ。

背負う荷は極上というわけではなかったけれど、ブリンは痩せこけた少女のこと……そして少女をそんな養育放棄の環境に押しこんだ悲しい運命について思いをめぐらした。

ブリンたちは崖を一歩ずつ登っていった。脈が激しく、両脚が灼けるようになる。ブリンはゆっくり足を上げていった。十五フィートも登ると腿の筋肉がふるえだした。それは目下の苦闘というより恐怖のせいだった。高いところは嫌いなのに……ブリンは何度も動きを止めた。

エイミーが首に両腕をまわしてしがみついてくるので、息をするのもひと苦労だったが、しっかりつかまってくれたほうがありがたい。

手がかりを余計にきつくつかみ、ゴムのようになった脚で五フィート、十フィートと登るうちに指が痙攣してきた。足の指まで、なんだか裸足で登山しているみたいに痛みで縮こまってくる。

永遠と思える時を経て、ようやくブリンの頭が縁を越え、平らかな地面が見えてきた。目の前には、もつれ合うように枝を伸ばす大きなレンギョウ。ブリンは下を見ないように右手で届くかぎりの蔓をつかみ、その強さを確かめると、深呼吸を一度してから岩壁を越えにかかった。そして壁から身体が半分出たところで言った。「エイミー、私の頭を越えて。肩に膝をかけてっぺんに登ったら止まるのよ、そこで立ってて」

さらに励ましの声をかけようとするブリンにたいし、少女はすかさず「わかった」と答えて頂上に登ると、その場に姿勢よく立ちつくした。

子どもというのは、言われたとおりにするものなのだ。

ブリン自身も頂まで上がると、肩で息をしながら腰をおろした。登ってきた斜面を見渡すと悲しいかな、こちら側からは努力も恐れも無駄に思えるほど、どうということもない傾斜に見えてくる。ミシェルに合図を送ると、彼女は足首の怪我にもめげず、すばやく登ってきた――若さと、お尻を引き締める高級スポーツジムに通ったおかげだろう。ブリンが手を貸してミシェルを引き揚げると、三人は身を寄せあって息をととのえた。

ブリンは現在の位置を確認しながら周囲に目をやり、上りの道らしき箇所を見つけた。三人はふたたび歩きだした。

ミシェルがブリンに身を寄せた。「あの子、どうなるの？」

「親戚がなければ、養護施設ね」

「可哀そうに。やっぱり家族で暮らさないと」

「ケネシャはシステムがけっこう充実してるから。各家庭をきっちり調査してるし」

「あの子のことを、本気で望んでる人のところに行けたらいいけど。わたしなら可愛がるわ」

ミシェルと夫の間には、もしかすると子どもの問題もあるのかもしれない。夫のほうが望んでいないということも考えられる。

「養子にするのは可能よ。どういう仕組みか知らないけど」ブリンは頬に手をやった。ひどく痛む。ミシェルはというと、エイミーに視線を注いでいた。「子どもが好きなのね」

ミシェルは息を切らしながら答えた。「ええ、子どもは最高。大好きよ……子どもを導いて、物事を教えて。逆に教えられて。いつでも張り合いのある相手なのよ。なんていうか、成長させてくれるわけ。子どもがいないと一人前とは言えないわ」

「専門家みたい。あなたならいい母親になれる」

ミシェルは笑った。「そうなるつもり」

少なくともしばしのあいだ、不誠実な夫や破綻した結婚生活のことを忘れて、女は輝く未来を想像しているようだった。

で、自分はどうなの？　とブリンは思った。

このまま進むこと、と彼女は心のなかで言った。このまま進んで。

†

ルイスは間に合わせでつくった吊り紐で、ショットガンを背中に担いでいた。男たちは斜面をできるかぎり直進した。あの少女がいるからには、女たちはなるべく楽なルートを採るとハートは踏んでいた。

ハートは自宅近辺のレクリエーション広場や、スポーツ店にあるロッククライミング用の壁で見かけた、玄人はだしの夫婦とその子どもたちのことを頭に思い浮かべた。あの親たちのなかに、こんな登山をする仕事に就く者はいるのだろうか。いや、いるわけがない。連中は役人ばかりだ。ハートの十倍は稼いで、自分の命を危険にさらすような真似はぜったいしないし、いまハートが経験している痛みなど味わったこともない。だがどれだけ金を積まれようと、連中と生活を交換しようなどとはゆめゆめ思わない。

〝あれはただの死体なんだ、ブリン。のらくらして、自分にとっては痛くもかゆくもないテレビを見て、焦ったり怒ったりしてる。仕事へ行って、家に帰って、てめえの知りもしない、どうでもいいことをしゃべって……〟

ふたりは平地まで来て足を止め、あたりを注意深く観察した。ハートは今夜、女たちに殺されかけたことを忘れる気はなかったし、女たちがあきらめたとする理由も思いつかなかった。むろん、女たちは逃げたがっていた。しかしブリンの目が脳裏に焼きついて離れない。フェルドマン邸のドライブウェイでも、また死を賭してハートを阻止しようとブレーキをはずしたヴァンでも見せたあの目。

〝あなたには黙秘する権利がある。弁護士の立ち会いを……〟

頬をゆるめずにはいられない。

そのとき、遠く前方でかすかな叫び声がした。甲高い悲鳴。

「いまのは?」ルイスが警戒を募らせた。「くだらねえ『ブレア・ウィッチ・プロジェクト』

か」

ハートは声を出して笑った。「あの娘だ。女の子だよ」

「あんたのGPSなみに役立つな、ハート」

そして男たちは駆けだした。

†

「動物か？」とマンスが声をひそめて訊いた。

グレアムは首をかしげ、左手のどこかすぐ近くから微風に運ばれてきたらしい甲走った叫びに聞き入った。動物といえば途中、崖から見つめてくるコヨーテか野犬、もしかしたらオオカミを目にしていた。動物と声の主はそいつらなのか。グレアムは植物には通じているし、土壌や沈泥や岩石のことも知っている。が、動物やその習性については明るくなかった。

「かもしれない。わからない」

大人の女性の声には聞こえなかった。子どもの声という気がしたが、なんとも言えない。

「風かな」とマンスが言った。

だがあの声には切迫した感じ、不安の気配があった。苦痛よりも恐怖の。

そして静寂。

風、鳥、動物……どうか、そのいずれかであってくれ。

「あそこ」とマンスが言った。「真下だ」

グレアムは気力を挫くような一面の木立がとぎれたあたりを凝視した。ここまで木深《こぶか》いなかを四分の一マイルほど、ゆっくりと進んできた。予想をはるかに超えた長い道のりになったのは、研磨パッドさながらの濃い茂みや、懸垂降下用の装備なしでは乗り切れない断崖に迂回を余儀なくされたからである。マンスは準備があればとこぼしたが、グレアムはかえってほっとしていた。

彼らはふたたび木を手がかりに丘を下りはじめたが、やがて漏斗《ろうと》状の岩場に道をふさがれた。

「あそこしか手はなさそうだ」とマンスが落とし樋を思わせる斜面を指した。幅およそ六フィート、斜度は四十五度、頁岩や小石、泥が散見される。氷のように滑りやすい。もし転倒すれば、ごつごつした岩肌を絶壁まで優に五十フィートは滑落するだろう。その先は見えない。

「あるいは、引きかえして回り道をするか」

そのとき、悲しげな叫びが夜を満たした。男たちは目を見開き、顔を見合わせた。

その音はまちがいなく人間の喉から絞り出されたものだった。

「行こう」と言ったグレアムの心は、悲鳴の源を見つけたいという必死の思いと、もしここで足を滑らせたら崖から転落するか——死をもたらすサイカチの林に突っ込むことになるという恐怖の間で引き裂かれていた。

†

「お母さんはどこ?」とエイミーがまた金切り声をあげた。

「静かにして」「おねがいよ」とブリンは少女に語りかけた。指を唇にあてる。

身も心も疲れ切った少女は限界に達していた。

「いや！」エイミーは泣き叫んだ。顔を真っ赤に、涙でくしゃくしゃにしていた。「いやだー！」

「あの男たちが襲ってくるの、エイミー。静かにしないと」

「ママ！」

三人は木と木の間が一、二ヤードしかない深い森の比較的平坦な場所にいた。ここまで順調に進んでいたのに、突如としてエイミーがヒステリーを起こしたのだ。

「お母さんは？　お母さんのところに帰りたい！」

ブリンは笑顔をつくってひざまずくと、少女の肩に手を置いた。「おねがいだから、静かにしましょう。ほら、私たちはゲームをしてるの。だから静かにしてないと」

「ゲームなんてしたくない！　帰りたい！　ママに会いたいの！」

齢《とし》は十歳に近いのに、まるで五歳か六歳のよう、とブリンはあらためて思った。

「おねがい！」ブリンは少女に訴えた。

「いやだ！」返ってきた叫びは驚くほどの大きさだった。

「わたしにやらせて」ミシェルがそう言うと、エイミーの前で膝をつき、槍を脇に置いた。そして縫いぐるみを差し出した。エイミーはそれを地面に放り投げた。

「後ろを見てくる。むこうが近くにいたら声を聞かれてるはず」ブリンは小走りに二十フィートを後戻りすると、小高い場所に登って様子をうかがった。

少女の叫び声はサイレンのようだった。

ブリンは夜闇に目を凝らした。

ああ……

二百ヤード離れたあたりを、男たちがこちらに向かってくるのを見て、ブリンは落胆しても驚きはしなかった。男たちは足を止め、騒ぎの原因を見定めようとしている。

でもさいわい、そこでエイミーがおとなしくなった。

しばらくあたりを見まわしていた男たちだが、ふたたび歩きだして石壁の陰に消えた。

ブリンはミシェルとエイミーのところにもどった。少女はまだ不機嫌だったものの、すでに泣きやんで縫いぐるみを抱きしめていた。

「何をしたの？」

顔をしかめたままのミシェルは肩をすくめると声を落とし、「そんなたいしたことじゃない。これからママに会いにいくって話したの。ほかに言うことは思いつかないし」

それならそれでいい。少女はいずれ真実を知ることになるけれど、とにかくいまは声をあげさせるわけにはいかない。ブリンはささやいた。「あいつらがいた」

「ほんとに？　ハートと相棒が？」

うなずく。

「どうして？」

もちろん、ハート。ブリンは言った。「もう一段裏をかかれた。二百ヤードくらい後ろ。先を行かないと」

三人はより平坦な地面を渓谷のほうへ向かってから、再度北のインターステイトをめざした。川を右におくことで方角は把握できたが、上りにつれて土地が開けてきたので、今度は遮蔽物となる木を求めてジグザグに進まざるをえなくなった。ブリンは近づいてくるハートの存在を肌に感じながら、これでは時間がかかりすぎると考えた。

ブリンは、ミシェルとエイミーをまた木の密生するほうに導いて北進した。すると、不意に仄《ほの》かな光が左から右へと筋を描いた。インターステイトを走るトラックか乗用車だ。半マイルか、それ以下。ブリンとミシェルは笑みをかわして前進した。

そんなとき、左手の深い松林のどこかで鋭い足音がした。近くから聞こえる。ブリンが少女を見やると、痩せこけた顔からいまにも感情がほとばしりそうだった。

さらに足音が。さっきより近い。まちがいなく複数。

ハートとその相棒はブリンの予測より速く、二百ヤードの距離をわずか十五分で詰めていた。女たちが見落とした楽な道を見つけたのだろう。

ブリンは地面を指さした。三人は倒木の裏で腹這った。エイミーがまた泣きだしたが、ミシェルが抱きすくめてここも魔法を働かせた。ブリンは木の葉をすくうと、極力音をたてないようにして、ほかのふたりの上に何度も振りまいた。そして身を伏せ、自分の身にもカムフラージュをほどこした。

足音はしだいに近くなったと思うと、がさつく風の音にかき消された。

ブリンは息を呑んだ。誰かが低声で名前を呼んだ気がしたのだ。

空耳に決まってる。絶え間なく落ち葉を巻きあげ、梢を揺らす風のしわざだ。

が、もう一度聞いた。それもはっきり、「ブリン」とささやく抑えた声を。ショックで顎がわななく。ハート！

不気味だった。まるでそばにいるのを第六感で察知したようではないか。

三度めは森のざわめきにまぎれ、名前を呼ばれたかどうかは判然としなかった。疲労と痛みのせいで、それがグレアムの声に聞こえてくる。でも、そんなことがあるはずはない。夫はいまごろ家で眠っている。

あるいは家ではない場所で眠っているのかも。

「ブリン……」

ブリンは唇に指をあてた。ミシェルがうなずき、ジャケットに忍ばせたナイフに手を伸ばした。

また足音がはじまる。すぐそばを、ブリンたちが隠れる倒木のほうにまっすぐ向かってくる。

〝喧嘩するときと逃げるとき〟

〝隠れるときも……〟

けたたましい音をさせる銃を持った男たちのことを考えるうち、あの記憶が甦ってきた――驚きと苦痛に目を剝く最初の夫、ほぼ正面から受けた銃弾の衝撃で後ろによろめいていき、ブリンの制式拳銃がキッチンの床に転がり落ちる。

いまここで正義といったものが働こうとしているのか。天の、あるいは霊的な報いというものが。

キースの運命と似たり寄ったりということなのか。

足音がしだいに近づいてくる。

ブリンは音もなく、三人の上にいま一度落ち葉を振りかけた。それから小さいころのジョーイが、そうすれば姿が消えると信じていたのを思いだして目をつぶった。

†

「ブリン」とグレアムはくりかえした。出せるかぎりの声で呼んだつもりだが、それでもささやきでしかない。

耳をすます。反応なし。

森のこの一帯にさしかかるころには悲鳴もやんでいた。人の姿もなかった。だが歩みを進めながら、グレアムにはごく近くに女の押し殺した声と葉が擦れる音を聞いたという確信があった。とはいえその位置はわからず、あえて妻の名を口にしたのである。

反応はなかったが、やはり葉擦れの音を耳にして、ショットガンを構えたマンスとともに音のしたほうへ向かったのだった。

「ブリン？」

いま男たちは横倒しになったオークの巨木のかたわらで、周囲をくまなく見渡していた。グレアムは眉を寄せて耳をさわった。マンスは首を振った。

だがそのとき、保安官補が身をこわばらせると、岩と茂みのある場所に手をやった。グレアムは百ヤードばかり離れたあたりに、ライフルかショットガンを抱えて右から左へと動いていく人影を認めた。

犯人たちだ。やつらはここにいる！

グレアムは電源を切ってある保安官補の無線を指さした。しかしマンスは首を振ると自分の耳を指でしめす。いま電源を入れれば隠しきれない雑音をたてると言いたかったのだろう。

マンスはグレアムが気づいていなかった道を早足に進んだ。保安官補は銃を持つ男の側面を突くつもりなのだ。

グレアムはふと思った——おれはここで何をしている？

この狂気の追跡に、完全に我を見失っていた。

†

足音がオークの木から遠ざかった。

ブリンは葉音を気にしながら、恐るおそる頭をもたげた。

だが木の幹ごしに見えたのは、朝まだきの闇に溶けていく模糊《もこ》とした人影だった。

ふたりの男は、ブリンたちの隠れる場所からほんの数フィートのところにいたのだ。もしエイミーがひと言でも声を洩らしていたなら、三人はいまごろこの世にいない。ブリンの手はふるえていた。

男たちは木立に消えていった。

「さあ」とブリンはささやいた。「あっちへ行った。引きかえして丘を降りていくみたい。急ぐわよ。ハイウェイまで遠くないから」

三人は木の葉を落として立ちあがると、ふたたび斜面を登りはじめた。

「危なかった」とミシェルが言った。「どうして素通りするの？」

「音を聞きつけたのかも。シカとか」もしかして守護天使のオオカミが、男たちの注意を惹きつけてくれたのだろうか。ブリンはエイミーを見た。「りっぱだったわ。ずっと静かにしててくれて」

チェスターを握りしめた少女は無言で、相変わらず機嫌が悪く目も赤い。その表情はブリンの気分をそのまま映し出している。

いくつもの長い斜面を登ったころ、ミシェルが笑顔で地平線を指でしめした。またもヘッドライトが見えた。

天国の光。

ブリンは最後の障害を見定めた——岩の多い高い丘、右は渓谷へと落ちこむ百フィートの断崖。左は茨が繁茂して、その先のさらに高く露出した岩肌に至る。丘そのものを登るのは不可能だ。崖はきつい斜度で頭上に四、五十フィートもそそり立つ。だが斜面左手の茂みの先には狭い岩棚があり、そのまま野原へ、そしてそのむこうのインターステイトまでつづいているように見えた。岩棚は険しくても登ることはできる。どうやらロッククライマーが出発点として好む場所らしく、岩肌の表面にはここまで出くわした斜面同様、金属のスパイクが打ちこまれている。

ブリンはふたつの理由から、岩棚に慎重になっていた。そこを越えるまでの五分ほどは、男たちにたいして完全に姿をさらすことになる。しかも棚は非常に狭く、縦一列で進まなければならないし、高さはないものの、落ちればその先はメギも生える藪だ。メギのことは、グレアムの苗木畑で知って憶えている。秋になると色あざやかに目を惹く実をつけることで人気の樹木だが、進化によって細く鋭い棘の武装をほどこされた。冬枯れで葉を落とした枝は、その全体が悪意ある針山と化す。

でも賭けに出るしかない。別のルートを探す時間はなかった。

それに、ハートと相棒は女たちの隠れていたカシの木のすぐそばまで来たのに、引きかえして丘を下っていったではないか。

「家に帰る時間よ」というブリンのささやきを合図に、三人は登りはじめた。

†

グレアムとマンスは息をひそめて注意を払いながら歩を進め、ショットガンを持った男が消えた茂みに迫っていた。

マンスが止まれと合図した。小首をかしげて地形を観察する保安官補の視線を追うように、散弾銃の銃口が動いていく。

武器にこだわればよかった、とグレアムは思った。ポケットのバックナイフは役に立ちそうもない。保安官補の拳銃を借りようかとも思ったが、いまは声をあげられるような状況じゃない。たった三十フィートの前方で枝葉の擦れる音がするのは、姿の見えない犯人が茂みを移動しているからなのだ。

乾いた足音が一度。二度。

胸が早鐘を打つ。グレアムは意識して呼吸を鎮めた。歯の根があわない。かたやマンスは存分に本領を発揮しているようだ。自信に満ち、無駄のない動き。こういう場を何度も踏んできたのだろう。身をかがめたマンスが巨石の湾曲した部分を指し、グレアムはそれを待てと解釈してうなずいた。保安官補は、その場所を知ることで自分の位置を確かめるように一度拳銃をさわると、ショットガンを両手で握ってゆっくり前に出た。顔を上げて気配を探りながら、枝葉は感覚で察知してみごとに避けていく。

茂みの反対側でまた足音がした。グレアムは目を凝らしたが人の姿は見えない。だが足音は鮮明だった。男はときに立ちどまりながら木立を進んでいる。

マンスは一切音をたてずに犯人へ近づいていった。

そして木立から二十フィート手前で足を止め、耳をすました。

茂みのむこう側で足音がする。静かにふるまおうという気がないのだ。自分たちがもはやハンターではなく獲物であることに、犯人たちはいささかも思いが至らない。

マンスは静かに前進した。

そこへマンスの背後六フィートの木陰からショットガンを持った男が現われ、マンスの背中に向けて発砲した。

保安官補は悲鳴とともに前方に投げ出され、地面に突っ伏した。手から武器が飛んだ。

グレアムは恐怖に目を見開き、息を喘がせた。ああ……なんてことだ。

襲った男は声も発しなかった。警告も命令も、降伏しろの言葉もなかった。ただいきなり現われ、引き金をひいたのだ！

エリック・マンスはうつぶせに倒れて、撃たれた腰のあたりが血で黒ずんでいた。その片足が小刻みに揺れ、片腕が動いた。手を握りしめ、開いた。

「ハート、やったぞ」と撃った男が抑えた声で誰かに呼びかけた。

茂みの奥から男がもうひとり、拳銃を手に呼吸も荒く走り出てきた。男はほとんど意識のない保安官補を見おろすと、足であおむけにした。グレアムはこの男——おそらくハート——が藪のなかで足音をさせ、マンスの気を惹いたのだと察しをつけた。

恐怖に呑まれたグレアムは、とにかく玄武岩の割れ目の奥へと後ずさった。男たちとの距離はわずか二十フィート、姿を隠してくれるのは若木と、茶色くなった去年のシダの葉ばかり。

グレアムは草木の隙間から様子をうかがった。

「くそっ、ハート。こいつも警官だ」あたりに視線をめぐらして、「まだほかにもいるって」

「誰か見たのか？」

「いや。でも、やつに聞けばいい。下のほうを狙ったんだ。殺すこともできた。けど、生かしておこうと思って下半身を撃ったのさ」

「いい考えだったな、コンプ」

ハートがマンスのかたわらに膝をついた。「仲間はどこだ？」

グレアムは岩にぴたりと、吸いこまれてもおかしくないほどきつく張りついた。両手はふるえ、呼吸もほとんどコントロールできない。吐くかもしれないと思った。

「仲間はどこだ?……何だって?」ハートは頭を低くした。「聞こえない。もっと大きな声で話せ。そうしたら助けてやる」

「何だって、ハート?」

「いないって言ってる。ふたりの強盗から逃げた女たちを捜して、自分ひとりで来たって」

「ほんとうのことを話してるのか?」

「さあ。待て……何かしゃべってる」ハートは耳をかたむけると立ちあがった。やがて感情のない声で、「ただ、くそ食らえだそうだ」

コンプと呼ばれたほうがマンスに言った。「ねえ、お巡りさん、くそを食らったのはあんたのほうだよ」

ハートはためらった。もう一度膝をつき、立ちあがった。「死んだ」

グレアムは保安官補のぐったりした身体を見つめた。泣きたくなった。

十フィート先にはマンスのショットガンが、保安官補が倒れて投げ出されたままになっている。なかば落ち葉にもぐって。

グレアムは念じていた——たのむ、あっちを見るな。そのままにしておいてくれ。あの銃が欲しい。喉から手が出るほど欲しい。いまなら殺すのも簡単だ。後ろからふたりを撃つ。保安官補と同じ思いを味わわせる。

たのむ……

マンスを殺した男が銃を構えて見張りをする一方、ハートはマンスの身体を探り、ベルトからはずした無線機の電源を入れた。雑音混じりのやりとりが、グレアムの耳にも届いてくる。

ハートがコンプに言った。「捜索隊は出ているが、全員が六八二号とモンダック湖のほうにいる……どうやら、この坊やは真実を話してたらしい。勘を頼りにここまで来たんだろう」ハートは懐中電灯で保安官補の制服の胸もとを照らし、名札を確認すると、腰を上げて無線に向かった。「こちらエリック、どうぞ」

ざわついた応答。グレアムには聞こえなかった。

やはり空電。

「受信状態が悪い。どうぞ」

「ほんとうにひどい。こちらに人が来た形跡は見あたらない。聞こえますか？　どうぞ」

「もう一度言ってくれ、エリック。どこにいるんだ？」と訊ねる声が、グレアムの耳まで伝わってきた。

「くりかえす。受信状態が悪い。ここには誰もいない。どうぞ」

「いまどこにいる？」

ハートは肩をすぼめた。「北だ。人の気配はなし。湖のほうはどうだ？」

「いまのところ、湖周辺に進展なし。捜索をつづけている。ダイバーは遺体を発見していない」

「それはよかった。何か見つかれば連絡する。以上」

「以上」

グレアムはショットガンを、念力で透明にするとばかりに凝視していた。

ハートが言った。「しかし、やつ以外に人をよこさないのはなぜなんだ？　理解に苦しむ」

「連中はあんたみたいに賢くないんだよ、ハート。だからさ」

「急いだほうがいい。こいつのグロックを取っておけ。予備のクリップも」

グレアムはまた岩に張りついた。

ショットガンは置いていけ。たのむ、ショットガンは置いていってくれ。

木の葉をがさつかせる足音。

連中はこっちに来るのか。なんとも言えない。

すると足音がやんだ。男たちはすぐ近くにいる。

ハートが訊いた。「お巡りの散弾銃は要るか？」

「いや、べつに。二挺も要らないし」

「誰かに見つけられても困る。川に捨てておくか？」

「そうだね」

やめろ！

ふたたび足音。ついで重い物体を放る際のうめき声。「あばよ」

ややあって、グレアムは騒々しい音を聞いた。

男たちはふたたび歩きだした。地面と石の間にうずくまるグレアムに、さらに近づいてくる。

巨石を左にまわればグレアムの姿は見えない。右にまわれば鉢合わせする。

グレアムはナイフを開いた。カチリと音をさせた。思えば最後にナイフを使ったのは、バラの接ぎ木をするためだった。

†

銃声が――それも近くで轟き、はっと振りかえったミシェルはエイミーの手を放していた。

少女はまたもパニックを起こし、泣きながら岩棚を駆けもどった。

「やめて！」とブリンは叫んだ。「エイミー！」彼女は足もとの棘だらけの藪を見ながら、ミシェルの脇を抜けてエイミーを追った。ところが、追いかけられていることに気づいた少女は、ブリンが近づくと岩棚に倒れ、そのまま這って逃げようとした。「いや！」と叫んだ少女の手からチェスターが落ち、岩棚の縁を越えていった。少女は玩具をつかもうと手を突き出し……メギの茂みに向かって落ちかけた。間一髪、ブリンの手がエイミーのスウェットシャツをつかんだ。逆さになっていたのが幸いした。もし顔が上だったらシャツがすっぽり脱げ、痩せっぽちの少女は密集する棘の上に転落していただろう。

少女は恐怖と痛みと、そのうえ縫いぐるみを失ったことに泣きわめいた。

「静かにして、おねがい！」とブリンは声をあげた。

駆け寄ってきたミシェルが脚をつかみ、女たちは力を合わせて少女を岩棚まで引っぱりあげた。

少女はすぐに叫びだしたが、ミシェルが身体を寄せ、頭を撫でながら何事かをささやきかけると、またしてもおとなしくなった。

ブリンは思った。どうして私じゃだめなの？

った。

「あとでチェスターを助けるって約束したの」岩棚を登りなおすときに、ミシェルが低声で言った。

「なるほど。ここから脱出したら、私ひとりでもこの棘のなかからチェスターを救い出すから」とブリンは言った。「ありがとう」

頂上まではあと二百ヤードあった。

たどり着いたときに、どうかトラックが通りかかりますように。たとえ素っ裸になっても停めてみせるから。

「さっきの銃声は何だったの？」とミシェルが訊ねた。「誰が――」

「ああ、うそ」ブリンは後ろを振り向いてつぶやいた。

五分まえに、ブリンが岩棚を登るか否かを悩んでいた同じ茂みから、ハートと相棒が飛び出してきた。

男たちは足を止めた。ハートが顔を上げ、ブリンと目と目を合わせた。彼は相棒の腕をつかむと、岩棚の女たちをまっすぐ指さした。

相棒がショットガンをいじり、空の薬包を排出させて新たな一発を弾込めすると、男たちはそろって駆けだした。

†

「撃て」とハートはルイスに叫んだ。

ふたりの息がはずんでいる。心臓が激しく脈打つあまり、ハートは銃を操作するどころではなかったが、相棒ならショットガンで岩棚を殿で登っていく女、ミシェルを撃てるかもしれない。

よし。

牝犬を殺《や》っちまえ。

ルイスは立ちどまり、深呼吸をひとつすると発砲した。

惜しい――岩から舞いあがる粉塵が見えたが、散弾は的をはずしていた。つぎの瞬間、女三人組が岩棚のてっぺんから、平地らしき場所へ飛び降りて姿を消した。

「まっすぐハイウェイへ向かうはずだ――空き地を突っ切って森にはいる。むこうはガキがいる。このまま行けば仕留められるぞ」

男たちは息切れしていた。だがルイスは力強くうなずき、ふたりは岩棚を登りだした。

†

グレアム・ボイドはわずか四分の一マイル先であがった銃声に竦みあがった。

いまは不安定な体勢で、砂岩の崖の縁にうずくまっている。足もとの百フィート足らず下では、スネーク川が走りくだっていた。ずっと目を凝らしていると、淡い光のなかに、エリック・マンスを殺した男が崖から投げ捨てたショットガンが見えた気がした。十五フィート下の突き出した岩の上だ。

ああ、あの銃があれば！

男たちは岩の反対側を抜け、木が絡みあうような木立に消えていった。グレアムは彼らの足音が聞こえなくなると身を起こし、しゃがんだまま渓谷の縁まで来たのだ。

ここを降りて、武器を取りもどすことができるだろうか。

いいから、つべこべ言わずにやるだけだ。グレアムは怒りに燃えていた。人生で、あの銃ほど手に入れたいと思ったものはなかった。

目をすがめて岩肌を眺めてみると、崖を降り、ショットガンを拾うのに充分な手がかり、足がかりはありそうだ。

急げ。行くんだ。

グレアムは荒い息をつきながら、渓谷に背を向けて縁を越え、慎重に降りはじめた。五フィート、八フィート。そして十フィート。なるべく速く手足を動かした。もし足を滑らせたら露出した岩に弾かれ、垂直の箇所もある渓谷の絶壁を、はるか下方の岩だらけの川面まで転落することになる。下流に向けて白い泡が筋を引くのは、巨石がごろごろしている証拠なのだ。

十二フィート。

グレアムは下を見た。

たしかに、ショットガンはあった。出っ張った岩の縁にきわどく引っかかっている。突風が吹いて落ちてしまわないうちにと思うと気が急《せ》いてくる。とにかく近づけるところまで降りていった。銃と同じ高さまで達しても、まだ右手から四、五フィートも離れている。グレアムは横に移動する方法を探ったが、足をかけられそうなのは黒っぽい岩だけだった。

大きく息を吸うと、冷たく泥まじりで滑りやすい岩に顔を押しつけた。行け、と自分を叱咤する。ここまで来たんじゃないか。

崖の裂け目から生えだした細い若木をつかみ、銃に手を伸ばした。銃身まで八インチ。黒い丸い銃口がまっすぐこちらを見据える。

下では水が音高くほとばしる。

グレアムは苛立ちの吐息を洩らした。あと数インチ。行け！

若木を握る手をずらし、右手をもう一度、より力強く振り出した。

銃まで二インチ。

再度手を伸ばし、三度めの挑戦をこころみた。

よし！　銃身に指が掛かった。

あとは——

そのとき、若木が重みに負けて折れ、一フィートほど横滑りしたグレアムは、つるつるした細木と樹皮だけを頼りに持ちこたえていた。ショットガンを放すまいと声もあげたが、銃は汗で湿った指を抜けて落下し、十フィート下の岩にあたると、回転しながら八十フィートを落ちて川に没した。

「だめだ！」グレアムは胸ふさがれる思いで、銃が溟い流れに呑まれるのを見つめた。

だが銃の運命を嘆いている暇はなかった。若木が完全に折れたのだ。グレアムは岩の出っ張りをつかんだものの、十秒ともたずに指が滑り、あれほどまでに欲しがっていたショットガンと軌を一にするように落ちていった。

†

でも、これでハイウェイまで行き着けるわけがない。

ブリンは落胆に息を乱した。散弾が放たれると同時に、三人は岩棚から草地に飛び降りた。ところが森までの距離判断を誤っていた。インターステイト沿いの森まで、たっぷり三百ヤードはあるのだ。平坦な土地はあたり一面クサヨシとヒースで埋めつくされ、わずかな若木や焼け焦げた木の幹も見える。ブリンは一年まえ、このあたりで発生した森林火災のことを思いだしていた。

ここを横切るのに十分はかかるし、男たちはもっと早くここまで来る。いまごろはもう岩棚にいるはずだ。

ブリンはエイミーを見た。少女の怯えた顔は涙で赤らみ、泥の筋がついている。

私たちに何ができる?

その答えを出したのは槍にもたれ、肩で息をしていたミシェルだった。

「もう逃げない。喧嘩するときよ」

ブリンは視線を合わせた。「ここではとても太刀打ちできない」

「かまわないわ」

「だって、勝ち目はないのよ」

「わたしの人生って、いままで確かなことばかりだった。トレッドミルで走って、〈リッツ〉

でランチをしてネイルサロン。うんざりなの」

　ふたりは笑みをかわした。ブリンはあたりを観察して、右手の急斜面を崖の上まで登れば、男たちがいる岩棚より高い位置を取れると考えた。「あっちよ。さあ」

　ブリンが先頭に立ち、エイミー、ミシェルの順で進んだ。見れば男たちも油断なく道をたどり、すでに三分の一あたりにかかっている。ハートが前にいた。

　なけなしの武器は槍にナイフ。だがブリンとしては、それらを最後の最後まで温存しておきたかった。彼女は付近に点々とする岩に手をやった。なかには大きすぎて動かせそうにないのもあったが、あとはどうにか転がしたり持ちあげたりできそうだった。それに丸太や太い枝もたくさんある。

　ブリンは低い声で言った。「あいつらを棘のなかに追いやるわ」

　ミシェルはうなずいた。

　やがてブリンは一計を案じた。ポケットからコンパスの瓶を取り出した。ナイフでスキーパーカを裂いて長い紐をつくり、それを瓶に巻きつけると蠟燭用のライターを手にした。

　ミシェルが指摘した。「それ、ただの水よ」

「むこうはそんなこと知らないし。アルコールがたっぷりはいってるって思うはず。これで足止めしておいて、そのあいだに岩を落とすから」

　ブリンは下を見やった。まもなく男たちがほぼ真下にさしかかる。ブリンはささやいた。

「用意はいい?」

「もちろん」ミシェルはそう言うと紐に火をつけた――ナイロンが燃えあがり、じりじりと音をたてた。

ブリンは崖から身を乗り出し、距離を測って瓶を手から放した。瓶はハートの正面五フィートの岩棚に落ちて跳ねたが、そこから転がることはなかった。

「何だ――?」ハートが息を呑んだ。

「くそっ、アルコールだ!」と相棒が叫んだ。「爆発する、下がれ」

「連中はどこだ?」

「上だよ。あのへんだ」

ショットガンが火を噴き、散弾粒の数個が女たちに近い岩肌に当たった。すぐそばにうずくまっていたエイミーが叫びだした。でもブリンは意に介さなかった。こうした状況では、泣いたり喚いたりがごくあたりまえのような気がする。もはや保安官補でも素人女優でもない。戦士。『ジャングルの女王』。ブリンは武者ぶるいしながら、またオオカミの哮《たけ》りをあげたいという思いに駆られた。

ふたりは動かせる範囲で最大の岩――重量四、五十ポンドはある――を崖っ縁に転がしていった。力を合わせて、最後はブリンが岩を宙に押し出すと下を見おろした。

狙いは完璧だったが、運に阻まれた。岩壁は垂直ではなく、岩は小さな出っ張りに当たって外側にはね、きわどくハートの頭をはずれた。それでも層をくずして岩屑の雨を降らせた。男たちは岩棚を十フィート後退した。相棒がふたたび発砲したが、散弾は女たちの頭上をかすめていった。

「止まったらだめ」ブリンは喘ぎまじりに言った。「なんでもいいから、つかんだものをあいつらに当てて」

女たちは丸太を一本、岩塊を二個、石ころを十数個放り投げた。

悲鳴が聞こえた。「ハート、手が。手が折れちまった」

ブリンは危険を冒して下を覗いた。相棒はショットガンをキイチゴの茂みに落としていた。

やった！

ハートが上を睨みつけていた。ブリンの姿を見てグロックを二度撃った。一発が近くの崖を弾いたが、ブリンは飛んでくる破片から身をかわした。

ハートの声がした。「コンプ、導火線の火が消えた。見ろ。あの石ころを道からどかすんだ。蹴り出せ」

「おい、ハート。やつらに頭をつぶされちまうって」

「いいから行け。掩護するから」

ブリンは長さ五フィート、直径一フィート、数インチの長さの枝が棘のように何本か突き出している丸太に顎をしゃくった。「あれ」

「そうね！」ミシェルは頰笑んだ。ふたりは膝をつき、崖と平行になるように丸太を押していった。そして力のいる作業に息を切らして丸太にもたれた。

ブリンは指を立てた。「私が合図したら、あいつらの背後に石を投げて」

ミシェルはうなずいた。

ブリンは槍をつかんだ。

ジョーイのことを思った。グレアムのことを思った。

なぜか、最初の夫の姿が像を結んだ。

そしてブリンはうなずいた。ミシェルは岩棚へ石を投じた。

ブリンは立ちあがった。ハートが石の音に振りかえるのを見はからって、この世のものならぬ呻きとともに、岩棚の障害物をどかそうとかがむ相棒の背中めがけて槍を放った。

「コンプ！」その刹那、上を仰いだハートが叫んだ。

相棒は身をひるがえして飛び退り、槍は数インチはずれ、その足もとの岩に火花を散らして突き刺さった。相棒は足を滑らせて岩棚から落ちかけた。岩の裂け目を左手でつかみ、かろうじて転落をまぬがれている。悪意を剝き出す棘の上で両足が揺れた。

あわてて駆け寄ったハートが上を向いて銃を放った。だが視線の先にブリンの姿はなかった。ミシェルに手を貸し、死の丸太を崖の縁へと押していた。

ブリンはいま一度目をくれた——ハートは背をこちらに向けてしゃがみ、相棒のジャケットをつかんで引っぱりあげようとしている。男たちはまっすぐ三十フィート下、この位置だと岩肌もなめらかだった。丸太の衝撃は、たとえ息の根を止めるまでいかなくても骨は砕く。少なくとも、ひとりは棘の海に飛び込む。

ためらいは禁物。

ブリンは丸太の片側にしっかり手をかけ、ミシェルも同じようにした。「行くわよ！」とブリンは低声で言った。

丸太は崖っ縁まで十二インチのところにあった。

「もっと！」

六インチ。

と、ブリンとミシェルからわずか一フィート下の崖の表面を鋭く穿つ音がして、砂塵と石屑のシャワーが夜の闇に飛び散った。ついで、遠くライフルの銃声が空に満ちた。少女たちは身を伏せた。ブリンはエイミーのところまで這っていくと、ヒステリー状態の少女を腹這わせて宥《なだ》めた。

もう一発。さらに岩が砕け散る。

「誰？」とミシェルが喘ぐように言った。「あいつらじゃなかった。あっちに誰かいる！　わたしたちを狙ってるのよ！」

ブリンは離れた森を見つめた。

はるか先で銃口が閃光を放った。「伏せて！」ブリンが首をすくめると、押していた丸太に高速ライフル弾が命中した。

ブリンは危険を覚悟で下を見おろした。ハートはすでに相棒を岩棚に引き揚げていたが、ふたりとも何が起きたかわからないまま、その場にうずくまっていた。狙撃者は女たちを狙っているようだったが、おそらく男たちのほうでも、自分たちが標的にされているのではと考えたのだろう。まるで無防備な場所にいたふたりの男は岩棚を引きかえそうとした。

ブリンは言った。「ふたりが逃げようとしてる。ここから出るわ」

「いったい誰なの？」とミシェルがつぶやいた。「もうちょっとだったのに！」

「さあ。早く」

空き地にもどることはできない。撃ってくる相手が誰でも絶好の的にされてしまう。そこで狙撃手から距離をとるように、渓谷へ向かって匍匐《ほふく》した。ほどなく丘の反対側まで無事たどり着いたが、すぐそばには渓谷に落ちこむ険しい崖があった。ブリンは用心深く、精一杯目を凝らすとエイミーに訊ねた。「ねえ、ルディとあなたのママって、ほかのお友だちといっしょにいた？　今夜、キャンピングカーにいなかった人と」

「ときどき」

たぶんそれだ。覚醒剤《メス》の製造所の殺戮《さつりく》現場を見て、ここまで跡を追ってきたギャンディとルディの仲間。

橋にさしかかった大型のトラクタートレーラーがシフトダウンする、誘うような音が静寂を破った。ブリンは渓谷の縁沿いを先まで見通した。そこを歩けば、うまく身を隠しながらインターステイトまで行けそうだ。

空には明かりがきざしつつある。夜明けはそう遠いことではなく、ハイウェイへの道も楽に見つかるだろう。ブリンはミシェルを抱きしめた。「もうちょっとだった」

ミシェルはにこりともせずに言った。「今度こそ」

ブリンは気後れを感じた。「でも、今度がないことを祈りましょう」

しかしそのきびしい表情からは、若い女がそれをすこしも望んでいないことが伝わってきた。

†

「ちがうお巡りか？」とルイスは狙撃者のことを話題にした。

ルイスは手をほぐしていた。骨折はなかったが、岩の当たった親指が動かせなくなっている。キイチゴの茂みにショットガンを落としたことに逆上して、ルイスは女たちにたいする怒りをふつふつと滾《たぎ》らせていた。

ふたりして岩棚の下の岩塊に身を隠しながら、ハートは死んだ保安官補の無線に耳をすましていた。聞こえるのは捜索隊のありふれた交信で、銃声に気づいた者はいない。この付近に別の警官がいるという情報も出てこなかった。

「ほかにもヤクに絡んだ連中がいたんだろう。キャンピングカーに向かう途中の」ハートはGPSの電源を入れた。怒りは抑えるしかなかった。獲物はすぐ近くにいる。だが追跡ができない。唯一の経路である岩棚を行けば、恰好の標的になってしまう。

「左に迂回して森を抜ける。時間はかかるが、ハイウェイまでめだたず行ける」

「いま何時だ?」とルイスが訊いた。

「それがどうかしたのか?」

「こんなことを、何時間やってるのか知りたくなってさ」

「もうさんざんやってる」とハートは言った。

†

二二三口径のブッシュマスター・ライフルを携えたジェイムズ・ジェイソンズは、自分が狙った岩肌を見つめた。明かりはないも同然、くわえて標的から二百ヤード以上離れていることを考えれば、これ以上は望めない射撃である。

しばらく暗視双眼鏡で一帯を走査したが、男のほうも女のほうも姿はなかった。穴居人の格闘——岩と丸太から身をかわすふたりの男たち——という構図が生まれるまでには、それ相当の物語があったはずだ。

十分間、ジェイソンズは周辺の野原と森を眺めた。

連中はどこだ？

男たちは岩棚から退却した。車がないということは、インターステイトに出て車を停めようという魂胆なのだろう。しかし岩棚からハイウェイまでのルートはいくつもある。見込みとしては、おおよそこちらの方向に進んでくるだろう。緑が生い茂ってはいるものの、見つけることはできそうだ。翻《ひるがえ》って、やつらが女たちを追いかけ、丘の遠い側を迂回したという可能性もある。そちらはかなり急な登りで、進むにあたって遮蔽物もなさそうだが、さてどんなものか。男たちは攻撃に腹を立て、獲物を捕らえようと躍起になっているかもしれない。

いずれにしても、ジェイソンズは性急に手を打ちたいとは思っていなかった。暗視双眼鏡で茂みをくまなく見渡した。草木がかなり揺れていたが、それは風のせいで、逃げる人間のしわざではなさそうだった。

あまり遠くないあたりで動きがあった。ジェイソンズはまばたきをして息を凝らし、双眼鏡の焦点を合わせた。彼が認めたのは野生の動物、どうもコヨーテかオオカミらしい。

暗視システムのせいで幽霊のような灰緑色に見える。顔は細く、わずかに開いた口もとに白くそろった歯が覗く。ジェイソンズはその獣との間に距離があることに胸を撫でおろした。ほれぼれする姿ではあるが、いかんせん獰猛だ。

動物は頭をあげて匂いを嗅ぐと、瞬時に消えた。

自宅からはるか遠くにいるのだと、ジェイムズ・ジェイソンズはいまさらながらに思った。ロバートには脚色して話すことになるだろう。銃撃の件は無理でも動物は登場する。

ジェイソンズは引きつづき近くの原と森を観察したが、エマ・フェルドマンを殺した犯人たちの姿はなかった。連中はここまで難なく来たかもしれないが、この深い森ではなんとも言えない。

で、グレアムと保安官補は?

殺し屋たちが岩棚に現われるまえに聞こえた銃声が、そのふたりの運命を示唆している。大変残念ではあるが、下手なお節介を焼くわけにはいかない。できないものはできない。

ジェイソンズはさらに十分待ってから、インターステイトにもどることに決めた。キャンバス地のバッグを肩に掛けると、ライフルを分解しないまま森に溶けこんだ。

†

三人は渓谷の尾根づたいにハイウェイへと歩を進めていた。はるか眼下では、スネーク川の奔流が岩を打っている。

ブリンは右を見ないようにした。十フィート先の断崖で世界は終わる。彼女はエイミーの手を握り、道の前方をひたと見据えていた。

足を止めて振りかえると、ミシェルは見るからに憔悴していたが、足を引きずりながらもついてきていた。少女は緊張病かと思うほど顔をこわばらせている。

時刻はまだまだ早く、聞こえてくる音からしても車の量は多くない。でも、ときどきセミトレーラーかセダンが通っていく。その一台がつかまればいい。

なんの前ぶれもなく、前方右手に橋がぼんやりと姿を現わした。木立にはいって抜けると幅三十フィートほどの草地に出た。その先がインターステイトの路肩と、美しいグレイのアスファルトだ。

乗用車もトラックもまだ一台も見えないが、ここまで来たからにはミスを犯せない。

三人は気弱なヒッチハイカーよろしく、丈の高い草むらに隠れていた。ブリンは身体がふらつくのを感じた。かれこれ九時間ぶりに平らな地面に立つせいで、内耳のジャイロスコープに狂いが生じている。

やがてブリンはハイウェイを見つめて笑い声をあげた。

車が一台、カーブをまわって近づいてくる。ケネシャ群保安官事務所の車で、ライトを点滅させ、低速で走行している。銃声を聞いた運転手が９１１か州警察の＃７７に通報したのだ。

車に向かって片手を上げながら、ブリンは考えていた——とにかく岩棚の狙撃手のことを伝えないと。

速度を落として路肩に乗りあげた車がブリンとハイウェイの中間で停まった。

ドアが開いた。

運転席からハートが、反対側から相棒が降りてきた。

†

「あっ！」ミシェルが喘いだ。

ブリンは嫌悪の溜息をついた。車に視線をやると、エリック・マンスの車だった。彼女は目を剝いた。

「そうだ、やつはしくじった」と相棒が言った。フェルドマン邸のダイニングルームで、もうすこしで撃ちかえしそうになった男。「本にあるいちばん古い罠にはまったのさ」

ブリンは戦慄のあまり瞑目した。マンス……あのカウボーイが助けにきてくれた。そして勝負に敗れ、死へと突き進んでいった。

ハートは無言だった。黒い銃を手に、捕らえた獲物を見つめていた。

相棒がつづけた。「で、元気か、ミシェル？」と名前に力をこめると、ポケットから女の財布を抜き出し、また元にもどした。「知り合いになれてよかったよ」

ミシェルは黙って少女に両腕をまわし、かばうように引き寄せた。

「お嬢さんたちは、今夜の森の散策をたのしんだのかい？　おしゃべりははずんだ？　ひと休みしてお茶会か？」

ハートがブリンをじっと見てうなずいた。ブリンはその凝視をあっさり受けとめた。中央分離帯のむこうをセダンが通りかかると、ハートは銃を下ろした。車は速度を落とすこともなかった。淡い曙光《しょこう》のなかでは、道の反対側の茂みで繰りひろげられているドラマを目撃するのは困難だったかもしれない。車は走り去り、ハイウェイは空っぽになった。

「コンプ？」ブリンに視線を注いだまま、ハートが言った。

瘦せっぽちの男は耳たぶをこすりながら目を動かした。「なんだい？」

「女たちの前から動くなよ」

「ここか？」

「ああ」

「了解」〝コンプ〟というらしい相棒が言った。「こいつらを隠しとけってことだろ？」彼はジャケットから銀色のオートマティックを抜こうとした。

「いや、そいつはいい」ハートは相棒と正面から向きあった。

コンプは煮え切らない笑いを見せた。「どうした、ハート？」

わずかなためらいのあと、ハートは銃を相棒の顔に向けた。

コンプは引きつった笑顔で首に入れた青と赤の十字のタトゥーをさわり、つぎに耳たぶをこすった。首を振りながら、「おい、まさか――？」

ハートは相棒の頭に二発撃ちこんだ。男は左の膝を上げた恰好であおむけに引っくりかえった。

エイミーが悲鳴をあげた。ブリンは向きなおったハートが女たちを銃で狙いながら、相棒の死体のほうに後ずさっていくのを見つめることしかできなかった。

ミシェルの目から表情が消えた。

ハートはかがんで、コンプのウエストバンドからＳＩＧ／ザウエルの九ミリを抜くと、死んだ男の力ない指を巻きつけた。

　そこでブリンは予定のシナリオを理解した。死者の手にＳＩＧを握らせて女たちを撃てば、相棒の皮膚には射撃残渣《ざんさ》が付着する。それからブリンの死体にも同じように、二挺めの銃――たぶんマンスのグロック――を手に握らせ、木をめがけて二発撃つ。

　警察は相棒が女三人を殺害し、息絶えるまえのブリンが最後の二発を放って相手を倒したと判断する。

　そしてハートは永遠に姿を消す。

　あと数分の命となると、妙な気分だった。走馬灯は駆けめぐらない。でも後悔の数々が思い浮かんでくる。ブリンは森に目を向けた。路肩とハイウェイに切り離され、人の手で飼い馴らされた木立を見つめる。友人のオオカミが顔を出し、きっと睨んで森に消えていきそうな気がした。

　ハートが死んだ相棒の腕を持ちあげて左へねじり、まずはブリンにＳＩＧ／ザウエルの銃口を向けてきた。

　ミシェルはエイミーをさらに引き寄せると、革のジャケットに手を差し入れた。〈シカゴ・カトラリー〉の最後に残るナイフを、ハートめがけて投げるつもりなのだろう。

　死に物狂いの抵抗。もちろん、無駄なこと。

　ジョーイ、わたし――

　聞こえた絶叫に、全員が身を竦ませた。

「動くな！　銃を捨てろ！」

息を切らし、足を引きずり、ハートの背後の森から現われたのは、小型のリヴォルヴァーを手にしたグレアム・ボイド。

「グレアム」ブリンは驚きのあまり声をあげた。「どうして」

「銃を捨てろ。早く！　下に置け」夫の服は泥まみれ――血の痕も見えるし――あちこち破れている。顔も怪我をして汚れていた。マスクの奥で、目が忿怒《ふんぬ》にぎらついている。こんな夫を見るのは初めてだった。

ハートは躊躇した。グレアムが足もとの土に一発撃つと、殺人犯はたじろぎ溜息をついた。そして銃を地面に置いた。

ブリンはその銃に見憶えがあった。エリック・マンスが足首に付けていた予備のものだ。そこに二挺めを隠しているとグレアムに話したのを思いだした。解《げ》せないところはいろいろあるけれど、いまは夫とマンスがスネーク川渓谷にいる理由を詮索しないことにした。前に出て夫から銃を受け取り、弾がまだ残っているのを確認すると、ハートに茂みから路肩に出るよう指図した。そこならよく見えるし、標的として狙いやすい。

〝自制心……〟

「膝をつきなさい。手は頭の上。片方でも頭から離したら、あなたは死ぬから」

「もちろんだ、ブリン」ハートは命令に従った。

すでに交通量がふえつつある。夜勤明けか、早番に急いでいるのだろう。乗用車やトラックが、路肩で展開中のドラマに気づいたとしても、わざわざ停車することはない。

「グレアム、彼のグロックともう一挺を取りあげて」と、コンプが携帯していた派手な銀色の

ＳＩＧ／ザウエルをしめした。「一挺が行方不明ね。エリックのが。彼の身体をあらためて」現場ではつねに武器の数をかぞえるようにと、キースから教えられた。

グレアムは保安官補の制式のグロックを見つけだした。さらにハートの黒い銃とコンプの銀色の銃を、ブリンのかたわらの草むらに並べて置いた。

だがマンスの銃は手放さなかった。それを仔細に眺めてから地面に向け発砲したのは、おそらく弾があって撃てることを確認するためだったのだろう。

グレアムに角張ったオートマティックを向けられたハートは、落ち着いた灰色の目で銃口のその先を見つめた。グロックには安全装置がない。狙って撃つだけだ。グレアムはそれを知っている。ブリンは夫とジョーイに弾の込め方、撃ち方を教えていた。万が一にそなえて。

「グレアム！」

彼は妻を無視した。低く脅すような声音でハートに糺した。「こっちがかけた電話に出たのは誰だ？　死んだほうか、それともあんたか？」

「おれだ」とハートは言った。

「グレアム」ブリンはささやきかけた。「もう大丈夫だから。協力して。手を縛るビニールが要る。グラブコンパートメントを調べて」

夫はハートの目を睨みつづけていた。顔を狙った銃は小揺るぎもしない。引き金は非常に軽く、指が引きつるだけでも弾は発射される。

「グレアム？　ねえ？……お願い」その声には切羽詰まった響きがあった。撃てば殺人になるのだ。「お願いだから」

夫は深く息をつき、銃を下ろした。おもむろに口を開いた。「どこだ？　拘束具は？」

「グレアム、ねえ、銃をこっちに渡して」

「どこにある？」声を荒らげたグレアムは拳銃を手にしたままだった。ブリンはハートが笑いかけてくるのに気づいた。

ブリンはそれには取り合わず、夫に答えを返した。「グラブコンパートメント」

グレアムは車に歩み寄った。「何もない」

「トランクを見て。ビニール袋にはいってる。箱のなかかも。でも先に応援を呼んで。ダッシュボードに無線がある。ボタンを押して名前を名乗ったら、１０１３と言って場所をを告げて。エンジンはかけなくて平気」

グレアムはハートを見ながらマイクを取り、連絡を入れた。保安官補や州警察官五、六人から矢継ぎ早の応答があったが、さいわい位置と状況を知らせるだけで事足りた。グレアムはマイクを座席に放ってトランクをあけた。

ハートの離れない視線に、ミシェルが紛れもない嫌悪をこめて睨みかえしていた。ハートは微笑した。「惜しかったな、ミシェル。もうひと息だった」

ミシェルは何も言わなかった。するとハートはブリンに向きなおり、彼女にだけ聞こえる声で訊ねた。「あそこのキャンピングカーのとこで、あんたがヴァンをクラッシュさせたあと」

ハートは抜けてきた広大な一帯に顎をしゃくった。「おれは車から放り出され、その場に倒れてた。見ただろう？」

「ええ」

「こっちの銃はすぐそばにあった。それも見たよな？」

「ええ」

「なぜ拾わなかった？」

「女の子が落ちかけていたから。そっちを追いかけた」

「そいつは難しい選択だ」ハートはうなずいた。「そういうのって、最悪のタイミングでやってくるもんだろう？」

「そうじゃなければ」とブリンは応じた。「難しい選択にはならないんじゃない？」

その言葉に、ハートはふっと笑った。「じゃあ、小娘があそこにいなかったとしよう。あんたはおれの銃を拾っておれを殺したか？　意識を失ってるあいだに撃ったか？」ハートは顎を上げて静かに言った。「本当のことを話してくれ……ふたりの間で嘘はなしだ、ブリン。嘘はな。おれを殺したか？」

ブリンはためらった。

「やろうと思ったんだな？」ハートはにやりとした。

「思った」

「そうするべきだった。殺しておくべきだった。おれがあんたならそうしてる。あんたとおれは……同じ穴の貉《むじな》だ」

ブリンはグレアムを見た。このやりとりはグレアムに聞こえていない。

「私たちには、ちがうところがいくつかあるわ、ハート」

「だが、いまのはちがわない……おれを逮捕するつもりだったとでも言う気か？」

「忘れたのね。もう逮捕してる」

ハートの口もとと灰色の目が、ふたたび笑みにくずれた。

トラックが一台、唸りをあげて通り過ぎた。数少ない乗用車。

そこでグレアムが声を出した。「あった」

ハートが待っていたのはその言葉だった。ブリンが視線を上げると同時に、ハートは弾かれたように立ちあがった。ブリンは注意して相手との間合いをとっていたのだが、ハートの狙いはそこではなかった。彼は相棒の死体を飛び越え、ハイウェイまでの二十フィートを一気に駆けた。ブリンの放った一発はきわどくはずれた。接近してくる車があって、それ以上は撃てなかった。ハートは確認することなく、勘にまかせて道路に飛び出した。そこで轢《ひ》き殺されてもおかしくなかった。

ハートは中央車線まで走ってぴたりと止まり、トヨタのSUVが慌てふためいてステアリングを切ったところで脇に飛びのいた。SUVは左に横転すると火花を散らし、すさまじい金属音をたてながら路肩と右車線沿いを滑り、女ふたりと子どもをすんでのことで巻きこみそうになった。三人は思わず地面に伏せた。

SUVはプラスティックにガラス、金属の破片をまき散らしてようやく停まった。クラクションが鳴りわたり、ガラスのない窓からエアバッグのダストが舞った。

十数台の乗用車やトラックがスキッドしながら停止した。するとハートは、ブリンがもう一度狙いを定めるより早く左車線へ走り、停まったセダンのボンネットを飛び越えて運転手——スーツ姿の男——を引きずりだし、その車に乗りこんだ。そして中央分離帯を乗り越えると、停まる車列を過ぎてレーンにもどった。ブリンはマンスのリヴォルヴァーを構えたが、はっきり標的を捉えたのは、別の車から降りてきたふたりに挟まれた瞬間のことだった。そんな善意の人間に怪我を負わせるわけにはいかない。

ブリンは銃を下ろし、車内の人間を助けようとハイランダーに駆け寄った。

†

惨事の目撃者であるジェイムズ・ジェイソンズは横転したSUVから百ヤード離れ、ハイウェイ脇の芳香ただよう茂みに身を潜めていた。

遠くにサイレンの音がする。

負傷者たちを救助するグレアム・ボイドの姿はあった。制服姿のマンス保安官補が見えないのは、先ほど森の奥から聞こえた銃声の説明となるのだろうか。

近づいてくるサイレンのなかで、ジェイソンズは銃を分解し、キャンバスのバッグに収めた。ハイウェイの手前の側は通行不能になっている。反対車線は車やトラックが走っていたが、物見高い連中のおかげで流れは遅い。

まるでこの一連の奇異な出来事について、そこに説明が存在しているかのようだ。

殺人犯のひとりは斃《たお》れ——いまは防水シートで覆われている——もうひとりは逃走したが、ほかに重傷者はなさそうである。

まずまず成功。あとはこの場を離れるだけだ。

ジェイソンズは帽子を目深にかぶると、滞った車の間を抜けて中央分離帯まで行った。多少のもたつきはあったが、野次馬が出ていたせいで走らずに三車線を横断できた。ただし反対側にたどり着いてからは、警官の目に留まらないように急いで森にはいり、レクサスまで駆けた。ジェイソンズはレクサスのエンジンを始動させると、ゆっくり路肩に出てアクセルを踏み、わずか時速三十マイルの車の流れに乗った。助手席に置いたバッグから衛星電話を出し、短縮ダイアルをスクロールしていった。パートナーの名前、母親の名前を過ぎてリストの三番めのボタンを押した。

早朝のずいぶん早い時間だったが、二度めのベルでスタンレー・マンキウィッツは電話に出た。

†

「IDはなし」

救急車の後部ステップにグレアムと並んで腰かけたブリンは顔を上げた。

トム・ダールが言及していたのはコンプのことだった。男は相棒のハートに射殺された。この夜に味わった恐怖のなかでも最悪なのは、ハートが引き金をひく直前、裏切られた若い男の顔に刻まれたあの表情だろう。

「あるのは現金、弾が二箱、煙草、手袋、セイコーの腕時計。それだけだ」また男たちの指紋が付着している可能性があるとして、ミシェルの財布も回収された。ダールはコンプがキイチゴの茂みに落としたショットガン、並びにグレアムが川にあると説明したエリック・マンスの銃を探させるつもりでいた。

すでにブリンの夫は、マンスの銃を取りもどそうとする過程で転落した話をしていた。岩棚に落ちて打撲と擦り傷を負ったものの、ほかに怪我はなく、崖を登ってエリック・マンスの遺体までもどったところで、マンスが足首のホルスターに予備のリヴォルヴァーを仕込んでいるのを思いだした。それを手にして、銃声を聞いた場所へ駆けつけたのである。

「男の名前は？」保安官は、緑色のシートを掛けられて横たわる男の死体をかたわらに見ながら訊いた。

「コンプ」とブリンが言った。「たしかそんなだった」

医療技士がブリンの頰に茶色いベタディンとラノケインを塗り、その上に大判の絆創膏を貼ろうとしている。傷の縫合はブリンが拒否した。針と糸は大きな痕を残すはずで、顔が二カ所も変形するかと思うと耐えられなかった。

技士はバタフライ型にした絆創膏をきつく留めると、きょうのうちに医者に診せるよう言った。「それと歯科医にもね。折れた歯はじきに舌に障るから」

じきに？

ブリンはそうすると答えた。

彼女はコンプの死体を見つめていた。ハートが相棒を殺す理由が皆目わからない。たかだか三十分まえには、岩棚で身の危険をかえりみず――実際、丸太につぶされそうになりながら、安全な場所まで連れもどした相手ではないか。

しかもハートは、立っていろと言いざま撃った——ごくさりげなく。

ブリンは入り乱れる光のサーカスを目にした。怒声、雑音まじりの無線交信が聞こえる。現場にはダールのほか、ケネシャ郡保安官事務所の保安官補数名と、十指にあまる州警察官がいた。スーツの上着を脱いだFBI捜査官がふたり、規制線を張ったりなど、できる範囲での手伝いを買って出ている。彼らはいずれ本性を現わすだろう。

ミシェルは草の上に腰をおろし、木にもたれてうつむき、眠っているエイミーをあやしていた。ふたりとも毛布にくるまっている。救急の見立てでは、どちらもひどい怪我はなかった。ミシェルの足首は単なる肉離れとのことだった。

憂い顔で少女を抱きしめるミシェルは、きっと自分たちのために悼んでいるのだろう。ふたりはこのひどい晩でごく近しい人間を、それもひどく残酷なかたちで喪った。鬱蒼とした森で純真な心を死なせ、あるいは瀕死のまま置き去りにしてきたのだ。

ブリンは救急車から離れ、ミシェルのいる草むらまで重い足をはこんだ。「連絡はついた？」ミシェルはシカゴの北に住む兄夫婦に電話をかけ、迎えにきてもらおうとしていた。

「もうこっちに向かってる」消え入りそうな声で言うなり、ミシェルは抑えた笑みを浮かべた。

「夫からはなにも言ってこないけど」

「電話はしたの？」

ミシェルは首を振った。そのしぐさから、ひとりにしておいてほしいという思いが伝わってくる。ミシェルはエイミーの髪を優しく撫でた。少女はかすかに鼾《いびき》をかいていた。

ブリンは傷ついた顔をさわり、局部麻酔用クリームが効かない痛みにたじろぎながらも、ダールやFBI捜査官と合流した。朦朧とする頭と格闘して——追跡が終わったとたん、その真空状態に見当識障害が堰《せき》を切って流れこんできたのだ——モンダック湖に到着したところから逃亡、移動式の麻薬製造所、岩棚で突然受けた銃撃にいたるまで、事の顛末を要約して話した。

「ルディ・ハミルトンの一味じゃないか？」とFBI捜査官が、岩棚付近にいた狙撃手の正体に関し、ブリンの話をふまえて言った。「断言はできないが」捜査官は確信がなさそうだった。

「ルディが、近くにフレッチャーっていう男がいると話してた」とブリンは言った。

捜査官はうなずいた。「ケヴィン・フレッチャーだな。覚醒剤《メス》とクラックの大物だ。しかし、やつがこのあたりで動いている形跡はない。グリーンベイが根城だ。あっちは十倍の上がりがある。ちがう、やっぱり狙撃手はマンキウィッツが送りこんだ用心棒だろう」

「わざわざ殺し屋を護るためにここまで？」

「そんな気がするな」ともうひとりの捜査官が言った。

むろんFBIはケネディ暗殺は別として、とにかくマンキウィッツに罪を着せたがっている。だがブリンもそこに異議を挟むつもりはなかった。筋は通る。狙撃手のおかげでハートとコンプは頭を砕かれることも、棘の茂みに落ちることもなかったのだから。

「顔を見たか？」

「いいえ。どこにいるのかもわからなかったので」

捜査官は森を見渡した。「楽な現場じゃないな」

やがて回収チームが森からエリック・マンスの遺体を運んでくると、その場は静まりかえった。男たちは深緑色の袋を殺し屋の死体と並べようとしてためらうと、敬意をもって路肩から離れた草の上に置いた。

「あの袋は何度も見てるけど」ブリンはダールに向かってつぶやいた。「仲間が入れられてるのは初めて」

ＳＵＶの運転手とそのガールフレンドが、放心状態で救急車の横に座りこんでいる。シートベルトのおかげで打撲を負っただけですんだ。ハートに車から引きずりだされた運転手は無傷ながら、恐怖心からかエゴからか、訴えてやるとぼやくことしきりだったが、それも誰かから体験談を『ピープル』や『Ｕｓ』に売ればいいと耳打ちされるまでのことだった。黙らせるための皮肉な方便にもかかわらず、男はそれを真に受けたらしい。とたんに口を閉ざした。

ブリンが夫に歩み寄ると、夫は腕をまわしてきた。ブリンはダールに訊いた。「エリックの奥さんは？」

溜息。「これから行く。じかに話す。電話じゃなく」

グレアムは保安官補が収められた遺体袋を見つめた。「まったく」と息をするのも苦しげに言った。ブリンは夫の肩に頭をあずけた。夫が自分を捜しにここまで来てくれたことが、いまだに信じられずにいた。ダールは、グレアムとマンスが抜け駆けしたことを快く思っていない。保安官補の死という結末を迎えただけになおさらだった。でもふたりが来てくれなかったら、ブリン、ミシェル、エイミーの三人は死んでいた。そして少なくとも犯人のひとりは止められず、ハートや二人組を雇った黒幕にまでつながりそうな証拠を得ることもなかった。

保安官補のピート・ギブズとハウィ・プレスコットが荒い息をしながら、州警察官数名とともに森から出てきた。透明のビニール袋を手にしている。中身は薬莢と空のクリップだった。

に入れた。

彼らはコンプの所持品をひとつの袋にまとめた。ミシェルの財布とハートの地図を別々の袋

ブリンは証拠品を眺めながら思っていた――ハート、あなたはいったい何者？「トム、鑑識はモンダック湖の家で指紋の予備採取をしたの？」

「もちろんだ。五百近い指紋を採った。ほとんどがフェルドマン夫妻のものだ。ほかに怪しいのはなかった。盗まれたフォードからは六十個出て、やはり引っかかるものはない。あの男たちはずっと手袋をしてた。ここらで相手にする犯罪者よりは頭がいい」

「薬莢や使用済みの装弾は？」

「一トンも見つかったよ。きみたちのと連中のと。金属探知機で一帯を捜索してね。ガレージ脇の小川からもいくつか見つかった。が、指紋のついた薬莢は一個もない」

「一個も？」ブリンは落胆して訊いた。「装塡するときも手袋をしてたの？」

「そのようだ」

たしかに、ここらの犯罪者より頭がいい……

ブリンはこの現場でつくられた証拠品袋のひとつを指で突いた。「トム、これはチャンスよ。たぶん薬莢に指紋は残ってない――そこはハートも見越していたはず。でも銃は分解して掃除してる。だからクリップのどれかには指紋が残ってる。かならず。それに地図。あと、ふたりはミシェルの財布を持ち歩いてた。なかを調べてるわ。証拠品は私が運ぶ――ガードナーの科研に」

「きみが？」ダールは鼻で笑った。「ばかを言うな、ブリン。州警の連中がやる。すこし休め」

「帰りの車で眠れるし。シャワーを浴びてから行く」

ダールは州警察官のほうに顎をやった。「この連中の半数はガードナー駐在だ。洩れなく科研まで届けてもらうさ」

ブリンはささやいた。「それで二週間、洩れなく埃をかぶることになる。私は彼を捕まえたいの、トム」顎で指したハイウェイは、畝のある銃身越しに、奪った車で逃亡するハートを最後に見た場所だ。「統合自動指紋照合システム《AFIS》で名前がわかるまで、科研の前で学校の教師みたいに見張ってるから。どうしてもあの男を捕まえたいのよ」

トム・ダールはブリンの決然とした表情を見た。「わかった」

ブリンは証拠品袋を、グレアムが四分の一マイル離れた場所から移動させてきたトラックのグラブコンパートメントにしまった。後部の荷台に、緑あざやかなアザレアが並んでいる。やっと蕾がふくらみかけたところだ。ピンクと白。

ブリンはまた夫の肩に頭をもたせた。「ああ、あなた。なんて夜なの」夫が顔を上げた。「あなたが来てくれるなんて。私を捜しに」

「そうだ」グレアムはおぼつかない笑みを向けてきた。夫は動揺していた——今夜のようなことを見たり経験して、そうならない者などいない。

「家に帰ろう。アンナには電話しといたけど、ふたりとも顔を見たがってるよ。ジョーイは今夜のことを納得してない」ブリンは夫がさらに何か言おうとしているのに気づいた。だが話はつづかなかった。

そこへ州警察の車がもう一台現われ、警官一名とスーツ姿の背の低いラテン系の女性が降りてきた。児童保護サービスの職員だった。

ブリンはそのふたりに歩み寄り、自己紹介のあと事情を説明した。頑丈な体軀にいかつい顎をした、元兵士といったふぜいの警官はブリンの話に驚愕の表情を浮かべた。ソーシャルワーカーのほうは情報に接していたらしく、落ち着いた様子で目配りしながら、淡々とうなずいてはメモを取っていた。「こちらでもう緊急時の里親を手配してあるから。誠実な夫妻よ。直接知ってるわ。医者に寄って健診を受けさせたら、里親のところに届けます」

ブリンは低声で言った。「想像できる？　ドラッグの製造者が両親だなんて。しかもあの子に手伝わせていたなんて。あの首を見て」エイミーの首にあるソーセージのような赤い痕は、母親かギャンディか――あるいはあの気色悪いルディが、脅しかお仕置きで絞めたせいなのだ。ひどい傷ではなかったけれど、いまでも見れば怒りに身がふるえる。ハートが彼らを殺したことに、後ろめたくも暗い満足をおぼえた瞬間もあった。

三人でミシェルのそばに行くと、彼女は上空にひろがる夜明けの曇り空のような顔色をして、エイミーをわが子のごとく抱きしめていた。少女はすでに目を覚ましている。

ソーシャルワーカーがミシェルに会釈をしてしゃがんだ。「ハイ、エイミー。私はコンスエラ。よかったらコニーって呼んで」

少女は目をぱちくりさせた。

「これから車に乗って、優しい人たちに会いにいくのよ」

「ママはどこ？」

「とってもいい人たちだから。あなたもきっと好きになるわ」

「ママの友だちは好きじゃない」

「ちがうの。ママのお友だちじゃないわ」

「チェスターは、私たちがあとで取ってくる」とブリンは言った。「約束する」ソーシャルワーカーは、腕をまわして立たせたエイミーに毛布をきつく巻きつけた。

「ドライブしましょう」

少女はミシェルをぼんやり見つめてうなずいた。

ミシェルは、他人が見たら実の母親と思うほどの慈愛の表情で少女を見送った。

しばらく沈黙がつづいた。

「あなたがどんな経験をしたかはわかってる。でも、まだ訊かなきゃならないことがあるの」

ミシェルはブリンを見た。

「お兄さんがここに来るまで、二時間はかかるでしょう?」

「たぶん」

「つらいのはわかる。気がすすまないのもわかるけど、ちょっと家に寄っていかない? そんなに遠くないし。着換えも、食べ物や飲み物もあるから」

「ブリン」とグレアムが言った。首を振っている。「やめろ」

ブリンは夫に目をくれたが、若い女に向かってしゃべりつづけた。「ハートについて憶えていることを全部話してほしい。彼が口にしたこととか癖とか、どんなことでも。それにエマが事件と関係ありそうなことを話してなかったか。まだ記憶が鮮明なうちに」

た。
「いいわ」
「彼女には休息が必要だ」グレアムはミシェルに顎を向けながら言った。
「待つ場所だってないと」
「いいえ、大丈夫、ほんとに」とミシェルはグレアムに言った。「あの男にはもう人を傷つけてほしくないし。わたしに何ができるかわからないけど、役に立ちたい」きっぱりした声音だった。

検視官のヴァンが後部にふたつの遺体を載せて出発した。ブリンは陰気な黄緑色をした箱形の車を見つめる夫が、人一倍うろたえていることに気づいた。もう空は明るく卵黄を薄めたような色になり、ふえてきた車が一本の空きレーンを流れていくなかで、ハイウェイ上で黒い残骸と化したSUVに目を釘づけにする物好きもいる。

ブリンはトム・ダールに、ミシェルから事情聴取をすると伝えた。「お兄さんが来るまで、うちで待ってもらえばいいし。私が科研に行くあいだは、アンナが世話を焼くわ」

保安官はうなずいた。「ところでグレアム、きみとはエリックの身に起きたことで話をしないとな。署まで来てもらえるかね?」

グレアムは腕時計を確かめた。「ジョーイを英語の家庭教師のところへ連れていかないと」

ブリンは言った。「きょうは休ませればいい。ふたりとも忙しいんだから」
「ぼくは行かせたほうがいいと思う」
「きょうはいい」とブリンは言った。

グレアムは肩をすくめると保安官にたいし、あらためて電話で時間を決めようと言った。

ダールが手を差し出してきた。そんな堅苦しい振舞いに虚を衝かれ、ブリンはきまり悪そうにその手を握った。「半日以上の借りができたな、ブリン。もっとか」

「ええ」ミシェルの腕を取ったブリンは、トラックへ向かうグレアムの後を追った。

†

「ママ。ねえ、どこにいたの？　クソやばいって、その顔。どうしたの？」

「事故よ。言葉に気をつけて」

「まあ、ひどい！」とアンナが声をあげた。

「大丈夫だって」

「大丈夫じゃないわ。顔じゅう、黒と青の痣だらけよ。黄色いのまであるし。絆創膏の下は見たくもない」

ブリンは奥歯の治療の予約を取らなければと思いだした。舌で隙間にふれてみると痛みはひいていた。ただ口が妙な感覚だった。

「何があったの、ママ？」ジョーイは目を丸くしている。

「転んだの」ブリンは息子を抱きしめた。「つまずいて。私がそそっかしいのは知ってるでしょ」

アンナは絆創膏に目を据えたまま、何も言わなかった。

ミシェルがリビングにはいってきた。足首に巻いた包帯――それに鎮痛剤――がみごとに効いていた。もう足を引きずっていなかった。

「ママ、こちらがミシェル」とブリンは言った。

「いらっしゃい、お嬢さん」

ミシェルは礼儀正しく会釈をした。

「ジョーイ、二階に行きなさい。家庭教師の先生には電話しておく。グレアムも私も、きょうはてんてこまいなの。家にいるのよ」

グレアムが言った。「だから、ぼくが送っていくって」

「お願い、このほうがいい」

「ふたりとも、ひどい恰好よ」とアンナが割ってはいった。「何があったの？」

ブリンはテレビに目をやった。いまはついていない。いずれ母も知ることになるにせよ、ローカルニュースが流れていなくてほっとした。「いま話すから。ジョーイ、朝食は食べた？」

「うん」

「上に行って。歴史の課題をやりなさい」

「わかったよ」

ジョーイはミシェルのほうを振りかえりながら、ぐずぐず歩きだした。グレアムはキッチンへ行った。

ブリンは保安官補らしい落ち着いた声で言った。「ママ、ミシェルの友人が殺されたの。今夜、私はその事件にあたってた」

「まあ、たいへん」驚いたアンナはミシェルに歩み寄ると、彼女の手を取った。「お気の毒に」

「どうも」

「お兄さんがこっちに向かってる。それまでしばらく、ここにいてもらうから」

「こっちにいらして、お掛けになって」アンナは居間の緑色のカウチを手で示した。テレビを観る予定の晩に、グレアムとブリンが並んで座るカウチだ。アンナのロッキングチェアと直角に置かれている。

ミシェルは言った。「よければ、シャワーをお借りしたいんだけど」

「もちろん。バスルームは廊下の先。あそこ」ブリンは指さした。「着換えを持ってくる。厭じゃなければ」ブリンの頭にあったのは、ミシェルがエマ・フェルドマンのブーツを履くのに露骨な嫌悪をみせたことだった。

ミシェルは頬笑んだ。「ぜひ。ありがとう。なんでもかまわないから」

「ドアに掛けておく」ブリンは二年もはかずに処分しかねていた、あの細身のジーンズの出番がようやく来たと思った。

アンナが言った。「バスタオルはクローゼットに。コーヒーを淹《い》れるわ。紅茶のほうがいいかしら？　お食事も用意するけど」

「ご面倒でなければ」

血糖についての愚痴がその口をついて出たのは、もう遠い昔のことだった気がする。

ミシェルをバスルームに案内したアンナがもどってきた。

「詳しい話はあとでね、ママ。犯人は彼女のことも殺そうとしたの。彼女は死体を見てるし」

「まあ！」アンナの手が口もとに伸びた。「そんな……そんなひどいことってある？　ジャック牧師に連絡しようかしら。十分で来てくれるわよ」

「本人に訊いてみましょう。いい考えかもしれない。でもどうかしら。いろんなことがあったし。それに、うちの保安官補もひとり殺されたわ」

「えっ！　誰が？」

「エリック」

「あのすてきな子？　ブルネットの奥さんがいる？」

ブリンは溜息をついた。うなずきながら思い浮かべる――ブルネットの奥さんと小さな赤ん坊もいる。

「あなたも撃たれたの？」とアンナがだしぬけに訊いた。

「巻き添えでね。跳弾っていうか」

「でも、撃たれたんでしょう？」

ブリンは首を縦に振った。

「いったい何があったの？」

ブリンの抑制が、池の氷が割れるように弾けていった。「ほんとにひどいことばかりよ、ママ」

アンナに抱きつかれて、ブリンはか細い骨を覆った母親の身体が、自分と同じでふるえているのを感じた。「可哀そう。可哀そうに。でも、もう大丈夫だからね」アンナは身を離し、つと横を向くと目を拭った。「朝食にするわ。あなたもね。何か口に入れたほうがいいわよ」

微笑。「ありがとう、ママ」ブリンはひどい空腹をおぼえた。

ブリンはキッチンに行ったアンナに呼びかけた。「グレアムは?」

「ここにいたけど。さあ。裏じゃないかしら」

正面のバスルームで水が流れだした。パイプの軋む音がする。

ブリンはミシェルの服を取りに二階へ上がった。寝室にはいって、もつれた髪に切り傷と打撲、黄色と紫の光輪を背負った白い絆創膏を鏡で確かめた。

コンプの死にざまを思いかえしてみた。ハートを見つめるあの表情は、それが完全なる裏切りであったことを物語っている。

そして奪ったセダンで走り去ろうとして、振り向いたハートの顔。しかと握った銃の照準器越しのイメージがそのまま凍りついている。

〝殺しておくべきだった……〟

とにかくシャワーを浴びたかったが、ミシェルの着換えが先だ。事情聴取をおこない、ミシェルが思いだすかぎりで、エマ・フェルドマンまたはハートと相棒について新情報があればトム・ダール、州警察、FBIに報告する。もしかするとマンキウィッツにつながることも出てくるかもしれない。それからガードナーまで車を飛ばし、科学警察研究所に証拠品を持ちこむ。

Tシャツにスウェット、ジーンズ、ソックス、ランニングシューズをそろえた。ミシェルが汚れた洋服を入れるゴミ袋も要る。デザイナー物の衣類はドライクリーニングしなければならないだろうか。自分のスウェットを嗅ぐと強烈な匂いがした。消毒剤の香料が混ざった、錆びたような血の匂い。

キッチンでケトルが鳴りだし、しばらくして音はやんだ。

一階バスルームのパイプの呻きを耳にしながら、ブリンは冷たい窓ガラスに額をあててグレアムのトラックを眺めた。思うのはグラブコンパートメントにある証拠品のこと。ガードナーにある州警察の科研から結果が届くのはいつになるのだろう。指紋はFBIの照合システムにあたればすぐに結果が出る。弾道検査にはより時間がかかるにしても、ウィスコンシンのデータベースはととのっているし、ハートやコンプの銃から放たれた弾丸をたどって以前の犯罪まで行き着くかもしれない。そうなれば身元判明の可能性も出てくる……あるいは最低でも、プレッシャーをかければハートについて口を割るような相手が浮かんでくるか。

薬莢には指紋がひとつも残されていない……ブリンは頭を振って吐息を洩らした。

ふと思いつくことがあって、ブリンはベッドの端に腰をおろすと、無意識の癖でお腹をつつきながらトム・ダールに電話を入れた。

「どうした？」とダールが訊いてきた。「もうぐったりだろう」

「まだよ。たのしみにしてるんだけど。質問があるの」

「いいとも」

「モンダック湖の現場のことで」

「どうぞ」

「アーリンの鑑識が邸に金属探知機をかけたって聞いたけど、見つかったのは薬莢だけだって？」

「ああ。あれは高級品だ。旅行客が鏃《やじり》を探すのに使う代物とはわけがちがう」

「で、銃は出なかった」

「薬莢と使用済みの装弾だけだ」

「小川も捜索したのね?」

「した。やはり薬莢が見つかった。もうそこらじゅうでね。七面鳥の射撃大会さながらだ」

思ったとおり。「じつは、ミシェルが彼らの銃を拾ったって言ってるの。それでハートを撃ったって。それとタイヤも。弾を撃ちつくして小川に捨てたって」

「出てこないほうが不思議だな。すると別の川なのかもしれない」

「それをなんとか見つけたい……詳細不明の銃器っていうのは気に入らないし。邸にまだ人はいる？」

「ピート・ギブズがいる。あとはアーリンの部下が二名か。鑑識の人間もいるはずだ」

「ありがとう、トム」

「きみには休息を取ってもらいたいんだが」

「そのうちに」

ブリンは電話を切るとスウェットを着こみ、フェルドマン邸のギブズに連絡した。

「ピート。私」

「これは、やあ、ブリン。調子はどう？」

「ううっ」

「じゃないかと思った」

ブリンはまだ鑑識が残っているかと訊ねた。

「ああ。ふたりね」

「頼みがあるんだけど。誰か拳銃を回収してないかわかる？」

「なるほど、ちょっと待って」

しばらくして電話口にもどってきたギブズは、昨夜見落としたもので新たに見つかったのは薬莢数個だけだと答えた。銃は出なかった。

ブリンはまた吐息をついた。「ありがとう。そっちはどう？」ギブズの声からは動揺がうかがえた。マンスの死が原因だろうと思ったが、ほかに判断する材料はなかった。

「ちょっと面倒なことがあってさ」とピート・ギブズが沈んだ声で言った。「フェルドマン夫妻の友人に、事件のことを伝えることになって。その人、まだ知らなかったんだ。なんか厭な役目だよな。泣かれちゃうし。もうぼろぼろに」

「友人？」

「そう。宥めるのに一時間近くかかったよ。でも、彼女は幸運だったのさ。きのうの晩にこっちへ来るはずだったのに仕事ができて、出発が朝までずれこんだ。仕事がなかったらどうなってたか」

「どこから来る予定だったって？」

「シカゴ」

「車のナンバーはわかる？」

「いや。それは思いつかなかったな。調べようか？」

「またかけなおす」

ブリンはベッドに座りなおし、いまの話に思いを凝らした。

昨夜、ふたりめの来客予定があった？　女性がもうひとり、それもシカゴから？　考えられなくはない。でも、ミシェルがその彼女のことを口にしなかったのはなぜか。それに、ふたりの女性が同じ車で来るという話にはならなかったのか。

ばかげた思いが紡がれていく……

あきれるほどばかげた思い。

それでも斥《しりぞ》けることができない。そう、ブリンは昨夜来、ミシェルがフェルドマン邸の客だと決めてかかっていた。だがこうして疑問点を整理してみると、ミシェルが本当に客であることを示す証拠は何ひとつない。

もしミシェルが夫妻の友人などではなかったとしたら？

ばかげてる……

だが、その思いは脳裡を離れない。もしミシェルが夫妻を知っているふりをする赤の他人だとしたら？　なりきるのはわりと簡単だ——演技をするのに必要な情報はすべて、こちらであたえたのだから。「あなたがシカゴから来たふたりの友だち？」

しかもこんな質問をした。「あなたの名前は？」これで彼女についてなにも知らないことを暴露した。そのうえ、「エマと法律の仕事をしていたの？」

まさか、どうかしてる。ミシェルが嘘をつくとしたら、その動機は？

新たに浮かんできた思いが、その疑問にたいする恐ろしいほど明白な答えとなり、ブリンは息を呑んだ。インターステイト上のスネーク川橋で回収した男たちの銃は、ハートのグロックとコンプのＳＩＧ／ザウエルだった。ミシェルが見つけたと主張した銃をふくめると、男たちはふたりでセミオートの拳銃三挺とショットガン一挺を携行していたことになる。プロの殺し屋にしても、数が多すぎる気がする。

それに金属探知機で薬莢をあれだけ見つけた鑑識が、銃を発見できずにいる理由は？

かりに、その銃がハートのものでもコンプのものでもなく、ミシェルのものだとしたら？

でもなぜ彼女が銃を持っているのか。

答えはひとつ。エマ・フェルドマン殺害をスタンレー・マンキウィッツから持ちかけられた彼女が、現場で殺すつもりでハートとコンプを連れていったから。

そして、ふたりの死体を身代わりに残していく。

そういえば、ミシェルはインターステイトでジャケットに手を入れた。あれはナイフをつかもうとしたのではない。ひと晩じゅう持ち歩いた銃を抜こうとしたのではなかったか。

つまり、銃はいまも彼女の手にある。

階下でパイプの呻き声がやんだ。ミシェルが水を止めたのだ。

†

空のガンロッカーに憮然とした表情を向けると、ブリンは廊下に駆け出てジョーイの部屋へ行き、息子の両肩をつかんだ。

「ママ、どうしたの？」ジョーイは目を皿にした。

「聞いてちょうだい。問題が起きたの。いつもは部屋の鍵をかけるなって口を酸っぱくして言でないかぎり」

「でも、きょうはちがう。鍵をかけて、何があってもドアをあけないでほしい。グレアムか私

「うん」

ってるでしょ?」

「ママ、顔が変だよ。怖いよ」

「大丈夫だから。言われたとおりにして」

「わかった。でも――」

「いいから」

ブリンはドアをしめた。極力足音をしのばせて階段を駆け降りた、手近にある銃――グレアムのトラックに載せた証拠品袋に保管されたもの――を取りにいくつもりだった。

最後の一段まで来て、ブリンは足を止めた。バスルームのドアが開いている。蒸気が流れ出ている。ミシェルの姿はなかった。

トラックまで行くべきなのか。

「お茶がはいるわよ」とアンナが声をかけてくる。

ブリンは一階のホールに足を置いた。

そこへ四フィート離れたアーチ形の廊下をミシェルが歩いてきた。手には小型の黒いオートマティックが握られている。〝ベイビー〟グロックと呼ばれる銃だ。

ふたりの目が合った。

向きなおろうとする殺人者に向かって、ブリンは壁から剝ぎ取った大判の家族写真を投げつ

けた。命中はしなかったが、相手が身をかわしたところへブリンは突進した。激しくぶつかった女たちはおたがい声を発した。ブリンはミシェルの右手首をつかみ、その皮膚に短い爪を思い切り食いこませた。

ミシェルが叫び声をあげ、空いた手でブリンの頭を殴った。

銃が一発発射され、ミシェルはそのまま保安官補の身体を狙って引き金を三度ひいた。いずれの弾もはずれた。

アンナが悲鳴をあげ、グレアムを呼んだ。

ブリンはミシェルの顔に拳を見舞った。ミシェルは目を白黒させながら唾を吐いた。そして眉間に皺を寄せ、口もとを引きつらせながらブリンの股間を蹴り、腹に肘を突き入れた。だがブリンは何がなんでも銃を放さなかった。さんざんな目に遭わされた一夜の怒りが、この裏切りと、騙されたという思いに煽られ身中に燃えさかった。手と足を出しつづけ、オオカミのように唸った。

女たちは家具を倒して取っ組みあった。ミシェルは暴れた。もう千ドルのブーツを履いた無力な素人はどこにもいない。生き残るために狂おしく闘っている。

銃がまた火を噴いた。さらに数回。ブリンは弾の数をかぞえていた。〝ベイビー〟グロックの装弾数は十。

もう一回、鋭い音を発して銃は空になり、スライドが後退したまま新たなクリップの装塡を待ってロックした。ともに床に倒れた体勢で、ブリンは相手の喉をめがけて拳をふるった。だがミシェルはがむしゃらに、あの話を真に受けるならジムで鍛えた筋力でもって必死に抵抗してきた。

それでもブリンの心に迷いはなかった。この女を止める、必要なら殺しもする、すこしのためらいもなく。手と歯と足を使って……いまや怒れる猛獣そのものだった。

〝殺しておくべきだった……〟

そう、今度は同じ過ちは犯さない。

指がミシェルの喉を探りあてる。

「おい、ブリン！」ドアから駆けこんできた男を、ブリンはほんの一瞬ハートと勘違いした。それが夫と知ったときには、気を散らしたつけが回ってきた。身を振りほどいたミシェルが、怪我した頬を銃で殴ってきた。あまりの激痛に視界が曇り、思わず吐きそうになった。

ミシェルがスライドストップを押すと、スライドがカチリと閉じた。すると弾倉は空なのに、見た目だけは装弾されていつでも発砲できる恰好になった。ミシェルはグレアムに銃を向けた。

「キー。あなたのトラックの」

「あんたはいったい――？　何者だ？」

「エミー、エミー」ブリンは顔を押さえてつぶやきながら、ミシェルに空しく爪を立てようとした。

「彼女を殺すわよ」女はブリンの首に銃を突きつける。「さっさとキーを！」

「やめてくれ！　ここだ、持っていけ。たのむから！　とっとと消えてくれ！」

「エミー！」

ミシェルは鍵束をつかんで表に飛び出していった。

グレアムが膝をつき、取り出した携帯電話で911をダイアルした。そしてブリンを抱きかかえたが、ブリンは夫の手を払うようにして立ちあがった。目の前が真っ暗になり、階段の手すりにもたれてふらついた。「エミー……」

「エミーって誰なんだ?」

ブリンは痛みをこらえ、なんとか明確な言葉を発した。「空《エンプティ》」。銃は空だった」

「くそっ」グレアムがドアまで走るころには、トラックはスキッドしながら通りを走り去った。身を起こしたブリンは、すぐそばに小さな声を聞いた。「誰か——」

ブリンとグレアムがキッチンのドアのほうを向くと、アンナが両手を血だらけにして立っていた。

「おねがい、誰か……見て。これを見て」

アンナは床に倒れこんだ。

†

照明の明るい部屋の一隅に、オレンジ色のプラスティック椅子が並んでいる。壁とタイルは擦り減っていた。

グレアムはブリンの向かいに、膝がふれそうでふれない間で座っていた。ふたりの視線はもっぱらリノリウムの床に落とされ、たまに顔を上げるのは両開きのドアが開くときだけである。

だがそこを抜けてくる医師や職員たちは、アンナ・マッケンジーの生命とは無関係の業務にあたっている。

ブリンは指をからませたまま、手つかずのコーヒーを見つめていた。

恐怖と疲労で吐き気がする。

携帯電話が振動した。ブリンは画面を見て音を消した。電話に出たくなかったからで、〈携帯電話使用禁止〉の表示が近くにあるからではない。

患者がひとり、入院窓口から待合所に来て腰をおろした。腕を押さえて顔をしかめている。

ブリンにちらっと目を向けると、むっつり押し黙る待機の姿勢にもどった。

「一時間か」とグレアムが言った。

「そのくらいね」

「長いな。でも、それほど悪いってわけじゃない」

「ええ」

ふたたび訪れた静寂が、病院のスピーカーから流れる暗号めいた放送にさえぎられた。ブリンの携帯電話がまた振動していた。今度はブリンも電話に出た。「トム」

「ブリン、お母さんの具合は？」

「まだわからない。何かつかめた？」

「ああ。ミシェルは検問を突破した。ご主人のトラックは発見されてない」

ブリンは前かがみになると、痛みは判断ミスの代償とばかりに怪我した頬を押した。

トム・ダールはつづけた。「きみの言うとおりだった。けさシカゴから来たっていう例の友人を見つけた。別荘を訪問する予定だったのは彼女ひとりだった。ミシェルはおそらくヒットマン……いや、ヒットウーマンか」

「マンキウィッツか、その配下の人間に雇われた」

「連中の狙いだが」とダールは言った。

「ハートとコンプを置き土産《ボディズ・レフト・ビハインド》の死体にするため」

「なんだって？」

「置き土産の死体……彼女は男たちふたりだけが犯人で、フェルドマン夫妻を殺害したあと仲間割れしたように見せかけるつもりでいた。私たちが余計な詮索をしないように。でもうまくいかなかった。ハートの反応が速すぎたのか、弾が詰まったのかわからないけど。それで逃げるはめになった。そんなとき、森で私と出くわして」ブリンは鼻梁をつまんだ。苦い笑いがこみあげた。「私が彼女を助けた」

両開きのドアから、また医師がひとり出てきた。ブリンは口を閉じた。青い手術着を着た医師はそのまま歩いていった。

ブリンはインターステイトで、ハートとミシェルの間に交わされた表情を思いかえしていた。

〝惜しかったな、ミシェル。もうひと息だった……〟

真実を悟ったいまとなっては、ハイウェイ脇でミシェルに向けられたハートの言葉は、まるでちがった意味を帯びてくる。

さらにブリンは、覚醒剤《メス》製造者のキャンピングカーの横に駐まったヴァンで、ハートと顔を合わせたと話したときのミシェルの狼狽ぶりを思いだした。ハートがミシェルの正体を暴いたのではないかと怯えていたのだ。

「たぶん仕事が片づいたところで、マンキウィッツの部下が彼女を迎えにくることになっていたのよ。そうだ、あの崖で私たちを撃ってきたのはそいつだわ」

ブリンは視線をよこし、会話に耳をそばだてているグレアムのことを意識した。

ブリンは保安官との話をつづけた。「ミシェルには私が持っていた証拠品が必要だった——銃とクリップ、地図、銃弾の箱。自分の財布も。だからいっしょに家に来ることにした。おそらく指紋がついているから。あるいは足がつきかねない微細な証拠があるのかもしれない。本人としては、ハートとその相棒を殺してからモンダック湖で回収するつもりだった……待って、トム。彼女の靴はどうした？　フェルドマン邸にあった女性用の靴。庭にあった。指紋は？」

「靴は回収した。だが指紋は出なかった」

「一個も？」

「どうやら拭き取ったらしい。フォードと同じく、〈ウィンデックス〉の洗剤でね」

疲れた笑い。「私がカヌーを見にいってるあいだに拭いたのね……お兄さんの話にも騙された」ブリンは考えこんだり困ったりしたときの癖で、再形成された顎の小さなこぶを拳で撫でた。裏切りが心に深く突き刺さっていた。彼女はやおら静かな声で言った。「私もなるところだった」

「えっ？」

「置き土産の死体に。彼女は私を餌に使った。足首の捻挫も嘘だった。ゆっくり歩いて男たちを誘《おび》き寄せようとした。それでひと晩じゅう、私たちの進む方角に誘導した。メルセデスの窓を割ったのは警告ね——男たちがハイウェイに行こうとしてたみたいだから。それに、あのブーツを履くのに文句を言って大騒ぎした。彼らが近づけるように時間稼ぎをした。それ以外に考えられる？　クラッカーを持ってたけど、あれを落としていったんだわ」ブリンは苦々しく笑って頭を振った。「一度、癇癪を起して気がふれたみたいに叫んだの。こっちの居場所を知らせるために。ふたりが追いついてくるのを待って、森のなかで撃つつもりだった。私のことも」

「じゃあ、ブリン、きみのことを真っ先に撃たなかった理由は何だ？」とダールが訊いた。

「保険として私が必要だったのか、あの一帯から出るのに私が役立つと思ったのか……それより、男たちを殺す手伝いをさせたかったのかも」

グレアムが黙りこんで顎を引き緊《し》め、大きな手を握りあわせていた。

ブリンはそろそろ切るからと言って、何か出てきたら知らせてほしいと頼んだ。

話を終えたブリンは夫に向かって、その出来事を要約して伝えた。グレアムは目を閉じ、上体を後ろにやった。「わかった」と夫はブリンの話をさえぎった。「もう充分だ」

ブリンは夫の脚にふれた。反応はなかった。やがてブリンは手を離すと、ジョーイをあずけている隣家に電話をかけた。しばらく息子と話して真実を――祖母の容態はまだわからないと告げた。ジョーイがいま遊んでいるビデオゲームのことでとりとめなく話すのを聞いてから、愛していると口にして電話を切った。

夫と妻は無言で座っていた。ブリンは夫に目をやり、視線を床にもどした。永遠とも思える時間を経て、ようやく夫が妻の膝に手を置いた。そのまま動きもなく何分か過ぎたころ、両開きのドアが開いて医師が現われた。医師は腕を怪我した男を見ると、ブリンとグレアムのほうにまっすぐ歩いてきた。

†

テリー・ハートはインターステイトで強奪した車を処分した。

その方法は知るかぎり効率的に——ミルウォーキーのアヴェニューズ・ウェスト地区に、キーをイグニションに挿したままドアをロックして駐めた。急激に再開発が進む一画では、それに気づかないガキも、気づいても裏があるんじゃないかと疑うガキもいる。気がついても真面目に素通りしていくやつだっているだろう。

それでも、一時間もすれば車はなくなる。十二時間後には解体されて部品になっている。

とにかく疲れていたし、銃撃その他で夜に負った傷の痛みを抱え、ハートはうつむき加減に足早に車から離れた。涼しい朝で空は澄んでいた。建設現場で燃やされる廃材の臭いが鼻をくすぐる。いまなお行動を取りしきる本能が、一刻も早く姿を隠せと指示を出しつづけていた。

人家がまばらな通りを進むと、近くにビール工場もないのに〈醸造街《ブルーライン》〉と看板を掲げるホテルが目にはいった。一日単位ではなく、時間か週の単位で部屋を貸して経営が成り立っているような宿だ。ハートは一週間ぶんの前払いに色をつけて浴室のある部屋を借りると、リモコンとシーツ一式を受け取った。受付にいた肥りすぎの女は、客の体調にも荷物がないことにもまるで無関心だった。ハートは踊り場のある階段を上がって238号室にはいった。ドアの錠をおろし、さっそく脱ぎ捨てた悪臭のひどい服は、レイク・ヴュー・ドライブの別荘に残されていたブリン・マッケンジーの濡れた制服を思いださせた。

ハートは服を脱ぐブリンを想像した。

その姿に興奮をかきたてられたが、やがて腕の疼きにそんな気分も消し飛んだ。

ハートは傷を丹念に調べた。かつて救急医療の訓練を受けたのは仕事柄、怪我がつきものだからである。どうやら医者に診せるまでもなさそうだった。免許をなくして、千ドル払えば質問は一切なし、銃撃について通報せずに傷を縫ってくれる医者は何人も知っている。だが出血は止まって骨にも異常はなく、打撲はひどいものの感染については大したことはなさそうだ。あとで抗生剤を服《の》むことにする。

腕をなるべく濡らさないようにして、水の出の悪いシャワーを浴びた。

裸でベッドにもどると横になった。ゆうべのことを吟味して、状況を把握しておきたかった。まず思いかえしたのが数週間まえ、ケノーシャの〈スターバックス〉。ハートはウィスコンシンで何度か組んだ男と会っていた。図体のでかいゴードン・ポッツは、頭は切れないがまっとうで、信頼のできる相手だった。おまけに必要となると筋のいい仕事をつないでくれる。ポッツはミルウォーキーで、賢くて手ごわくて可愛い女から接触されたと言った。女の身柄はポッツが保証した（いまにして思えば、ミシェルはブロウジョブの一、二回で信用を勝ち得たのだろう）。

ハートは興味を惹かれた。仕事がない時期で退屈していた。シカゴでひとつ話があったが、五月の半ばまで待たなくてはならない。何かをはじめたかったし、アドレナリンが出るようなことが必要だった。きのう、州立公園で殺したスピード中毒がクスリをキメずにいられないのと同じだ。

それにお遊び程度の仕事だとポッツは言った。

数日後、グリーンベイのブロードウェイ地区にあるコーヒーショップで、ポッツから〝ブレンダ〟と偽名を名乗るミシェルに引き合わされた。ミシェルはハートの手を強く握って言った。

「どうも、ハート。調子は?」

「いいね。そっちは?」

「それなりに。じつは人手を探してる。仕事を受ける気は?」

「さあ。どうかな。で、どうしてゴードン・ポッツを知ってる? 元をたどると長いのか?」

「そんなに長くもないけどね」

「やつとどうやって知り合った?」

「共通の友人を介して」

「そいつの名は?」

「フレディ・ランカスター」

「フレディか、なるほど。やつの女房は元気か?」

ミシェルは笑った。「それはなんとも。二年まえに死んでるから」

するとハートも笑った。「ああ、そうだったな。忘れてたよ。フレディはセントポールを気に入ってるって?」

「セントポール? 彼はミルウォーキーで暮らしてる」

「そう聞いたんだが」

〈踊り《ダンス》〉……

ブレンダ／ミシェルと初めて顔を合わせたあと、ハートはゴードン・ポッツとフレディ・ランカスターの両人に電話をかけ、時間と日付と場所を小数点の位《くらい》まで確認した。ほかにも十数カ所。ブレンダ・ジェニングズとは仲間を密告したことのないコソ泥で——いまやハートも知るように、ミシェルが身分を騙った人物だった。

そこで、ハートはもう一度仕事の打ち合わせをする機会をもうけた。

ミシェルの説明では、スティーヴン・フェルドマンは旧紙幣、すなわち銀証券と新しい連邦準備銀行券との交換について調査していたらしい。彼女が事情にあたってみると一九五〇年代に、さる精肉業界の大物が夏の別荘に現金を隠したことがわかった。その額百万ドル。ミシェルは詳細をハートに語った。

「そいつは大金だ」

「たしかにね、ハート。乗り気になったとか？」

「つづけてくれ」

「これが周辺地図。そこが私道。レイク・ヴュー・ドライブ。このあたり？　あそこは全体が州立公園だから。人はまずいない。これが家の図面で」

「なるほど……この道は未舗装か舗装か？」

「未舗装……ハート、あんたは腕が立つって聞くけど。職人だって。そういう噂が耳にはいってくる」

ハートは地図を眺めながら、何気なく訊いた。「誰から？」

「人から」

「まあね、おれは職人だ」

じっくり観察されていることに気づいたハートは相手の目を見つめかえした。ミシェルが言った。「ひとつ訊きたい」

眉を上げる。「ああ」

「興味がある。なんでこんな仕事を？」

「性に合うのさ」

ハートは精神分析だの、やたら時間をかけて自分の心と向きあうなどというやり方は信じていない。気分がすんなり乗るか乗らないか、どうしてもその気になれないときは大きなへまをやらかしていると考える。

〝まったく、退屈で死んじまうんじゃないか？　おれには耐えられない。それじゃ物足りないんだよ、ブリン。あんたはどうだ？〟

ミシェルは、言いたいことはよくわかる、その答えを待っていたとばかりにうなずいた。

「そうじゃないかと思った」

ハートは自分の話をするのが厭になってきた。「オーケイ。脅威の状況は？」

「えっ？」

「仕事にどの程度のリスクが付いてまわるか。現地で会う人間、武器、近くにある警察の数は？　湖畔の別荘か――レイク・ヴューのほかの家に人は来てるのか？」

「簡単だって、ハート。リスクなんてまるでない。他所は空き家だし。いるのはふたり、フェルドマン夫妻だけ。森林警備隊員は公園にゼロ、警官は何マイルも行かないといない」

「夫婦が持ってる武器は？」

「冗談じゃない。ふたりは都会者で、妻は弁護士、夫はソーシャルワーカーだし」

「フェルドマン夫妻だけで、ほかには？　そこは大きな違いだぞ」

「こっちの情報ではそのとおり。確実に。夫婦ふたりだけ」

「じゃあ、怪我する心配はないな」

「まったくなし。怪我するようなことがあったら、こんなことしないから」ブレンダ／ミシェルは大丈夫というふうに微笑した。

大金、怪我はなし。悪くない。だがハートは言った。「また連絡する」

帰宅したハートは女の話の裏を取ることにした。コンピュータの前で高笑いした。案の定、すべてが真実だった。さすがにこんな餌を撒く警官は世界のどこを探してもいない。ドラッグや盗品、贋金は出してきても、ニコラス・ケイジの映画ばりの犯罪は持ちかけてこない。

そして問題の一日。彼らは盗んだフォードをモンダック湖へ走らせた。ハートにコンプトン・ルイス、ミシェルの三人で。男ふたりが家に侵入し、フェルドマン夫妻に銃を突きつける。そこへミシェルがキッチンにはいってきて夫妻の両手を縛《いまし》め、金のありかを問いただす手はずになっていた。

ところが、ミシェルが手にしていたのはダクトテープではなく、九ミリ弾を使用するサブコンパクトの〝ベイビー〟グロックだった。彼女はハートの脇を抜けると、至近距離から夫妻をあっさり撃った。

耳鳴りだけが残る静寂のなかをミシェルは踵《きびす》をめぐらし、何事もなかったかのように居間へ歩いていった。

ハートは彼女を見つめながら、状況を把握しようとした。

「どうなってんだよ？」と喘ぐように洩らしたルイスは、本来玄関を見張っているはずが冷蔵庫の食べ物をあさっていた。

「心配しないで。血迷ったわけじゃないから」ミシェルはブリーフケースとバックパックを調べだした。

ショックを引きずる男たちが死体を見おろす横で、どうやら女は秘密の部屋だか箱だかの鍵を探しているらしい。ハートはというと、自分たちのかかわった犯罪を必死になって数えあげていた。重罪謀殺がトップ。

そのとき、ミシェルの姿が窓に映った。銃を構えて背後から近づいてくる。

ハートはとっさに脇へ飛んだ。

〝銃声……〟

引き攣《つ》れる腕。

で、逃げる女への応射。

いま、柔らかいベッドに横たわるハートは、事の次第をはっきりと理解した。隠された財宝などなかった。ミシェルはフェルドマン夫妻を殺すために雇われた――ヤクの製造者のキャンピングカー脇のヴァンに並んで座っていたとき、ブリンがそれとなくほのめかしている。

女はハートとルイスに罪をかぶせ、フェルドマン邸に残していくつもりだったのだ。

いまとなっては笑うしかない。ハートがコンプトン・ルイスを雇ったのは、ミシェルがハートを雇ったのとまったく同じ理由だった。保険、生贄《いけにえ》。強盗が失敗に終わって死人が出た場合、ハートはルイスを殺して単独犯に仕立てあげる腹づもりでいた。だからこそ、一度も組んだことがない負け犬を選んだのだ。そのシナリオはインターステイト上で完結直前まで行った。ミシェルとブリンと少女がそろい、ハートには逃亡用のパトロールカーがあって、その夜もお開きとなるはずだった。ルイスを殺し、残る連中もSIGで片づけようというとき、よりによってブリンの亭主が現われるとは。

〝おれの持ってる伝手《つて》に、あんたのその計画の練り方、頭の使い方があればいいチームになるぜ〟

しかし悲しい野郎だ、とハートは思った。本気でそんなことを考えていたのか。そもそも、初めて顔を合わせた相手にピアスを引っぱりながら、どうして本物のバーじゃなく、コーヒーしか出さないオカマの店にいるんだと小ばかにするような口をきいたときから、おまえはもう棺桶に片脚を突っ込んでいた。

眠気を意識しながら、ハートはミシェルのことを思い浮かべた。これまで仕事で組んだり雇われたりした連中——危険なジャマイカの麻薬王、サウスサイドのギャング、中西部を縄張りにする組織犯罪のボスたち——にくらべて、あの小柄で若い赤毛はよっぽど性根が悪い。甘美の衣、無力の衣、無害の衣——その下に蠍《さそり》を隠していた。

ハートはゆうべ、いっしょにいたふたりの女のことを考えた。いったいどんな話をしていたのか。ブリン・マッケンジーは簡単に騙せる女じゃないし、ミシェルもみごとな女優だ。ヴァンにブリンと座っていた現実とは思えない時間がよみがえってくる。

〝つまり、ミシェルは夫婦の友だちだった？　それで今度の騒ぎに巻き込まれたってわけか。そいつは間が悪かったとしか言いようがないな。今夜はいろんなことが起きる……〟

トリックスター。

フェルドマン邸で、財布にはいっていたクレジットカードを見て名前を知った。たしか、ミシェル・S・ケプラー。ミシェル・Aだったかもしれない。運転免許証もあったはずだが、あのときは探しもしなかった。女を見つけないと。もちろん警察より先に。あれはあっさりおれのことを売るはずだ。そう、この数日で片をつけないと。

だがやがてコンプトン・ルイスのようにミシェルのことも頭から消え、ハートはただひとつ、ヴァンのフロントシートでかたわらにいた、ブリン・マッケンジー保安官補の穏やかで自信にあふれた目だけを想いながら眠りに落ちていった。

〝あなたには黙秘する権利がある……〟

†

病院を出たのは午後八時だった。

ブリンとグレアムは途中、隣家にジョーイを迎えに寄り、それから家にもどった。ブリンは先に車を降りると、この日が誕生日のジミー・バーンズ保安官補に歩み寄った。髪の薄い赭《あか》ら顔の保安官補は家の前の路肩に車を駐めていた。その暗く沈んだ様子は、マンスの件でケネシャ郡保安官事務所全体に蔓延しているものだった。

それればかりか、ハンボルトの街じゅうで同じような顔を多く見かけた。

「誰も来なかったよ、ブリン」バーンズはグレアムに手を振った。「何度か回ってみたんだが」

「ありがとう」

ミシェルという女の正体はともかく、もうとっくに逃げてしまっていたけれど、あの執着心はただごとではないという気がしていた。

それに、ハートにも苗字を知られている。

「鑑識が来て証拠を採取していった。そのあと、こっちで施錠したから」

「彼ら、何か言ってた？」

「いや。州警の連中はあのとおりだ」

モンダック湖で発見された弾や薬莢と、家で採取されたものとが一致しないとすれば、それは自然の摂理に反する。

バーンズが疑問を口にした。「友人じゃなかったんだろう？　その女がすべてを仕組んだのか？」

「そうね」

「それとお母さんのこと。無事だって聞いたよ」

「命に別状はないわ」

「どこを撃たれた？」

「脚。入院は一日か二日。治療でね」

「お気の毒に」

ブリンは肩をすくめた。「治療を受けられるまでになる人だって多くないし」

「運がよかった」

武装した殺人犯を、娘が自宅に招き入れるのを運不運で語るならそういうことになる。

「もう夜だ。ほかの人間が巡回することになってる」

「ありがとう、ジミー。またあした」

「出てくるのか？」

「ええ。私宛ての荷物は？」

「そうだった」バーンズは後部座席から紙袋を出してきた。ブリンがなかを覗くと、使いこまれた制式のグロックと予備のクリップ二個、それにウィンチェスターの九ミリのホローポイント弾一箱がはいっていた。

バーンズが差し出すクリップボードに、ブリンは受領のサインをした。

「クリップは挿してある。十三発。寝床には送ってない」

「ありがとう」

「すこしは休めよ、ブリン」

「おやすみ。それと、誕生日おめでとう」

バーンズが去ると、ブリンはひとまずクリップを確認して薬室に弾を送った。

一家は家にはいった。

ブリンは二階へ行き、ガンロッカーに銃をしまってからキッチンにもどった。

すでに隣家でピッツァをごちそうになっていたジョーイは室内をうろつき、ブリンにたしなめられるまで壁の弾痕を眺めていた。

ブリンは我慢できる限度の熱いシャワーを長々浴びると、タオルで乾かした髪を後ろで結んだ。ドライヤーの音は聞きたくなかった。顔の絆創膏を取り換え、スウェットを着て階下に降りると、グレアムがゆうべの残りのスパゲッティを温めなおしていた。ブリンは空腹を感じなかったが、この二十四時間で身体を酷使しただけに、すぐにでも栄養を補給しないとストライキが起きかねないと思った。

ふたりはダイニングルームで、しばらく黙って食事をした。ブリンは椅子にもたれてビールのラベルを読んだ。ホップというものの正体が気になった。

彼女はグレアムに訊ねた。「なに?」

「うん?」

「病院で何か言おうとした」

「憶えてないな」

「ほんと?　そんな気がしたけど」

「そうだったかもしれない。でもいまはね。もう遅いし」

「私はいまがいいと思うけど」と小言めかしながらも本気だった。

ジョーイが降りてきて居間の緑のカウチに陣取ると、教科書をめくりながらテレビのチャンネルサーフィンをはじめた。

グレアムが戸口に顔を覗かせた。「ジョーイ、上に行くんだ。テレビはなしだ」

「十分だけ――」

ブリンは口をはさもうとした。グレアムはそのまま居間にはいっていき、ブリンには聞きとれない何かを言った。

テレビが消され、ふてくされた様子で階段を昇っていく息子の姿が見えた。

どうしたの？

夫がテーブルに着いた。

「ねえ、グレアム」ふたりが名前を呼ぶのは珍しかった。「何なの？　話してくれない？」

夫は前かがみでじっと考えこむような姿勢になった。

「きのう、ジョーイが怪我した事情を知ってるかい？」

「スケートボード？　学校で？」

「学校じゃない。駐車場のたった三段のステップでもない。ファルトをやってたんだ。その意味はわかる？」

「ファルトは知ってる。ええ。でもジョーイがやるわけない」

「なぜ？　なぜそう言い切れる？　きみはなんにもわかっちゃいない」

ブリンはまじろいだ。

「あいつはファルトをやってた。エルデン・ストリートで時速四、五十マイルのトラックの後ろにつかまって」

「ハイウェイで？」

「ああ。それを一日じゅうね」

「まさか」

「なぜそう言える？　ある教師が目撃してるんだ。あいつのセクションの教師から電話がかかってきた。ミスター・ラディツキーから。ジョーイは学校をサボった。メモにきみの名前を勝手に書いてね」

聞かされた知らせにきのうの恐怖が遠のき、ショックとまではいかない脱力感に襲われた。

「勝手に？」

「朝、登校して。学校を出てそのままもどらなかった」

ブリンは椅子に背をあずけ、天井に視線をさまよわせた。片隅に銃弾がつくった黒い穴があった。蠅ほどの大きさだ。弾はこんなところにまで飛んでいた。「うそ……知らなかった。あの子と話してみる」

「ぼくから話してみた。耳を貸さない」

「へそを曲げてるのよ」

グレアムは辛辣《しんらつ》な声で言った。「でも、へそを曲げるようなことじゃないだろう。言い訳にならない。僕に嘘をつき通そうとするから、本当のことを話すまでスケートボードは禁止だって言いわたしたんだ」

「それって――」ブリンは反射的に息子を弁護して、ミスター・ラディツキーの信頼性に疑問を投げかけ、目撃者は誰なのかと反対尋問を仕掛けようとした。そして口をつぐんだ。

グレアムが厳しい顔で身を乗り出してきた。

まだ何か出てくる。

でも仕方がない。自分からせっついたのだから。

「それから喧嘩のことさ、ブリン。去年の。きみはちょっと揉めただけだと言ってた。ミスター・ラディッキーは、ジョーイが相手を叩きのめしたって考えてるみたいだ」

「問題児だったの。その子は——」

「——ジョーイをからかっただけだ。口で言っただけなんだ。それをジョーイが怪我をさせた。訴えられるところだったのに。きみはその話をぼくにしなかった」

ブリンは黙っていた。やがて答えた。「噂がひろまるのが厭だったから。表沙汰にならないようにしたの。褒められたやり方とは言えないけど、そうするしかなかった。あの子を護りたかったし」

「これじゃあジョーイは成長しないぞ、ブリン。きみが甘やかしてるんだ。あの部屋はまるで〈ベスト・バイ〉みたいに家電だらけじゃないか」

「あれは全部、私のお金で買いあたえたものだわ」とブリンは言ったそばから、棘のある言葉を吐いてしまったことを悔いた。グレアムが苦い顔をしていた。むろん、グレアムは金のことを問題にしているのではない。

夫はつづけた。「あいつのためにならない。たんなるわがままだ。なんでも厳しくする必要はないけど……ときにはだめだと言わないと。で、言うことを聞かなかったら叱る」

「そうしてる」

「いや、してない。きみは優秀な警官だよ、ブリン。だけど自分の息子を恐れてる。なんだか負い目があるみたいだし、どこか後ろめたいことがあって、それを償おうとしてるように見える。いったいどういうことなんだい、ブリン？」

「あなたは話を大きくしすぎてる。それこそ何倍にも」ブリンは笑いを洩らしたものの、内心、心臓が凍える感覚を味わっていた――モンダック湖で、冷たい黒い水が車内に流れこんできたときに肌がおぼえたように。「学校での喧嘩のことは……ジョーイと私とふたりだけの話にしたわ」

「なあ、ブリン、そこが問題なんだ。わかるかい？　一事が万事なんだ。〝ぼくたち〟のことだったためしがない。いつだってきみとジョーイだ。ぼくもいっしょなのに」

「それはちがう」

「ちがう？　だったら、これはなんだ？」グレアムは家を手で差ししめした。「ぼくたち、ぼくたち三人、家族じゃないのか？　それともきみの問題か？　きみときみの息子の？」

「私たちの問題よ、グレアム、それは」ブリンはグレアムの視線を受けとめようとしてできなかった。

〝ふたりの間で嘘はなしだ、ブリン……〟

でも、そう言ったのはハート。それにキース……グレアムではなかった。こんなのはまちがってる。悪人にたいしては正直で、善人には嘘をつき、おざなりに接するなんて。

夫が背筋を伸ばした。ブリンはふたりのビールがちょうど半分まで減っていることに気づいた。「忘れてくれ。もう寝よう。ふたりとも寝たほうがいい」

ブリンは訊いた。「いつ？」

「いつって、何が？」

「出ていくんでしょう？」

「ブリン。今夜はもう充分だ」笑い声。「ぼくらはなにも話し合っちゃいない。大切なことはなにもね。それに、いまだときりがなくなる。とくに今夜は。ふたりとも疲れてるんだ。すこし休まないと」

「いつ？」ブリンはくりかえした。

グレアムは目をこすった。最初は片方、それから両方。その手を下ろすと、昨夜森のなかで負った深いひっかき傷を眺めた。棘だか岩に肌を抉られたのだ。彼は驚いた様子で言った。

「わからない。一カ月か。一週間か。わからない」

ブリンは溜息をついた。「そうなると思ってた」

グレアムは不意を衝かれたようだった。「そうなると思ってた？　どうして？　ぼくには今夜までわからなかったのに」

それはどういうこと？　ブリンは訊いた。「相手は誰なの？」

「相手？」

「わかってるくせに。あなたが付きあってる人」

「ぼくは誰とも付きあってない」グレアムは安手の侮辱をうけたとばかりに語気を強めた。

ブリンは迷いながらも話題はずらさずに、きつい口調で言った。「〈ＪＪの店〉のポーカー。行くときもあるし、行っていないときもある」

「ぼくを見張ってたのか」

「あなたは嘘をついた。私にはわかる。それで稼いでるんだから」

グレアムはごまかすのが下手なのだ。

私とちがって。

いまは怒っている。でもそれより面倒なのは、グレアムの声音に嫌悪がにじんでいることだった。「何をした？　車に盗聴器を仕掛けたのか？　仲間に尾行でもさせたのか？」

「一度、見かけたことがあるの。偶然に。アルベマールのモーテルの表で。ええ、そう、後を跟《つ》けた。あなたはポーカーに行くって言ってたけど。でも、そのときもあそこへ行った……」

ブリンはまくしたてた。「何がおかしいの？　悲しかったわ、グレアム！」

「人を悲しませるには、その人の心をすこしでもつかんでないとな。ぼくにはそれがない。ぼくはきみの心をこれっぽっちもつかんでない。つかんだこともないと思う」

「それはちがう！　そんなの浮気の言い訳にならない」

グレアムはゆっくりとうなずいていた。「浮気ね……きみはそのことでぼくに訊いたかい？　腰を落ち着けて、〝ねえ、私たちはうまくいってない、気になってるんだけど、話し合わない？　どうにかしましょう？〟って」

「私は――」

「キースがしたことを、きみのお母さんが話してくれたよ。きみの顔のことを。それを聞いたぼくの感想がわかるかい？　そうか、そういうことだったのか。きみには怒れないなって。でも思いなおしたんだ、いや、怒ればいいって。怒るべきなんだって。そしてきみはぼくに話をすべきだった。ぼくには話を聞く資格があった」

ブリンは幾度となく打ち明けることを考えた。それなのに自動車事故という作り話をしてしまった。いまでも思う——話せるはずがない。激怒した相手に殴られただなんて。それから何カ月も泣いてばかり、彼の声を聞くだけで身が竦んで、子どもみたいにぼろぼろになっていたなんて。彼から離れず、ジョーイを抱いて出ていかなかった自分が恥ずかしい。怯えていたこと。弱かったこと。

そして踏ん切りをつけられなかったせいで、さらに恐ろしい結果を招いたことを。

〝キース……〟

でも、いまだに事の真相をありのまま話すことができない。

つまり、そこにグレアムにたいする罪、自分たちふたりにたいする罪を明かす手がかりがある——黙っていること、語れないでいること。手がかりがどこに結びつくかはともかく、それを解きほぐしたところで解決というには遅すぎる。殺人犯の身元をあばく決定的な証拠を押さえたら、犯人はすでに自然死していたというような感じだろうか。

「ごめんなさい。でも、あなた……」グレアムがスラックスから抜き出した財布の中身を探るのを見て、ブリンの声はとぎれた。夫を見つめながら、彼女はしきりに頬の絆創膏をさわっていた。

ああ。愛人の写真？

グレアムが小さな白いカードを差し出してきた。

ブリンは目を凝らした。頬の傷のせいで、よく見えるほうの右目の視力が落ちている。

ブリンは浮き出した文字を見つめた。〈医師　サンドラ・ワインスタイン、アルベマール・アヴェニュー2942、スイート302、ハンボルト、ウィスコンシン〉。下の部分に手書きで、〈四月十七日金曜日　七時三十分〉。ブリンは口を開いた。「彼女は……」

「セラピスト。精神分析医……精神科の医者」

「あなた――」

「きみがぼくらを見たのはモーテルの近くだよ、ブリン。モーテルじゃない。彼女は隣りの集合ビルにいる。ぼくはたいがい、夜のいちばん最後の患者だ。同じ時間にビルを出ることもある。そこできみに見られたんだな」

　ブリンはカードを弾いた。

「彼女に電話しろ。会いにいけよ。全部話していいって言っておく。たのむから、彼女と話してきてくれ。なぜきみがぼくより仕事を愛しているかを知りたいんだ。どうして家よりパトカーが好きなのか。ぼくはどうしたらきみが近づけようとしない息子の父親になれるのか。何より、なぜきみはぼくと結婚したのか。きみたちふたりなら答えが見つかるかもしれない。ぼくには無理だ」

　ブリンは力なく言った。「でも、なんで話してくれなかったの？　いっしょに行ってくれって。カウンセリングに。そしたら行ったのに！」これは本心だった。

　グレアムはうつむいた。どうやら痛点にふれてしまったらしい。歯があった箇所の歯茎を舌で探るように。

「そうすればよかった。サンドラにもずっとそう言われてた。きみには何度も話そうとしたのに。できなかった」

「でも、どうして？」

「きみの反応が怖かった。愛想を尽かされ、要求が多すぎると思われて家を出ていかれる。でなきゃ、こっちが枷《かせ》をはめられて動きがとれなくなる……なんの問題もないふりをする」グレアムは肩をすぼめた。「きみに頼めばよかったのに、頼めなかった。でも、ブリン、そんな時間はもう過ぎてしまったんだ。きみはきみ、ぼくはぼく。リンゴとオレンジさ。似ても似つかない。それがふたりにとってのベストなんだ」

「でも、まだ遅くない。ゆうべのことで判断しないで。これは……これは悪夢だから」

すると驚いたことに、グレアムが感情をぶちまけた。椅子を倒さんばかりに立ちあがった。ビールの壜が倒れ、皿の上に泡が噴き出す。ふだん温厚な男が激怒していた。ブリンはキースとすごした夜を思いだし、内心は気が気でなかった。手が顎に伸びる。グレアムが暴力をふるったりしないことはわかっていた。それでも、思わず防御の姿勢をとっていた。見開いた目に映じるのは、州立公園で近くをうろついていたオオカミだった。

しかし、その怒りは他人に向けられたものではない。まっすぐ自分自身に向いている、とブリンは思った。「でも今夜のことで判断しなきゃならない。そういうことなんだ、ブリン。今夜の……」

彼はさっき何て言ったのか。別れるなんて今夜まで考えていなかった。つまり？「わからない」

グレアムは深く息を吸った。「エリックだ」

「エリック・マンス？」

「彼が死んだのはぼくのせいだ」

「あなたの？　いいえ、ちがう、彼の向こう見ずはみんなが知ってた。何があったにしても、それはあなたとは関係ない」

「いや、ある！　すべてぼくと関係してる」

「どういうこと？」

「ぼくがそそのかしたんだ！」角張って形のいい、グレアムの自前の顎がふるえていた。「きみたちが彼のことをカウボーイだと思っていたのは知ってる。ゆうべ、きみを捜しにインターステイトへ行こうとする人間はいなかった。でも、ぼくにはきみがそっちへ行くとわかった。だからエリックに、腕試しをしたいならいっしょに来ないかと声をかけた。殺人犯はそっちに向かってるって」グレアムは首を振った。「猟犬に好物の餌を投げたようなものなんだ……だから、彼が死んだのはぼくのせいだ。余計なところへ行ったからさ。ぼくはずっとそれを背負って生きていく」

　ブリンは身を乗り出した。するとグレアムは妻の手を逃れて後ずさった。ブリンは椅子に座りなおして訊いた。「どうして、グレアム？　だったらなぜ来たの？」

　グレアムは冷笑した。「そうだな、ブリン。ぼくは木や花を植えて稼いでる。きみは銃を持って、猛スピードの追っかけっこだ。ぼくは夜、テレビを見たい。きみは最新の薬物検査キットを研究したがる。きみの人生にはとてもかなわない。ジョーイの目には、はっきりそう映ってる……ゆうべは、自分でもどういうつもりだったかわからない。たぶん、ぼくの身体のなかにガンマンが眠っていたんだろう。自分の力を見せるんだって。でも、しょせんはジョークだった。結局、人間をひとり死なせて……あそこでは何の役にも立たなかった。で、ここでも用なしだ。ぼくなんか要らないだろう、ブリン。きみはぼくを必要としていない」

「ちがう、ちがうって……」

「そうだ」とグレアムはつぶやいた。そして片手を上げた。そのしぐさの意味は——もうたくさんだ。

グレアムは、ブリンの腕をつかんだ手にそっと力をこめた。「すこし寝よう」

グレアムが二階へ上がっていくと、ブリンはぼんやり、こぼれたビールを紙ナプキンがぐずぐずになるまで拭いた。ディッシュタオルで最後をきれいにした。もう一枚タオルを出して目頭を押さえた。

階段を降りてくる足音がした。グレアムは枕とブランケットを抱えていた。ブリンのほうに目をくれることなく緑のカウチへ行くとベッドをこしらえ、居間のドアを閉めた。

†

「終わりましたよ、奥さん」

塗装工はリビングルームと補修した天井と壁に手をやっている。

「いくらになる?」ブリンは小切手帳が近くに浮いているとでもいいたげに、家のなかを見まわした。

「サムに請求書を送らせますよ。おたくはちゃんとしてるから。安心だ」塗装工はブリンの制服を指さした。笑顔はすぐに消えた。「葬儀はあした?　マンス保安官補の?」

「そう」

「気の毒なことをしたね。彼のところのガレージはうちの息子が塗ったんだ。保安官補は息子にとてもよくしてくれてね。そうじゃないのもいるから。アイスティーをご馳走してくれて……残念だ」

うなずく。

塗装工が帰ってからも、ブリンは何もない壁を見つめていた。九ミリ弾の痕跡はどこにもない。また写真を飾ろうかと思った。でもその気力がない。家はひっそりと静まりかえっていた。

ブリンはやらなければいけないリストに目を通した——折り返しの電話をかける、証拠を追う、聞き取りをする。アンドルー・シェリダンを名乗る人物から二度電話があった。エマ・フェルドマンと仕事上の付きあいがあり、モンダック湖畔の別荘で回収されたファイルについて聞きたいとのこと。どういうつもりなのだろうか。また州検察局の人間が、インターステイトのSUV横転事故で負傷した夫妻から事情聴取をおこなった。夫妻は訴訟を起こそうとしている。レイク・ヴュー2の家主も損害賠償を請求してきた。アンモニアで床が傷んだのだ。もちろん弾痕のこともある。報告書を提出しなければならない。なるべく先延ばしにするつもりだった。

表のポーチに足音がした。

グレアム？

木枠を叩く音。ブリンは立ちあがった。

「ベルが壊れてるらしい」とトム・ダールが言った。

ブリンはドアをあけた。「トム。はいって」

室内にはいった保安官は補修の終わった壁に気づいた。そのことについては口にしなかった。

「お母さんの具合はどうだ？」

「大丈夫。ほら、根性があるから」ブリンは居間の閉じられたドアのほうへ首を傾けた。「寝室を一階にしたの。寝てる」

「そうか、声を下げないと」

「薬が効いてるから、パーティをやっても目を覚まさないわ」

保安官は腰をおろすと脚をさすった。「あの言い方はよかったな。例のふたりの殺人犯のことさ。置き土産の死体とは。うまい表現だ」

「何かわかった、トム？」

「先に言っておくと、あまりない。撃ち殺された男はコンプトン・ルイス。ミルウォーキー在住」

「コンプトンが名前？」

「本人の母親か父親に訊いてくれ。たかがチンピラ、チンピラ気取りだ。レイクフロントの工事現場で働いて、ケチな詐欺をやったり、ガソリンスタンドやコンビニエンスストアに押し入ったり。いちばんでかいのが去年、マディソン郊外でATMに現金を補充していた警備員を仲間と襲おうとした件だ。ルイスは逃走用の車の運転手だったらしいんだが、キーを雪のなかに落とした。仲間は走って逃げて、やつはその場で逮捕された。禁固六カ月」ダールは頭を振った。「親類で見つかったのは兄がひとりだけだ。州内にいる唯一の身内でね。この知らせが堪《こた》えたらしい。赤ん坊みたいに泣きだした。しかたなく電話を切ったら三十分後にかけなおしてきた……ろくな話は聞けなかったよ。もし話してみたければ、これが電話番号だ」保安官は番号を控えたポストイットを差し出した。

「ハートのほうは?」ブリンは五つの州の犯罪データベースであらゆるニックネームと、Hart、Heart、Harte、Hartman、Harting……といった名前の犯罪者の顔写真をあたったが、成果はなかった。

「手がかりはまったくない。あの男……あれは切れ者だ。指紋だって、やつは一個も残してない。自分のDNAが付着した銃弾を木工品からほじくり出してる。なまなかじゃないってことさ」

「じゃあ、ミシェルは?　ハートとコンプには偽名を使ったはずだけど、ミシェルは本名だと思う。ハートとルイスは彼女の財布を見つけて、たぶん中身を調べてる。それに私にはほんとうのことを言ったはず——朝までに死ぬことになってたから」

ダールは言った。「FBIはその彼女にますますご執心だ。雇ったのがマンキウィッツと見て、マンキウィッツか部下の誰かが彼女を雇ったことを明らかにしようとしてる。でもいまのところ、実のあるタレコミもない」

「私が作ったモンタージュ写真を、演劇学校やスポーツジムに持っていくかしら?」あの晩、若い女が語った身の上は同情をひくための作り話のはずだが、女の真に迫った様子からして確かめてみる価値はある。

「たぶん連中はトップダウンで動いて、まずはマンキウィッツのコネクションを洗うんじゃないかな」

ダールはつづけて、ハートとルイスが殺した四人の覚醒剤製造者の件に言及した。こちらはれっきとした殺人罪だ——人の好悪はべつとして、麻薬のディーラーにも害されずに生きる権利がある。

四月十八日未明、マーケット州立公園の岩棚付近にいた謎の狙撃手が、ウィスコンシンのメタンフェタミン産業界、あるいはマンキウィッツと何らかの関係があるにしても、まだそれを突きとめた者はいない。州警察は狙撃手がひそんでいた場所の見当をつけたが、いかなる物証も得られていなかった。狙撃手は空薬莢を残らず回収し、足跡を消したのである。「どいつもこいつも玄人《くろうと》だ」とダールはつぶやき、そして訊ねた。「あの女の子はどうしてる？」

「エイミー？　児童保護サービスが調べても、ほかに家族はいないって」

「淋しい話だ」

「そうでもないわ、トム。少なくとも、これからはちゃんとした人生を送るチャンスがある。あそこで、ギャンディの夫婦と暮らしていけるはずはなかったんだし……。それに、見たところ元気そう。たのしそうにしてた」

「会ったのか？」

「けさね。新しいチェスターを買って持っていったから」

「新しい……？」

「おもちゃ。私にもよくわからない。ロバとサルを合わせたみたいなもの。本物を公園まで取りにもどるつもりだったけど、その気になれなくて」

「さすがにそれはな、ブリン。あの子、身体のほうも大丈夫なのか？」

「そうね、どこも悪いところはないわ」

「ならよかった」

「でも、首の痣のことは」ブリンは怒りに顔を歪めた。「あの夜、彼女を診た医者は、数時間内につけられたものだと言ってた」

「数時間？　つまり、ミシェルがやったってことか？」

「そう」ブリンは溜息をついた。「エイミーは、ハートとルイスが近くにいるときに声をあげてた。するとミシェルがそばに引き寄せて話しかけたわけ。それでおとなしくなったんだけど。あの子、首を絞められていたのね」

「なんて女だ」

「それからのエイミーは怯えたままだった。そんなことだったなんて、こっちは思いもしなかった」

「可哀そうだったな。会いにいってあげてよかった」

ブリンは訊いた。「マンキウィッツ《バンプキン》のことを調べてた、あのＦＢＩの男は？　連絡をくれるの？　それとも私たちは田舎者扱い？」

「それがどこから来た言葉なんだか、さっぱり見当がつかないね」

ブリンは眉を上げた。

「たしかにこっちは田舎者扱いだが、連絡はよこすと言ってた」とダールは答えた。

「一応、むこうの番号を教えといて。挨拶でもしてみるから」

ダールはくすくす笑いながら財布を探り、名刺を取り出した。ブリンはそれを見て情報を書きとめた。

「疲れた顔をしてるな。あの休暇の借りがあるんだし、とにかく休んでくれ。これはボスとして言う。ゆっくりしろ。しばらく雑用はグレアムにまかせて。男もそれなりにキッチンや食料品店のことも、洗濯のことも知っておかないと。おれだって捨てたもんじゃないんだぞ。キャロルに仕込まれた」

　ブリンの笑い声にただよう物悲しさに、ダールは気づいていなかった。「わかったわ。約束する。でも、いまはむり。殺人事件は未解決だし、たとえマンキウィッツが背後で糸を引いてて、連邦検事が威力脅迫および腐敗組織に関する連邦法《RICO》や共謀罪を盾に取って介入してきても、これは私たちの郡で発生した州犯罪だから」

「何をする気だ？」

「手がかりに導かれるまま。ここでも、ミルウォーキーでも、どこでも」とにかく演劇学校とスポーツジムの線と、そのほか思いつくすべてにあたるつもりでいた。ガンクラブも。女は銃器の扱いに馴れていた。

「やめろと言っても無駄だな」

「馘《くび》にすればいい」

　ダールはふっと笑った。

　ブリンは吐息をついた。「これは結局、私たちの責任なのよ」

「いいか、自分に当たる弾は選べない。飛んでくる音さえ聞こえないんだ」

「この週末、あなたとキャロルの予定は？」

「映画に行くよ。ただし、むこうのお母さんが子守りに来てくれればだが。地元のティーンエージャー？　連中には時給十ドルも払わされるし、飯も食わせなきゃならない。それも出来たてのを。きみはいくら払ってる？」

「グレアムと私はそんなに出かけないから」

「そのほうがいい。家でのんびり飯を食って。出かけることもないさ。ケーブルテレビもあるんだからな。そろそろお暇《いとま》しよう」

「キャロルによろしく」

「伝えとく。お母さん、お大事に。回復を祈ってる」

ブリンはダールを見送ると立ちあがり、自作のリストの最初の項目に目をやった。

Ⅱ　五月

ミルウォーキーのダウンタウンにあるダイナーで、恰幅《かっぷく》のいいスタンレー・マンキウィッツは、午後の暗い灰色の光に陰影を増すおのれの姿をグラスに見つけた。日付は五月一日でも、三月から拝借してきたような陽気である。

この日はマンキウィッツの人生にあって重要な一日だった。国際労働者の日は一八八〇年代後半に起きた世界的な労働運動のなかで、一般労働者の栄誉を讃えるために制定された。とくにこの日が選ばれたのには、一八八六年五月、シカゴで職能労働組合連盟が八時間労働制を求めて開いた集会に端を発し、警官と労働者の双方に死者を出した〈ヘイマーケットの虐殺〉の殉教者を悼むという意味が大きい。

マンキウィッツにとって、メーデーはふたつの意味をもつ。ひとつは働く者に敬意を表するということ。かつては自身が労働者であり、いまは世界じゅうの兄弟姉妹とともに、その代弁者を誠心誠意務めている。

もうひとつは、より大きな益を得るには、ときに犠牲をともなうという現実を知らしめることである。

マンキウィッツは机の上にある一文を掲げている。〈ヘイマーケットの虐殺〉で果たした役割を罪に問われ、絞首刑にされたひとり、オーガスト・スピース（学者たちの間では、すべての被告人同様、おそらく無実とされている）の辞世の言葉だ。スピースはこう語った、「いずれわれわれの沈黙が、あなたたちがきょう押さえこむ声より強くなる時が来る」と。

〝犠牲……〟

そんな重大な日について思いを凝らしながら、マンキウィッツはみずからを見つめた。それで気づいたのが、ときに厭気がさしてくる肥えた体軀ではなく、憔悴した顔つきだった。造作まではっきりわかるわけではなく、雰囲気から判断しているにせよ、やはり表情が全体に影響しているのはまちがいない。

クラブサンドウィッチをひと口かじって、注文したスイスチーズがアメリカ産であることに気づいた。しかもコールスローにはマヨネーズが多すぎる。この店はいつだってこうだ。なのに、なんでいつもここで食うのか。

ホビットもどきの刑事からは最近音沙汰がなく、ジェイムズ・ジェイソンズ相手に、まったくあれは便りないと軽口をたたいてみせたりもした。

エマ・フェルドマンの死後、日常は悪夢に転じた。マンキウィッツはFBIと州検事局に〝招待〟された。弁護士同伴で出頭すると、質問には答えたり答えなかったりで、帰り際には冷ややかな挨拶を受けただけだった。弁護士は当局の思惑を読みきれずにいる。

その後、フェルドマンが勤めていた法律事務所が、不法死亡とそれにともなう収益損失について訴訟を検討中との噂を耳にした。マンキウィッツの弁護士は、そんな訴因は法的に認められないと一笑に付した。

そこへさらなる悩みの種……

マンキウィッツは声を荒らげた。「私が女を殺したと、証明できないことだってお笑いぐさだろうが」

「ああ、もちろん、スタンレー。言うまでもない」

〝言うまでもない〟

バランスの悪いサンドウィッチから顔を上げると、ジェイムズ・ジェイソンズが近づいてくるところだった。細身の男は腰をおろした。現われたウェイトレスにダイエットコークを注文した。

「食べないのか」とマンキウィッツは言った。

「いろいろで」

どういう意味なんだ？　マンキウィッツは訝った。

「新たな情報があります」

「話してくれ」

「まず、あそこの保安官トム・ダールに電話しました。例のフェルドマン夫妻の友人——悲嘆にくれる友人アリ・パスケルとして。プレッシャーをかけておきました。まだ犯人は見つからないのか等々」

「よし」

「むこうは、私が名乗ったとおりの人物だと信じこんでるはずですよ」

「事件のことは何か聞いたか？」

ジェイソンズはまばたきをした。「とくに何も。むこうも話す気はないでしょう。こちらとしては、はるばるあそこまで行ったことを怪しまれないように手を打っておきました。事件のことは別の筋からあたってます」

マンキウィッツはその判断を信じてうなずいた。「われらがガールフレンドは？」

クリステン・ブリン・マッケンジー保安官補のことである。四月十七日から十八日にかけて起きた事件の直後、ジェイソンズはフェルドマン夫妻殺害事件の捜査を指揮する人間を調べあげた。そこにはいけすかないFBI捜査官ブリンドルや、ミルウォーキーの警官も数名いたが、実際先頭に立っていたのはあの小さな町の女だった。

「彼女は止められません。ブルドッグみたいに突っ走ってます」

そこまでブルドッグの走力を買っていないマンキウィッツだが、話を受け流した。

「FBIとミルウォーキー市警を合わせても、彼女のほうが優秀だ」

「それはどうかな」

「ま、連中より働いてることは事実ですよ。事件のあと、手がかりを追ってミルウォーキーに四度足を運んでます」

「管轄権があるのか？」

「その点を気にする者はいないでしょう。一連の騒動はケネシャ郡で起きたことですし。死んだ弁護士のこともある」

「なぜ私が生殺しの目に遭うんだ？」

瘦身のジェイムズ・ジェイソンズに反応はなかった。そもそも答える立場にはないのだ、とマンキウィッツは思った。しかも答えは明白である——私が一所懸命働く移民を国に入れ、やる気のない連中の仕事を取りあげるべきと考えているからだ。

そう、それを公言してはばからないから。

「つまりミズ・マッケンジーは、あそこで起きた事件の真相を探るまで止まらない」

「止まらないですね」ジェイソンズはおうむ返しに言った。

「名前を売り出そうってわけか？」

部下は思案顔になった。「べつに銃に物を言わせようとか昇進を狙ってるとか、そういうことじゃなさそうです」

「だったら狙いはなんだ？」

「悪い人間を刑務所送りにすると」

ジェイソンズはあらためて四月のあの夜、森であった出来事をマンキウィッツに話して聞かせた。丸腰で崖の上にいたブリン・マッケンジーは、ショットガンやオートマティックで撃ってくる追っ手の男たちに向けて岩や丸太を落としていた。ジェイソンズがブッシュマスターで狙いはじめても、わずかに身を退いただけだった。

マンキウィッツは、自分がマッケンジー保安官補を気に入ることはないと確信した。それでも一目置かざるを得ない。

「女はいったい何を見つけた？」

「わかりません。レイクフロント、アヴェニューズ・ウェスト、ブルーラインとまわり、マディソンからケノーシャまで。その日のうちにミネアポリスへ。止まりません」

け」

突っ走るブルドッグ。

「利用できそうなものは？　何かないのか？」

ジェイソンズは記憶をたよりに——メモはまったく必要ないらしい——言った。「ひとつだけ」

「言いたまえ」

「彼女には秘密がある」

「さわりをたのむ」

「わかりました。六、七年まえに起きたことなんです。当時彼女は前の夫と結婚していた。夫は州の警官で、表彰を受けたこともある評判のいい男です。癇癪《かんしゃく》持ちですが。過去に彼女を殴ったことがあった」

「とんでもない野郎だ、女に手を上げるとは」

「それで、撃たれたんです」

「撃たれた？！」

「自宅のキッチンで。査問がおこなわれて。暴発、不運な事故ですね」

「そうか。この話の顚末は？」

「事故なんかじゃなかった。意図的な発砲。隠蔽されたんです。話がマディソンまで行ったのかもしれませんね」

「それが明るみに出れば、職を失うような類の隠蔽か？」

「職を失って、たぶん刑務所行きでしょう」

「単なる噂なのか？」

ジェイソンズはブリーフケースをあけると、たわんだファイルフォルダーを取り出した。

「証拠です」

うらなりのくせに、この男はちゃんと実をもたらす。

「お役に立てばいいのですが」

マンキウィッツはフォルダーを開いた。中身を読むと眉を上げた。「これは大変役に立ちそうだ」彼は目を上げると心から言った。「感謝する。おっと、それから、メーデーおめでとう」

†

彼はこの街が好きだった。

少なくとも、仮の住まいとしては気に入っている。

グリーンベイはモンダック湖周辺の州立公園ほど起伏がなく、その点では趣きに欠けるものの、湾自体には素朴な美しさがある。それに工業面での発展めざましいフォックス川がテリー・ハートの心をとらえてやまない。製鋼所の給与課で働く父に連れられ、よく工場に遊びにいった彼はヘルメットをかぶり、煙に石炭、液体金属にゴムの臭いを放つ施設を歩きまわることに言い知れぬ興奮をおぼえたものだった。

この街で借りたのは番号の付いた通りの一本にある、労働者向けのさほど大きくない家だ。しかし機能的で家賃も安い。ひとつ厄介なのが退屈なこと。

時を待つというのはハートのやり方ではなかったが、いまは時を待たなくてはならない。ほかの方法は皆無だった。

あんまり退屈になると保安林まで車を走らせるのだが、これが案外に心地よく、レイクヴュー・ドライブという、モンダック湖畔の私道と似た名前の道を通るのもたまらない。林では散歩したり、たまに車内に座ったままで仕事をすることもあった。何台もあるプリペイド式の携帯電話で、この先の仕事の打ち合わせをする。

それがこの日、散歩を終えようというころ、気づけば広場にメイポールがあった。五月の祭りのために立てられるこの柱からは色とりどりのリボンが下がり、それを手にした子どもたちが周囲を走って床屋の看板の模様を紡ぎ出している。そのうち子どもたちは腰をおろし、ピクニックのランチがはじまった。近くにはスクールバス、本来なら鮮やかな緑の車体に黄色い汚れがある。

ハートは借家にもどると、念のためブロックを一周してから車を駐め、家にはいった。メッセージを確認し、新しいプリペイド式の携帯で何本か連絡を入れた。それからささやかな木工所に設《しつら》えてあるガレージへ行った。家の一隅の小さな場所である。ハートは自身でデザインした木工に取り組んでいた。はじめたころは日に一、二時間。いまは四時間ほどを費やしている。木をいじると何よりもリラックスできた。

サンドペーパーをかけながら、森にいたあの夜のことを振りかえると――オーク、アッシュ、メープル、ウォルナットと、自作の材料にする硬木がそろっていたのを思いだす。購入するときには表面が滑らかで、直角を出して精密に裁断されたものでも、元をたどれば天に向かって堂々とそびえ、威圧感さえただよわせる百フィートあまりの大木なのだ。木が伐採されることには心が疼くけれども、その反面、加工して姿を変えてやり、人が愛《め》でるものにすることで木に礼を尽くしているという思いもある。

ハートはいま取り組んでいる象眼細工の箱を眺めた。進み具合には満足している。誰かにプレゼントすることになるだろう。まだはっきりは決めていない。

その晩八時、ハートはグリーンベイのダウンタウンへ行くと、なかなかうまいチリを出す木造の薄暗いバーにはいり、止まり木でチリのボウルとビールを頼んだ。一杯めを平らげると、お代わりを手にバスケットボールの試合が流れる奥の部屋に移り、ビールを供に観戦した。西海岸のゲームなので、こちらでは遅い時間にずれこむ。そのうち腕時計を見て席を立ち、家路につく客が出はじめた。スコアは後半もだいぶ過ぎた段階で九十二対六十、ゲームの興味はというとハーフタイムショーがはじまるまえに失せていた。

いずれにしろ、たかがバスケット。パッカーズじゃない。

壁に目をやれば、ウィスコンシンにあった昔のブルワリーの古い看板がそこらじゅうに掛かっていた。どれも有名な醸造所らしいが聞いたことがない。〈ローフ&スタイン〉〈ハイルマン〉〈フォックスヘッド〉。〈ハイバーニア〉のロゴから、不吉な牙をはやしたイノシシがこちらを睨んでくる。描かれたテレビ画面のなかで、視聴者に視線を送るふたりの女性。その下に〝ハーイ、ラヴァーンとシャーリーより〟と書かれていた。

ハートは通りかかったウェイトレスに勘定を頼んだ。彼女の応対はていねいだがよそよそしかった。というのも一週間ほどまえ、初めて媚《こび》を売ってきたのをすげなくしたからである。この手のバーでは一度で充分だ。ハートは金を払って店を出ると、そう遠くないブロードウェイ地区のバーまで行った。近くの路地の暗がりで車を降りた。

午前一時、目当ての男がバーから姿を現わした。男はこの一週間、ほぼ毎晩のように同じ行動をくりかえしていた。ハートは背中にピストルを突きつけ、男を路地に引きずりこんだ。フレディ・ランカスターは約十五秒をかけて、間近にあるハートの脅威は、同じく危険でも差し迫っていないミシェル・ケプラーのそれより性質《たち》が悪いと判断した。彼はミシェルについて知るすべてをハートに打ち明けた。

路地から外への一瞥と、消音された一発ののち、ハートは車にもどった。

家に向けて車を走らせながら、ハートはつぎのステップについて思いめぐらした。ミシェルの住んでいる場所のことは、自分もゴードン・ポッツも知らないというフレディの言葉に嘘はなかったはずだが、フレディはあの女に近づくための情報をそれなりに吐いた。

すぐに取りかかる。

だがまずはこの数週間気になっていることを片づけるのだ。ハートはあくびを洩らしながら、今夜はゆっくり眠れると考えた。早くから行動する必要はない。ウィスコンシン州ハンボルトは、車でたった三時間の距離だった。

†

五月四日月曜日の午後二時三十分、クリステン・ブリン・マッケンジーは、ミルウォーキーのとあるレストランのバーでチキンスープとダイエットソーダを前にしていた。つい先ほどまでミルウォーキー市警の刑事とＦＢＩ捜査官に会い、四月にケネシャ郡で起きたフェルドマン夫妻および覚醒剤密売人殺害事件について、それぞれの捜査状況を突きあわせて検討をおこなっていた。

会合は不毛に終わった。どうやら市と連邦の捜査目的は、なんの罪もない夫妻を惨殺し、その遺体を卑しめるように冷たいキッチンの床に放置した犯人を捕まえるのではなく、マンキウィッツとの関連を突きとめることにあるらしい。

事実、ブリンの指摘にたいしては刑事も捜査官も、同情に多少の苛立ちをこめて唇をゆがめる以上の反応は示さなかった。

気がふさいだままふたつめの会合を終えると、ブリンは遅い昼食を簡単にすませて帰宅することにしたのである。

この数週間に、ブリン・マッケンジーは捜査で二千三百マイルを走っていた。いまは中古の――相当年季がはいったカムリに乗っている。水没したホンダは、保険会社が公務中の事故と認定したため、ブリン個人の自動車保険が適用されなかった。貯金をくずして自腹で車を買うのは、この先の経済状態が見えないだけに痛かった。

グレアムは出ていった。

四月十八日以降、ふたりで何度か話し合った。しかしエリック・マンスの死をきっかけにしたグレアムの激しい動揺はおさまらず、彼はみずからを苛《さいな》みつづけた。だがその憤りがブリンに向くことはなかった（彼とキースとの違いはそこにある）。

グレアムが家を出て、二十分ほど離れた賃貸のアパートメントに移ってまだ数日。淋しさと不安を感じながら……でも、どこかほっとしている。大きな心痛もあった。むろん家庭内の問題を得意とするブリンにも、今後の生活の行方を判断するのは時期尚早とわかってはいる。

グレアムはいまも支払いを分担してくれている——実際は分担以上に、保険の下りなかったアンナの医療費も全額面倒みてくれた。しかしこれまでの生活スタイルがふたり分の収入の上に成り立ってきただけに、ブリンとしてはいやがうえにも家計のことが気になるのだ。

冷めかけのスープをまた口にはこぶ。そこに携帯が鳴った。かけてきたのはジョーイ、ブリンはすぐに電話を取った。確認のための連絡で、体育と科学の授業のことをぼそぼそ話す息子に明るい声で応じると、最後の授業へ送り出して電話を切った。

ブリンは息子のことや子育てについて、グレアムの主張が正しかったのかもしれないと思いなおし、自分なりに事情を調べて（人の話も聞き）、ジョーイがファアルトをしていたという報告が事実であることを確かめた。ジョーイは何度となくトラックにしがみついていた。それで大怪我をしなかったのは、ただただ神のご加護としかいいようがない。授業をサボっていたのも本当だった。それもブリンが思っていたより頻繁に。息子は母親の署名を巧みに真似ていたようだ。

そんな息子となんとか話ができたのは、自分の母親の後押しと入れ知恵があったからである（このときばかりはブリンも、昔の母娘関係にもどれたことがうれしかった）。

ブリンはヘリコプターで急襲する戦闘士官よろしく、息子の日常にはいりこんだ。スケートボードは地元のフリースタイルのコースで、しかも母親同伴のときだけ許可。ヘルメット着用、ニットのヒップホップ・キャップは禁止。

「ママ、ねえ、それって。冗談でしょ？」

「あなたに残された道はそれだけ。あと、ボードは私が部屋にあずかっておく」

ジョーイは大げさに溜息をついた。だが納得した。

さらには決まった時間に電話をかけること、放課後は二十分以内に帰宅することを息子に命じた。警察と地元の電話会社との取り決めで、使用していない携帯電話の所在も探知できると話したときの反応は見物だった（これは事実なのだが、システムを利用して電子的に行動をチェックするのが違法であるという部分は伝えなかった）。

しかし、それで反抗的な態度が抑えられたところで、グレアムがいなくなったことにたいする息子の心情には手が届きそうになかった。夫は義理の息子と連絡を取りあっていたけれど、両親の別居に不満を表すジョーイに、ブリンはどう対処していいのかわからなかった。そもそも家を出ていったのはブリンではない。手探りでの修復がつづくことになりそうだった。

ブリンはスープを脇へやり、あの夜を境に変わってしまった多くのことに思いをはせた。

〝あの夜〟。その言葉はブリンの人生におけるひとつの象徴となっていた。時系列上の一点を超越した意味がある。

また独りとなった身に、怪我をして介護が必要な母親と、目が離せない問題児の息子がいる。にもかかわらず、ミシェルとハートを捜し出して逮捕することには障害などありえない。

その証拠に、いまも刑事やＦＢＩ捜査官との打ち合わせから得られるものはないかと考えているのだが、ふとわれに返るとバーはひっそり静まりかえっていた。

人がいない。ウェイターの助手、バーテンダーの姿もない。

そういえば警察署からここまで歩いてくる途中、後ろに痩せた男がいたのを思いだした。べつだん気にもとめなかったけれど、いま思えば店のウィンドウを覗いたとき、男も足を止めて電話をかけていた。あるいは、かけるふりをした。

不安になって腰を上げたが、そこに開いたドアから風が吹きこんで、背後に最低でもふたりの気配を感じた。

ブリンは身を硬くした。銃はレインコートとスーツの上着の下にある。ふたつのボタンをはずす間に殺される。

ブリンはなすすべなく後ろを振り向いた。

そうしながら、そこに殺意をもって銃をひたと構えるハートの灰色の目があることをなかば予期していた。

ふたりのうち、肥った六十男が言った。「刑事さん、スタンレー・マンキウィッツだ」

ブリンはうなずいた。「保安官補だけど」

もうひとりの細身で少年のような風貌の男は、さっき後を跟《つ》けてきた本人だった。かすかに頬笑んでいるが、それはユーモアから来るものではない。口を引き結んでいる。

マンキウィッツはブリンの隣りのスツールに腰かけた。「いいかな?」

「ここで誘拐もどきの真似をするわけ」

マンキウィッツは驚いたような顔をした。「まさか、いつ席を立とうがあんたの自由だよ、マッケンジー保安官補。誘拐だって?」

マンキウィッツがうなずくと、連れの男は近くのテーブルへ行った。すでにもどっていたバーテンダーがマンキウィッツを見た。

「コーヒーを。友人にはダイエットコーク」マンキウィッツはテーブルに顎をしゃくった。

バーテンダーはカウンターにコーヒーを、マンキウィッツの連れにソーダを出すと、「ほかにご用は？」とブリンに訊ねた。最後の食事にチーズケーキはいかがとばかりに。

ブリンは首を振った。「会計だけ」

マンキウィッツは慎重な手つきでクリーム適量、砂糖一袋にノーカロリーの〈スプレンダ〉をコーヒーに入れた。「何週間だかまえの晩、さんざんな目に遭ったそうだね」

〝あの夜……〟

「どうしてそれを？」

「私はニュースを見るんだよ」男が発する自信のオーラはある意味、さしあたって肉体的危険はないという安心感をブリンにもたらしたが、それがまた曲者《くせもの》だった。別の武器——つまり、腕力にたのまずとも人生を破滅させられる材料があるのではと思わせる。どうやらむこうが完全に主導権を握っていた。

そんなやり口がハートを思い起こさせる。

組合のボスはつづけた。「情報を得るというのは、非常に大切なことだ。私がまだ青二才のころ、あんたが生まれるまえのことだが、ローカルニュースを一時間、午後五時からやって、そのあと国内、海外のニュースとつづいてね。ウォルター・クロンカイト、ハントリーにブリンクリー……たった三十分。私には物足りなかった。手にはいる情報はとにかくありがたい。

CNN。あれはいい。ブラックベリーのトップページにしてある」

「それだと、私が思いつきで寄っただけのこの場所に、どうしてあなたがいるのかという疑問には答えてない……ミルウォーキー市警で約束があったのを知っていたんじゃなければ」

マンキウィッツは一瞬ためらいを見せた。痛いところを突かれたのだろう。「あるいは、あんたを尾行してきたか」

「彼の尾行なら知ってるけど」ブリンはそう言いざま、痩身の連れに顎をやった。

マンキウィッツは微笑してコーヒーを啜ると、回転する台に並んだデザートを残念そうに眺めた。「われわれには共通の関心があるな、保安官補」

「というと？」

「エマ・フェルドマン殺害の犯人を捜し出すことだ」

「たったいま私の二フィート横で、死ぬほどまずいコーヒーを飲んでいる人はちがう？」

「たしかにまずいコーヒーだ。どうしてわかる？」

「臭いで」

マンキウィッツはブリンの皿のそばにあるソーダの缶にうなずいてみせた。「あんたと私の友人とそのダイエットソーダ。あれは身体に良くない。それにそう、あんたは人殺しの一味じゃない」

ブリンは背後に目をやった。仲間の男はブラックベリーを眺めながらソーダを飲んでいる。

彼のトップページは？

「あんたはケネシャ郡で、殺しはそんなに手がけてないだろう」とマンキウィッツが言った。

「これみたいなのは」

「これら、みたいな」とブリンは誤りを正した。「複数の人間が殺されたわけだから」こうして自分が生きていて、しかも買収されそうな男とはいえバーテンダーが目撃者としていると思うと、横柄まではいかなくてもつい調子に乗ってくる。

「そうだった」マンキウィッツはうなずいた。

ブリンは思いにふけった。「私たちがどんな事件を扱うか？　家庭内の暴力沙汰。セブン-イレブンやガソリンスタンドの強盗で起きた偶発的な発砲。覚醒剤《メス》の取引き」

「あれはだめだ、あのドラッグは。最低だ」

その話をして。ブリンは言った。「『全米警察24時　コップス』を見てれば、私たちのやり方はわかるでしょう」

「四月十七日はまるで勝手がちがった」マンキウィッツはまずいコーヒーを口にした。「あんたは組合にはいってるか？　警察の組合に？」

「いいえ、ケネシャにはないし」

「私はね、組合というものを信じてるんだ。労働を信じるし、すべての人に等しく階段を上がる機会をあたえると信じる。教育のようにね。学校は機会均等、組合も同じだ。組合にいれば、われわれが最低限のものをあたえる。それで時給と神の加護を得て、満足ということもあるかもしれない。だが人生でもっと高みに上りたいと思えば、これを飛込み台のように利用することもできる」

「飛込み台？」

「譬《たと》えがまずかったか。創造力が貧困でね。私がなぜ告訴されているか知ってるかね？」

「詳しいことはあまり。不法移民がらみの詐欺容疑」

「街で売ってるより上等な偽造書類を人に配っているからだ。彼らはオープンショップで職を見つけて、組合にはいるかどうかは投票で決める」

「事実ってこと？」

「いや」マンキウィッツは微笑した。「言いがかりだ。当局が私の疑惑に手を突っ込んできた経緯はご存じかな？　あのエマ・フェルドマンという弁護士が、依頼人の代理としてあるビジネスの取引きをした際に、合法移民が多く組合にはいっていることを知った――それも全国の支部と比較しても図抜けて多かった。そこから、私が移民に偽造書類を売っているという噂を流す者が現われた。しかし彼らのグリーンカードはれっきとした本物だ。合衆国政府が発行してる」

ブリンは考えた。話には信憑性《しんぴょうせい》が感じられる。でも真偽のほどは？

「どうして？」

「組合破り、それに尽きる。やがて私が不正に手を染めてるという噂がひろまりだす。〈ローカル408〉はテロリストの偽装団体だとか。私が外国人をそそのかして仕事を奪わせておいて……それでみんなが雪崩を打って組合を脱け、オープンショップに流れていくだとか」マンキウィッツはむきになっていた。「なぜ私が罰せられようとしているのか、そこを正確に説明させてもらおう。なぜ人々がスタンレー・マンキウィッツの退場を求めているのか。それは私が移民を憎まないからだ。私は彼らを全面的に支持する。この国で生まれた怠け者を百人雇うくらいなら、頑張って働きたいと思ってこの国へ——むろん合法的にだが——やってきたメキシコ人なり、中国人なり、ブルガリア人を十人雇う。だから板挟みになる。雇用側は組合だからと私を目の仇にする。わが組合員たちは、アメリカ人じゃない連中の肩をもつからと、私を忌み嫌う」最後は気のいい南部人のような間延びした話し方だった。「で、はめられたってわけだ」

ブリンは溜息をついた。スープにたいする関心はすっかり失せていたし、初めから気の抜けていたソーダも、臭いがしないだけで味はコーヒー並みだろう。

マンキウィッツは声を落とした。「四月十七日に、私があんたの命を救ったことは知っているかね?」

その言葉で、ブリンの注意はたちまち相手に向いた。眉をしかめる。感情は表に出すまいと思いながら抑えられなかった。

マンキウィッツが言った。「こちらの利益を守るために、ミスター・ジェイソンズを現場に派遣した。エマ・フェルドマンとその亭主を殺してないことは、私自身がよくわかってる。本当は誰のしわざかを突きとめたいんだ。そこから私をはめようとしている人物までたどっていける」

「あの……」ブリンは訝しそうな視線を投げた。すると頬に痛みが走り、それが治まるまで表情を変えてみた。

マンキウィッツがブリンの肩越しに目をやった。「ジェイムズ?」

ジェイソンズはブリーフケースを抱えてバーにやってきた。彼は言った。「私がいたのは森の、あなたとあの女と少女がいた岩棚付近です。ブッシュマスターのライフルを持ってね。あなたは男たちめがけて岩や丸太を落としていた」

ブリンは低声で訊いた。「あれはあなただったの？」ジェイソンズは銃を持つことさえできないような顔をしている。「私たちを撃ったのは？」

「近くを撃った。狙ってはいませんよ。喧嘩の仲裁だけをするつもりで」またソーダをひと口。「湖畔の家まで行ったんです。スティーヴン・フェルドマンの友人と名乗ってね。あなたのご主人と、例の保安官補の後を跟《つ》けて森にはいった。誰かを殺すためじゃない。その反対です。私が受けた指示は、全員が命を落とさないようにすること、連中の正体を突きとめること。喧嘩の仲裁はうまくいったものの、男たちを追って問い糺《ただ》すところまではいかなかった」

マンキウィッツが言った。「私が違法行為に手を染めているという噂の出所《でどころ》は、〈五大湖コンテナ〉という企業のさる人物と信じるに足る根拠がある。このミスター・ジェイソンズが書類を見つけだした――」

「見つけた？」

「――書類によると、その企業は財政状態が悪く、社長は組合をつぶして賃金や手当をカットしようと躍起になっていたらしい。〈五大湖〉の主任弁護士が、噂の背後にこの社長がいることを証明する書類を提供してくれた」

「その話は検察にした？」

「残念ながら、その書類は……」

「盗まれた」

「まあ、連邦証拠規則の下では見つからないだろう。と、ざっとこんな状況だ。私は法にふれる書類を売ったことは一度たりともないわけだから、それを立証できる者もいない。つまり嫌疑はいずれ晴れる。だが噂というのは、ときに有罪判決に近いダメージをもたらすことがある。〈五大湖コンテナ〉をはじめとするユニオンショップが望んでいるのはそれだ——私の評判を貶《おとし》めることで私を破滅させ、そして組合をつぶす。だからこそ、こちらはできるだけ噂は消しておかなくちゃならない。そこでいの一番にやるのが、私はエマ・フェルドマンを殺してないと、あんたに納得させることでね」

「警察学校で、容疑者が『ほんとうだ、私はやっていない』と言ったら、手を引くなと教えられたけど」

マンキウィッツはコーヒーを押しやった。「マッケンジー保安官補。私は七年まえの発砲事件のことを知ってる」

ブリンははっとした。

「あんたのご主人」マンキウィッツが目をくれたジェイソンズが言った。「キース・マーシャル」

マンキウィッツはつづけた。「公式の報告には銃の暴発とあるが、あんたがご主人を撃ったのは、またもや暴力をふるわれたからというのは周知の事実だ。顎を砕かれたときのようにね。しかしご主人は防弾チョッキを着ていて命が助かり、暴発だったと証言することになった」

「それは——」

「いや、私は真相を知ってる。キースを撃ったのはあんたじゃない。あんたを助けようとした息子だ」

やめて……ブリンの手はふるえていた。

ふたたびジェイソンズにうなずく。ファイルが現われた。古くてたわんでいる。ブリンはファイルを見た。〈ケネシャ郡教育委員会記録文書〉。

「これは？」ブリンは喘ぐように言った。

マンキウィッツはフォルダーに書かれている名前を指した。〈ドクター・R・ジャーメイン〉。

ブリンはすぐにそれを察した。ジョーイの三年生のときのカウンセラーだ。ジョーイは学校で問題を起こしてばかりいた。攻撃行動が目立ったり、宿題を拒否したりで、週に何度もそのカウンセラーと会っていた。セッションがあったある夜、カウンセラーが重度の心臓発作で急逝すると、息子のトラウマは悪化した。

「これをどこで手に入れたの？」ブリンは答えを待たず、汗ばんだ手でファイルを開いた。

ああ……

発砲が起きた当時まだ五歳だったジョーイは、両親がキッチンの床で取っ組みあった忌まわしい晩のことを忘れたか、頭から締め出しているものと思っていた。ジョーイは悲鳴をあげながら両親に駆け寄ってきた。キースは息子を払いのけ、ふたたびブリンの顔を殴ろうとした。するとジョーイはブリンの腰のホルスターから銃を抜き、父親の胸の真ん中を撃った。

彼らは八方手を尽くし、ブリンの銃の暴発で事をおさめようとした。それだけでもブリンのキャリアは終わりになりかねなかった。人はブリンが故意にキースを撃ったと考えた——キースの短気は有名だったし、ジョーイのことを疑う者は誰もいなかった。

報告書を見てブリンも初めて知ったのだが、息子はあの晩にあったことを順序立てて、事細かにドクター・ジャーメインに語っていた。まさかジョーイが事件について、そこまで鮮明に記憶しているとは思ってもみなかった。いまにしてわかるのは、息子が児童養護施設行きを免れたのは――それに魔女狩りがつづいていれば、武器で児童を危険にさらしたとしてブリンとキースも刑事責任を問われていた――ジャーメインの死があって、ファイルが人目にふれることなく学校の保管所で眠ることになったからにすぎない。

マンキウィッツが言い添えた。「FBIとミルウォーキー市警が、これをもうすこしで見つけるところだった」

「えっ？　なぜ？」

「あんたに事件から手を引かせるためだ。連中の捜査目的は、私の首根っこを押さえることにある。あんたのほうはモンダック湖の真相を明らかにすることだ」

連れが付け足した。「彼らはあなたの人生をあらゆる角度から調べていますよ。これだって、あなたを失墜させるために利用するはずだ」とファイルを見やり、「おそらくあなたとともに、キースを撃った事件の隠蔽に手を貸した人物を起訴するでしょう」

ブリンの顎があの夜、モンダック湖の身を切るような水から這いあがったときと同じくわなないた。

彼らは息子を取りあげようとしている……キャリアも終わる。トム・ダールも隠蔽幇助《ほうじょ》で取り調べを受けることになる。州警察の人間も捜査対象になるだろう。

マンキウィッツは涙があふれたブリンの目を覗きこんだ。「まあ、落ち着いて」

ブリンは視線をやった。マンキウィッツは太い指でファイルを叩いた。「ミスター・ジェイソンズは、ファイルはこれきりだと断言している。複写は一切とられてない。あんたとキースと息子さん以外に、あの夜の事実を知る人間はいない」

「いまはあなたが知ってる」とブリンはつぶやいた。

「私はね、ファイルをあんたに渡すことしか考えてない」

「えっ？」

「切り刻むか。いや。こうしよう。切り刻んで、燃やす」

「それって……」

「マッケンジー保安官補、私はあんたを強請《ゆす》りにきたわけじゃないし、捜査からはずそうっていう気もない。あんたには誠実の証しとして、これを進呈するつもりだ。私は無実だ。あんたには事件から手を引いてほしくない。捜査をつづけて、あの人殺しの真犯人を突きとめてほしいと思ってる」

ブリンはファイルを握りしめた。熱を放っているようなそれをバックパックに入れた。「ありがとう」ふるえる手でソーダを口にすると、男の話を反芻した。「だったら、エマ・フェルドマンの死を望んだのは誰？　動機は？　ほかに動機がありそうな人物はいないけど」

「これまで動機を探った者はいるかね？」

そのとおりだった。マンキウィッツが裏で糸を引いているものと誰もが決めつけていた。組合のボスは目をそらした。両肩が落ちた。「こっちも空くじを引いてばかりなんだが、エマが手がけていた案件のなかには、人を殺しに駆り立てかねない微妙なものもあってね。そのひとつが、自殺した州議会議員の信託と土地建物の問題だ」

ブリンはその事件を思いだした。議員は遺言から妻子をはずし、全財産を二十二歳のゲイの男娼に残そうとした。それをメディアにすっぱ抜かれ、議員はみずから命を絶った。

「それに」労働界のボスはつづけた。「ほかにもエマは奇妙な事件にかかわっていた」そうして見やった先が、情報の王様で事情通のジェイソンズである。

「新型ハイブリッドカーに関する製造物責任訴訟です。運転手が感電死して、遺族がエマ・フェルドマンのクライアントであるケノーシャの企業を訴えた。発電機だか電気システムだかを造った会社です。エマはその件に熱心に取り組んでいたが、ファイルはすべて抜かれ、その後は話を聞かなくなった」

危険なハイブリッドカーの欠陥品？　話がろくに伝わらなかった可能性はある。というか、まったく耳にはいってこなかった。巨額の金が絡んでいるのはまちがいない。見つけるべきものは見つけただろうか。

たぶん。

それに、ケノーシャという土地に心当たりがある……ここ数週間にとったメモを見返さないと。折り返しの電話。エマ・フェルドマンのファイルに関心を寄せる人物。名前はシェリダン。

マンキウィッツが話をつづけた。「しかし、これといった手がかりはない。あとはあんたの頑張りにかかってる」マンキウィッツは手を振って要求した勘定をすませると、ブリンの飲みかけのスープに顎をやった。「その分は払ってないよ。不正行為ととられかねないからな」そして上着を羽織った。

連れの男は腰をおろしたまま、ポケットを探って名刺を出した。名前と電話番号しか書かれていない。名前は本名だろうかとブリンは思った。男が言った。「私に用事があるなり、お役に立てることがあるなりすれば電話してください。留守番電話になってますが、すぐに折り返しますので」

ブリンはうなずいた。「ありがとう」バックパックを叩きながら、もう一度礼を言った。

「私の話をよく考えて」とマンキウィッツは言った。「あんたもＦＢＩも、みんなちがう場所を探ってる気がするんでね」

「もしくは」と細身の男が、あたかもビンテージワインのごとくソーダのグラスに口をつけてから言った。「ちがう対象を」

†

フロントポーチに張られた規制線が解けていた。微風に吹かれ、骨ばった黄色い指のように揺れている。

ブリンがレイク・ヴュー・ドライブにあるフェルドマン夫妻の別荘を訪れるのは、およそ三週間まえのあの夜以来ということになる。不思議なことに、午後の陽射しのなかで、家はあのときより貧相に見えた。塗装にむらがあり、剝がれかけた箇所も多い。鋭角的で、鎧戸やトリムは気味の悪い黒である。

ブリンはあの夜、車の脇で恐怖に過呼吸を起こしそうになりながら射撃姿勢を取り、茂みから現われたハートが標的になるのを待った場所まで歩いた。

ブリンの思いはそのときの記憶から、いつしかマンキウィッツに手渡され、いまは破かれて裏庭のバーベキュー用の炉で灰になった学校のカウンセラーの報告書にもどっていた。カウンセラーは事件の内容をかなり長い文章にしたためていた。

なぜかあの晩も四月だった。ブリンが思い描いたのは、長いパトロールの一日からくたびれはてて帰宅するなりキッチンのテーブルに腰をおろし、徐々に怒りをあらわにするキースを前におののく自分の姿である。何が癇癪に火をつけたのかわからない。思いだせないことも多い。たぶん税金かお金のこと。領収書の置き場所が悪かったのかもしれない。

些細なこと。それはたいてい些細なことだった。

しかし、あのときは一気にエスカレートした。目に狂気を宿したキースはとにかく恐ろしかった。何かに取り憑かれていた。声は最初は低く、やがて興奮にふるえ、しまいに怒声になった。ブリンはそこで最悪の言葉を口にした。「落ち着いて！　大したことじゃないじゃない」

「そうやって一日働いているのはおれだ！　おまえはどこにいた？　駐車違反の切符でも切ってたのか？」

「落ち着いてよ」心臓が飛び出すかと思いながら言いかえしたブリンだが、無意識のうちに手で顎をかばっていた。

とたんにキースは切れた。席を立ってテーブルを蹴り倒し、納税申告用紙や領収書をまき散らすと、ビールの壜を手にブリンに飛びかかった。ブリンが力まかせに押しのけると、キースはブリンの髪をつかんで床に引き倒した。ふたりは椅子にぶつかりながら取っ組みあった。キースはブリンを引き寄せると拳を固めた。

悲鳴、金切り声。「いや、やめて」キースの大きな手が後ろに引かれていく。

そこへジョーイが泣きながら走ってきた。

「ジョーイ！　下がってろ」キースはすっかり陶酔していた――ただし、例によってアルコールではなく怒りに。我を忘れて大きな拳を振りあげた。

ブリンはその一撃でふたたび顎を砕かれないように、なんとか身をよじろうとした。間にはさまって母親といっしょに泣き叫ぶジョーイをかばいながら。

「ママをいじめるな！」

そして――〝銃声〟。

キースの胸の真ん中に銃弾が突き刺さる。

息子はまたわめきはじめた。五歳児が母親のホルスターからグロックを抜いたのは、おそらく威嚇するためだった。だがその銃には従来型の安全装置が具《そな》わっていなかった。引き金を絞るだけで弾が発射される。

母、父、息子がおぞましい場面に凍りつくなか、銃が回転して床に落ちた。

キースが目を泳がせて後ずさった。両膝をつき、嘔吐すると意識を失った。ブリンは慌てて駆け寄り、キースのシャツを引き裂いた。ケヴラーのベストから銅と鉛の円盤が転がり落ちた。

救急車、供述、交渉……

それに当然ながら、事件そのものの拭い去れない恐怖。

でも、マンキウィッツとあの細身の男ジェイソンズは最悪の部分を知らない。ブリンが日々絶えることなく悔いている部分を。

その晩以来、人生は好転した。それどころか完璧になった。キースは優秀な精神分析医と出会い、怒り制御プログラムや12ステップ・プログラムに参加した。夫婦でセラピーにも通った。ジョーイもカウンセリングを受けだした。

それからは夫婦の間で、愛や情熱にもとづかない接触はもちろんのこと、辛辣な言葉が飛び交うこともなくなった。ふたりはごく普通のカップルになった。ジョーイの行事や教会にも足を運んだ。キースのせいで疎遠になっていたアンナとその連れ合いも、用心しつつ娘の生活にもどってきた。

もう喧嘩もなければ、言葉を荒らげることもない。キースは模範的な夫になった。

九カ月後、ブリンは離婚を求め、夫は心ならずも応じた。

どうして離婚を言いだしたのか。

ブリンは自問しつづけた。あの恐ろしい晩の後遺症だったのか。夫の機嫌をうかがうのに鬱憤がたまったのか。それとも、平穏な生活が送れるようにはプログラムされていないのだろうか。

〝自分の人生、何かと換えたりなんかできるもんか。まわりの世間を見てみろよ——歩く屍だ。あれはただの死体なんだ、ブリン。のらくらして、自分にとっては痛くもかゆくもないテレビを見て、焦ったり怒ったりしてる……〟

ブリンはアンナが撃たれたあの夜、グレアムと病院から帰ってきたときのことを思いかえした。グレアムが何を言ったか。

そう、グレアム、あなたは正しい。どうしようもなく。でも私は息子に借りがある。大きな借りが。母親を助けるために武器を使わせるような状況に追いやってしまった。とっくの昔に、あの家から連れ出すべきだったのに。

それで、すべてがいい方向に行きだしてから家を出て、全力で人生を転回させた男からジョーイを引き離した。

息子を甘やかさずにいられる？　護らずに？　赦《ゆる》しを期待せずにいられるの？

ブリンは顎に手をやりながら、フェルドマン邸のポーチに上がった。立入制限は解除されていたが、扉には州警察のキーボックスが設置されたままになっていた。ブリンはダイアルの数字を合わせて鍵を取り出し、屋内にはいった。湿気に誘《おび》き出されて、甘いクレンザーと暖炉の煙の匂いが鼻をつく。

弾痕が目にはいる――ハートのもの、ルイスのショットガンのもの、ミシェルのもの、ブリン自身が撃ったのもある。キッチンの床はきれいに洗われ、血痕は残っていない。こうして犯罪や死亡事故が発生した現場の清掃をおこなう会社があるのだ。ブリンはつねづね、それでミステリー小説が一冊書けるのではないかと思っている。清掃会社に勤務する犯人が現場をみごとに掃除して、警察は手がかりを発見できない。

キッチンには使い古された料理本が六冊、ブリンが持っているのもある。古い『ジョイ・オブ・クッキング』を手に取って、赤いリボンをはさんだレシピのページを開いてみた。チキンのフリカッセ。ブリンは笑った。ついこのあいだ作ったばかりなのだ。ページの隅に鉛筆で、〈二時間〉と書かれていた。〈代わりにベルモットを〉とも。

ブリンは本をもどした。

この家はどうなるのだろうか。

おそらくこの先三十年は放置されたままだ。だいたい、ここに来たいと思う人間はいるのだろうか。鬱然として仮借のない森、近くに食料品店もレストランもなく、湖は溟く冷たい。この郡に穿たれた弾痕さながら。

ブリンはそんな物思いを振り切り、四月にミシェルとふたり、カヌーを黒い流れに押し出して逃走をはかったときのように頭から追いはらった。

ブリンは死体が横たわっていた——自分もその仲間入りをするところだった——場所に流し目をくれると、居間に引きかえした。

†

「もう行くわよ」

「わかった」と母親に返事をしたジョーイが、アンナお手製になる西部の衣装をまとって階段を降りてきた。さすがにあの人、〈シンガー〉ミシンの扱い方を心得ている、とブリンは思った。それはもう昔から。生まれながらに技を持つ人間もいる。

ここ数日、ブリンはミルウォーキーとケノーシャで、脈あり脈なしをひっくるめた手がかりを追っていた。だがこの日の夕方は、ジョーイが出演する劇に間に合うよう帰宅したのである。

ブリンは声をかけた。「ママ、そっちは大丈夫?」

アンナが居間から答えた。「大丈夫。ジョーイ、わたしも行けたらいいんだけど。でも、卒業のパーティには行くわよ。それまでにはよくなってるから。何の役を演《や》るの？」

「フロンティア・スカウト。みんなを連れて山を越えるんだ」

「それってドナー隊《パーティ》のことじゃないの？」とアンナ。

「何それ？」ジョーイは疑問を声に出した。「民主党《パーティ》みたいなやつ？」

「そんなとこね」

「お母さん」とブリンは笑顔でたしなめた。

アンナが足を引きずりながら戸口に現われた。「ぐるっと回って……こっち向いて。アラン・ラッドそっくり」

「だれ？」

「有名な俳優」

「ジョニー・デップみたいな？」と少年は訊いた。

「もう助けて」

ジョーイは顔をしかめた。「あのメーキャップがいやなんだ。べたべたになるし」

ブリンは言った。「ステージでは必要なの。そのほうがお客さんからよく見えるし。それに、メーキャップするとすごくハンサムに見える」

ジョーイは大げさに溜息をついた。

アンナが言った。「ねえ、グレアムも見たがってるんじゃないかしら」

「そうだよ」少年はすかさず言った。「ママ、来るかな？」

「さあ」ブリンは言葉を濁した。母がジョーイの前で、なんとも小賢しく話題を振ってきたことに腹が立つ。

母はブリンの視線を受けとめると、専売特許の厳めしい笑みを投げてきた。「ほら、電話しなさい。何か差しさわりでもあるの？」

それにたいする答えが見つからない。だからグレアムに頼みたくなかった。

「きっと劇を見たがるよ、ママ。ねえってば」

「急すぎる」

「それならそれでほかに用事がある、誘ってくれてどうもありがとうって言うでしょう。いいよって言うかもしれないし」

ブリンは視線を返した。グレアムと別居して以来、アンナは精神的に支えてくれたけれど、自分の意見を口にすることはなかった。われ関せずの立場を取っているのだとブリンは思っていた。でも、その朗らかな笑み——テレビのコマーシャルに出てくる、全米退職者協会のスポークスウーマンばりの笑顔——を見ると、娘の人生についてひそかに戦略を練っているのではという気になってくる。

「やめておくわ」とブリンは静かに言った。

「まあ」笑顔がジョーイが言った。息子はふくれていた。

「ママ」とジョーイが言った。息子はふくれていた。

母の目がふっと孫に向けられた。母はそれ以上何も言わなかった。

ジョーイがこぼした。「なんで引っ越したのかな。わざわざヘンドリックス・ヒルズまで」

「どうして知ってるの?」グレアムが貸家に越したのはきのうのことだった。

「教えてもらった」

「彼と話したの?」

「電話がかかってきた」

「何も言ってなかったけど」

「だって、ぼくにかけてきたんだし」息子は喧嘩腰だった。「元気かって」

どう反応していいのかわからない。「メッセージは残してなかった?」

「ないよ」ジョーイは衣装をを引っぱった。「なんであそこに行ったの?」

「あのあたりはいい土地よ」

「なんで引っ越したのかってことさ」

「話したでしょう。物事の見方がちがうの」

ジョーイにはその意味が呑みこめないようだったが、それはブリンにしても同じだった。

「じゃあ、お芝居には来ないんだね?」

「そうね」ブリンは微笑した。「きょうはむり。また今度」

少年は窓辺に寄って外を眺めた。しょげたその様子にブリンは眉根を寄せた。「どうした?」

「ここに来てるんじゃないかと思ったのに」

「なに?」

「だって、ときどき来てるよ」

「彼が? あなたに会いに?」

「ううん。ただ外でじっとして、しばらくしたら帰っていくんだ。学校でも見たことがあるし。放課後、外に車が駐まってた」

ブリンは平静をよそおって訊いた。「ほんとにグレアムだった？」

「だと思うよ。ちゃんと見てないけど。サングラスをかけてた。でも、そうだよ。ほかに考えられる？」

ジョーイが見つめた母親は驚きを隠していなかった。「でも、ちがうかもしれないじゃない。ほんとのことはわからないわ」

ジョーイは肩をすくめた。「髪の毛は黒っぽかった。それにグレアムぐらい大きかった」

「彼の車だった？」

「たぶんね。青っぽい車だったよ。かっこよくて、スポーツカーっぽいやつ。ダークブルーの。よく見えなかったけど。電話してきたとき、まえのトラックが見つからないから新しいのを買ったって言ってた。だから、そうかなって思ったんだ。どうしたの、ママ？」

「なんでもない」ブリンは頰笑んだ。

「ねえ。電話しないの？」

「きょうはだめよ。今度ね」ブリンは人気のない道路を眺めた。やがて向きなおると、また笑みを――母が得意とする冷静な笑みを浮かべて言った。「ねえ、ママ、ずいぶん元気になったじゃない。やっぱり劇を見にいきましょう」

アンナは愚痴をこぼしかけた。まえからブリンには、いっしょに連れていけと頼んでいたのだ――が、何も言わずに応じた。「そうね」

ブリンはつづけた。「そのあと〈T．G．I．フライデーズ〉に寄りましょう。着換えるのを手伝うわ。ちょっと待ってて」ブリンは玄関へ行ってドアに鍵をかけると、二階に上がった。ガンロッカーをあけ、グロックを収めたホルスターをスカートのウエストバンドの背中側に留めると、それが隠れる上着を羽織った。

家の表のがらんとした道を見渡しながら、ブリンはトム・ダールに電話をかけた。

「頼みがあるの。いますぐ」

「いいとも、ブリン。大丈夫か？」

「わからない」

「話してくれ」

「グレアムのこと。彼の名前で登録してある車を知りたい。全部。会社の車も」

「彼がなにか面倒を？」

「そうじゃない。気にしてるのは彼のことじゃないの」

「一分だけ待ってくれ。自動車局のデータベースにあたってみる」

六十秒と経たないうちに、保安官のゆったりとした声がふたたび聞こえてきた。「〈ローリングヒルズ・ランドスケーピング〉は、四十フィートのフラットベッド・トラックを三台、F－150ピックアップ二台、F－250一台を所有してる。グレアム本人は保険会社を通してトーラスをリースしている——先月、あの女にピックアップを盗まれたからな」

「トーラス？　色はダークブルー？」

「白だ」

「そう……」

ブリンはあの夜のことを考えていた。

〝そうするべきだった……殺しておくべきだった〟

「トム、また家に警備を立ててほしいんだけど」

「何があったんだ、ブリン？」

「誰かが表に車を駐めて、家の様子をうかがってた。ジョーイが見たの。子どもの言うことだから、なんでもないのかもしれないけど。でも、もう危険は冒したくない」

「かならず手配しよう、ブリン。どんなことでも」

†

五月七日木曜日、ブリンは自分の席で本当に熱いホットチョコレートを手にしていた。大好物のクラッカーとブリーチーズのサンドウィッチを控えるかわりに、これが最近の癖になっている。ココアは一日に三杯でも飲める。あの夜に死ぬほど凍えたせいだろうか。たぶんそうじゃない。〈スイスミス〉の製品が断然おいしいのだ。

グレアムと初めてデートした締めくくりに、〈ハンボルト・ダイナー〉でホットチョコレートを飲んだことを思いだす。沸騰しそうなほど熱かった飲み物が、語らいを終えるころにはすっかり冷めていた。

ブリンは自筆のメモに目を通した。スタンレー・マンキウィッツと会ったあと、その会話を殴り書きしたものである。あんなに必死になったことはこれまで一度もない。

〝ちがう対象を……〟

席の電話が鳴った。ブリンは最後にひと口啜ったカップを置いた。「マッケンジー保安官補」

「もしもし?」ラテン系の女性の声が、警察に電話をかけてくる人間にありがちな、控えめな調子で言った。彼女はミルウォーキーにある〈ハーバーサイド・イン〉のマネジャーを名乗った。

「ご用件は?」耳をかたむける。「ミルウォーキー」と聞いて、ブリンは反射的に身を乗り出した。あの街からの電話は十中八九、フェルドマン夫妻殺害事件に関することなのだ。

事実そのとおりで、ブリンは相手の話に釣りこまれていった。

ホテルのマネジャーはモンダック湖の殺人事件で指名手配された、HartもしくはHarteという名前かニックネームとされる男の合成写真をテレビで見た。それとよく似た男が四月十六日にホテルに投宿していて、地元警察に通報したところ、ケネシャ郡保安官事務所に連絡するように言われたという。

宿泊客の氏名はウィリアム・ハーディング。

ハーディング……ハート……

「その人が殺人犯なんでしょうか?」と女性は不安そうに訊いた。

「私たちの理解では……宿泊簿に記載された住所は?」ブリンが指を鳴らすと、トッド・ジャクソンが彼女の席まで飛んできた。

マネジャーが読みあげたミネアポリスのとある住所を書きとめると、ブリンは若い保安官補に言った。「これを確認して。急いで」

通話と訪問者のことを訊ねると、マネジャーは電話の発信はなかったが、ハーディングと名乗る客はコーヒーショップで、品のない感じがするクルーカットの痩せた男と、赤いショートヘアで二十代の可愛らしい女性と会っていたと答えた。合成写真の女にどことなく似ていたという。

好転していく……

そこでマネジャーが付け足した。「実は、その人はまだチェックアウトしていません」

「いまも滞在中？」とブリンは訊いた。

「いいえ。三泊の予定でチェックインしたあと、十七日の午後に出かけたきり、もどってきませんでした。連絡をとろうと思ったのですが、その住所のその名前で番号案内に登録している方は、ミネアポリスにもセントポールにもいません」

トッド・ジャクソンから渡された紙片に、〈偽。駐車場。ミネソタ、ウィスコンシン、犯罪《N》情報センター《CIC》、暴力犯罪者逮捕プログラム《ViCAP》にも該当者なし〉とあっても驚きはなかった。

ブリンはうなずき、ささやいた。「トムに情報がはいったと伝えて」

ジャクソンがその場を離れると、ブリンは自分のメモをめくっていった。「クレジットカードは？」とマネジャーに確認した。

「現金払いでした。でもこちらから連絡をしたのは、スーツケースが置きっぱなしだからなんです。必要ならお渡しします」

「ほんとに？　だったら、私がそちらまで行って中身を確かめます。予定を調整しなおして折り返します」

電話を切ると、ブリンは椅子に凭《よ》った。

「大丈夫か？」ブースに現われたトム・ダールが心配そうに覗きこむブリンの目は、本人も思うとおり輝いていた。

「大丈夫どころじゃない。手がかりをつかんだわ」

†

ミシェル・アリソン・ケプラーは、いまはブルネットでたっぷりコラーゲンも補って、ミルウォーキーの高級住宅地にある豪邸のベッドルームに座っている。爪に塗っているダークプラムは、ひどい目に遭った四月の夜と同じ色だった。

ミシェルは何年もかけて悟った真実をかみしめていた。人は自分が聞きたいことを聞き、見たいものを見て、信じたいことを信じる。しかしその弱点をつくには頭を働かせ、相手の欲望や期待を見抜いたら、的確に巧みに餌をまいて満足させなければならない。たやすいことじゃない。でもミシェルのような人間にとって、それは生き残るために必須の技術なのだ。

とりわけ思うのは、あの夜の友ブリン・マッケンジー保安官補のこと。

〝ふたりの友だちね？……シカゴから？……あなたはエマと仕事をしていたそうね……やっぱり弁護士？〟

それにしても、なんてまっすぐな人なの、ブリン。

あのとき別荘で、ミシェルは窮地に追いこまれていた。フェルドマン夫妻は死んだ。探していたファイルは見つけて廃棄したから、もはやハートとルイスに用はなかった。ところが、ハートが猫みたいに反応して……夜は地獄と化した。

森への逃走……

そこでブリン・マッケンジー保安官補と出くわす。演じる役柄は直感的に察した。山出しの保安官補にわかりやすく、裕福な家で甘やかされて育ち、感じはあまりよくないけれど自己評価はそれなりにできる。夫の言いなりになったせいで棄てられた女。

最初は苛立つブリンが気を許すようになるのは、困難な環境で出会った人間が自然にたどる感情のなりゆきである。人は被害者のことを知り、わが身に共通する部分を見出してようやく相手に思いを寄せるようになる。

しかもその役を演じることで、およそ別荘の主人夫妻の死——自身が手を下した殺人——を悲しむ招待客には見えない理由を、ブリンに詮索されずにすむ。

女優と言ったのは嘘じゃないわ、ブリン。ただステージやカメラの前で演じてないだけで。でも、あれから三週間が過ぎた。状況も移ろいつつある。そろそろだ。休んでも罰はあたらない。四月十七日とその後にさんざんな目に遭ってからは、いくばくかの幸運にも恵まれた。

ミシェルは左足の指の間に綿の球をはさみ、爪にペディキュアをほどこしていた。

そう、神だか運だかがもどってきた。ようやくハートのフルネームと住所を突きとめ、ハートがシカゴ在住であることがわかった。だが最近はむこうにいる時間もあまりなく、ウィスコンシンですごすことが多い。さすがにそれで気分穏やかとはいかないけれど、当然想定はしていたこと。むこうはむこうで必死にこちらの行方を捜しているのだ。

ハートはほかにも人捜しをしていて、うちひとりは見つかったらしい。フレディ・ランカスターから折り返しの電話もメールも来なくなった。ゴードン・ポッツもハートのリストに挙がっているはずだが、彼はオークレアに潜伏している。

ミシェルも警戒はしていたが、動揺はなかった。自分自身と四月十七日の出来事のつながりはほぼ断ち切っていた。ハートには本名を知られている——あの夜、財布の中身を調べられたからだが、ミシェル・ケプラーの居場所を探し当てるのは容易なことじゃない。そのあたりはつねに気を配っている。

それこそ十代のころから、ミシェルは他人の人生に踏みこんでいき、自分の面倒をみさせるという方便を身につけていた。無力をよそおい、悩みを見せ、色気を振りまいて（これは男にたいしてで、場合によっては女にもつかう）。現在はミルウォーキーのリッチなビジネスマン、サム・ロルフと暮らしている（自分の思うようにしか見ない、聞かない、信じないという意味で、サムの右に出る者はいない）。運転免許証には古い住所が記載され、郵便物は四月十八日に真っ先に変更し、転送されない私書箱に届く。

モンダック湖の事件とのかかわりを示す証拠は——そんなに多くない。グレアムのトラックからは自分の指紋が付着したものを全部、ハートに渡した地図や財布も引きあげた。死んだ〝友人〟とブーツを換えたときには、フェラガモをガラスクリーナーで拭いておいた（ブリン、わたしは千七百ドルのイタリアレザーを手放したんだから。あなたを恨むわ）。

とりあえず、モンダック湖から出た証拠は脅威にならない。しかし真のリスクがひとつだけ残っている。それを排除しないと。

その予定はきょう。

ミシェルは足の爪をヘアドライヤーで乾かし、その出来ばえに満足する一方、サロンに行けないことへの不満を募らせていた。ハートを野放しにしておくと、自由に出歩くこともままならない。

贅を凝らしたベッドルームを出てリビングに行くと、カウチにはロルフが、ミシェルの五歳になる娘トーリーと痩せっぽちで七歳、あまり笑わないけれど、彼のブロンドの髪を見たら誰でもくしゃくしゃにしたくなる息子のブラッドフォードと並んで腰かけていた。子どもたちを見るたび、胸には母性愛がこみあげる。

ロルフは朗らかな顔に、耐えられないほど不快ではない唇をしている。欠点を挙げれば、体重を四十ポンドほど落とす必要があることと、ライラックの匂いを放つ髪が吐き気をもよおさせること。タトゥーも最悪だった。とくにタトゥーというものを嫌っているわけではないのだが、ロルフは股間に星のタトゥーを入れていた。大きな星。その一部分から陰毛が伸びているし、座り方によっては別の部分も腹の肉で隠れてしまう。

かんべんして……

だが台本に不平を洩らす場面がないかぎり、ミシェルはそんな科白《せりふ》はぜったいに吐かない。トラック運送会社を経営するロルフは大金持ちで、ミシェルがめりはりの効いた肉体を我慢して相手にゆだねるのは……そう、望むものすべてを手に入れるという見返りがあればこそだった。

ミシェルは世の中のサム・ロルフ——ひとりよがりの男たち——を見つける達人なのだ。もし神様からあたえられたのが怠惰な性格、学業や商売に向かない頭、高級志向、きれいな顔といい身体なら、蛇がまごつく鼠を感知するように、その手の男を嗅ぎ分ける才能に恵まれる。もちろん、目は光らせておかなくてはならない。いつでも。

息子とロルフが、実の父子のようにテレビ裁判官のおしゃべりに笑うのを見て、ミシェルの嫉妬の火が燃えあがった。いまにもロルフを罵倒して、子どもたちを連れて出ていけと怒鳴りたくなる。

でも堪えた。怒るときにはもう手がつけられないくらい怒るミシェルだが、たいてい抑えることができた。生き残りの処世術。いまもそれを実践して微笑しながら、心のなかで今夜はブロウジョブはおあずけだからとほくそ笑んでいる。

この男、子どもたちにわたしの話をしているのかしら。そんな気がする。あとで息子を問いつめないと。

「どうした？」

「べつに」ミシェルは答えると息子をカウチから立たせ、キッチンにソーダを取りにいかせた。

ひょこひょこ歩いていくブラッドを見つめる。すると指を鳴らしたように、嫉妬が極端な愛情へと切り換わる。

十六歳のときから、子どもが欲しくてもできなかったミシェル・ケプラーは、恵まれない人々を助けるＮＰＯのボランティアと称し、運よくミルウォーキーの裏社会であるシングルマザーと仲良くなった。

セックスかドラッグか、その両方が原因でＨＩＶに感染したその女ブランチは病気がちで、やがて息子と娘の面倒をミシェルにまかせるようになる。エイズの発症を抑えるため、処方薬のカクテルを服用していたにもかかわらず、この哀れな女の病状は急速に悪化していった。それでも本人は自分の身に万が一のことがあった場合、子どもたちの監護権者をミシェルにするという合意書の作成になにがしかの慰めを見出していた。

それが功を奏したのは、女が思いのほか早く死んだからである。

悲しい出来事。

ミシェルがエイズの処方薬六カ月ぶんをブランチからくすねてはトイレに流し、タイレノール、プリロセック、子ども用のビタミン剤（これは無駄にせず、子どもたちにも服《の》ませた）にすり替えるようになってまもなくのことだった。

こうしてふたりの子どもは自分のものになった。ミシェルは全身全霊でふたりを愛した。子どもたちは言うことを聞くし、母親が大好きで、そして以前、裁判所命令で参加したセッションでセラピストに言われたとおり、案外平凡な生活を送れるようになった。でもセラピストなんかどうでもいい。ミシェルには自分の望みがわかっている。いつだって。

事実、四月のあの夜には、ブリンの夫が銃を手に予想外の登場をしたせいで、家族の一員に迎えるつもりだった少女エイミーとの別れがあった。ブリンとハートを（ハートが手を出さなければルイスも）殺してから、新しい娘を連れて逃げるつもりでいた。

だがうまくいかなかった。

ブリン・マッケンジーの罪状にもう一件をくわえる。

トーリーに目をやると、自分で描いた絵をロルフに見せようとしている。ミシェルは心に念じた――この肥った豚はあなたのパパじゃない。そんなこと、夢にも思わないで。そのとき電話が鳴った。ミシェルは発信元を確認してロルフに言った。「出たほうがいいみたい」

ロルフは呑気にうなずき、少女の絵をほめてからテレビに視線をもどした。

息子のブラッドが母親にソーダを持ってきた。差し出してくる。

「電話中なのが見えないの？」ミシェルは一喝して寝室へ行った。そしてラテン訛りで応じた。

「〈ハーバーサイド・イン〉ですが」

「どうも。こちらはマッケンジー保安官補です。ケネシャ郡の。三十分ほどまえに電話をいただいた」

「ああ、そうです、保安官。お客様のことで。スーツケースを置いていった」

「ええ。こちらのスケジュールを確認して。五時ごろにはミルウォーキーにいます」

「それなら……五時半でいかがです？　五時にスタッフの打ち合わせがあって」

〝わたし、ほんとは女優よ……〟

「ええ。そうしましょう」

ミシェルはブリンに住所を伝えた。

「じゃあ後ほど」

ミシェルは電話を切った。目を閉じた。神か運命か……ありがとう。

彼女はクローゼットへ行き、鍵のかかったスーツケースを出した。それをあけて小型のグロックを取り出し、〈コーチ〉のバッグに忍ばせた。不安と興奮のはざまでしばらく窓の外を眺めると、リビングにもどってロルフに告げた。「老人ホームからだった。伯母の容態がおもわしくないって」ミシェルは頭を振った。「ああ、可哀そうな伯母さま。彼女のいまの苦しみを思うと胸が張り裂けそう」

「ほんとに気の毒だ」ロルフは苦しむミシェルの顔を見つめて言った。

ミシェルはその愛情の示し方が大嫌いだった。うんざりして言った。「会いに行かないと」

「そりゃそうだ……」ロルフは眉をひそめた。「で、誰なんだっけ？」

冷ややかな目が向けられる。その意味は――わたしを責めようっていうつもり、それともわたしの親戚のことを忘れた？　どっちにしてもあなたの負けよ。

「悪かった」ミシェルの表情を読んだらしく、すぐに答えが返ってきた。「ハディだっけ？　そうだな。じゃあ、おれが送っていこう」

ミシェルは頬笑んだ。「いいの。ブラッドと行くことにする。こういうことは家族でやるものよ」

「ああ、そうだな。ブラッドを伯母さんに会わせるつもりなんだな？」

ミシェルは少年を見た。「伯母さんに会いたいでしょう？」伯母さんはいないなんて言わないほうが身のためよ。ミシェルは少年から目を離さず、その小さな手からソーダを取りあげて口をつけた。

ブラッドはうなずいた。

「だと思った。よかった」

†

ブリン・マッケンジーはバックパックを引き寄せ、その日二杯めのココアのカップを放った。

またグレアムと最初にしたデートのことを思った。それから最後にふたりで出かけたときのこと――三二号線沿いの森のような雰囲気のクラブで、深夜まで踊った。あれはグレアムの〝浮気〟を知る一週間まえだった。

〝なんでいっしょに行ってくれって言わなかったの？〟

どうして彼はセラピーセッションに誘ってくれなかったのか。

「ハイ、ビー」女性の声が割りこんできた。「あとで〈ベニガンズ〉はどう？」もうひとりの上級保安官補、ジェイン・スタイルズがさらにつづけた。「レジーと会うことになってるの。ああ、それとあの〈ステイト・ファーム〉のいい男も来るわ。まえに話した」

ブリンはつぶやくように言った。「私、離婚してないのよ、ジェイン」

語尾には〝まだ〟という言葉がつく。

「いい男だって言っただけ。単なる情報。ケータリングを頼むつもりはないし」

「保険を売りつけられる」

「保険は必要でしょ。悪いことなんかありゃしない」

「ありがとう、でも、いまやりかけの仕事があるの。代わりに契約しといて」

「まったく」

ハートのこと、ミルウォーキーの〈ハーバーサイド・イン〉のことを考えながら、ブリン・マッケンジーはもう数えきれないほど行き来して、目にもはいらなくなっている廊下を歩いていった。両側の壁には職務中に死亡した保安官補の写真が掲げられている。過去八十七年で四枚、ただしエリック・マンスの写真はまだない。郡は写真を高価な額装にしていた。第一の殉職者はカイゼルひげをたくわえた保安官補だった。ミネソタ州ノースフィールドで起きた列車強盗で男に射殺された。

郡の大判の地図の前にさしかかると、ブリンは足を止め、空色のしみのようなモンダック湖に目をとめた。そこで、これからやろうとしているのはいいアイディアなのか、それとも悪いアイディアなのかと自分に問いかけた。

そして笑いだした。どうしていまさら悩むのか。どうでもいいじゃない。もう決めたことなのだ。

〝その人が殺人犯なんでしょうか?〟

〝私たちの理解では〟

†

ミシガン湖へ向けて、ミルウォーキーの埃っぽい地区を走りながら、ミシェル・ケプラーは息子に言い聞かせていた。「これからあなたはこの女の人のところへ行って、道に迷ったって言うの。この人が車を駐めて降りてきたら、近づいていって『迷子になりました』って言いなさい。言ってごらん」

「迷子になりました」

「いいわ。あなたに注意を向けさせるの。それと困った顔をすること。できる？　困った顔がどんなかわかる？」

「うん」とブラッドは言った。

ミシェルは怒鳴った。「わからないのにわかるって言わない。で、どんな顔が困った顔かわかる？」

「わからない」

「困った顔っていうのは、あなたが悪いことをして、がっかりしたときの私の顔。わかった？」

ブラッドはすぐにうなずいた。これで大丈夫。

「いいわ」ミシェルはにっこりした。

ミルウォーキーのダウンタウンにはいると、ミシェルは〈ハーバーサイド・イン〉を通り過ぎてブロックを一周し、ホテルの前にもどった。駐車場は半分ほど埋まっていた。時刻は午後五時。ブリン・マッケンジーが現われるまで、あと三十分ある。

「上出来ね」

「なにが、ママ？」

「シーッ」

ミシェルはもう一周すると、駐車場から二十フィート離れた路上に車を寄せた。「いまからその女の人が車で来て、あのへんに車を駐めるから。見える？……いいわね。そしたら、あなたとわたしは車を降りる。わたしはあっちに行って裏にまわるから。あなたはその人のところに行って、乗ってるほうの窓を叩く。迷子になったって言うのよ。怖いって。その人が車から降りてくる。そこであなたは何て言うの？」

「迷子になりました」

「それから？」

「怖い」

「で、どんな顔をする？」

「困った顔」

「いいわ」ミシェルはまたにっこり笑ってみせると、ブラッドの頭をなでまわした。「そのあとママが近づいていって……しばらくお話をするから、それがすんだら走って車にもどって、サムの待ってる家に帰るの。サムは好き？」

「うん、おもしろい」

「ママのことより好きなのね？」

そのためらいが熱した鉄のようにミシェルの肌を焼く。「ううん」

ミシェルは嫉妬を懸命に追いやった。いまは集中しないと。

あたりに視線をめぐらせると、たまに車が通っていく。向かいの酒場から客が出てきたり、近所の年寄りが歩道をぶらついたりすることもありそうだが、あとは閑散としている。

「ほら。静かに。ラジオを消して」

電話が鳴った。ミシェルはメールを読んで表情を曇らせた。送ってきたのはミルウォーキーの友人。どきりとする内容だった。二十分ほどまえ、ゴードン・ポッツがオークレアで死んだとの知らせが届いたという。

〈不慮の事故〉らしい。

ミシェルの顔がこわばった。事故のわけがない。ハートのしわざだ。だがミシェルにとっては朗報だった。ハートを野放しにしたまま、ミルウォーキーの街中に出るのは落ち着かない気分だったのだ。これで少なくともいま、ミルウォーキーにあの男はいないことになる。

神か運命が頬笑みかけている。

約束の時間きっかりに、ケネシャ郡保安官事務所の車が〈ハーバーサイド・イン〉の駐車場にはいるのが見えた。掌が汗ばんでくる。

神か運命が……

「行くわよ、ブラッド」ミシェルはドアのロックをはずして外に出た。反対側から息子が降りた。「ママはあっちに行く」とミシェルはささやいた。「あの女の人の後ろにまわるから。こっちは見ない。わたしがいないふりをする。いいわね？」

ブラッドはうなずいた。

「わたしが車に近づいても見ちゃだめよ。言って」

「ママを見ません」

「もしこっちを見たら、あの人に連れ去られて刑務所に入れられるんだからね。あの人はそういう人なの。ママはあなたのことが大好きだから、そんなのはいや。これをするのもあなたたちのためなの。あなたと妹のために、ママがどれだけ大変な思いをしてるかわかってる？」

「うん」

ミシェルはブラッドを抱きしめた。「じゃあ、あの人にさっき言ったとおり伝えなさい。それと〝困った顔〟を忘れずに」

息子が車のほうへ歩きだすと、ミシェルは身をかがめて駐車の列をまわりこんだ。彼女がグロックを抜いたレザーは、あの四月の寒い夜に森を歩きまわってすっかりだめにした、お気に入りの〈ニーマン・マーカス〉の美しいジャケットの代わりにサム・ロルフが買ってくれた新作だった。

†

ハンボルトの通りをブリン・マッケンジーの家に向けて車を走らせながら、トム・ダール保安官は自身の保安官補時代のことを考えていた。

ブリンにはきつい仕事だった。なかんずく最悪の任務を受ければ、傷ついた子ども、傷ついた妻に女友だち——ときには男まで相手にする。きついという意味ではもうひとつ、同僚の保安官補の態度もある。というのも、ブリンはつねに期待以上のものを拾ってくる。いちばん前の席に座って、どんな問題でも答えがわかって手を挙げる女の子。そういうタイプは好かれない。

だが、なんといっても彼女は結果を出した。あの夜のモンダック湖での活躍を見るがいい。

あそこまでやり遂げる保安官補をダールはほかに知らない。

あれを生き延びる保安官補をほかに知らない。

小体な家の前に車を駐めた。ケンドル・ロード沿いである。整然としてよく手入れがされていた。しかもグレアムのおかげで、庭がまたみごとだった。この一帯でも群を抜いている。

ダールは車を降りた。背を伸ばす。どこかの関節が鳴った。音の発生源を気にするのはとうにやめていた。

癖で帽子を引っぱると、ダールはゆっくりと門を抜け、存在も知らない多様な植物で縁取られた蛇行する小道を進んだ。

玄関でふと迷ってベルを押した。二連のチャイムが鳴った。

ドアが開かれた。

「あっ、保安官」

ブリンの息子が立っていた。最後に会った事務所のクリスマスパーティのときから、身長がまた八インチ伸びたようだ。

「やあ、ジョーイ」ジョーイの背後のリビングルームに、杖をついてキッチンに向かうアンナ・マッケンジーの姿が見えた。「アンナ」

「トム」

アンナの後ろのキッチンでは、ブリンがレンジの脇に立ってローストチキンの温度を見ている。まさか料理をするとは思わなかった。料理のしかたも知らないと思っていた。チキンはおいしそうに焼けている。

振りかえったブリンが眉を上げた。

「押さえたよ、ブリン。逮捕した」

†

保安官と保安官補は居間に腰をおろした。

アンナがふるまってくれたアイスティーが、ふたりの間に置かれている。

ブリンは言った。「思ったより時間がかかったから。気が気じゃなかった」

報告を待っていたブリンの不安は、その言葉では言い尽くされていない。

ダール保安官は釈明した。「厄介なことになってね。チームをロルフの自宅周辺に配置した。ところが、家から出てきた彼女は息子といっしょだった。息子を〈ハーバーサイド・イン〉まで連れていったんだ」

「どういうこと？」

「しかも、その子を囮《おとり》が乗った車のところに行かせて、自分はそのあいだに裏へまわり、きみを、いや、囮の彼女を背後から撃とうとした」

「信じられない」

「戦術チームは、ミシェルと子どもがいっしょにいるところでは動きたがらなかった。息子が人質にされるおそれがあったんでね。駐車場でふたりが離れるまで待った。息子は大丈夫だ。

妹と児童保護サービス《CPS》にいる」

感謝します、とブリンは心のなかで祈った。ありがとう。「彼女は自分の子どもを陽動作戦に使って、その子の目の前で私を撃つ気だったわけ？」とうてい信じることができない。

「そうらしい」

「ボーイフレンドのほうは？」

「ロルフか？　いま事情を聴いてるところだが、どうやらなにも知らないらしい。かりに逮捕されるとしたら、罪状は女の目利きがなってないことさ」携帯電話が鳴った。ダールは発信者を確認した。「出たほうがいいな。市長だ。今回の一件で記者会見を開くことになってる。メモを取ってくる」

ダールは立ちあがって外に出ると、ぎこちなく車に歩いていった。

ブリンはカウチにもたれると天井を仰ぎ、ミシェル・ケプラーへの道をつけてくれたスタンレー・マンキウィッツと痩身の助手——名はジェイムズ・ジェイソンズ——に無言で感謝した。

〝ちがう対象を探っている〟

コーヒーのまずいレストランで顔を合わせたあと、ブリンはエマ・フェルドマン殺害の動機はほかにないかと、とくにマンキウィッツが示唆した自滅しかけた州の政治家、危険なハイブリッドカーの部品を製造していたケノーシャの企業の線をあたった。それ以外にも捜査をすすめたが、ひとつとして実を結ばなかった。

そこでジェイソンズの発言を思いかえすうち、ひとつ疑問が生じた。〝ちがう対象〟というあの言葉が、誰がエマ・フェルドマンの死を望んだかではなく——誰が真の標的だったのかを暗示していたのだとすると？

ミシェルの目的がエマではなく、スティーヴン・フェルドマンの死と考えたとたん、すべてが腑に落ちた。フェルドマンは市の社会福祉局のケースワーカーで、その業務には児童虐待の訴えを調査し、ケースによっては被害児童を養護施設に引き渡すこともふくまれていた。

あのマーケット州立公園の夜に、若い女がどうやって哀れなエイミーを黙らせていたかを思えば、スティーヴンが子どもの施設移送を見越して、ミシェルを調べていたということもあるだろうとブリンは考えた。

ミシェルという名の人物にかかわるファイルは何もなかったが、振りかえればあの夜、湖畔の別荘でエマのファイルは床に散乱していたけれど、スティーヴンのバックパックは空っぽだった。ミシェルは自身の子どもに関する書類を収めた彼のファイルを暖炉に投げこんだのだろうか。

モンダック湖を再訪した際、ブリンは暖炉から灰のサンプルを採取した。それをガードナーにある州警の研究所に強引に持ちこむと大至急で分析させ、市の職員に支給されるマニラフォルダーを燃やした灰と一致するという結果を得ていた。またべつに発見したリング式のメモ帳は、フェルドマンが現場調査のおりに使用していたものだった。

こうしてフェルドマンの同僚や知人に事情を聞いたり、スクラップされたメモや通話記録を再検討するうち、ブリンはサミュエル・ロルフという実業家の隣人たちから、彼の新しいガールフレンドの子どもの扱いがおかしいという声があがっていたことを突きとめた。

ガールフレンドの名前はミシェル・ケプラー。

大当たり。

ミルウォーキー市警はロルフの自宅周辺に監視態勢を敷いたが、彼らが捜索令状を取るまえに、〈ハーバーサイド・イン〉のマネジャーを名乗る人物からブリンに連絡があった。それを不審に思ったブリンは、電話を切ると相手の番号を調べた。プリペイド式の携帯電話だった。

ブリンはその〝フロント係〟がミシェルで、狙って罠を仕掛けてきたのだと確信した。

トム・ダールから連絡を受けたミルウォーキー市警は戦術チームを編成し、女がロルフの豪邸を出たところで身柄を確保するという手はずをととのえた。

ただひとつ疑問が残った。ブリンみずからの手でミシェルを逮捕したいのかどうか。

議論は白熱した——それはそうしたいに決まっている。でも結局ノーという答えを出した。

ミルウォーキー市警の刑事がケネシャ郡保安官事務所の制服を身につけ、事務所のパトロールカーに乗って、〈ハーバーサイド・イン〉での待ち合わせに赴いた。

ブリン・マッケンジーは帰宅した。

ベルがふたたび鳴り——いつでも礼儀正しいトム・ダール——ジョーイがまた保安官を招き入れた。ダールは居間の戸口に立ってにやりとしてみせた。「よく聞けよ。そこらじゅう記者だらけだ！」ダールは笑い声をあげた。「フォックスにCBS、おれは地元の支局とは話さないからな。おっと、それからCNN——知事はあそこで働く全員がブロンドじゃないかと思ってる」

ブリンは笑った。「アトランタで育つと、みんなそうなるの」

保安官はつづけた。「ミシェルは今夜、こっちの留置場に移送される。聴取したいだろう」

「それはね。でも今夜はいい。言ったでしょ。予定があるって」

〝これからやろうとしているのはいいアイディアなのか、それとも悪いアイディアなのか……どうしていまさら悩むのか。どうでもいいじゃない。もう決めたことなのだ〟

フェルドマン殺害犯を捕えるためにやることはやった。いまは自分の生活を立てなおすときだった。せめてその努力はする。

ブリンは腰を上げると、ダールを玄関まで送った。外に出かけて、保安官が言った。「そんなに大事なことって何なんだ?」

「アンナとジョーイに夕食をつくってる。そのあとみんなで『アメリカン・アイドル』を見るの」

ダールはくつくつと笑った。「再放送だぞ。誰が優勝するか教えてやろうか」

「おやすみ、トム。あした早めに事務所で」

†

嵐の金曜日の午前九時、ミシェル・アリソン・ケプラーは、ケネシャ郡保安官事務所の二部屋ある取調室のひとつにいた。もとは倉庫だった部屋からは棚や箱が運び出され、ファイバーボードのテーブルにプラスティック製の椅子、〈ベスト・バイ〉で購入したソニーのビデオレコーダーの備品が置かれている。ある保安官補が〈ホームデポ〉で買ってきた鏡を据えつけたのだが、これは見せかけにすぎない。年季を入れた容疑者ならマジックミラーではないと見抜いてしまう。しかしケネシャ郡においては、節約も法執行の一環なのである。

ブリンは丸腰で、ペンと紙だけを武器にミシェルと向きあっていた。ひたすら嘘をつきとおした女を見つめながらも、不思議と気分は穏やかだった。たしかにあの夜、生き残った者どうしが仲間になり、最後は友人どうしになったのだと思うと、騙され裏切られたことに心の疼きも感じる。

だが、クリステン・ブリン・マッケンジーは警察官なのだ。嘘をつかれるのは馴れている。ここに目的と集めるべき情報があれば、あとは仕事にかかるだけだった。

ミシェルが相変わらず自信たっぷりに訊ねてきた。「わたしの息子と娘はどこなの？」

「ちゃんと保護されてる」

「ブリン、お願い……子どもたちにはわたしが必要なの。わたしがいないと手がつけられなくなる。ほんと、大変なことになるわ」

「男の子をミルウォーキーまで連れていったのは、私を殺す手伝いをさせるためだったのね」

ブリンの声音には隠しきれない驚きがあった。

ミシェルの顔が恐怖に染まる。「そうじゃない。わたしたち、あなたと話をするために行ったのよ。あなたには謝りたかったから」

「七歳でしょう。それをあなたは連れ出した。銃を持って」

「それは護身のためよ。ミルウォーキーは危険な街だから。許可は取ったけどなくしたわ」

ブリンは曖昧な表情でうなずいた。「わかった」

「ブラッドに会える？　わたしがついてないとだめなの。病気になっちゃう。わたしの低血糖が遺伝してるから」

「養子じゃなかった？」

ミシェルは目をしばたたかせた。そして言った、「わたしが必要なのよ」

「ちゃんと保護されてるから。大丈夫……それで、あなたは殺人、殺人未遂および暴行容疑で逮捕された。権利については告知を受けている。あなたはこの尋問をいつでも中止できるし、弁護士と相談することもできる。ここまでは理解できる？」

ミシェルはビデオレコーダーの赤い光をちらっと見た。「ええ」

「弁護士の同席を求める？」

「いいえ、自分の口から話すわ、ブリン」ミシェルは笑った。「ふたりであんな目に遭って……なんかわたしたち、姉妹じゃないかって、そんな気がしない？　わたしはあなたに本音を聞かせたし、あなたは家庭の問題をわたしに打ち明けた」ミシェルはカメラに向かって憐れむような顔をしてみせた。「息子さん、ご主人……わたしたち、ソウルメイトみたい。こんなことってめったにないわよ、ブリン。ねえ」

「じゃあ、弁護士を呼ぶ権利は放棄する？」

「あたりまえよ。これはすべて誤解だもの。全部を説明できるわ」不当な重圧が身に降りかかってきたとばかりに、ミシェルの声は低くなった。

「では、これから」ブリンは口を切った。「あなたの供述を取るので、あの夜に何があったのか、真実を話してもらうわ。そのほうがあなたやあなたのご家族もずっと――」

「ご家族ってどういうこと？」とミシェルが食ってかかった。「まさか話してないでしょうね？　親に？」

「話した」

「あなたにそんなことする権利はないわ」ミシェルはそこまでまくしたてると気を鎮め、傷心の笑みを浮かべた。「なぜそんなことを？　親には嫌われてるの。ふたりが何を言ったか知らないけど、全部でたらめだから。あの人たち、わたしを妬んでるのよ。わたしは生まれたその日から自分で生きてきた。人生で成功をつかんだの。あいつらは負け犬だわ」

ブリンの調査では、ミシェルの素性は普通で健全なものだったが、人格の面ではちがった。彼女はウィスコンシン州マディソンの中流家庭に育った。五十七歳の母親と十歳上の父親は、いまもそこに暮らしている。両親によると努力はしたものの、母親の言う〝底意地の悪い子〟は手に余ったという。父親は娘のことを〝危険〟と評した。

両親は娘にかけられた容疑にショックを受けていたが、まるっきり意想外というわけでもなく、ミシェルの生き方について話してくれた。つまり男から男へと――女もふたり――渡り歩き、相手に寄生してはそのうち喧嘩を売り、癇の強さと執念深さで恋人を竦みあがらせ、最終的には相手が胸をなでおろすようなかたちで去っていく。そして別の相手のところへ行くのだが――こちらはまえもって順番待ちの列に並ばせておくのである。棄てられた男への暴行で二度の逮捕。数人へのストーカー行為で、三通の接近禁止命令が出されている。

ミシェルが言った。「家族の言うことなんて、なにひとつ信じちゃだめ。だってわたし、虐待されてたのよ」

「そんな記録はないけど」

「記録に残るわけがないじゃない。父親が素直に認めると思う？　こっちの言うことなんて無視されたわ。父親と地元の警察署長はグルだったんだから。わたしは逃げるしかなかった。自力でやっていくしかなかったし。それはもう、ほんとにきつかった。誰にも助けてもらえなくて」

「楽になるわよ」ブリンは同情を誘おうという女の話を受け流した。「協力してくれたら。まだいくつか知りたいことがあるし」

「あなたを傷つけるつもりはなかったの」ミシェルは哀れな声を出した。「ただ話をしたかっただけよ」

「あなたはホテルのフロント係のふりをした。ヒスパニック風に声を変えて」

「理解してもらえないと思ったから。誰もわたしのことを理解してくれないし。もしわたしだって名乗ったら、そのまま逮捕されて釈明の機会もなかったはずよ。あなたには理解してもらいたいの、ブリン。わたしにはそれが大切なんだから」

「あなたは武器を持っていた」

「あの男たち……あいつら、わたしを殺そうとしたのよ！　怖かった。まえにも襲われたことがあるし。父親、ボーイフレンド。接近禁止命令を出してもらったわ」

ミシェルは愛人数人を家庭内暴力で告訴したのだが、相手の男たちに確かなアリバイがあると警察が判断したため、判事は訴えを却下し、ミシェルが面当てに訴えを起こしたと結論していた。

「禁止命令はあなたに三通出てる」

ミシェルはにやりとした。「体制ってそうなのよ。虐待するほうを信じるの。被害者のことは信じない」

「四月十七日の夜の話をしましょう」

「ああ、それなら説明できるわ」

「話して」

「ケースワーカーのスティーヴン・フェルドマンと会う予定だったの。わたし、ブラッドが教師のひとりから虐待を受けてるんじゃないかと疑ってたの」

「なるほど。それはどこかに報告した？」

「その件でミスター・フェルドマンに会うことになってたから。午後、仕事を休んで会いにいこうとしたらバスが遅れて、着いたらむこうがオフィスを出たあとだった。大事なことだからと思って、彼がモンダック湖の別荘へ行くって聞き出したの。ブラッドのことはいつでも相談に乗るからって言われてたし。住所も控えてた。それであの男、ハートに車で送ってもらったんだけど。それがまちがいだった」ミシェルは頭を振った。

「彼のフルネームは？」

「それだけ。ハートで通ってた。でも彼は友人のコンプトン・ルイスを連れてきたわ。気持ち悪い男……下品だし。あそこで断わればよかった。でもスティーヴンには会いたかったから、とにかく三人で別荘まで行ったの。わたしはスティーヴンと話をして帰るつもりだったのに、途中の車でふたりがどんどん話をおかしなほうに持っていって。〝あのへんの家には上等なものがある〟とか〝ここらに住むのは金持ちだ〟とか。で、ふたりがメルセデスを見てると思ったら銃を抜いて、こっちはもう信じられなかった。ふたりは家に押し入って銃を撃ちはじめるし。止めようとしたの。銃をつかんで――」

「あなたの所持品にあった小型のグロックは、あなたがサム・ロルフと暮らす家から半マイル離れた場所で開催された銃器展示会から盗まれたものだった」

「ふたりの銃だわ！」ミシェルは両手に顔をうずめた。泣いているのか、あるいは泣くふりをして。

「コーヒーでも飲む？　ソーダ？」

低血糖にはクラッカーね……ハートと相棒が跡を追えるように、あなたがまいていったようなな。ブリンはまったく表情を変えなかった。

ミシェルが顔を上げた。目は赤く、顔は乾いている。ブリンはそれを見て、あの四月の夜の彼女の姿を思いだしていた。

〝わたしは女優……〟

それを真に受けた私。

ミシェルはつづけた。「どうしていいかわからなかった。怖くて息もできないくらい。そうよ、わたしのせい。あの男たちを連れていったんだから。そのときの気分といったらもう……パニックね。たしかに嘘をすこしついたわ。でも、あれでつかない人がいる？　怖かったのよ。それから荒野であなたと出会った。ええ、わたしは銃を持ってた。でも、あなたの正体だってわからなかったし。やつらの仲間かもしれないじゃない。制服は着てたって、むこうの一味ってこともあるし。何がどうなってるのか、わたしにはわからなかった。とにかく怖くて、嘘をつくしかなかった。わたしの人生って、生きるか死ぬかばかり。

それといちばん後悔してるのが——自分でも信じられないんだけど、あなたの家でのこと。パニックに襲われたの。すごく怖くて……PTSD。これまでずっと苦しんできた。ハートがあなたの家に来たんじゃないかと思って……あなたが二階から降りてきたのに驚いたの。銃が暴発した。あれは事故なのよ！　わたしはずっとそれを抱えて生きていくわ。誤ってあなたのお母さんに怪我させてしまったことを」

ブリンは脚を組むと、目に涙をいっぱいに溜めた華奢な美女を見つめた。

アカデミー賞ものの演技……

「証拠や証言とは若干話が食いちがってるわ、ミシェル」そしてブリンは、警察が彼女の正体を突きとめた経緯と、その計画について把握していることを短く伝えた。弾道、暖炉の灰、スティーヴン・フェルドマンの通話記録、子どもが虐待されているという通報。

「社会福祉局には、私が直接話を聞いたわ、ミシェル。スティーヴン・フェルドマンの上司から。それに目撃者と息子さんの担任教師からも。ブラッドはいつも腕や脚に痣をこしらえていた。お嬢さんのトーリーもそう」

「それは、事故だって一度や二度はあるわよ。子どもをERに連れていけば、すぐ虐待する親扱いされるし。息子を殴ったことなんて一度もないのに……ああ、なんて不公正な世の中なのかしら」とミシェルは吐き棄てた。「誰だって自分の子どもを叩くぐらいするでしょ？」

「しない」

「だったら、したほうがいいわよ」ミシェルは残忍な笑みを見せた。「きっとジョーイには言うほど困ってないのね。そうやって放任してるんだから。わたしの息子は車に轢かれたり、スケートボードで首を折ったりしない……子どもは指導してやらないと。親がしっかりしてないと、子どもに尊敬されないわ。子どもって、親を尊敬したがってるのよ」

「ミシェル、あなたにかかわる事件のおさらいをさせて」ブリンは専門家の意見、目撃証言、法医学的証拠とよどみなく挙げていった。付け入る隙もなく。

女は叫びだした。「わたしのせいじゃない！　ちがうわ！」

ブリンは手を伸ばしてカメラを停めた。

女は用心深く顔を上げ、涙を拭った。

「ミシェル」とブリンは穏やかな声で言った。「いまの状況を説明する。容疑はいま話したとおり。あなたは有罪判決を受ける。そこに疑いを抱く者はいない。もし協力しなければ、あなたはずっと、十×四フィートの独居房に入れられたまま。でももし協力してくれたら特別刑務所じゃなくて、警備も中程度の施設に行ける。年をとってたのしみもなくなるまえに、外の世界を見るチャンスが出てくるかもしれない」

「子どもたちに会える？　あの子たちに会えるなら考える」

「いいえ」とブリンはきっぱりと言った。「それはふたりのためにならない」

その答えにミシェルは戸惑っていたが、やがて明るく訊いた。「ましな部屋になる？　ましな部屋にはいれる？」

「ええ」

「あとは自白すればいいわけ？」

「まあ、それもそうだけど」とブリンが答えたとき、ミシェルはカメラの赤い光が点灯していた場所をじっと見ていた。

†

ブリン・マッケンジーはケネシャ郡保安官事務所の食堂に座っていた。向かいでトム・ダールが尋問調書を読んでいる。椅子は小さく、ジョーイの学校の椅子とあまり変わらなかった。ダールの身体は相当はみだしている。ブリンのほうはそうでもなかった。彼女の悩みはお腹まわりで、太腿ではない。

ブリンは自分が書きなぐったメモと調書に目を通していた。

調書を叩いて顔を上げるダールに、ブリンはぎくりとした。「そうか、自供が取れたか。よくやった。これなら罪状認否も手間がかからない。彼女はサンフォード行きか？　中警備の？」

「ただし、一時帰宅はなしでね。子どもには、ソーシャルワーカーが許可した場合だけ面会できる」

「で、最低二十五年、仮釈放はなし」

ダールはマカロニを口にはこんだ。「腹は減ってないのか？」

「ええ」

「ハートのことは？　彼女、何かしゃべったか？」

「ほとんどなにも」

「高飛びしたのかもしれないな」

ブリンは笑った。「彼みたいな人間が逃げるとは思えない。しばらくはおとなしくしてるかもしれないけど、『スター・ウォーズ』みたいに惑星から転送《ビーム》されたわけじゃないし」

「それを言うなら『スタートレック』だ。テレビドラマの。きみが生まれるまえ」

「でも、転送で逃げられないのは気の毒ね。早く見つけてあげたほうがいいわ、ＦＢＩでもミネアポリス市警でも。本人のために」

「それはまたどうして？」

「いくつかリストに載ってるみたい。プロの殺し、強盗、強請の仕事を請け負ってきた彼が捕まることを望んでない雇い主は大勢いる。モンダック湖の件で逮捕されるんじゃないかって話はひろまってるし、ハートが寝返るのを心配してるのよ。それにコンプトン・ルイスの家族だって、身内があんな目に遭って喜んではいないし」

　ダールはブリンのメモを眺めた。ブリンはダールの赤ん坊のような肌を観察した。彼の顔は、砕けた顎とバックショットの傷を差し引いても私より若く見える。

　人生は公平なのだろうか。

「ハートみたいな玄人がケプラーなんていう女と組んで、こんなケチな仕事に手を染めた理由は？」とダールが疑問を口にした。「金？　セックス？　あの女はブスじゃない」

「本気で言ってる？」

　保安官は笑った。

ブリンは言った。「そういうことでぐらつく男じゃないと思う。私の意見を聞きたい？　退屈だったから」

「退屈だった？」

「ちょうど仕事が暇だった。そこに話が来た。興奮するものが欲しかったのよ」

　ダールはうなずくと、大げさに指を向けながら真顔で言った。「きみだ」

　ブリンは目を丸くした。「私？」

「きみとそっくりだ」保安官は事務所の端から端に腕を振ってみせた。「だから、きみがこれをやってるのは金のためじゃない。刺激を求めてる、ちがうか？」

「私は上司が好きだからやってるの」

「ほう。で、つぎの手は？　ハートを追いかける気だ。郡政執行官に泣きついて予算の増額をお願いしないと」

「いいえ。あとはすべて州警に任せるつもり」

　ダールはマッサージの手を止めた。「本気か？」

「ここでやることがいっぱいあるじゃない」

「空耳じゃないだろうな？」

「州警がハートを見つけたら、取り調べはかならずやらせてもらうけど。でもこっちの役目はすんだ。あとは、犯人の縄張《シマ》りで場数を踏んでる人間が必要ね。事件を解決するのは地元の伝手だから」

「それを言いたかったのか。〝場数を踏む〟ね。よし、すべてを州警の連中のとこに送る。これでいいんだな？」

「いいわ」

保安官補のひとりが食堂に顔を覗かせた。「やあ、ブリン。ランチの邪魔して悪いんだが」

「なに？」

「例の学校周辺をうろついてた男を引っぱった。話したいんだろ？　そう言ってたよな」

「もちろん。挙げた理由は？」

「チャックの開けっ放し」

「権利は放棄した？」

「ああ。ちゃんと説明できるって」

ダールが大笑いした。「そりゃ説明できるさ――ろくでもない変態なんだから」

ブリンは言った。「すぐに行く」

†

ハンボルトの南の垢ぬけた地区に建つ、古いながらも手入れの行き届いたコロニアル様式の家に、梯子を架けて登っているのは長身で肩幅の広いクルーカットの男である。晴れわたって涼しい土曜日の朝には、こんな光景が全国の何千何万という家でくりひろげられる。

男は鎧戸をダークグリーンに塗っていた。思えばブリンはこの家に暮らした十年、グリーンこそ窓枠にふさわしい色と考えていたけれど、その理由を突き詰めてみたことはなかった。いまはわかる。家の背後に、これぞ〝常緑樹《エヴァーグリーン》〟の名にふさわしい、青々としたマツの林がひろがっている。当時はその林を毎日見ながら気にしたことがなかった。

近づくカムリを肩越しに見やった男は、ためらいがちに刷毛を持つ手を止めると、ゆっくりと梯子を降りた。ペンキ缶を用意した作業台に置き、毛先に付いたラテックス塗料が乾かないように刷毛をビニールで巻いた。こだわりすぎるキース・マーシャルの性格は一生なおらない。

ブリンはガレージの前で車を停めた。降りたジョーイが後部座席からスーツケースを出した。

「ハイ、パパ！」

キースに抱きしめられた息子は、その感情表現に耐えると家に駆けていった。「じゃあね、ママ！」

「月曜日の放課後に迎えにいく！」

「クッキーを忘れないでよ！」

エンジンを切って車を降りたブリンに、前夫は声をかけようとして言葉を失念したらしい。この二年間、ブリンに父親を訪ねるジョーイを降ろすとき、その場に六十秒と留まったためしがなかった。

「どうも」とブリンは言った。

キースはうなずいた。髪には白いものが混じっていたが、体重は十年まえから一ポンドも増えていない。恐るべき代謝量を持つ男。それに運動もしている。

歩み寄ってきたキースがブリンを軽く抱いた。強すぎず弱すぎず。ブリンは、キースにも長所がいろいろあったのを思いだした。もちろんカウボーイにはちがいないけれど、それは伝統的な映画のヒーロー風という意味合いであって、警察活動を信頼と節度ではなく、武器とドラマだと考えていた哀れなエリック・マンスとはちがう。

「で、調子はどう?」とブリンは訊いた。

「悪くない。忙しくしてるよ。飲み物でも?」

ブリンは首を振り、家の側面を見上げた。「いい色」

「〈ホームデポ〉がセールでね」

「週末のふたりの予定は?」

「釣り。それから今夜は、ボーグルの家へバーベキューをしに行く。ジョーイはクレイのことが好きなんだ」

「彼はいい子だから」

「ああ、そうだ。やつの親父さんがラクロスの道具を持っててね。やってみようかと思ってる」

「男の子が嫌いなスポーツってある?」ブリンは頰笑んだ。「あなたもやるの?」

「やるかもしれないな」

「私はまた乗馬をはじめた」

「そうか」

「行けるときに。一週間に一度かな」

キースとは近所の厩舎に何度か足を運んだことがある。でもキースは生来の馬乗りではなかった。

「このまえ、ジョーイを連れていったけど。うまかった。ヘルメットが厭だって」

「ジョーイらしい。こっちではちゃんとかぶらせるし――フェイスガードも――ラクロスのときにはかならず」キースはつと視線をそらした。「勝手なことばかりするよな、男ふたりは」

離婚から年月を経て、過去を全部とはいわないまでも葬ったいまでさえ、キースはデートすることに気が咎めている様子だった。ブリンにはそれがおかしく、またチャーミングにも思えた。

「州警のほうはどう?」とブリンは言った。

「相も変わらずだ。例の女を逮捕したって聞いた。あの夜、きみが救った女だ」

私が救った女……「そう言えなくもないけど。司法取引に応じたわ」

「噂どおりのひどい状況だったのか?」

モンダック湖の事件を耳にするなり、キースはブリンの安否を気づかう連絡をしてきた。ブリンは外出中で、電話にはグレアムが出た。男たちはおたがい礼儀正しく接していたが、キースはブリンの無事を聞くだけで会話を短めに切りあげた。残る情報はニュースや警察関係者から得たらしい。

ふたりしてフロントポーチの手すりにもたれると、ブリンは事件について語って聞かせた。ある程度まで。キースは眉を上げた。なぜかキースが関心を示したのは、銃撃戦でもボーラでも槍でもなく、コンパスだった。「自分でつくったのか?」

「そう」

キースはめったに見せない笑顔で詳しい話をせがんだ。

つかの間、重く暑苦しい沈黙がわだかまった。ブリンがいつものように車で走り去らないとわかると、キースは言った。「デッキを新しくしたんだ」

「ジョーイから聞いた」

「見たいか？」

「ええ」

キースはブリンを連れて家の裏にまわった。

†

テリー・ハートは五月最後の週末、シカゴのオールドタウンはノース・アヴェニューに近い、ウェルズ・ストリート沿いのとある酒場にはいった。その界隈はハートが移り住んできた七〇年代から様変わりしている。安全にはなったが、趣きはずいぶん薄れた。知的な職業人が昔からの地元民やホテルの住人、フォークシンガー、ジャズミュージシャン、酔っぱらい、娼婦を追い出してしまったのだ。ワインとチーズを扱う洒落た店やオーガニックの食料品店が、〈IGA〉のスーパーマーケットや酒屋に取って代わっていた。有名なフォーククラブ〈アール・オブ・オールドタウン〉はなくなっていたが、コメディ劇場の〈セカンド・シティ〉は健在で、おそらく永遠につづくのだろう。

ハートが訪《おとな》ったバーはフォークの時代より後にできた店だが、ディスコ全盛期を彷彿《ほうふつ》とさせる古風な味わいがある。土曜の午後、時刻はちょうど二時半で、店内には客が五人、うち三人は止まり木に一席ずつ空けて座を占めている。見知らぬ酔客にたいする礼儀作法だ。残るふたりは六十代の夫婦者でテーブルに着いていた。鍔広《つばひろ》の赤い帽子をかぶる妻の前歯が欠けていた。

潜伏生活をはじめて一カ月半、ハートは馴染みの場所、馴染みの街が恋しくなっていた。仕事がないのも寂しかった。だが知人から、刑務所にはいったミシェル・ケプラーが口封じを断念したと聞かされ、ハートは大手を振って社会復帰を決めたのだった。驚いたのは、ミシェルが尋問の際に密告をしなかったことである。

ハートはスツールにどさりと腰を落とした。

「おっと、テリー」丸々と肥えたバーテンダーがハートの手を握った。「これまたずいぶんとお見限りで」

「仕事で離れてたのさ」

「どちらへ？　ご注文は？」

「スミノフにグレープフルーツ。それとバーガーをミディアムで。フライはいらない」

「了解。で、どちらまで？」

「ニューイングランド。そのあとはしばらくフロリダ」

バーテンダーは飲み物をつくると、ハートのオーダーを書いた正方形で油じみた緑色の紙を手に厨房の小窓へ行き、それを掲げてベルを鳴らした。濃い褐色の手が現われ、紙をひったくって消えた。バーテンダーはもどってきた。

「フロリダね。まえに女房と行ったときは、一日じゅうデッキでのんびりしたな。ビーチに出たのは最後の日だけで。デッキのほうがよかった。飯もさんざん食った。カニ。あそこのカニがうまいんだ。で、どのあたりに?」

「まあね。その、マイアミの近くさ」

「いっしょだ。マイアミビーチ。あまり陽灼けしてないね、テリー」

「ぜったい焼かない。身体によくない」ハートは酒を呷《あお》った。

「おっしゃるとおりで」

「おかわりだ」ハートはバーテンダーのほうにグラスを押した。店内を見まわすと、新しい酒に口をつけた。きつい。昼に飲む酒は効く。しばらくしてまたベルが鳴り、バーガーが出てきた。ハートはゆっくりほおばった。「ところでベン、街のほうは変わりないか?」

「そうだね」

「おれのことを訊きにきたやつはいるか?」

「はあ」

「なんだ、はあって?」

「映画の科白だよ。ジェイムズ・ガーナーだったっけ。ほら、私立探偵の」

ハートは笑って酒を啜った。そして左手でバーガーをかじった。彼はなるべく撃たれたほうの腕を使った。筋肉は衰えていたが、しだいにもどりつつある。ちょうどその日、ウィスコンシンで取りかかった箱に、極細のスチールウールで磨きをかける作業を終えたところだった。ほとんど左手を使い、じつにみごとに仕上がった。その出来には満足だった。

バーテンダーが言った。「私が出てるときには誰も来ないけど。あてでもあるのかい?」

「あてにするやり方を知らないんでね」にやりとする。「こいつを探偵の科白にどうだ?」

「髪を切ったんだね」

髪はかなり短くなっている。ビジネスマンの髪形。

「似合ってるよ」

ハートは鼻を鳴らした。

バーテンダーはほかの客の酒をつくりにいった。ハートは考えていた――明るいうちに酒を飲むなら蒸溜酒、たいがいウォッカだ。それを何かで割る。甘くも酸っぱくもできる。昼からマティーニを飲むやつはいない。あれはなぜだ？

いまごろ、ブリン・マッケンジーは昼飯の最中だろうか。普段もそうしているのか。それとも昼は切り詰めて、夜に家族とディナーでぱっとやるのか。

そこでブリンの亭主のことが頭に浮かんだ。グレアム・ボイド。

ふたりは話し合って縒《よ》りをもどしただろうか。それはあやしい。ブリンの家から四マイルほど離れたグレアムのこぎれいなタウンハウスは、仮住まいには見えなかった。ハートが妻と別れた当時住んでいたアパートメントとはちがう。自分でぐちゃぐちゃにした家は、暇を見つけて修繕するまで何カ月もかかった。思いだすのはクスリを製造していたキャンピングカーの横に駐まったあのヴァンで、ブリンといっしょにいたときのことだった。その場で、ブリンに答えなかった質問がある。ハートの手に目を落としての暗黙の問い――結婚してるの？　直接返事をすることはなかった。どういうわけか、それが悔やまれる。

〝ふたりの間で嘘はなしだ……〟

バーテンダーが何か言った。

「なんだ？」

「味は、テリー？　それでよかったかい？」

「ああ、ありがとう」

「どういたしまして」

テレビにはＥＳＰＮが映っていた。スポーツのハイライトだ。ハートはランチを終えた。

バーテンダーが皿と銀器を下げた。「で、付きあってる相手はいるのかい、テリー？」と訊いたのは、バーテンダー流の客あしらいだった。

ハートはテレビを見ながら言った。「ああ、いる」自分でも驚いていた。

「それはそれは。お相手は？」

「四月に出会った女さ」どうしてそんなことを言ったのかわからない。それで気分がよくなるからかもしれない。

「そのうち、ここに連れてきなよ」

「けど、別れようかと思ってる」

「なんで？」

「住んでるのがこっちじゃない」

バーテンダーは顔をしかめた。「そうか、よく聞く話だけど。遠距離か。私も予備役でエリーと六カ月離ればなれになったことがあるけど。きつかったね。付きあいはじめたばかりのころで。そこへ知事の野郎からお呼びがかかって。結婚してりゃ、離れるのもひとつの手かもしれないが。付きあいだしたばかりじゃ……通うのももどかしいし」

「そうなんだ」

「彼女はどこ？」

「ウィスコンシン」

バーテンダーは冗談を察して間を置いた。「本気で？」

うなずく。

「つまり、LAやサモアの話じゃないんだね、テリー」

「ほかにも面倒なことがある」

「男と女、面倒は付きものだよ」

どうしてバーテンダーという人種は、なにかと話をまとめるような発言をしたがるのか。

「ロミオとジュリエットみたいなものさ」

バーテンダーは声を落とした。事情を呑みこんだのだ。「むこうはユダヤ人か？」

ハートは笑った。「いや。宗教は関係ない。むこうの仕事が問題でね」

「忙しすぎて？ 家にも帰れない？ そんな、私に言わせれば戯言《たわごと》だよ。女は家にいないと。ガキがでかくなってまでパートをするなとは言わないよ。でも、それが神様のはからいってやつでね」

「ああ」とハートは言い、ブリン・マッケンジーならこれにどう応じるかと考えた。

「つまり、あんたたちの仲もこれまでってことか」

胸が疼いた。「たぶん。ああ」

バーテンダーは、まるでハートの目に厄介なものを見てしまったかのように視線をそらした。

恐れか悲しみか——ハートにもわからない。「そのうち、また出会いがあるさ、テリー」バーテンダーは〝あやまって〟ラムを注ぎ入れたソーダを掲げた。

ハートはみずからバーテンダー精神を発揮した。「どう転んだところで人生はつづく、だろ？」

「それは——」

「答えはなしだ、ベン。独り言だよ」ハートは口もとをゆるめた。「退散するか。勘定は？」

バーテンダーが計算をして、ハートは金を払った。「おれのことを訊きにくるやつがいたら知らせてくれ。電話番号だ」

ハートは留守番電話専用にしているプリペイド式の携帯の番号を書きだした。

ベンが二十ドルのチップをポケットに入れながら言った。「探偵の番号ってやつだね？」

ハートはまた微笑した。店内を眺めわたしてから外に出た。

背後でドアが静かにしまり、ハートは五月末のまぶしい歩道に足を踏み出した。ミシガン湖から風が吹いてくることはあまりないのに、涼風に乗ってむっとする水の匂いが流れてくる気がした。

サングラスをかけながら、四月のあの夜、マーケット州立公園には光がなかったことを思いだしていた。あのとき、一面の闇などというものはないのだと知った。無数の異なる陰影があって、触感と輪郭もあった。言葉では表現できない灰色や黒。木の種類と同じだけ、穀物のように種々の闇がある。それはきっと——

一発めの銃弾が背中の右上部をえぐった。それは貫通して、ハートの頬に血と組織を浴びせた。痛みより驚きに息を喘がせたハートは、胸に開いた傷を見おろした。二発めが後頭部に命中した。三発めは倒れかけたハートの頭上をかすめ、斜めから酒場の窓を破った。路面に向けて、ガラスが滝のようにほとばしった。

脱力したハートは激しく、だが音もなくを歩道に頽《くずお》れた。そこに窓ガラスが降り注ぐ。大きな破片がハートの片耳を切り落としそうになった。別のガラスが頸部を裂いて、血が大量に流れ出した。

†

「おはよう」とトム・ダールが言った。

片手にコーヒーのマグを、反対の手にドーナッツ二個を持ち、ブリンのブースに立っていた。ドーナッツは受付のシェリルの差し入れである。その役目は持ち回りで、毎週月曜日には誰かがペイストリーを持ってくる。週明けの仕事にもどる辛《つら》さを和らげようということかもしれない。あるいはとりたてて理由もなくはじまった習慣が、やめるきっかけもなくつづいているだけなのか。

ブリンは会釈した。

「週末はどうだった？」と保安官が訊いた。

「楽しかった。ジョーイは父親のところ。ママと私は教会に行って、そのあとリタとミーガンとブランチ。〈ブライトンズ〉に行ったの」

「ビュッフェか？」

「ええ」

「あそこはうまい料理を出すからな」とダールが崇めるように言う。

「おいしかった」

「〈マリオット〉のとこもいけるぞ。氷の白鳥が飾ってあるんだ。早い時間に行かないと、二時にはもうアヒルになってる」

「憶えとく」とブリンは言った。「そっちは何かいいことあった？」

「とくに。むこうの両親が来てね。義父は……鉛筆みたいに痩せた人なんだ。それがチキンを三杯も食べて、こっちが食い終わるまえに、もうキャロルのグリーンビーン・キャセロールの底に残ったマッシュルームのスープにパンを浸してるんだから。いや、まいった」

「キャセロールがおいしいから」と返したブリンも、何度か呼ばれたことがある。

「神様が取り分け用のスプーンをつくったのには理由があったってことさ」ダールはコーヒーマグに載せた紙皿の上でバランスを保つドーナッツに目をくれた。「きょうは〈クリスピークリーム〉か。個人的にはきみが持ってくるやつのほうが贔屓《ひいき》でね」

「〈ダンキンドーナッツ〉」

「それ。あの小さいこぶみたいなのはもう売ってないんだろうか？」

「どうかしら、トム。私は三ダースって注文するだけ。むこうで適当に見つくろってくれるから」

　ブリンは待った。

ダールが言った。「ところで、聞いたか？」

「何を？」

ダールはしかつめらしい顔をした。「ミルウォーキー市警から連絡があった。モンダック湖の事件を担当してるあの刑事だ」

「私にはなかった」ブリンは眉を上げてみせた。

「ハートが殺された」

「えっ？」

「組織のしわざだろう。後頭部を撃たれた。シカゴのノースサイド。やつはそっちにいたらしい」

「もう。どうして」ブリンは椅子に背をもたれて自分のコーヒーを見つめた。ドーナッツがあるのも知っていたが、手は出していなかった。

「きみの言ったとおりだ。やつには少なからず敵がいた」

「手がかりは？」

「あまりない」

「彼のことで何かわかった？」

ダールはシカゴ市警からミルウォーキーに宛てた連絡内容をブリンに伝えた。テランス・ハートは、シカゴに事務所をかまえるセキュリティ・コンサルタントだった。昨年の収入は九万三千四十三ドル。倉庫や製造会社のリスクアセスメントをおこない、警備員を手配するのが業務である。逮捕歴はなく、犯罪捜査の対象となったことも皆無で、税金は期日内に納めている。

「ただ、頻繁に旅をしていた」保安官は、それが唯一疑惑の根拠であるかのごとく言った。短い結婚歴があって、子どもはいないとダールは言い添えた。

〝結婚はおれの性に合わない。そっちはどうだ、ブリン？〟

両親はペンシルヴェニア在住。弟はひとり、医師をしている。

「医者？」ブリンは怪訝な顔をした。

「ああ。ごく普通の家庭だ。人が想像するようなのとはちがう。だがハート本人はずっと際どい人生を歩んできた。学校では問題児。でも、さっき言ったように逮捕はされてない。うまく体裁をつくろってきた。会社の業績はいい。あとはそう、ハートは建具師だった。それも高級品の。家具といったって、こっちが金槌をふるって組み立てる本棚とはわけがちがう。作業台の上にはこんな貼り紙があったそうだ。おれも先生から言われたもんだが、〈測るのは二度、切るのは一度〉って。そこらの型にはまった殺し屋じゃない」

「撃たれた状況は？」

「ごく単純だ。ハートは潜伏していたグリーンベイから、自宅のタウンハウスにもどっていた。ミシェルがいなくなれば、家に帰らないでいる理由はもうないわけだから。土曜日の午後、昼飯を食いに馴染みの店に行った。店から出たところを背後から撃たれた」

「目撃者は？」

「いないに等しい。バーの客は銃声がすると同時に床に伏せた。さすがシカゴだな。警官に具体的な証言をする者はいなかった。通りは無人だった。車が数台、急発進して走り去った。ナンバープレートも特徴も不明」保安官はひと呼吸置いた。「こっちとつながってる」

「こっちと？」ブリンはドーナッツをかじる保安官を見つめた。その屑が褪色したカーペットにこぼれた。

「そう、ウィスコンシンと。弾道検査の結果、凶器は半年まえにスミスのガソリンスタンド襲撃で使われた銃と同一のものである可能性が出てきた。〈エクソン〉の。従業員が死にかけた」

「憶えてない」

「州警の管轄だ。うちはかかわっていない」

「同じ銃？」

「むこうはそう見てる。でも、わからないぞ。なにせ弾道学だ。『ＣＳＩ』みたいに簡単にはいかない」

ブリンは言った。「つまり、こっちの犯人が捨てた銃を何者かが見つけて、路上で売った」

「そのようだ」

「最悪のリサイクルね」

「まさに」

ブリンは椅子にもたれると、コーヒーマグの縁に細い木のスターラーを渡した。「ほかには、トム？　まだありそうね」

ダールは逡巡した。「話しといたほうがよさそうだ。ハートはポケットに入れたノートに、きみの名を書いていた。住所もだ。アパートメントでは、ほかにも見つかったものがある。写真だ」

「写真？」

「プリントアウトされたデジタル写真。家の外観の。最近撮られたものだ。春の芽吹きが写ってる。写真は木製の箱にはいっていた——洒落た箱だ。ハートのお手製だろう」

「そう」

長い溜息。「それから隠さず話しておくが、ジョーイの学校の写真も何枚かあった」

「まさか。ジョーイの？」

「学校だけだ。きみのスケジュールを把握しようと、見張っていたのかもしれないな……アパートメントには荷造りされたスーツケースがあってね。中身は武器とサプレッサーだ。こっちは映画でしか見たことがない代物だからな。サイレンサーって言うのかと思ったら、刑事はサプレッサーと呼んでた」

ブリンはゆっくりとうなずいていた。必要もないのにコーヒーをかき回しながら。

「特別警邏《けいら》ルートから、きみの家をはずそうと思う。それでかまわなければ」

「もちろん。どうやらすべての説明がつきそうね、トム」

「そうだ。事件は解決。この十四年間、そんなことは一度も言ったことがないような気もするが」保安官は朝食を手に、自室へ引きあげていった。

†

ウィスコンシンの思わぬ熱波に根負けしたクリステン・ブリン・マッケンジーは、栗色の髪を上げ、たおやかに緑濃いマツの木立を歩いていった。汗が黄褐色の制服のブラウスの脇に染みをつくり、背筋を流れ落ちていく。ブリンは木々に目をやり、間近に眺めた。丈は彼女の背をはるかに凌《しの》ぐというほどでもない。手を低く、三インチの針葉を撫でるようにしながら先を行った。葉はしなって指を刺すことはなかった。

ブリンは立ちどまって見入った。

頭に浮かんでくるのは、まぎれもなく四月のこと。マーケット州立公園ですごした十二時間に思いをめぐらせると、あのとき命を救ってくれた木や草花の姿や匂い、感触がやけにはっきりと甦ってくる。それももう終わろうとしていた。

マツを見ながら、なぜこんな形や色調に進化したのかと不思議になってくる。ジェローのような色もあれば、〈ホームデポ〉のシャッターと似た色合いもある。なぜ葉は長くて柔らかいのか。エイミーの縫いぐるみのチェスターが葬られた場所で、なぜメギやキイチゴがあんな恐ろしい棘をたくわえるようになったのか。

あの枝のこと、木のこと、葉っぱのことを考えていた。樹木は生き、樹木は死んで朽ちる。歩きつづけたブリンは、すぐ横に数本の大きなツバキを見出していた。堅く締まった蕾から咲いた花が、艶やかな緑の葉の間に揺れている。その鮮血のように赤い花弁に、ブリンの心臓が小さな音をたてた。さらに歩いてツツジやイボタ、サルスベリ、シダ、ハイビスカス、フジと過ぎていく。

やがて角を曲がると、ホースを持った色黒で短軀の男が驚きに目をぱちくりさせた。「ブエノス・ディアス、ミセス・マッケンジー」

「おはよう、ファン。彼は？　トラックがあったけど」

「小屋にいます」

ブリンは十五フィートの高さまで積まれた根覆《マルチ》いをいくつか通り過ぎた。ボブキャットに乗った作業員が、自然発火防止のためマルチをかき回していた。これをやっておかないと、マルチが燻《くすぶ》って煙が立ち昇ることもあるのだ。あたりに香《かぐわ》しい匂いが立ちこめている。ブリンは小屋というか、本当に小さな納屋まで行くと開いていた扉を抜けた。

「すぐに行きます」グレアム・ボイドが作業台から顔を上げて言った。安全ゴーグルをかけているせいで、ブリンのシルエットしかわからないのだ。客だと思っているのだろう。グレアムは作業にもどった。大工仕事は増設計画の一部で、グレアムはそれを自分の手でやっているらしい。そこがグレアムだ。家から最後の荷物を運び出したあとも、グレアムはキッチンのタイルを貼りにもどってきた。そしてりっぱに仕上げていった。

しばらくして、グレアムがまた顔を上げた。相手の正体に気づいたのだ。ボードを置いてゴーグルをはずした。「やあ」

ブリンはうなずいた。

グレアムは顔をしかめた。「ジョーイとはうまくやってる?」

「ええ、もちろん大丈夫」

グレアムが近づいてきた。抱擁はなかった。グレアムはブリンの頬を見つめた。

「例の手術を受けたんだ?」

「見栄でね」

「わかってないな。具合は?」

「内側がまだ痛くて。食べるときに気をつけないと」ブリンは建物を見まわした。「増設中ね」

「とっくの昔にやっておかなきゃいけなかったことを、いまごろやってる。アンナも良くなってるってね。電話したんだ」

「聞いた。家に引きこもりがちだけど。医者からはもっと歩くようにって言われてる。私としても、もっと出かけてほしいんだけど」ブリンは笑った。

「ジョーイのほうは、法執行官の立会いがないとスケートボード禁止なんだって？　おばあちゃんが報告してくれたよ」

「うちではもう重罪だから。こっちで雇ってるスパイの話だとシロだって。いまはラクロスにはまってる」

「あの特別番組を見たよ。ミシェル・ケプラーと殺人事件の」

「WKSP局の。そうだった」

「ミルウォーキー市警の警官も何人か出てた。自分たちが逮捕したって言ってたよ。きみの話は出なかった。名前もね」

「あそこには合流しなかったから。あの夜は非番だったの」

「きみが？」

ブリンはうなずいた。

「せめてインタビューぐらいあってもいいんじゃないか？　リポーターの？」

「宣伝することなんかないし」ブリンは急に気恥ずかしくなり、ダンスパーティで相手のいない中学生のように頰を染めた。初めて交通検問をやった日の記憶が脳裡に浮かんでくる。緊張して、運転手に違反切符を渡さずにパトロールカーにもどっていた。すると運転手のほうからわざわざ連絡があって、切符を催促された。

いまも――ゆうべからずっと緊張している。高齢者センターでグレアムに〝ばったり会った〟という母の話に、ブリンは虚を衝かれた。

〝ねえ、ちょっと、ママ。どういうこと、私たちに縒りをもどさせるキャンペーンでもするつもり？〟

〝もちろん。で、やるからには勝利をめざすのよ〟

〝そんなに簡単じゃないって。そうすんなり行かない〟

〝あなたが簡単な道を選んだことがあったかしら？　お兄ちゃんや妹はイエスだけど、あなたはノー〟

〝わかった、会いにいこうとは思ってたから〟

〝あしたね〟

〝まだ準備ができてない〟

〝あしたよ〟

作業員が顔を覗かせてグレアムに質問をした。グレアムはスペイン語で答えた。ブリンに理解できたのは、〝真ん中〟を意味する言葉だけだった。

向きなおったグレアムは無言のままである。

いいわ。さあ。

「ちょっと思ったんだけど」とブリンは切り出した。「いま休憩時間なの。あなたは六時から起きてるでしょ。私も六時から起きてる。もしかしてコーヒーでも飲みたいんじゃないかと思って。なんでもいいんだけど」

時間をとって話をしようとブリンは考えていた。

四月のあの夜のことを、もっとグレアムに話そうと。

ほかにも話すことはいっぱいある。彼が耳をかたむけてくれるなら話すつもりだった。

ほんの数週間まえ、キースの家の裏庭に腰をおろしてそうしたように。告白であり、謝罪であり、他愛のない語らいでもあった。前夫は初めこそ警戒していたものの、よろこんで聞いてくれた。現在の夫もそうだろうか。そうであってほしいと、ブリンは心から願った。

心臓が何度か鳴るほどの間があいた。「そうだな。先にこのボードを終わらせる。よし。ダイナーで会おうか」

グレアムはその場を去りかけた足を止めた。振り向いて、釈然としない顔を横に振った。

ブリン・マッケンジーはうなずいていた。彼女にはわかった。はっきりわかっていた。

グレアム・ボイドは最初、こんなふうに彼女が現われたことに面食らっていたのだ。その目的もわからないまま、とっさに誘いを受けた。だが現実に立ちかえった。四月のあの夜から、またそこに至る月日から引きずっていた鬱屈を思いだしていた。

私がここに来た理由には関心がない。

そう、彼を責めるなんてできない。私が思っていたような会話をする時間はもうとっくに過ぎていってしまったのだ。

損なわれた顎と、修復した頬をひきつらせて、ブリンは弱々しく笑みを浮かべた。でも彼女が「わかった」と答えるより早く、グレアムが口にしていた。「あのダイナーもちょっとね。モールに新しい店がはいったんだ。そっちのほうがコーヒーはずっとうまいし。ホットチョコレートもうまい」

ブリンはまばたきをした。「どこにあるの？」

「一階。〈シアーズ〉の隣り。十分で行くよ」


（了）

解説

大矢博子

別の結末を読んでみたい。

——おっと、誤解されてはいけないのではっきり書いておくが、本書の結末には大満足している。百十パーセントの満足と言っていい。これぞディーヴァー、と言うようなどんでん返しに継ぐどんでん返しと巻置くあたわざるジェットコースター的展開に存分に振り回され、詳しくは後述するがノンシリーズ作品ならではの旨味もあり、これ以上ないエンディングに読み終わってからもワクワク感が持続している。文句などあろうはずもない。

だから「別の結末を読んでみたい」というのは、極上のフルコースの最後に極上のコーヒーを飲みながらも、「紅茶も美味しそうだな、一口飲んでみたいな」と思うような、そういう意味とご理解いただきたい。

作者が用意した極上のコーヒーで充分満足しているならそれでいいではないか、どうして紅茶を気にする必要があるのか。実は、それこそが本書の魅力なのだ。

それを説明する前に、まず作品のアウトラインを紹介しておこう。

舞台はウィスコンシン州ケネシャ郡。モンダック湖畔の別荘で週末を過ごしていたフェルドマン夫妻が突然現れたふたりの男、ハートとルイスに襲われた。夫は警察に通報しようとしたものの、「こちら……」と告げたところで電話をたたき落とされてしまう。通報を不審に思った保安官が情報を収集した結果、妻のエマ・フェルドマンは弁護士で、職務上知ってしまった不正事件のため狙われる理由があること、その別荘には他にエマの友人がいるおそれがあることを知り、女性保安官補ブリンを確認に出向かせる。

このとき、別荘には男ふたりと被害者夫婦の他に、ミシェルという女性がいた。彼女は二階から下りてきてハートを撃ってケガを負わせ、そのまま森の中に逃げ込む。そこへブリンが到着し、フェルドマン夫妻の死体を発見。賊と銃撃戦になった末に車は湖に沈められ、銃も失い、携帯電話も奪われてしまう。

森でミシェルと出会ったブリンは、彼女がフェルドマン夫妻の友人で一緒に週末を過ごすために来て災禍に遭ったと聞き、丸腰ながらも彼女を守って森を脱出することを決意。一方、顔を見られたハートとルイスは、GPSと銃を持ってブリンとミシェルを追う。こうして真っ暗闇の中、二対二の鬼ごっこが始まった――。

驚くのは全五百六十三ページのうち八割以上を占める第一部はたった一日の出来事だということ。しかも十二時間かそこらの森の中のチェイスに約四百ページを割いているのだ。それが長さをぜんぜん感じさせないから驚く。読者はその間ずっと、ブリン＆ミシェル組とハート＆ルイス組の、知略とアクションに惹き付けられっぱなしだ。映画のような――というのはどのディーヴァー作品にも共通して言えることだが、ディーヴァー自身は本書を「『テルマ&ルイーズ』（九一年のアメリカ映画）と『脱出』（七二年・同）との融合」と言っている。銃も携帯電話も車もなく足手まといのいる状況で、ブリンは手近なもので武器を作り、相手の目を逸らすために仕掛けや罠を用意する。ハートとルイスはそれを見抜き、追い、ときには先回りする。やられたと見せかけて実はフェイクだったり、ここにいると見せかけて実は他に向かっていたり、騙されたと見せかけて実は騙していたり。ブリンの視点とハートの視点が交互に登場するが、視点が変わるたびに「あっ」と言わされる。そのテクニックはさすがツイストの帝王だ。

臨場感と緊迫感もすごい。岩肌、草いきれ、湿地、顔を打つ枝、光る獣の目、ブーツの中の濡れた靴下の感触、迫る足音。ハートの策略が功を奏し、ブリンには助けが来ないことも読者は知っている。岩の影に身を潜めるブリンとミシェルの息づかいが聞こえてくるようだ。それが四百ページ続く。うわお。

……しかしまあ、ぶっちゃけそこまでは「ディーヴァーなら当然それくらいは」と思われるかもしれない。そこから先もどんでんどんでんどんでんと際限なくひっくり返されたり畳まれたり裏返されたりとエラいことになり、思わず本に向かって「はい？」と問いただしたくなるほどなのだが、それだって馴染みの読者には「ひっくり返したっていいじゃないか　ディーヴァーだもの。」で納得されてしまうかも。

さて、そこで、本書ならではの特徴が光ってくるのだ。

登場人物の関係に注目していただきたい。

まずはハート&ルイス組。ハートはプロの殺し屋だ。冷静にして非情。趣味は家具作りで、設計に合わせて木材を切るときの「測るのは二度、切るのは一度」という言葉を殺し屋稼業でもモットーにしている徹底した職人肌。指紋はもちろん、自分のDNAが採取される可能性のある一切の残留物を残さないプロの犯罪者だ。

そのハートの相棒ルイスはまったくのアマチュア。指紋はべたべた残すしやたらとショットガンを撃ちたがるし、自分のやったチンケな犯罪歴を誇張して吹きまくる。同じ悪党でもタイプは正反対だ。読者は早い段階で、ああ絶対この二人はうまくいかないな、と感じる（ちょっと話はずれるが、本書には実にさまざまなタイプの悪党が出てくる。そのバラエティも読みどころ）。

ブリン&ミシェル組も同様だ。優秀な保安官補であるブリンに対してミシェルは自分の置かれた状況に対する不平不満ばかり。金持ちの妻で女優の卵で都会で優雅な暮らしをしてる自分がどうしてこんな目に遭うのかといちいち文句を言い、与えられた靴を気持ち悪いから履きたくないとごね、低血糖症だから何か食べないと倒れてしまうなどと言い出す始末。そんな女をブリンは何とか安全圏まで守ろうとするわけで、こちらもそのうち悶着《もんちゃく》が起きそうな気配濃厚。

この二つのペアの関係がどうなるか、というのがポイント。運命共同体でありながら片方はプロ、片方は状況判断のできないアマチュアという組み合わせが、思わぬ方向に転がり出す。どこまでここで書いていいか難しいところだが、単なる鬼ごっこではなく、ペアの化学反応とも言える変化があるから、四百ページを引っ張れるのである。

そしてもうひとつ、見過ごせない「関係」がある。プロの二人——ブリンとハートの関係だ。対面したのは一瞬に過ぎず、逃げ惑う獲物とそれを追う狩人という生死を賭けた関係であるにも関わらず、その後のいくつかの知略と行動を通し、二人は互いのプロフェッショナルとしての腕を評価し、認め合うようになる。ブリンならこう考えるだろう、ハートならこうするだろう。相手の戦略を読むのがチェイスの常道と言ってしまえばそれまでだが、読みながらなんだか私はそこに別のことを感じたのだ。

　これはまるでラブストーリーじゃないか。

　もちろん一般の恋愛感情ではないし、直接それを想起させるような文言もない。普通なら好敵手という言葉で充分なはずだ。けれどハートはブリンと自分が似ていると感じ、扱いにくいが手をかければ極上の家具になる黒檀のようだと考える。ブリンは一瞬だけ見たハートの表情から、自分に近いある人物を連想する。ハートはブリンを殺すために追う。ブリンは逃げながらもハートを逮捕したいと考える。認め合い、互いの心中を理解し、追いつめ、ひざまずかせることを願う。その様子は恋焦がれる片想いの相手を追いかけているかのようだ。そしてふたりが一対一で向き合う場面で交わされる会話は、緊迫感の中にも、まるで長い間会いたくて会えなかった親友と久しぶりに語り合っているのにも似た不思議な何かがある。

　ああ、今書いていて気がついた。ふたりはまるで心通い合う親友のようなのだ。男女の普通の恋愛ではなく、別の次元での強烈な繋がり。好敵手というレベルにとどまらない強い友情がこの二人には生まれ得るのではないか、そしてどちらかが相手を殺すのが友情を成就させる手段なのではないかと、私には思えてならなかった。

ディーヴァーの作品タイトルは二重の意味を持っていることが多い。本書の原題は"*The Bodies Left Behind*"で、作中では「置き土産の死体」という言葉で表現されている。その意味は本編をお読み戴ければ一目瞭然なのだが、そのメインの意味とは別に、作中にハートのこんな言葉がある。

「まわりの世間を見てみろよ――歩く屍だ。あれはただの死体なんだ、ブリン。のらくらして、自分にとっては痛くもかゆくもないテレビを見て、焦ったり怒ったりしてる。仕事へ行って、家に帰って、てめえの知りもしない、どうでもいいことをしゃべって……」

ハートは、そんなのには耐えられない、物足りない、だからこの仕事をしていると言う。そして実はブリンも同じなのだ。ブリンは家族を大事にし、ささやかな幸せを守っていきたいと考えてはいるが、それでもこの一夜のような非日常に血がたぎる性格だから保安官補という職を辞められないのである。

あきらかにふたりは似ている。同じ何かを持っている。ミシェルが自分とブリンの関係を「ソウルメイト」と表現するくだりがあるが、むしろソウルメイトという言葉はハートとブリンにこそ相応《ふさわ》しい。この瞬間、ハートとブリンは屍の日常をビハインドに残して、ふたりだけの「自分の居場所」にいるのではないか。

ハートとブリンの対決は、めくるめくどんでん返しの果てに決着を見る。物語の結末はディーヴァー自身がインタビューで「これまでのどの作品よりショッキングな結末。残虐でも不気味でもないが、あっと言わせるもの」と語っている通り、想像を超えるサプライズとカタルシスがある。その上で、私はあり得たかもしれないハートとブリンの関係に思いを馳せずにはいられない。

冒頭で「別の結末が読みたい」と書いたのは、このことだ。

そしてこう思わせること自体、人と人との関係の描写が本書でどれだけ光っているかの証拠にもなる。先に書いたハート＆ルイスの関係も、ブリン＆ミシェルの関係も、「違う結末だったらどうだろう」と考えてしまう。あのときああしていたら何か変わっただろうかと、物語を遡って考えてしまう。そしてそこまで読むと、家庭でのブリンと息子の関係、ブリンと再婚相手の関係など、すべてに「変化する関係」の問題があることに気づかされるのである。

こういう登場人物の関係そのものを俎上《そじょう》に上げるのは、シリーズ物ではなかなか難しい。単発作品だからこそ、読者の思い入れを考慮せずキャラクターをいろんな方向に動かすことが可能となる。その上にジェットコースター的展開とツイストの効いたどんでん返し、そしてやり直しの効かない結末が堪能できるのは、ノンシリーズ作品ならではだろう。

巻末にこれまでの作品リストを載せた。ディーヴァーの場合、どうしてもシリーズ物が目立ってしまうが、『ボーン・コレクター』で大ブレイクする前段階として『眠れぬイヴのために』と『静寂の叫び』が高い評価を受けたこと、そして『獣たちの庭園』がCWAのイアン・フレミング・スティール・ダガーを受賞したこと、そして本書も国際スリラー作家協会の最優秀長編賞を受賞していることを思えば、ノンシリーズ作品を見過ごすのは損というものだ。未読の作品があれば、ぜひ手にとっていただきたい。

（文芸評論家）

■ジェフリー・ディーヴァー作品リスト（アンソロジーは除く）

○：ルーン・シリーズ　△：ジョン・ペラム・シリーズ

☆：リンカーン・ライム・シリーズ　□：キャサリン・ダンス・シリーズ

Voodoo, 1988

○*Manhattan is My Beat*, 1988『汚れた街のシンデレラ』ハヤカワ・ミステリ文庫

Always a Thief, 1989

○*Death of a Blue Movie Star*, 1990『死の開幕』講談社文庫

○*Hard News*, 1991

△*Shallow Graves*, 1992『シャロウ・グレイブズ』ハヤカワ・ミステリ文庫

Mistress of Justice, 1992

△*Bloody River Blues*, 1993『ブラディ・リバー・ブルース』ハヤカワ・ミステリ文庫

The Lesson of Her Death, 1993『死の教訓』講談社文庫　上下二巻

Praying for Sleep, 1994『眠れぬイヴのために』ハヤカワ・ミステリ文庫　上下二巻

A Maiden's Grave, 1995『静寂の叫び』ハヤカワ・ミステリ文庫　上下二巻

☆*The Bone Collector*, 1997『ボーン・コレクター』文春文庫　上下二巻

☆*The Coffin Dancer*, 1998『コフィン・ダンサー』文春文庫　上下二巻

The Devil's Teardrop, 1999『悪魔の涙』文春文庫

☆*The Empty Chair*, 2000『エンプティー・チェア』文春文庫　上下二巻
Speaking in Tongues, 2000『監禁』ハヤカワ・ミステリ文庫
△*Hell's Kitchen*, 2001『ヘルズ・キッチン』ハヤカワ・ミステリ文庫
The Blue Nowhere, 2001『青い虚空』文春文庫
☆*The Stone Monkey*, 2002『石の猿』文春文庫　上下二巻
☆*The Vanished Man*, 2003『魔術師《イリュージョニスト》』文春文庫　上下二巻
Twisted, 2003『クリスマス・プレゼント』文春文庫　短編集
Garden of Beasts, 2004『獣たちの庭園』文春文庫
☆*The Twelfth Card*, 2005『12番目のカード』文春文庫　上下二巻
☆*The Cold Moon*, 2006『ウォッチメイカー』文春文庫　上下二巻
More Twisted, 2006　文藝春秋近刊　短編集
□*The Sleeping Doll*, 2007『スリーピング・ドール』文春文庫　上下二巻
☆*The Broken Window*, 2008『ソウル・コレクター』文藝春秋
The Bodies Left Behind, 2008『**追撃の森**』**本書**
□*Roadside Crosses*, 2009『ロードサイド・クロス』文藝春秋
☆*The Burning Wire*, 2010　文藝春秋近刊
Edge, 2010
Carte Blanche, 2011『００７　白紙委任状』文藝春秋
□*XO*, 2012

文春文庫

追《つい》撃《げき》の森《もり》

定価はカバーに
表示してあります

2012年6月10日　第1刷

著　者　ジェフリー・ディーヴァー
訳　者　土《つち》屋《や》晃《あきら》
発行者　羽鳥好之
発行所　株式会社 文藝春秋

東京都千代田区紀尾井町 3-23　〒102-8008
TEL　03・3265・1211
文藝春秋ホームページ　http://www.bunshun.co.jp

落丁、乱丁本は、お手数ですが小社製作部宛お送り下さい。送料小社負担でお取替致します。

印刷・大日本印刷　製本・加藤製本
Printed in Japan
ISBN978-4-16-781206-5

（　）内は解説者。品切の節はご容赦下さい。

ドナルド・E・ウェストレイク（木村二郎　訳）
聖なる怪物
『斧』『鉤』でミステリ界を震撼させた名匠が八〇年代に発表していた傑作を発掘。老名優が語る半生記――そこに何が隠されているのか。狂気の語りの果てに姿を現す戦慄の真実とは？
ウ-11-3

マーシー・ウォルシュ　マイクル・マローン（池田真紀子　訳）
殺人倶楽部へようこそ
高校時代に書いた「殺人ノート」通りに旧友たちが殺されていく。犯人は仲間なの？　故郷の町の聖夜を熱血刑事ジェイミーが駆け回る。小さな町の人間模様に意外な犯人を隠すミステリ。
ウ-21-1

ジェイムズ・エルロイ（吉野美恵子　訳）
ブラック・ダリア
漆黒の髪に黒ずくめのドレス、人呼んで〝ブラック・ダリア〟の殺害事件究明に情熱を燃やす刑事の執念は実を結ぶのか。ハードボイルドの暗い血を引く傑作。〈暗黒のLA四部作〉その一。
エ-4-1

ジェイムズ・エルロイ（小林宏明　訳）
LAコンフィデンシャル（上下）
暴力、猟奇殺人、密告……悪と腐敗に充ちた五〇年代のロサンジェルス。このクレイジーな街を、市警の三人の警官にふりかかった三つの大事件を通して描く〈暗黒のLA〉その三。
エ-4-2

ジェイムズ・エルロイ（二宮　磬　訳）
ビッグ・ノーウェア（上下）
共産主義者狩りの恐怖が覆うLA。その闇に、犠牲者を食らう殺人鬼がうごめく。三人の男たちが暗い迷路の果てに見たものは――。四部作中、もっともヘヴィな第二作。（法月綸太郎）
エ-4-4

ジェイムズ・エルロイ（田村義進　訳）
アメリカン・タブロイド（上下）
見果てぬ夢を追う三人の男たちがマフィアと政治の闇に翻弄された末に行き着く先――アメリカ史上最大の殺し、ケネディ暗殺。巨匠の〈アンダーワールドUSA〉三部作開幕。（吉野　仁）
エ-4-7

ジェイムズ・エルロイ（田村義進　訳）
獣《けだもの》どもの街
LAを襲う異常殺人にテロリズム。事件解決のためなら非道も辞さぬ刑事リックと女優ドナが腐敗の都を暴れ回る。殺傷力抜群の異常文体が爆走する前代未聞の暗黒小説集。（杉江松恋）
エ-4-12